D0091083

COLLECTION FOLIO

J. M. G. Le Clézio

Désert

Gallimard

© *Éditions Gallimard, 1980.*

J. M. G. Le Clézio est né à Nice le 13 avril 1940 ; il est originaire d'une famille de Bretagne émigrée à l'île Maurice au XVIIIᵉ siècle. Il a poursuivi des études au Collège littéraire universitaire de Nice et est docteur ès lettres.

Malgré de nombreux voyages, J. M. G. Le Clézio n'a jamais cessé d'écrire depuis l'âge de sept ou huit ans : poèmes, contes, récits, nouvelles, dont aucun n'avait été publié avant *Le procès-verbal*, son premier roman paru en septembre 1963 et qui obtint le prix Renaudot. Son œuvre compte aujourd'hui une quinzaine de volumes. En 1980, il a reçu le Grand Prix Paul Morand décerné par l'Académie française pour son roman *Désert*.

Saguiet el Hamra, hiver 1909-1910

Ils sont apparus, comme dans un rêve, au sommet de la dune, à demi cachés par la brume de sable que leurs pieds soulevaient. Lentement ils sont descendus dans la vallée, en suivant la piste presque invisible. En tête de la caravane, il y avait les hommes, enveloppés dans leurs manteaux de laine, leurs visages masqués par le voile bleu. Avec eux marchaient deux ou trois dromadaires, puis les chèvres et les moutons harcelés par les jeunes garçons. Les femmes fermaient la marche. C'étaient des silhouettes alourdies, encombrées par les lourds manteaux, et la peau de leurs bras et de leurs fronts semblait encore plus sombre dans les voiles d'indigo.

Ils marchaient sans bruit dans le sable, lentement, sans regarder où ils allaient. Le vent soufflait continûment, le vent du désert, chaud le jour, froid la nuit. Le sable fuyait autour d'eux, entre les pattes des chameaux, fouettait le visage des femmes qui rabattaient la toile bleue sur

7

leurs yeux. Les jeunes enfants couraient, les bébés pleuraient, enroulés dans la toile bleue sur le dos de leur mère. Les chameaux grommelaient, éternuaient. Personne ne savait où on allait.

Le soleil était encore haut dans le ciel nu, le vent emportait les bruits et les odeurs. La sueur coulait lentement sur le visage des voyageurs, et leur peau sombre avait pris le reflet de l'indigo, sur leurs joues, sur leurs bras, le long de leurs jambes. Les tatouages bleus sur le front des femmes brillaient comme des scarabées. Les yeux noirs, pareils à des gouttes de métal, regardaient à peine l'étendue de sable, cherchaient la trace de la piste entre les vagues des dunes.

Il n'y avait rien d'autre sur la terre, rien, ni personne. Ils étaient nés du désert, aucun autre chemin ne pouvait les conduire. Ils ne disaient rien. Ils ne voulaient rien. Le vent passait sur eux, à travers eux, comme s'il n'y avait personne sur les dunes. Ils marchaient depuis la première aube, sans s'arrêter, la fatigue et la soif les enveloppaient comme une gangue. La sécheresse avait durci leurs lèvres et leur langue. La faim les rongeait. Ils n'auraient pas pu parler. Ils étaient devenus, depuis si longtemps, muets comme le désert, pleins de lumière quand le soleil brûle au centre du ciel vide, et glacés de la nuit aux étoiles figées.

Ils continuaient à descendre lentement la pente vers le fond de la vallée, en zigzaguant quand le sable s'éboulait sous leurs pieds. Les hommes choisissaient sans regarder l'endroit où leurs pieds allaient se poser. C'était comme s'ils cheminaient sur des traces invisibles qui les conduisaient vers l'autre bout de la solitude, vers la nuit. Un seul d'entre eux portait un fusil, une carabine à pierre au long canon de bronze noirci. Il la portait sur sa poitrine, serrée entre ses deux bras, le canon dirigé vers le haut comme la hampe d'un drapeau. Ses frères marchaient à côté de lui, enveloppés dans leurs manteaux, un peu courbés en avant sous le poids de leurs fardeaux. Sous leurs manteaux, leurs habits bleus étaient en lambeaux, déchirés par les épines, usés par le sable. Derrière le troupeau exténué, Nour, le fils de l'homme au fusil, marchait devant sa mère et ses sœurs. Son visage était sombre, noirci par le soleil, mais ses yeux brillaient, et la lumière de son regard était presque surnaturelle.

Ils étaient les hommes et les femmes du sable, du vent, de la lumière, de la nuit. Ils étaient apparus, comme dans un rêve, en haut d'une dune, comme s'ils étaient nés du ciel sans nuages, et qu'ils avaient dans leurs membres la dureté de l'espace. Ils portaient avec eux la faim, la soif qui fait saigner les lèvres, le silence dur où luit le soleil, les nuits froides, la lueur de la Voie lactée, la lune ; ils avaient avec eux leur ombre géante au coucher du soleil, les vagues de sable vierge que leurs orteils écartés, touchaient, l'horizon inaccessible. Ils avaient surtout la lumière de leur regard, qui brillait si clairement dans la sclérotique de leurs yeux.

Le troupeau des chèvres bises et des moutons marchait devant les enfants. Les bêtes aussi allaient sans savoir où, posant leurs sabots sur des traces anciennes. Le sable tourbillonnait entre leurs pattes, s'accrochait à leurs toisons sales. Un homme guidait les dromadaires, rien qu'avec la voix, en grognant et en crachant comme eux. Le bruit rauque des respirations se mêlait au vent, disparaissait aussitôt dans les creux des dunes, vers le sud. Mais le vent, la sécheresse, la faim n'avaient plus d'importance. Les hommes et le troupeau fuyaient lentement, descendaient vers le fond de la vallée sans eau, sans ombre.

Ils étaient partis depuis des semaines, des mois, allant d'un puits à un autre, traversant les torrents desséchés qui se perdaient dans le sable, franchissant les collines de pierres, les plateaux. Le troupeau mangeait les herbes maigres, les chardons, les feuilles d'euphorbe qu'il partageait avec les hommes. Le soir, quand le soleil était près de l'horizon et que l'ombre des buissons s'allongeait démesurément, les hommes et les bêtes cessaient de marcher. Les hommes déchargeaient les chameaux, construisaient la grande tente de laine brune, debout sur son unique poteau en bois de cèdre. Les femmes allumaient le feu, préparaient la bouillie de mil, le lait caillé, le beurre, les dattes. La nuit venait très vite, le ciel immense et froid s'ouvrait au-dessus de la terre éteinte. Alors les étoiles naissaient, les milliers d'étoiles arrêtées dans l'espace. L'homme au fusil, celui qui guidait la troupe, appelait Nour et il lui montrait la pointe de la petite Ourse, l'étoile solitaire qu'on nomme le Cabri, puis, à l'autre extrémité de la constellation, Kochab, la bleue. Vers l'est, il montrait à Nour le pont où brillent les cinq étoiles Alkaïd, Mizar, Alioth, Megrez, Fecda. Tout à fait à l'est, à peine au-dessus de l'horizon couleur de cendre, Orion venait de naître, avec Alnilam un peu penché de côté comme le mât d'un navire. Il connaissait toutes les étoiles, il leur donnait parfois des noms étranges, qui étaient comme des commencements d'histoires. Alors il montrait à Nour la route qu'ils suivraient le jour, comme si les lumières qui s'allumaient dans le ciel traçaient les chemins que doivent parcourir les hommes sur la terre. Il y avait tant d'étoiles ! La nuit du désert était pleine de ces feux qui palpitaient doucement, tandis que le vent passait et repassait comme un souffle. C'était un pays hors du temps, loin de l'histoire des hommes, peut-être, un pays où plus rien ne pouvait apparaître ou mourir, comme s'il était déjà séparé des autres pays, au sommet de l'existence terrestre. Les hommes regardaient souvent les étoiles, la grande voie blanche qui fait comme un pont de sable au-dessus de la terre. Ils parlaient un peu, en fumant des feuilles de kif enroulées, ils se racontaient les récits de voyages, les bruits de la guerre contre les soldats des Chrétiens, les vengeances. Puis ils écoutaient la nuit.

Les flammes du feu de brindilles dansaient sous la théière de cuivre, avec un bruit d'eau qui fuse. De l'autre côté du brasero, les femmes parlaient, et l'une d'elles chantonnait pour son bébé qui s'endormait sur son sein. Les chiens sauvages glapissaient, et c'était l'écho dans le creux des dunes qui leur répondait, comme d'autres chiens sauvages. L'odeur des bêtes montait, se mêlait à l'humidité du sable gris, à l'âcreté des fumées des braseros.

Ensuite les femmes et les enfants dormaient sous la tente, et les hommes se couchaient dans leurs manteaux, autour du feu éteint. Ils disparaissaient sur l'étendue de sable et de pierre, invisibles, tandis que le ciel noir resplendissait encore davantage.

Ils avaient marché ainsi pendant des mois, des années, peut-être. Ils avaient suivi les routes du ciel entre les vagues des dunes, les routes qui viennent du Draa, de Tamgrout, de l'Erg Iguidi, ou, plus au nord, la route des Aït Atta, des Gheris, de Tafilelt, qui rejoignent les grands ksours des contreforts de l'Atlas, ou bien la route sans fin qui s'enfonce jusqu'au cœur du désert, au-delà du Hank, vers la grande ville de Tombouctou. Certains étaient morts en route, d'autres étaient nés, s'étaient mariés. Les bêtes aussi étaient mortes, la gorge ouverte pour fertiliser les profondeurs de la terre, ou bien frappées par la peste, et laissées à pourrir sur la terre dure.

C'était comme s'il n'y avait pas de noms, ici, comme s'il n'y avait pas de paroles. Le désert lavait tout dans son vent, effaçait tout. Les hommes avaient la liberté de l'espace dans leur regard, leur peau était pareille au métal. La lumière du soleil éclatait partout. Le sable ocre, jaune, gris, blanc, le sable léger glissait, montrait le vent. Il couvrait toutes les traces, tous les os. Il repoussait la lumière, il chassait l'eau, la vie, loin d'un centre que personne ne pouvait reconnaître. Les hommes savaient bien que le désert ne voulait pas d'eux : alors ils marchaient sans s'arrêter, sur les chemins que d'autres pieds avaient déjà parcourus, pour trouver autre chose. L'eau, elle était dans les *aiun*, les yeux, couleur de ciel, ou bien dans les lits humides des vieux ruisseaux de boue. Mais ce n'était pas de l'eau pour le plaisir, ni pour le repos. C'était juste la trace d'une sueur à la surface du désert, le don parcimonieux d'un Dieu sec, le dernier mouvement de la vie. Eau lourde arrachée au sable, eau morte des crevasses, eau alcaline qui donnait la colique, qui faisait vomir. Il

13

fallait aller encore plus loin, penché un peu en avant, dans la direction qu'avaient donnée les étoiles.

Mais c'était le seul, le dernier pays libre peut-être, le pays où les lois des hommes n'avaient plus d'importance. Un pays pour les pierres et pour le vent, aussi pour les scorpions et pour les gerboises, ceux qui savent se cacher et s'enfuir quand le soleil brûle et que la nuit gèle.

Maintenant, ils étaient apparus au-dessus de la vallée de la Saguiet el Hamra, ils descendaient lentement les pentes de sable. Au fond de la vallée, commençaient les traces de la vie humaine : champs de terre entourés de murs de pierre sèche, enclos pour les chameaux, baraquements de feuilles de palmier nain, grandes tentes de laine pareilles à des bateaux renversés. Les hommes descendaient lentement, enfonçant leurs talons dans le sable qui s'éboulait. Les femmes ralentissaient leur marche, et restaient loin derrière le groupe des bêtes tout à coup affolées par l'odeur des puits. Alors l'immense vallée apparaissait, s'ouvrait sous le plateau de pierre. Nour cherchait les hauts palmiers vert sombre jaillissant du sol, en rangs serrés autour du lac d'eau claire, il cherchait les palais blancs, les minarets, tout ce qu'on lui avait dit depuis son enfance, quand on lui avait parlé de la ville de Smara. Il y avait si longtemps qu'il n'avait pas vu d'arbres. Ses bras un peu desserrés, il marchait vers le bas de la vallée, les yeux à demi fermés à cause de la lumière et du sable.

A mesure que les hommes descendaient vers le fond de la vallée, la ville qu'ils avaient entrevue un instant disparaissait, et ils ne trouvaient que la terre sèche et nue. Il faisait chaud, la sueur coulait abondamment sur le visage de Nour, collait ses vêtements bleus à ses reins, à ses épaules.

Maintenant, d'autres hommes, d'autres femmes apparaissaient aussi, comme nés de la vallée. Des femmes avaient allumé leurs braseros pour le repas du soir, des enfants, des hommes immobiles devant leurs tentes poussiéreuses. Ils étaient venus de tous les points du désert, au-delà de la Hamada de pierres, des montagnes du Cheheïba et de Ouarkziz, du Siroua, des monts Oum Chakourt, au-delà même des grandes oasis du Sud, du lac souterrain de Gourara. Ils avaient franchi les montagnes par le pas de Maïder, vers Tarhamant, ou plus bas, là où le Draa rencontre le Tingut, par Regbat. Ils étaient venus, tous les peuples du Sud, les nomades, les commerçants, les bergers, les pillards, les mendiants. Peut-être que certains avaient quitté le royaume de Biru, ou la grande oasis de Oualata. Leurs visages portaient la marque du terrible soleil, du froid mortel des nuits, aux confins du désert. Certains d'entre eux étaient d'un noir presque rouge, grands et longilignes, qui parlaient une langue inconnue ; c'étaient les Tubbus venus de l'autre côté du désert, du Borku et du Tibesti, les mangeurs de noix de cola, qui allaient jusqu'à la mer.

A mesure que le troupeau d'hommes et de bêtes approchait, les silhouettes noires des hommes se multipliaient. Derrière les acacias tordus, les huttes de branches et de boue apparaissaient, telles des termitières. Des maisons en pisé, des casemates de planches et de boue, et surtout, ces petits murs de pierre sèche, qui n'atteignaient même pas le genou, et qui divisaient la terre rouge en alvéoles minuscules. Dans des champs pas plus grands qu'un tapis de selle, les esclaves *harratin* essayaient de faire vivre quelques fèves, du piment, du mil. Les *acéquias* plongeaient leurs sillons stériles à travers la vallée, pour capter la moindre humidité.

C'était là qu'ils arrivaient, maintenant, vers la grande ville de Smara. Les hommes, les bêtes, tous avançaient sur la terre desséchée, au fond de cette grande blessure de la vallée de la Saguiet.

Il y avait tant de jours, durs et aigus comme le silex, tant d'heures qu'ils attendaient de voir cela. Il y avait tant de souffrance dans leurs corps meurtris, dans leurs lèvres saignantes, dans leur regard brûlé. Ils se hâtaient vers les puits, sans entendre les cris des bêtes ni la rumeur des autres hommes. Quand ils sont arrivés devant les puits, devant le mur de pierre qui retenait la terre molle, ils se sont

16

arrêtés. Les enfants ont éloigné les bêtes à coups de pierres, pendant que les hommes se sont agenouillés pour prier. Puis chacun a plongé son visage dans l'eau et a bu longuement.

C'était comme cela, les yeux de l'eau au milieu du désert. Mais l'eau tiède contenait encore la force du vent, du sable, et du grand ciel glacé de la nuit. Tandis qu'il buvait, Nour sentait entrer en lui le vide qui l'avait chassé de puits en puits. L'eau trouble et fade l'écœurait, ne parvenait pas à étancher sa soif. C'était comme si elle installait au fond de son corps le silence et la solitude des dunes et des grands plateaux de pierres. L'eau était immobile dans les puits, lisse comme du métal, portant à sa surface les débris de feuilles et la laine des animaux. A l'autre puits, les femmes se lavaient et lissaient leurs chevelures.

Près d'elles, les chèvres et les dromadaires étaient immobiles, comme si des piquets les maintenaient dans la boue du puits.

D'autres hommes allaient et venaient, entre les tentes. C'étaient les guerriers bleus du désert, masqués, armés de poignards et de long fusils, qui marchaient à grands pas, sans regarder personne. Les esclaves soudanais vêtus de haillons portaient les charges de mil ou de dattes, les outres d'huile. Des fils de grande tente, vêtus de blanc et de bleu sombre, des chleuhs à la peau presque noire, des enfants de la côte, aux cheveux rouges et à la peau tachée, des hommes sans race, sans nom, des mendiants lépreux qui n'approchaient pas de l'eau. Tous, ils marchaient sur le sol de pierres et de poussière rouge, ils allaient vers les murs de la ville sainte de Smara. Ils avaient fui le désert, pour quelques heures, quelques jours. Ils avaient déployé la toile lourde de leurs tentes, ils s'étaient enroulés dans leurs manteaux de laine, ils attendaient la nuit. Ils mangeaient, maintenant, la bouillie de mil arrosée de lait caillé, le pain, les dattes séchées au goût de miel et de poivre. Les mouches et les moustiques dansaient autour des cheveux des enfants dans l'air du soir, les guêpes se posaient sur leurs mains, sur leurs joues salies de poussière.

Ils parlaient, maintenant, à voix très haute, et les femmes, dans l'ombre étouffante des tentes, riaient et jetaient de petits cailloux sur les enfants qui jouaient. La parole jaillissait de la bouche des hommes comme dans l'ivresse, les mots chantaient, criaient, résonnaient gutturalement. Derrière les tentes, près des murs de Smara, le vent sifflait dans les branches des acacias, dans les feuilles des palmiers nains. Mais pourtant ils restaient dans le silence, les hommes et les femmes aux visages et aux corps bleus par l'indigo et la sueur ; pourtant ils n'avaient pas quitté le désert.

Ils n'oubliaient pas. C'était au fond de

leur corps, dans leurs viscères, ce grand silence qui passait continuellement sur les dunes. C'était le véritable secret. Par instants, l'homme au fusil cessait de parler à Nour, et il regardait en arrière, vers la tête de la vallée, là d'où venait le vent.

Parfois un homme d'une autre tribu s'approchait de la tente et saluait en tendant les deux mains ouvertes. Ils échangeaient à peine quelques mots, quelques noms. Mais c'étaient des mots et des noms qui s'effaçaient tout de suite, de simples traces légères que le vent de sable allait ensevelir.

Quand la nuit venait ici, sur l'eau des puits, c'était à nouveau le règne du ciel constellé du désert. Sur la vallée de la Saguiet et Hamra, les nuits étaient plus douces, et la lune nouvelle montait dans le ciel sombre. Les chauves-souris commençaient leur danse autour des tentes, voletaient au ras de l'eau des puits. La lumière des braseros vacillait, répandait l'odeur de l'huile chaude et de la fumée. Quelques enfants couraient entre les tentes, en jetant des cris gutturaux de chiens. Les bêtes dormaient déjà, les dromadaires aux pattes entravées, les moutons et les chèvres dans les cercles de pierres sèches.

Les hommes n'étaient plus vigilants. Le guide avait posé son fusil à l'entrée de la tente, et il fumait en regardant droit devant lui. Il écoutait à peine les bruits doux des voix et des rires des femmes assises près des braseros. Peut-être qu'il rêvait à d'autres soirs, d'autres routes, comme si la brûlure du soleil sur sa peau et la douleur de la soif dans sa gorge n'étaient que le commencement d'un autre désir.

Le sommeil passait lentement sur la ville de Smara. Ailleurs, au sud, sur la grande Hamada de pierres, il n'y avait pas de sommeil dans la nuit. Il y avait l'engourdissement du froid, quand le vent soufflait sur le sable et mettait à nu le socle des montagnes. On ne pouvait pas dormir sur les routes du désert. On vivait, on mourait, toujours en regardant avec des yeux fixes brûlés de fatigue et de lumière. Quelquefois les hommes bleus rencontraient un des leurs, assis bien droit dans le sable, les jambes étendues devant lui, le corps immobile dans des lambeaux de vêtement qui flottaient. Sur le visage gris, les yeux noircis fixaient l'horizon mouvant des dunes, car c'était ainsi que la mort l'avait surpris.

Le sommeil est comme l'eau, personne ne pouvait vraiment dormir loin des sources. Le vent soufflait, pareil au vent de la stratosphère, ôtant toute chaleur de la terre.

Mais ici, dans la vallée rouge, les voyageurs pouvaient dormir.

Le guide se réveillait avant les autres, il se tenait immobile devant la tente. Il regardait la brume qui remontait lentement le long de la vallée, vers la Hamada.

La nuit s'effaçait au passage de la brume. Les bras croisés sur sa poitrine, le guide respirait à peine, ses paupières restaient fixes. Il attendait comme cela la première lumière de l'aube, le *fijar*, la tache blanche qui naît à l'est, au-dessus des collines. Quand la lumière paraissait, il se penchait sur Nour, et il le réveillait doucement, en mettant la main sur son épaule. Ensemble ils s'éloignaient en silence, ils marchaient sur la piste de sable qui allait vers les puits. Des chiens aboyaient au loin. Dans la lumière grise de l'aube, l'homme et Nour se lavaient selon l'ordre rituel, partie après partie, recommençant trois fois. L'eau du puits était froide et pure, l'eau née du sable et de la nuit. L'homme et l'enfant baignaient encore leur face et lavaient leurs mains, puis ils se tournaient vers l'Orient pour faire leur première prière. Le ciel commençait à éclairer l'horizon.

Dans les campements, les braseros rougeoyaient dans la dernière ombre. Les femmes allaient puiser l'eau, les fillettes couraient dans l'eau du puits en criant un peu, puis elles revenaient, titubant, la jarre en équilibre sur leur cou maigre.

Les bruits de la vie humaine commençaient à monter des campements et des maisons de boue : bruits de métal, de pierre, d'eau. Les chiens jaunes, réunis sur la place, tournaient en rond en jappant. Les chameaux et les bêtes piétinaient, faisaient monter la poussière rouge.

C'était à ce moment-là que la lumière était belle sur la Saguiet el Hamra. Elle venait à la fois du ciel et de la terre, lumière d'or et de cuivre, qui vibrait dans le ciel nu, sans brûler, sans étourdir. Les jeunes filles, écartant un pan de tente, peignaient leurs lourdes chevelures, s'épouillaient, dressaient le chignon où elles accrochaient le voile bleu. La belle lumière brillait sur le cuivre de leur visage et de leurs bras.

Accroupi dans le sable, immobile, Nour regardait lui aussi le jour qui emplissait le ciel au-dessus des campements. Des vols de perdrix traversaient lentement l'espace, remontaient la vallée rouge. Où allaient-ils ? Peut-être qu'ils iraient jusqu'à la tête de la Saguiet, jusqu'aux étroites vallées de terre rouge, entre les monts de l'Agmar. Puis, quand le soleil descendrait, ils reviendraient vers la vallée ouverte, au-dessus des champs, là où les maisons des hommes ressemblent aux maisons des termites.

Peut-être qu'ils connaissaient Aaiun, la ville de boue et de planches où les toits sont quelquefois en métal rouge, peut-être même qu'ils connaissaient la mer couleur d'émeraude et de bronze, la mer libre ?

Les voyageurs commençaient à arriver dans la Saguiet el Hamra, caravanes d'hommes et de bêtes qui descendaient les dunes en soulevant des nuages de poussière rouge. Ils passaient devant les campements, sans même tourner la tête, encore lointains et seuls comme s'ils étaient au milieu du désert.

Ils marchaient lentement vers l'eau des puits, pour abreuver leurs bouches saignantes. Le vent avait commencé à souffler, là-haut, sur la Hamada. Dans la vallée il s'affaiblissait sur les palmiers nains, dans les buissons d'épines, dans les dédales de pierre sèche. Mais, loin de la Saguiet, le monde étincelait aux yeux des voyageurs ; plaines de roches coupantes, montagnes déchirantes, crevasses, nappes de sable qui réverbéraient le soleil. Le ciel était sans limites, d'un bleu si dur qu'il brûlait la face. Plus loin encore, les hommes marchaient dans le réseau des dunes, dans un monde étranger.

Mais c'était leur vrai monde. Ce sable, ces pierres, ce ciel, ce soleil, ce silence, cette douleur, et non pas les villes de métal et de ciment, où l'on entendait le bruit des fontaines et des voix humaines. C'était ici, l'ordre vide du désert, où tout était possible, où l'on marchait sans ombre au bord de sa propre mort. Les hommes bleus avançaient sur la piste invisible, vers Smara, libres comme nul être au monde ne pouvait l'être. Autour d'eux, à perte de vue, c'étaient les crêtes mouvantes des dunes, les vagues de l'espace qu'on ne pouvait pas connaître. Les pieds nus des femmes et des enfants se posaient sur le sable, laissant une trace légère que

23

le vent effaçait aussitôt. Au loin, les mirages flottaient entre terre et ciel, villes blanches, foires, caravanes de chameaux et d'ânes chargés de vivres, rêves affairés. Et les hommes étaient eux-mêmes semblables à des mirages, que la faim, la soif et la fatigue avaient fait naître sur la terre déserte.

Les routes étaient circulaires, elles conduisaient toujours au point de départ, traçant des cercles de plus en plus étroits autour de la Saguiet el Hamra. Mais c'était une route qui n'avait pas de fin, car elle était plus longue que la vie humaine.

Les hommes venaient de l'est, au-delà des montagnes de l'Aadme Rieh, au-delà du Yetti, de Tabelbala. D'autres venaient du sud, de l'oasis d'el Haricha, du puits d'Abd el Malek. Ils avaient marché vers l'ouest, vers le nord, jusqu'aux rivages de la mer, ou bien à travers les grandes mines de sel de Teghaza. Ils étaient revenus, chargés de vivres et de munitions, jusqu'à la terre sainte, la grande vallée de la Saguiet el Hamra, sans savoir vers où ils allaient repartir. Ils avaient voyagé en regardant les chemins des étoiles, fuyant les vents de sable quand le ciel devient rouge et que les dunes commencent à bouger.

Les hommes, les femmes vivaient ainsi, en marchant, sans trouver de repos. Ils mouraient un jour, surpris par la lumière du soleil, frappés par une balle ennemie, ou bien rongés par la fièvre. Les femmes mettaient les enfants au monde, simplement accroupies dans l'ombre de la tente, soutenues par deux femmes, le ventre serré par la grande ceinture de toile. Dès la première minute de leur vie, les hommes appartenaient à l'étendue sans limites, au sable, aux chardons, aux serpents, aux rats, au vent surtout, car c'était leur véritable famille. Les petites filles aux cheveux cuivrés grandissaient, apprenaient les gestes sans fin de la vie. Elles n'avaient pas d'autre miroir que l'étendue fascinante des plaines de gypse, sous le ciel uni. Les garçons apprenaient à marcher, à parler, à chasser et à combattre, simplement pour apprendre à mourir sur le sable.

Debout devant la tente, du côté des hommes, le guide était resté longtemps immobile à regarder bouger les caravanes vers les dunes, vers les puits. Le soleil éclairait son visage brun, son nez en bec d'aigle, ses longs cheveux bouclés couleur de cuivre. Nour lui avait parlé, mais il n'avait pas écouté. Puis, quand le campement avait été calme, il avait fait un signe à Nour, et ensemble ils étaient partis le long de la piste qui remontait vers le nord, vers le centre de la Saguiet el Hamra. Parfois ils avaient croisé quelqu'un qui marchait vers Smara, et ils avaient échangé quelques paroles :
« Qui es-tu ? »

« Bou Sba. Et toi ? »

« Yuemaïa. »

« D'où viens-tu ? »

« Aaïn Rag. »

« Moi, du Sud, d'Iguetti. »

Puis ils se séparaient sans se dire adieu. Plus loin, la piste presque invisible traversait des rocailles, des bosquets de maigres acacias. C'était difficile de marcher, à cause des cailloux aigus qui sortaient de la terre rouge, et Nour avait du mal à suivre son père. La lumière brillait plus fort, le vent du désert soulevait la poussière sous leurs pas. A cet endroit, la vallée n'était plus ouverte ; c'était une sorte de crevasse grise et rouge, qui étincelait par endroits comme du métal. Les cailloux encombraient le lit du torrent sec, pierres blanches, rouges, silex noirs sur lesquels le soleil faisait naître des étincelles.

Le guide marchait contre le soleil, penché en avant, la tête couverte par son manteau de laine. Les griffes des arbustes déchiraient les vêtements de Nour, zébraient ses jambes et ses pieds nus, mais il n'y prenait pas garde. Son regard était fixé devant lui, sur la silhouette de son père qui se hâtait. Tout à coup, ils s'arrêtèrent ensemble : le tombeau blanc était apparu entre les collines de pierres, étincelant dans la lumière du ciel. L'homme restait immobile, un peu incliné comme s'il saluait le tombeau. Puis ils recommencèrent à marcher sur les cailloux qui s'éboulaient.

Lentement, sans baisser les yeux, le guide montait vers le tombeau. A mesure qu'ils approchaient, le toit arrondi semblait sortir des pierres rouges, grandir vers le ciel. La lumière très belle et pure illuminait le tombeau, le gonflait dans l'air surchauffé. Il n'y avait pas d'ombre à cet endroit, simplement les pierres aiguës de la colline, et, au-dessous, le lit asséché du torrent.

Ils arrivèrent devant le tombeau. C'étaient juste quatre murs de boue peinte à la chaux, posés sur un socle de pierres rouges. Il y avait une seule porte pareille à l'entrée d'un four, obstruée par une large pierre rouge. Au-dessus des murs, le dôme blanc avait la forme d'une coquille d'œuf, et se terminait par une pointe de lance. Nour ne regardait plus que l'entrée du tombeau, et la porte grandissait dans ses yeux, devenait la porte d'un monument immense aux murailles pareilles à des falaises de craie, au dôme grand comme une montagne. Ici, s'arrêtaient le vent et la chaleur du désert, la solitude du jour ; ici finissaient les pistes légères, même celles où marchent les égarés, les fous, les vaincus. C'était le centre du désert, peut-être, le lieu où tout avait commencé, autrefois, quand les hommes étaient venus pour la première fois. Le tombeau brillait sur la pente de la colline rouge. La lumière du soleil se réverbérait sur la terre battue, brûlait le dôme blanc, faisait tomber, de temps à autre, de petits ruisseaux de poudre rouge le long des fissures des murs. Nour et son père étaient seuls près du tombeau. Le silence dense régnait sur la vallée de la Saguiet el Hamra.

Par la porte ronde, quand il a fait basculer la large pierre, le guide a vu l'ombre puissante et froide, et il lui a semblé sentir sur son visage comme un souffle.

Autour du tombeau, il y avait une aire de terre rouge battue par les pieds des visiteurs. C'est là que le guide et Nour s'installèrent d'abord, pour prier. Ici, en haut de la colline, près du tombeau de l'homme saint, avec la vallée de la Saguiet el Hamra qui étendait à perte de vue son lit desséché, et l'horizon immense où apparaissaient d'autres collines, d'autres rochers contre le ciel bleu, le silence était encore plus poignant. C'était comme si le monde s'était arrêté de bouger et de parler, s'était transformé en pierre.

De temps en temps, Nour entendait quand même les craquements des murs de boue, le bourdonnement d'un insecte, le gémissement du vent.

« Je suis venu », disait l'homme à genoux sur la terre battue. « Aide-moi, esprit de mon père, esprit de mon grand-père. J'ai traversé le désert, je suis venu pour te demander ta bénédiction avant de mourir. Aide-moi, donne-moi ta bénédiction, puisque je suis ta propre chair. Je suis venu. »

Il parlait comme cela, et Nour écoutait les paroles de son père sans comprendre. Il parlait, tantôt à voix pleine, tantôt en murmurant et en chantonnant, la tête se balançant, répétant toujours ces simples mots : « Je suis venu, je suis venu. »

Il se penchait en avant, prenait de la poussière rouge dans le creux de ses mains et la laissait couler sur son visage, sur son front, sur ses paupières, sur ses lèvres.

Puis il se levait et marchait jusqu'à la porte. Devant l'ouverture, il s'agenouillait et priait encore, le front posé sur la pierre du seuil. L'ombre se dissipait lentement à l'intérieur du tombeau, comme un brouillard nocturne. Les murs du tombeau étaient nus et blancs, comme à l'extérieur, et le plafond bas montrait son armature de branches mêlées à la boue séchée.

Nour entrait lui aussi, maintenant, à quatre pattes. Il sentait sous les paumes de ses mains la dalle dure et froide de la terre mélangée au sang des moutons. Au fond du tombeau, sur la terre battue, le guide était étendu à plat ventre. Il touchait la terre avec ses mains, les bras allongés devant lui, ne faisant qu'un avec le sol. Il ne priait plus, à présent, il ne chantait plus. Il respirait lentement, la bouche contre la terre, écoutant le sang battre dans sa gorge et dans ses oreilles. C'était comme si quelque chose d'étranger entrait en lui, par sa bouche, par son front, par

29

les paumes de ses mains et par son ventre, quelque chose qui allait loin au fond de lui et le changeait imperceptiblement. C'était le silence, peut-être, venu du désert, de la mer des dunes, des montagnes de pierre sous la clarté lunaire, ou bien des grandes plaines de sable rose où la lumière du soleil danse et trébuche comme un rideau de pluie ; le silence des trous d'eau verte, qui regardent le ciel comme des yeux, le silence du ciel sans nuages, sans oiseaux, où le vent est libre.

L'homme allongé sur le sol sentait ses membres s'engourdir. L'ombre emplissait ses yeux comme avant le sommeil. Pourtant, en même temps, une énergie nouvelle entrait par son ventre, par ses mains, rayonnait dans chacun de ses muscles. En lui, tout se changeait, s'accomplissait. Il n'y avait plus de souffrance, plus de désir, plus de vengeance. Il oubliait cela, comme si l'eau de la prière avait lavé son esprit. Il n'y avait plus de mots non plus, l'ombre froide du tombeau les rendait vains. A leur place, il y avait ce courant étrange qui vibrait dans la terre mêlée de sang, cette onde, cette chaleur. Cela n'était comme rien de ce qu'il y a sur la terre. C'était un pouvoir direct, sans pensée, qui venait du fond de la terre et s'en allait vers le fond de l'espace, comme si un lien invisible unissait le corps de l'homme allongé et le reste du monde.

Nour respirait à peine, regardant son père dans l'ombre du tombeau. Ses doigts écartés touchaient la terre froide, et elle l'entraînait à travers l'espace dans une course vertigineuse.

Longtemps ils restèrent ainsi, le guide allongé sur la terre, et Nour accroupi, les yeux ouverts, immobile. Puis, quand tout fut fini, l'homme se releva lentement et fit sortir son fils. Il alla s'asseoir contre le mur du tombeau, près de la porte, et il roula de nouveau la pierre pour fermer l'entrée du tombeau. Il semblait épuisé comme s'il avait marché pendant des heures sans boire ni manger. Mais au fond de lui il y avait une force nouvelle, un bonheur qui éclairait son regard. C'était maintenant comme s'il savait ce qu'il devait faire, comme s'il connaissait d'avance le chemin qu'il devrait parcourir.

Il rabattait le pan de son manteau de laine sur son visage; et il remerciait l'homme saint, sans prononcer de paroles, simplement en bougeant un peu la tête et en chantonnant à l'intérieur de sa gorge. Ses longues mains bleues caressaient la terre battue, saisissant la fine poussière.

Devant eux, le soleil suivait sa courbe dans le ciel, lentement, descendant de l'autre côté de la Saguiet el Hamra. Les ombres des collines et des rochers s'allongeaient, au fond de la vallée. Mais le guide ne semblait s'apercevoir de rien. Immobile, le dos appuyé contre le mur du tombeau, il ne sentait pas le passage du jour, ni la faim et la soif. Il était plein d'une autre force, d'un autre temps, qui l'avaient rendu étranger à l'ordre des hommes. Peut-être qu'il n'attendait plus rien, qu'il ne savait plus rien, et qu'il était devenu semblable au désert, silence, immobilité, absence.

Quand la nuit a commencé à descendre, Nour a eu peur et il a touché l'épaule de son père. L'homme l'a regardé sans rien dire, en souriant un peu. Ensemble ils se sont mis à redescendre la colline vers le lit du torrent desséché. Malgré la nuit qui venait, leurs yeux avaient mal, et le vent chaud brûlait leurs visages et leurs mains. L'homme titubait un peu en marchant sur le chemin, et il dut s'appuyer sur l'épaule de Nour.

En bas, au fond de la vallée, l'eau des puits était noire. Les moustiques dansaient dans l'air, cherchaient à piquer les paupières des enfants. Plus loin, près des murs rouges de Smara, les chauves-souris volaient au ras des tentes, tournaient autour des braseros. Quand ils arrivèrent devant le premier puits, Nour et son père s'arrêtèrent encore, pour laver soigneusement chaque partie de leur corps. Puis ils ont dit la dernière prière, tournés vers le côté d'où venait la nuit.

Alors ils sont venus de plus en plus nombreux dans la vallée de la Saguiet el Hamra. Ils arrivaient du sud, certains avec leurs chameaux et leurs chevaux, mais la plupart à pied, parce que les bêtes mouraient de soif et de maladie sur le chemin. Chaque jour, autour du rempart de boue de Smara, le jeune garçon voyait les nouveaux campements. Les tentes de laine brune ajoutaient de nouveaux cercles autour des murs de la ville. Chaque soir, à la tombée de la nuit, Nour regardait les voyageurs qui arrivaient dans des nuages de poussière. Jamais il n'avait vu tant d'hommes. C'était un brouhaha continu de voix d'hommes et de femmes, de cris aigus d'enfants, de pleurs, mêlés aux appels des chèvres et des brebis, aux fracas des attelages, aux grommellements des chameaux. Une odeur étrange que Nour ne connaissait pas bien montait du sable et venait par bouffées dans le vent du soir ; c'était une odeur puissante, âcre et douce à la fois, celle de la peau humaine, de la respiration, de la sueur. Les feux de charbon de bois, de brindilles et de bouse s'allumaient dans la pénombre. La fumée des braseros s'élevait au-dessus des tentes. Nour entendait les mélopées douces des femmes qui endormaient leurs bébés.

La plupart de ceux qui arrivaient maintenant étaient des vieux, des femmes et des enfants, fatigués par les marches forcées à travers le désert, les vêtements déchirés, les pieds nus ou entourés de chiffons. Les visages étaient noirs, brûlés par la lumière, les yeux pareils à des morceaux de charbon. Les jeunes enfants allaient nus, leurs jambes marquées de plaies, leurs ventres dilatés par la faim et la soif.

Nour parcourait le campement, se faufilant entre les tentes. Il était étonné de voir tant de monde, et en même temps il sentait une sorte d'angoisse, parce qu'il pensait, sans bien comprendre pourquoi, que beaucoup de ces hommes, de ces femmes et de ces enfants allaient bientôt mourir.

Sans cesse il rencontrait de nouveaux voyageurs, qui marchaient lentement le long des allées, entre les tentes. Certains d'entre eux venaient du plus au sud, noirs comme des Soudanais, et parlant une langue que Nour ne connaissait pas. Les hommes étaient masqués pour la plupart, enveloppés dans des manteaux de laine et dans des linges bleus, les pieds chaussés de sandales de cuir de chèvre. Ils portaient de longs fusils à pierre au canon de bronze, des lances, des poignards. Nour s'écartait pour les laisser passer, et il les regardait marcher vers la porte de Smara. Ils allaient saluer le grand cheikh Moulay Ahmed ben Mohammed el Fadel, celui qu'on appelait Ma el Aïnine, l'Eau des Yeux.

Tous, ils allaient s'asseoir sur les banquettes de boue séchée, autour de la cour de la maison du cheikh. Puis ils allaient dire leur prière, au coucher du soleil, à l'est du puits, à genoux dans le sable, le corps tourné dans la direction du désert.

Lorsque la nuit était venue, Nour était retourné vers la tente de son père, et il s'était assis à côté de son frère aîné. Dans la partie droite de la tente, sa mère et ses sœurs parlaient, allongées sur les tapis, entre les vivres et le bât du chameau. Peu à peu le silence revenait sur Smara et dans la vallée, les bruits des voix humaines et les cris des bêtes s'éteignaient les uns après les autres. La pleine lune apparaissait dans le ciel noir, disque blanc magnifiquement dilaté. La nuit était froide, malgré toute la chaleur du jour qui était restée dans le sable. Quelques chauves-souris volaient devant la lune, basculaient rapidement vers le sol. Nour, étendu sur le côté, la tête appuyée contre son bras, les suivait du regard, en attendant le sommeil. Il s'endormit tout d'un coup, sans s'en apercevoir, les yeux ouverts.

Quand il se réveilla, il eut l'impression

bizarre que le temps n'était pas passé. Il chercha des yeux le disque de la lune, et c'est en voyant qu'elle avait commencé sa descente vers l'ouest qu'il comprit qu'il avait dormi longtemps.

Le silence était oppressant sur les campements. On entendait seulement les cris lointains des chiens sauvages, quelque part à la limite du désert.

Nour se leva, et vit que son père et son frère n'étaient plus sous la tente. Seules, dans l'ombre, à gauche de la tente, les formes des femmes et des enfants enroulés dans les tapis apparaissaient vaguement. Nour commença à marcher sur le chemin de sable, entre les campements, dans la direction des remparts de Smara. Le sable éclairé par la lumière de la lune était très blanc, avec les ombres bleues des cailloux et des arbustes. Il n'y avait aucun bruit, comme si tous les hommes étaient endormis, mais Nour savait que les hommes n'étaient pas sous les tentes. Il n'y avait que les enfants qui dormaient, et les femmes qui regardaient au-dehors, sans bouger, enroulées dans les manteaux et les tapis. L'air de la nuit faisait frissonner le jeune garçon, et le sable était froid et dur sous ses pieds nus.

Quand il approcha des murs de la ville, Nour entendit la rumeur des hommes. Il vit, un peu plus loin, la silhouette immobile d'un gardien, accroupi devant la porte de la ville, sa longue carabine appuyée sur ses genoux. Mais Nour connaissait un endroit où le rempart de boue était écroulé, et il put entrer dans Smara sans passer devant la sentinelle.

Tout de suite, il découvrit l'assemblée des hommes dans la cour de la maison du cheikh. Ils étaient assis par terre, par groupes de cinq ou six autour des braseros où les grandes bouilloires de cuivre contenaient l'eau pour le thé vert. Nour se glissa sans bruit dans l'assemblée. Personne ne le regardait. Tous les hommes étaient occupés par un groupe de guerriers debout devant la porte de la maison. Il y avait quelques soldats du désert, vêtus de bleu, qui restaient absolument immobiles à regarder un homme âgé, vêtu d'un simple manteau de laine blanche qui recouvrait sa tête, et deux hommes jeunes, armés, qui parlaient à tour de rôle avec véhémence.

De là où Nour était assis, à cause de la rumeur des hommes qui répétaient ou commentaient ce qui avait déjà été dit, il n'était pas possible de comprendre leurs paroles. Quand ses yeux furent habitués au contraste de l'ombre et des lueurs rouges des braseros, Nour reconnut la silhouette du vieil homme. C'était le grand cheikh Ma el Aïnine, celui qu'il avait déjà aperçu quand son père et son frère aîné étaient venus le saluer, à leur arrivée au puits de Smara.

Nour demanda à son voisin qui étaient les deux jeunes hommes qui entouraient le cheikh. On lui donna les noms :

« Saadbou, et Larhdaf, les frères de Ahmed ed Dehiba, celui qu'on appelle la Parcelle d'Or, celui qui sera bientôt notre vrai roi. »

Nour ne cherchait pas à entendre les paroles des deux jeunes guerriers. Il regardait de toutes ses forces la figure frêle du vieil homme, immobile entre eux, et dont le manteau éclairé par la lune faisait une tache très blanche.

Tous les hommes le regardaient aussi, comme avec un seul regard, comme si c'était lui qui parlait vraiment, comme s'il allait faire un seul geste et qu'alors tout serait transformé, car c'était lui qui donnait l'ordre même du désert.

Ma el Aïnine ne bougeait pas. Il ne semblait pas entendre les paroles de ses fils, ni la rumeur continue qui venait des centaines d'hommes assis dans la cour, devant lui. Parfois il tournait un peu la tête, et il regardait ailleurs, au-delà des hommes et des murs de boue de sa ville, vers le ciel sombre, dans la direction des collines de pierres.

Nour pensait qu'il voulait peut-être simplement que les hommes retournent vers le désert, d'où ils étaient partis, et son cœur se serrait. Il ne comprenait pas les paroles des hommes autour de lui. Au-dessus de Smara, le ciel était sans fond, glacé, aux étoiles noyées par la nuée blanche de la lumière lunaire. Et c'était un peu comme un signe de mort, ou d'abandon, comme un signe de la terrible absence qui creusait un vide dans les tentes immobiles et dans les murs de la ville. Nour sentait cela surtout quand il regardait la silhouette fragile du grand cheikh, comme s'il entrait dans le cœur même du vieillard et qu'il entrait dans son silence.

Les autres cheikhs, les chefs de grande tente, et les guerriers bleus sont venus, l'un après l'autre. Tous disaient la même parole, la voix brisée par la fatigue et par la sécheresse. Ils parlaient des soldats des Chrétiens qui entraient dans les oasis du Sud, et qui apportaient la guerre aux nomades ; ils parlaient des villes fortifiées que les Chrétiens construisaient dans le désert, et qui fermaient l'accès des puits jusqu'aux rivages de la mer. Ils parlaient des batailles perdues, des hommes morts, si nombreux qu'on ne se souvenait même plus de leurs noms, des troupes de femmes et d'enfants qui fuyaient vers le nord à travers le désert, des carcasses de bêtes mortes qu'on rencontrait partout sur la route. Ils parlaient des caravanes interrompues, quand les soldats des Chrétiens libéraient les esclaves et les renvoyaient vers le sud, et quand les guerriers touareg recevaient de l'argent des Chrétiens pour chaque esclave qu'ils avaient volé dans les convois. Ils parlaient des marchandises et du bétail saisis, des troupes de brigands qui étaient entrées dans le désert en même temps que les Chrétiens. Ils parlaient aussi des troupes de soldats chrétiens, guidées par les Noirs du Sud, si nombreuses qu'elles couvraient les dunes de sable d'un bout à l'autre de l'horizon. Puis les cavaliers qui encerclaient les campements et qui tuaient sur place tous ceux qui leur résistaient, et qui emmenaient ensuite les enfants pour les mettre dans les écoles des Chrétiens, dans les forteresses sur les rivages de la mer. Alors, quand ils entendaient cela, les autres hommes disaient que c'était vrai, par Dieu, et la rumeur des voix s'enflait et bougeait sur la place comme le bruit du vent qui arrive.

Nour écoutait la rumeur des voix qui grandissait, puis retombait, comme le passage du vent du désert sur les dunes, et sa gorge se resserrait, parce qu'il y avait une menace terrible sur la ville et sur tous les hommes, une menace qu'il ne parvenait pas à comprendre.

Presque sans ciller, il regardait maintenant la silhouette blanche du vieil homme, immobile entre ses fils malgré la fatigue et le froid de la nuit. Nour pensait que seul lui, Ma el Aïnine, pouvait changer le cours de cette nuit, calmer la colère de la foule d'un geste de la main, ou au contraire, la déchaîner, avec seulement quelques paroles qui seraient répétées de bouche en bouche, et feraient grandir une vague de rage et d'amertume. Comme Nour, tous les hommes regardaient vers lui, avec leurs yeux brûlants de fatigue et de fièvre, leur esprit tendu par la souffrance. Tous sentaient leur peau durcie par la brûlure du soleil, et leurs lèvres étaient desséchées par le vent du désert. Ils attendaient, presque sans bouger, les yeux fixes, guettant un signe. Mais Ma el Aïnine ne semblait pas s'en apercevoir. Ses yeux étaient fixes et son regard lointain, passant au-dessus des têtes des hommes, au-delà des murs de boue séchée de Smara. Peut-être qu'il cherchait la réponse à l'angoisse des hommes dans le plus profond du ciel nocturne, dans l'étrange buée de lumière qui nageait autour du disque lunaire. Nour regarda au-dessus de lui, à l'endroit où d'ordinaire on voyait les sept étoiles du Petit Chariot, mais il ne vit rien. Seule la planète Jupiter apparaissait, figée dans le ciel glacé. La lumière de la lune avait tout recouvert de son brouillard. Nour aimait les étoiles, car son père lui avait appris leur nom depuis qu'il était tout petit ; mais cette nuit-là, c'était comme s'il ne parvenait pas à reconnaître le ciel. Tout était immense et froid, noyé dans la lumière blanche de la lune, aveuglé. Sur la terre, les feux des braseros faisaient des trous rouges qui éclairaient bizarrement les visages des hommes. C'était peut-être la peur qui avait tout changé, qui avait décharné les visages et les mains, et taché d'ombre noire les orbites vides ; c'était la nuit qui avait glacé la lumière dans le regard des hommes, qui avait creusé ce trou immense dans le fond du ciel.

Quand les hommes eurent fini de parler, chacun à son tour, debout à côté du cheikh Ma el Aïnine — tous ceux dont Nour avait entendu les noms prononcés autrefois par son père, les chefs de tribus guerrières, les hommes de la légende, les Maqil, Arib, Oulad Yahia, Oulad Delim, Aroussiyine, Icherguiguine, les Reguibat au visage voilé de noir, et ceux qui parlaient les langages des chleuhs, les Idaou Belal, Idaou Meribat, Aït ba Amrane, et ceux mêmes dont les noms étaient inconnus, venus des confins de la Mauritanie, de Tombouctou, ceux qui n'avaient pas voulu s'asseoir auprès des braseros, mais qui étaient restés près de l'entrée de la place, debout, enveloppés dans leurs manteaux, l'air à la fois craintif et méprisant, ceux qui n'avaient pas voulu parler. Nour les regardait tous, les uns après les autres, et il sentait le vide terrible qui se creusait sur leurs visages, comme s'ils allaient bientôt mourir.

Ma el Aïnine ne les voyait pas. Il n'avait regardé personne, sauf une fois, peut-être, quand son regard s'était arrêté un bref instant sur le visage de Nour, comme s'il était étonné de le rencontrer au milieu de tant d'hommes. C'était depuis cet instant, rapide comme un reflet, à peine perceptible, mais le cœur de Nour s'était mis à battre plus vite et plus fort, que Nour avait attendu le signe que le vieux cheikh devait donner aux hommes réunis devant lui. Le vieil homme restait immobile, comme s'il pensait à autre chose, tandis que ses deux fils, penchés vers lui, parlaient à voix basse. Enfin il sortit de sa robe son chapelet d'ébène et il s'accroupit dans la poussière, très lentement, la tête penchée en avant. Puis il commença à prier, en récitant la formule qu'il avait écrite pour lui-même, tandis que ses fils s'asseyaient à ses côtés. Bientôt, comme si ce simple geste avait suffi, la rumeur des voix humaines cessa, et le silence vint sur la place, intense et glacé dans la lumière trop blanche de la pleine lune. Les bruits lointains, à peine perceptibles, venus du désert, du vent, des pierres sèches des plateaux, et les cris hachés des chiens sauvages recommencèrent à emplir l'espace. Sans se saluer, sans dire un mot, sans faire un bruit, les hommes se levaient, les uns après les autres, et quittaient la place. Ils marchaient sur le chemin poussiéreux, un par un, parce qu'ils n'avaient plus envie de se parler. Quand son père toucha son épaule, Nour se leva et s'en alla lui aussi. Avant de quitter la place, il se retourna pour regarder l'étrange frêle silhouette du vieil homme, tout seul maintenant dans la clarté de la lune, qui psalmodiait sa prière en balançant le haut de son corps comme quelqu'un qui va à cheval.

Les jours suivants, l'inquiétude grandit encore dans le campement de Smara. C'était incompréhensible, mais tout le monde le sentait, comme une souffrance au cœur, comme une menace. Le soleil brûlait fort dans la journée, réverbérant sa lumière violente sur les angles des cailloux et sur le lit des torrents asséchés. Les contreforts de la Hamada rocheuse vibraient au loin, et on voyait sans cesse des mirages au-dessus de la vallée de la Saguiet. A chaque heure du jour arrivaient de nouvelles cohortes de nomades, harassés par la fatigue et par la soif, venus du sud par marches forcées, et leurs silhouettes se confondaient à l'horizon avec les fourmillements des mirages. Ils marchaient lentement, les pieds bandés dans des lanières de peau de chèvre, portant sur leur dos leurs maigres fardeaux. Ils étaient quelquefois suivis de chameaux faméliques et de chevaux boiteux, de chèvres, de moutons. Ils dressaient hâtivement leurs tentes à la lisière du campement. Personne n'allait les saluer, ni leur demander d'où ils venaient. Certains portaient les marques des blessures reçues dans les combats contre les soldats des Chrétiens ou contre les pillards du désert ; la plupart étaient à bout de forces, usés par les fièvres et par les maladies de ventre. Parfois arrivaient les restes d'une armée, décimée, sans chefs, sans femmes, des hommes à la peau noire presque nus dans leurs vêtements en loques, le regard vide et brillant de fièvre et de folie. Ils allaient s'abreuver à la fontaine, devant la porte de Smara, puis ils se couchaient par terre à l'ombre des murs de la ville, comme pour dormir, mais leurs yeux restaient grands ouverts.

Depuis la nuit de l'assemblée des tribus, Nour n'avait pas revu Ma el Aïnine ni ses fils. Mais il sentait bien que la grande rumeur qui s'était apaisée quand le cheikh avait commencé sa prière n'avait pas vraiment cessé. La rumeur n'était plus dans les paroles, maintenant. Son père, son frère aîné, sa mère ne disaient rien, et ils détournaient la tête comme s'ils ne voulaient pas qu'on les interroge. Mais l'inquiétude grandissait toujours, dans les bruits du campement, dans les cris des bêtes qui s'impatientaient, dans le bruit des pas des nouveaux voyageurs qui arrivaient du sud, dans les paroles dures que les hommes se jetaient entre eux ou contre leurs enfants. L'inquiétude était aussi dans les odeurs violentes, la sueur, l'urine, la faim, toute cette âcreté qui venait de la terre et des replis des campements. Elle grandissait dans la rareté de la nourriture, quelques dattes poivrées, le lait caillé et la bouillie d'orge qu'on mangeait vite, à la première heure du jour, quand le soleil n'était pas encore sorti des dunes. L'inquiétude était dans l'eau sale du puits que les pas des hommes et des bêtes avaient troublée, et que le thé vert ne parvenait pas à bonifier. Il y avait longtemps qu'il n'y avait plus de sucre, ni de miel, et les dattes étaient sèches comme des pierres, et la viande était celle, âcre et dure, des chameaux morts d'épuisement. L'inquiétude grandissait dans les bouches sèches et dans les doigts qui saignaient, dans la lourdeur qui pesait sur la tête et sur les épaules des hommes, dans la chaleur du jour, puis dans le froid de la nuit qui faisait grelotter les enfants dans les plis des vieux tapis.

Chaque jour, en passant devant les campements, Nour entendait les voix des femmes qui pleuraient parce que quelqu'un était mort pendant la nuit. Chaque jour, on était allé un peu plus loin dans le désespoir et la colère, et le cœur de Nour se serrait davantage. Il pensait au regard du cheikh qui flottait au loin sur les collines invisibles de la nuit, puis qui se posait sur lui, un bref instant, comme un reflet, et qui l'éclairait au-dedans de lui-même.

Tous, ils étaient venus de si loin vers Smara, comme si ce devait être là la fin de leur voyage. Comme si plus rien ne pouvait manquer. Ils étaient venus parce que la terre manquait sous leurs pieds, comme si elle s'était écroulée derrière eux, et qu'il n'était désormais plus possible de revenir en arrière. Et maintenant, ils étaient là, des centaines, des milliers, sur une terre qui ne pouvait pas les recevoir, une terre sans eau, sans arbres, sans nourriture. Leur regard allait sans cesse vers tous les points du cercle de l'horizon, vers les montagnes déchirantes du Sud, vers le désert de l'Est, ver les lits desséchés des torrents de la Saguiet, vers les hauts plateaux du Nord. Leur regard se perdait aussi dans le ciel vide, sans un nuage, où le soleil de feu aveuglait. Alors l'inquiétude devenait de la peur, et la peur de la colère, et Nour sentait une onde étrange qui passait sur le campement, une odeur peut-être, qui montait des toiles des tentes et qui tournait autour de la ville de Smara. C'était une ivresse aussi, l'ivresse du vide et de la faim qui transformait les formes et les couleurs de la terre, qui changeait le bleu du ciel, qui faisait naître de grands lacs d'eau pure sur les fonds brûlants des salines, qui peuplait l'azur des nuages d'oiseaux et de mouches.

Nour allait s'asseoir à l'ombre de la muraille de boue, quand le soleil déclinait, et il regardait l'endroit où Ma el Aïnine avait apparu, cette nuit-là, sur la place, l'endroit invisible où il s'était accroupi pour prier. Quelquefois d'autres hommes venaient comme lui, et restaient immobiles à l'entrée de la place, pour regarder la muraille de terre rouge aux étroites fenêtres. Ils ne disaient rien, ils regardaient seulement. Puis ils retournaient vers leur campement.

Ensuite, après tous ces jours de colère et de peur sur la terre et dans le ciel, après toutes ces nuits glacées où l'on dormait un peu, où l'on se réveillait tout à coup, sans raison, les yeux fiévreux et le corps ouvert d'une mauvaise sueur, après tout ce temps si long qui éteignait peu à peu les vieillards et les jeunes enfants, soudain, sans que personne sache comment, on a su que le moment du départ était arrivé.

Nour l'avait entendu, avant même que sa mère n'en parle, avant même que son frère ne lui dise en riant, comme si tout était changé : « Nous allons partir, demain, ou après-demain, écoute bien, nous allons partir vers le nord, c'est le cheikh Ma el Aïnine qui l'a dit, nous allons partir très loin d'ici ! » Peut-être que la nouvelle était venue dans l'air, ou dans la poussière, ou bien peut-être que Nour l'avait entendue en regardant la terre battue, sur la place de Smara.

C'était venu sur tout le campement très vite, et l'air résonnait comme une musique. Les voix des hommes, les cris des enfants, les sons des cuivres, les grognements des chameaux, les piétinements et les pétarades des chevaux, et cela ressemblait au bruit que fait la pluie quand elle arrive, descendant la vallée et roulant avec elle les eaux rouges des torrents. Les hommes et les femmes allaient en courant le long des allées, les chevaux piétinaient, les chameaux entravés mordaient leurs liens, parce que l'impatience était grande. Malgré la brûlure du ciel, les femmes restaient debout devant les tentes, à parler et à crier. Personne n'aurait pu dire comment la nouvelle était venue d'abord, mais tous répétaient la phrase qui les enivrait : « Nous allons partir, nous allons partir vers le nord. »

Les yeux du père de Nour brillaient d'une sorte de joie fiévreuse.

« Nous allons partir bientôt, notre cheikh l'a dit, nous allons partir bientôt. »

« Où ? » avait demandé Nour.

« Vers le nord, au-delà des montagnes du Draa, vers Souss, Tiznit. Là-bas, il y a de l'eau et des terres pour nous tous, qui nous attendent, c'est Moulay Hiba, notre vrai roi, le fils de Ma el Aïnine qui l'a dit, et Ahmed Ech Chems aussi. »

Les groupes d'hommes marchaient dans les allées, vers la ville de Smara, et Nour était pris dans leurs tourbillons. La poussière rouge montait sous les pas des hommes et sous les piétinements des bêtes, elle formait un nuage au-dessus du campement. Déjà les premières décharges des fusils se faisaient entendre, et l'odeur âcre de la poudre chassait l'odeur de la peur qui avait régné sur le campement. Nour avançait sans voir, bousculé par les hommes, rejeté contre les parois des tentes. La poussière desséchait sa gorge et brûlait ses yeux. La chaleur du soleil était terrible, jetant des éclairs de blancheur à travers l'épaisseur de la poussière. Nour marcha un moment comme cela, au hasard, les bras tendus devant lui. Puis il tomba par terre et il rampa à l'abri d'une tente. Dans la pénombre, il put reprendre ses sens. Une vieille femme était là, assise contre la partie basse de la toile, enveloppée dans son manteau bleu. Quand elle vit Nour, elle le prit d'abord pour un voleur et elle lui cria des injures en lui jetant des cailloux au visage. Puis elle s'approcha, et elle vit ses joues salies de poussière où les larmes avaient tracé des sillons rouges.

« Qu'as-tu ? Es-tu malade ? » dit-elle plus doucement.

Nour secoua la tête. La vieille avança vers lui à quatre pattes.

« Tu dois être malade », dit-elle. « Je vais te donner du thé. »

Elle versa le thé dans un gobelet de cuivre.

« Bois. »

Le thé brûlant et sans sucre réconforta Nour.

« Nous allons bientôt partir d'ici », dit-il, la voix un peu hésitante.

La vieille le regardait. Elle haussa les épaules.

« Oui, c'est ce qu'ils disent. »

« C'est un grand jour pour nous », dit Nour.

Mais la vieille femme n'avait pas l'air de croire que c'était aussi important, peut-être simplement parce qu'elle était vieille.

« Toi, tu arriveras peut-être là-bas, où ils disent, au nord. Mais moi je mourrai avant. »

Elle répéta cela :

« Moi, je mourrai avant d'arriver au nord. »

Plus tard, Nour sortit de la tente. Les allées du campement étaient de nouveau désertes, comme si tous les vivants étaient partis. Mais, à l'ombre des tentes, Nour aperçut les formes humaines : les vieillards, les malades qui tremblaient de fièvre malgré la fournaise, les jeunes femmes qui tenaient dans leurs bras des bébés et qui regardaient devant elles avec des yeux vides et tristes. Encore une fois, Nour sentit son cœur se serrer, parce que c'était l'ombre de la mort qui était sous les tentes.

Comme il approchait du mur d'enceinte de la ville, il entendit grandir le bruit rythmé de la musique. Les hommes et les femmes étaient assemblés devant la porte de Smara, formant un large demi-cercle autour des musiciens. Nour entendit le son aigre des flûtes qui montait, descendait, montait, puis s'arrêtait, tandis que les tambours et les rebecs reprenaient inlassablement la même phrase. Une voix d'homme, grave et monotone, chantait une chanson andalouse, mais Nour ne pouvait pas reconnaître les paroles. Au-dessus de la ville rouge, le ciel était lisse, très bleu, très dur. La fête des voyageurs allait commencer, maintenant, elle durerait jusqu'au lendemain, à l'aube, et peut-être jusqu'au jour suivant. Les drapeaux allaient flotter dans le vent, et les cavaliers feraient le tour des remparts en déchargeant leurs longs fusils, tandis que les jeunes femmes crieraient en faisant trembler leur voix comme des grelots.

Nour sentit l'ivresse de la musique et de la danse, et il oublia l'ombre mortelle qui restait sous les tentes. C'était comme s'il était déjà en marche vers les hautes falaises du Nord, là où commencent les plateaux, là où naissent les torrents d'eau claire, l'eau que personne n'a jamais regardée. Et pourtant, l'angoisse qui s'était installée en lui quand il avait vu arriver les troupes des nomades restait quelque part au fond de lui.

Il voulut voir Ma el Aïnine. Il contourna la foule, cherchant à l'apercevoir du côté des hommes qui chantaient. Mais le cheikh n'était pas avec la foule. Alors Nour repartit vers la porte des remparts. Il pénétra dans la ville par la même fissure qui lui avait servi lors de la nuit de l'Assemblée. La grande place de terre battue était tout à fait vide. Les murs de la maison du cheikh brillaient à la lumière du soleil. Autour de la porte de la maison, d'étranges dessins étaient peints à l'argile sur le mur blanc. Nour resta un long moment à les regarder, et à regarder les murs usés par le vent. Puis il marcha vers le centre de la place. La terre était dure et chaude sous ses pieds nus, comme les dalles de pierre du désert. Le bruit de la musique des flûtes s'éteignait ici, dans cette cour déserte, comme si Nour était à l'autre bout du monde. Tout devenait immense, tandis que le jeune garçon marchait vers le centre de la place. Il percevait avec netteté les battements de son sang dans les artères de son cou et de ses tempes, et le rythme de son cœur semblait résonner jusque dans le sol sous la plante de ses pieds.

Quand Nour arriva près du mur d'argile, à l'endroit où le vieil homme s'était accroupi pour dire sa prière, il se jeta sur le sol, la face contre la terre, sans bouger, sans plus penser à rien. Les mains tenaient la terre comme s'il était accroché au mur d'une très haute falaise, et le goût de cendre de la poussière emplissait sa bouche et ses narines.

Après un long moment, il osa relever le visage, et il vit le manteau blanc du cheikh.

« Que fais-tu là ? » demanda Ma el Aïnine. Sa voix était très douce et lointaine, comme s'il avait été à l'autre bout de la place.

Nour hésita. Il se releva sur les genoux, mais sa tête resta penchée en avant, parce qu'il n'avait pas le courage de regarder le cheikh.

« Que fais-tu là ? » répéta le vieillard.

« Je — je priais », dit Nour ; il ajouta : « Je voulais prier. »

Le cheikh sourit.

« Et tu n'as pas pu prier ? »

« Non », dit simplement Nour. Il prit les mains du vieil homme.

« S'il te plaît, donne-moi ta bénédiction de Dieu. »

Ma el Aïnine passa ses mains sur la tête de Nour, massa légèrement sa nuque. Puis il fit relever le jeune garçon et il l'embrassa.

« Quel est ton nom ? », demanda-t-il.
« N'est-ce pas toi que j'ai vu la nuit de
l'Assemblée ? »

Nour dit son nom, celui de son père et
de sa mère. A ce dernier nom, le visage de
Ma el Aïnine s'éclaira.

« Ainsi ta mère est de la lignée de Sidi
Mohammed, celui qu'on appelait Al
Azraq, l'Homme Bleu ? »

« Il était l'oncle maternel de ma grand-
mère », dit Nour.

« Alors tu es vraiment le fils d'une
chérifa », dit Ma el Aïnine. Il resta un
long moment silencieux, son regard gris
fixé sur celui de Nour, comme s'il cherchait un souvenir. Puis il parla de
l'Homme Bleu, qu'il avait rencontré dans
les oasis du Sud, de l'autre côté des
rochers de la Hamada, à une époque où
rien de ce qu'il y avait ici, pas même
la ville de Smara, n'existait encore.
L'Homme Bleu vivait dans une hutte de
pierres et de branches, à l'orée du désert,
sans rien craindre des hommes ni des
bêtes sauvages. Chaque jour, au matin, il
trouvait devant la porte de sa hutte des
dattes et une écuelle de lait caillé, et une
cruche d'eau fraîche, car c'était Dieu qui
veillait sur lui et le nourrissait. Quand Ma
el Aïnine était venu le voir, pour lui
demander son enseignement, l'Homme
Bleu n'avait pas voulu le recevoir. Pendant un mois, il l'avait fait dormir devant
sa porte, sans lui adresser la parole ni
même le regarder. Simplement, il laissait

la moitié des dattes et du lait, et jamais Ma el Aïnine n'avait mangé de mets plus succulents ; quant à l'eau de la cruche, elle abreuvait tout de suite et emplissait de joie, car c'était une eau vierge, faite de la rosée la plus pure.

Au bout d'un mois, cependant, le cheikh était triste parce qu'Al Azraq ne l'avait pas encore regardé. Alors il avait décidé de retourner dans sa famille, parce qu'il pensait que l'Homme Bleu ne l'avait pas jugé digne de servir Dieu. Il marchait sans espoir sur le chemin de son village quand il vit un homme qui l'attendait. L'homme était Al Azraq, qui lui demanda pourquoi il l'avait quitté. Puis il l'invita à rester avec lui, à l'endroit même où il s'était arrêté. Ma el Aïnine était resté encore de nombreux mois auprès de lui, et un jour, l'Homme Bleu lui dit qu'il n'avait plus rien à lui enseigner. « Mais tu ne m'as pas encore donné ton enseignement », dit Ma el Aïnine. Alors Al Azraq lui avait montré le plat de dattes, l'écuelle de lait caillé et la cruche d'eau : « N'ai-je pas partagé cela avec toi, chaque jour, depuis que tu es arrivé ? » Ensuite il lui avait montré l'horizon, dans la direction du nord, vers la Saguiet el Hamra, et lui avait dit de construire une ville sainte pour ses fils, et il lui avait même prédit que l'un d'eux deviendrait roi. Alors Ma el Aïnine avait quitté son village avec les siens, et il avait construit la ville de Smara.

Quand le cheikh eut fini de raconter cette histoire, il embrassa encore Nour et il retourna dans l'ombre de sa maison.

Le lendemain, au déclin du soleil, Ma el Aïnine sortit de sa maison pour dire la dernière prière. Les hommes et les femmes du campement n'avaient presque pas dormi, car ils n'avaient pas cessé de chanter et de frapper le sol avec leurs pieds. Mais c'était déjà le grand voyage vers l'autre côté du désert qui avait commencé, et l'ivresse de la marche le long du chemin de sable était déjà dans leur corps, elle les emplissait déjà du souffle brûlant, elle faisait briller les mirages devant leurs yeux. Personne n'avait oublié la souffrance, la soif, la brûlure terrrible du soleil sur les pierres et le sable sans fin, ni l'horizon qui recule toujours. Personne n'avait oublié la faim qui ronge, non seulement la faim des aliments, mais toute la faim, la faim d'espoir et de libération, la faim de tout ce qui manque et creuse le vertige sur le sol, la faim qui pousse en avant dans le nuage de poussière au milieu des troupeaux hébétés, la faim qui fait gravir la pente des collines jusqu'au point où il faut redescendre avec, devant soi, des dizaines, des centaines d'autres collines identiques.

Ma el Aïnine était de nouveau accroupi sur la terre battue, au milieu de la place, devant les maisons peintes à la chaux.

Mais cette fois, les chefs des tribus étaient assis à ses côtés. Tout près de lui, il avait fait asseoir Nour et son père, tandis que le frère aîné et la mère de Nour étaient restés dans la foule. Les hommes et les femmes du campement étaient massés en demi-cercle sur la place, certains accroupis, enveloppés dans leurs manteaux de laine pour se protéger du froid de la nuit, d'autres debout, ou marchant le long des murs de la place. Les musiciens faisaient résonner la musique triste, en pinçant les cordes des guitares et en frappant avec le bout de l'index sur la peau des petits tambours de terre.

Le vent du désert soufflait maintenant par intermittence, jetant au visage des hommes des grains de sable qui brûlaient la peau. Au-dessus de la place, le ciel était bleu sombre, déjà presque noir. Partout, autour de la ville de Smara, c'était le silence infini, le silence des collines de pierre rouge, le silence du bleu profond de la nuit. C'était comme s'il n'y avait jamais eu d'autres hommes que ceux-ci, prisonniers dans leur minuscule cratère de boue séchée, accrochés à la terre rouge autour de leur flaque d'eau grise. Ailleurs, c'était la pierre et le vent, les vagues des dunes, le sel, puis la mer, ou le désert.

Quand Ma el Aïnine commença à réciter son *dzikr*, sa voix résonna bizarrement dans le silence de la place, pareille à l'appel lointain d'une chèvre. Il chantait à voix presque basse, en balançant le haut de son corps d'avant en arrière, mais le silence sur la place, dans la ville, et sur toute la vallée de la Saguiet el Hamra avait sa source dans le vide du vent du désert, et la voix du vieil homme était claire et sûre comme celle d'un animal vivant.

Nour écouta le long appel en frissonnant. Chaque homme et chaque femme sur la place était immobile, le regard comme tourné vers l'intérieur du corps.

Déjà, à l'ouest, au-dessus des rochers cassés de la Hamada, le soleil avait fait une large tache rouge. Les ombres s'étaient allongées démesurément sur le sol, puis s'étaient unies les unes aux autres, comme l'eau qui monte.

« Gloire à Dieu, au Dieu vivant, au Dieu qui ne meurt jamais, gloire à Dieu qui n'a pas de père ni d'enfant, qui n'a pas de soutien, qui est seul et de lui-même, gloire à Dieu qui nous dirige, car les Envoyés de Dieu sont venus apporter la vérité... »

La voix de Ma el Aïnine tremblait à la fin de chaque invocation, à bout de souffle, ténue comme une flamme, et pourtant chaque syllabe longue, détachée et pure, éclatant au centre du silence.

« Gloire à Dieu qui est le seul donateur, le seul maître, celui qui sait, qui voit, celui qui comprend et qui commande, gloire à celui qui donne le bien et le mal, car sa parole est le seul refuge, car sa volonté est le seul désir, contre le mal que font les hommes, contre la mort, contre la maladie, contre le malheur qui ont été créés avec le monde... »

La nuit emplissait lentement, d'abord la terre et les creux de sable, au pied des murs de boue, devant les hommes immobiles, sous les toiles de tentes, dans les trous où dormaient les chiens, dans la profondeur glauque de l'eau du puits.

« C'est le nom de celui qui protège, le nom de celui qui vient à moi et me donne la force, car son nom est le plus grand, son nom est tel que je n'ai rien à craindre de mes ennemis, et je prononce son nom à l'intérieur de moi-même quand je vais au combat, car son nom est le nom qui règne sur la terre et dans le ciel... »

Dans le ciel, où la lumière du soleil fuyait vers l'ouest, tandis que le froid sortait des profondeurs de la terre, montait à travers le sable dur et pénétrait les jambes des hommes.

« Gloire au Dieu immense, il n'y a de force et de puissance qu'en Dieu le haut, Dieu l'immense, Dieu le haut, Dieu l'immense, celui qui n'est pas de la terre ni du ciel, celui qui vit au-delà de mon regard, au-delà de mon savoir, celui qui me connaît mais que je ne peux pas connaître, Dieu le haut, Dieu l'immense... »

La voix de Ma el Aïnine résonnait loin dans le désert, comme si elle allait jusqu'aux confins de la terre désolée, loin au-delà des dunes et des failles, au-delà des plateaux nus et des vallées desséchées, comme si elle arrivait déjà jusqu'aux terres nouvelles, de l'autre côté des montagnes du Draa, sur les champs de blé et de mil où les hommes trouveraient enfin leur nourriture.

« Dieu le puissant, Dieu le parfait, car il n'y a d'autre divinité que Dieu, le sage doué de puissance, le haut doué de bonté, le proche doué de savoir, le donateur infini, le seul généreux, le favorable, celui qui commande aux armées du ciel et de la terre, le parfait, le tendre... »

Mais la voix faible et lointaine touchait chaque homme, chaque femme, comme à l'intérieur de leur corps, et c'était aussi comme si elle sortait de leur gorge, comme si elle se mêlait à leurs pensées et à leurs paroles pour faire sa musique.

« Gloire, louange à l'éternel, gloire, louange à celui qui ne s'anéantit pas, à celui dont l'existence est suprême, car il est celui qui entend et qui sait... »

L'air entrait dans la poitrine de Ma el Aïnine, puis il expirait avec force, presque sans bouger les lèvres, les yeux fermés, le haut du corps se balançant comme le fût d'un arbre.

« Notre Dieu, le maître, notre Dieu, le meilleur, notre Dieu, lumière de la lumière, astre de la nuit, ombre de l'ombre, notre Dieu, la vérité seule, la parole seule, gloire et louange à celui qui combat dans notre combat, gloire et louange à celui dont le nom renverse nos ennemis, le maître de la terre de Dieu... »

Alors, sans même s'en apercevoir, les hommes et les femmes prononcent les paroles du *dzikr*, c'est leur voix qui s'élève chaque fois que la voix du vieil homme cesse en tremblant.

« Il est grand, le puissant, le parfait, celui qui est notre maître et notre Dieu, celui dont le nom est écrit dans notre chair, le vénéré, le sanctifié, le révélé, celui qui n'a pas de maître, celui qui a dit : j'étais un trésor caché, j'ai voulu être connu, et pour cela j'ai créé les créatures... »

« Il est grand, il n'a pas d'égal, ni de rival, celui qui est antérieur à toute existence, celui qui a créé l'existence, celui qui dure, qui possède, celui qui voit, qui entend et qui sait, celui qui est parfait, celui qui est sans égal... »

« Il est grand, il est beau dans le cœur des hommes qui lui sont fidèles, il est pur dans le cœur de celui qui l'a reconnu, il est sans égal dans l'âme de celui qui l'a atteint, il est notre maître, le meilleur des maîtres... »

« Il n'a pas d'égal, ni de rival, il est celui qui vit au sommet de la plus haute montagne, celui qui est dans le sable du désert, celui qui est dans la mer, dans le ciel, dans l'eau, celui qui est la voie, il est celui de la nuit et des étoiles... »

Alors, sans même s'en apercevoir, les musiciens se sont mis à jouer, et leur musique légère parlait avec la voix de Ma el Aïnine, en marmottant avec les notes

61

aigres et sourdes des mandolines, avec la rumeur des petits tambours, puis, rompant tout à coup comme le cri des oiseaux, avec la mélodie pure des flûtes de roseau.

La voix du vieil homme et la musique des chalumeaux se répondaient maintenant, comme si elles disaient la même chose, au-dessus de la voix des hommes et des bruits sourds des pas sur la terre durcie.

« Il n'a pas d'égal, ni de rival, car il est le puissant, celui qui n'a pas été créé, la lumière qui a donné vie aux chandelles, le feu qui a allumé les autres feux, le premier soleil, la première étoile de la nuit, celui qui naît avant toute naissance, celui qui donne le jour et donne la mort à toute la vie terrestre, celui qui fait et défait la forme des créatures... »

Alors la foule dansait, et criait avec un bruit de déchirement :

« Houwa ! Lui ! »
en secouant la tête et en levant les paumes des mains vers le ciel noir.

« Il est celui qui a porté la vérité à tous les saints, celui qui a béni le Seigneur Mohammed, celui qui a donné le pouvoir et la parole à notre Seigneur le prophète, l'envoyé de Dieu sur la terre... »

« Ah ! Lui ! »

« Gloire à Dieu, louange à Dieu, l'immense, le parfait, le cœur du secret, celui qui est écrit dans le cœur, le haut, l'immense... »

« Houwa ! Lui ! »

« Gloire à Dieu car nous sommes ses
créatures, nous sommes pauvres, nous
sommes ignorants, nous sommes aveugles,
sourds, nous sommes imparfaits... »

« Ah ! Houwa ! »

« Ô celui qui sait, donne-nous la
vérité ! Ô toi, le doux, le tendre, le
patient, le généreux, toi qui n'as eu besoin
de personne pour exister ! »

« Ah ! Houwa ! »

« Gloire à Dieu qui est le roi, le saint,
le puissant, le victorieux, le glorieux,
celui qui existe avant toute vie, le divin,
l'immense, le seul, le victorieux de tous
tes ennemis, celui qui sait, qui voit, qui
entend, le divin, le savant, l'immense, le
témoin, le créateur, seul, immense,
voyant, entendant, le beau, le généreux,
le fort, le parfait, le haut, l'immense... »

La voix de Ma el Aïnine criait maintenant. Puis d'un seul coup elle s'est interrompue, comme le chant d'un criquet dans
la nuit. Alors la rumeur des voix et des
tambours s'est arrêtée elle aussi, la musique des guitares et des flûtes a cessé, et il
n'y a plus eu, à nouveau, que le long et
terrible silence qui serrait les tempes et
faisait palpiter le cœur. Les yeux pleins de
larmes, Nour regardait le vieil homme
penché vers la terre, les mains couvrant
son visage, et il sentit au fond de lui-
même, rapide comme une lame, l'extrémité inconnue de l'angoisse. Alors
Larhdaf, le troisième fils de Ma el Aïnine,
se mit à chanter à son tour. Sa voix forte

éclata sur la place, non plus avec la netteté pure de celle de Ma el Aïnine, mais pareille à un son de colère, et aussitôt les musiciens recommencèrent à jouer.

« Ô Dieu, notre Dieu ! Reçois les témoins de la foi et de la vérité, les compagnons de Moulay bou Azza, de Bekkaïa, les compagnons des Goudfia, écoute les paroles du souvenir telles que les a dictées notre Seigneur le cheikh Ma el Aïnine ! »

La rumeur de la foule se transforma soudain en cris :

« Gloire à notre cheikh Ma el Aïnine, gloire à l'envoyé de Dieu ! »

« Gloire à Ma el Aïnine ! Gloire aux compagnons des Goudfia ! »

« Ô Dieu, écoute le souvenir de son fils, le cheikh Ahmed, celui qu'on appelle ech Chems, le Soleil, écoute le souvenir de son fils Ahmed ed Dehiba, celui qu'on appelle Parcelle d'Or, Moulay Hiba, notre vrai roi ! »

« Gloire à eux ! Gloire à Moulay Hiba, notre roi ! »

Maintenant l'ivresse avait repris les hommes, et la voix rauque du jeune homme semblait réveiller la colère et chasser la fatigue.

« Ô Dieu, notre Dieu, sois content de tes compagnons et de tes suivants ! Les hommes de la gloire et de la grandeur, que Dieu soit content d'eux ! Les hommes de l'amour et de la vérité, que Dieu soit content d'eux ! Les hommes de la fidélité et de la pureté, que Dieu soit content d'eux ! Les seigneurs, les nobles, les guerriers, que Dieu soit content d'eux ! Les saints, les bénis, les serviteurs de la foi, que Dieu soit content d'eux ! Les pauvres, les errants, les misérables, que Dieu soit content d'eux ! Que Dieu nous accorde sa grande bénédiction ! »

La rumeur de la foule grandissait, et les murs des maisons résonnaient, tandis que les voix criaient les noms, les inscrivaient pour toujours dans la mémoire, sur la terre froide et nue et dans le ciel constellé.

« Que la grande bénédiction du Seigneur l'Envoyé de Dieu soit sur nous, ô Dieu, et celle de l'Envoyé Ilias, la bénédiction d'El Khadir qui but à la source même de la vie, ô Dieu, et la bénédiction d'Ouways Qarni, ô Dieu, et celle du grand Abd el Qâdir al Jilani, le saint de Bagdad, l'Envoyé de Dieu sur la terre, ô Dieu... »

Les noms éclataient dans le silence de la nuit, au-dessus de la musique qui murmurait et bougeait, imperceptible comme un souffle.

« Tous les gens de la terre, et les gens de la mer, ô Dieu, les gens du Nord, les gens du Sud, ô Dieu. Les gens de l'Est, les gens de l'Ouest, ô Dieu. Les gens du ciel, les gens de la terre, ô Dieu... »

Les paroles du souvenir étaient les plus belles, celles qui venaient du plus lointain du désert, et qui retrouvaient enfin le cœur de chaque homme, de chaque femme, comme un ancien rêve qui recommence.

« Donne-nous, ô Dieu, la grande bénédiction des seigneurs, Abou Yaza, Yalannour, Abou Madian, Maarouf, Al Jounaïd, Al Hallaj, Al Chibli, les grands seigneurs saints de la ville de Bagdad... »

La lumière de la lune apparaissait lentement au-dessus des collines de pierres, à l'est de la Saguiet, et Nour la regardait en balançant son corps, les yeux immobiles devant la profondeur du ciel noir. Au centre de la place, le cheikh Ma el Aïnine était toujours penché sur lui-même, très blanc, presque fantomatique. Seuls ses doigts maigres bougeaient, égrenant le chapelet d'ébène.

« Donne-nous, ô Dieu, la bénédiction des seigneurs, Al Halwi, celui qui dansait pour les enfants, Ibn Haouari, Tsaouri, Younous ibn Obaïd, Baçri, Abou Yazrd, Mohammed as Saghir as Souhaïli qui enseigna la parole du grand Dieu, Abdesselaam, Ghazâli, Abou Chouhaïb, Abou Mahdi, Malik, Abou Mohammed Abdelazziz ath Thobba, le saint de la ville de Marrakech, ô Dieu ! »

Les noms étaient l'ivresse même du souvenir, comme s'ils étaient pareils aux yeux des constellations, et que de leur regard perdu venait la force, ici, sur la place glacée où les hommes étaient rassemblés.

« Dieu, ô Dieu, donne-nous la bénédiction de tous les seigneurs, les compagnons, les suivants, l'armée de ta victoire, Abou Ibrahim Tounsi, Sidi bel Abbas Sebti, Sidi Ahmed el Haritsi, Sidi Jakir, Abou Zakri Yahia an Nawâni, Sidi Mohammed ben Issa, Sidi Ahmed er Rifaï, Mohammed bel Sliman al Jazoûli, le grand seigneur, l'envoyé de Dieu sur cette terre, le saint de la ville de Marrakech, ô Dieu ! »

Les noms allaient et venaient sur toutes les lèvres, noms d'hommes, noms d'étoiles, noms des grains de sable dans le vent du désert, noms des jours et des nuits sans fin, au-delà de la mort.

« Dieu, ô Dieu, donne-nous la bénédiction de tous les seigneurs de la terre, ceux qui ont connu le secret, ceux qui ont connu la vie et le pardon, les vrais seigneurs de la terre, de la mer et du ciel, Sidi Abderrhaman, celui qu'on appelait Çahabi, le compagnon du prophète, Sidi Abdelqâdir, Sidi Embarek, Sidi Belkheir qui tira du lait d'un bouc, Lalla Mançoura, Lalla Fathima, Sidi Ahmed al Haroussi, qui répara une cruche cassée, Sidi Mohammed, celui qu'on appelait Al Azraq, l'Homme Bleu, qui enseigna la voie au grand cheikh Ma el Aïnine, Sidi Mohammed ech Cheikh el Kaamel, le parfait, et tous les seigneurs de la terre, de la mer et du ciel... »

Le silence est revenu encore, plein d'ivresse et de lueurs. Par moments, la musique des chalumeaux s'élançait à nouveau, glissait, puis s'éteignait. Les hommes se levaient et marchaient vers les portes de la ville. Seul, Ma el Aïnine ne bougeait pas, penché vers le sol, regardant le même point invisible sur la terre éclairée par la lumière blanche de la lune.

Quand la danse a commencé, Nour s'est levé et s'est joint à la foule. Les hommes frappaient le sol dur sous leurs pieds nus, sans avancer ni reculer, serrés en un large croissant qui barrait la place. Le nom de Dieu était exhalé avec force, comme si tous les hommes souffraient et se déchiraient au même instant. Le tambour de terre marquait chaque cri :

« Houwa ! Lui !... »

et les femmes criaient en faisant trembler leur glotte.

C'était une musique qui s'enfonçait dans la terre froide, qui allait jusqu'au plus profond du ciel noir, qui se mêlait au halo de la lune. Il n'y avait plus de temps, à présent, plus de malheur. Les hommes et les femmes frappaient le sol de la pointe du pied et du talon, en répétant le cri invincible :

« Houwa ! Lui !... Hayy !... Vivant !... »

la tête tournée à droite, à gauche, à droite, à gauche, et la musique qui était à l'intérieur de leur corps traversait leur gorge et s'élançait jusqu'au plus lointain de l'horizon. Le souffle rauque et saccadé les portait comme un vol, les enlevait au-dessus du désert immense, le long de la nuit, vers les taches pâles de l'aurore, de l'autre côté des montagnes, sur le pays de Souss, à Tiznit, vers la plaine de Fès.

« Houwa! Lui!... Dieu!... » criaient les voix rauques des hommes, ivres du bruit sourd des tambours de terre et des accents des flûtes de roseau, tandis que les femmes accroupies balançaient leur torse en frappant avec leurs paumes les lourds colliers d'argent et de bronze. Leur voix tremblait par instants comme celle des flûtes, à la limite de la perception humaine, puis s'arrêtait d'un coup. Alors les hommes reprenaient leur martèlement, et le bruit déchirant de leur souffle résonnait sur la place :

« Houwa! Lui!... Hayy! Vivant!... Houwa! Hayy! Houwa! Hayy! » les yeux mi-clos, la tête renversée en arrière. C'était un bruit qui allait au-delà des forces naturelles, un bruit qui déchirait le réel, et qui apaisait en même temps, le va-et-vient d'une scie immense dévorant le tronc d'un arbre. Chaque expiration douloureuse et profonde agrandissait encore la plaie du ciel, celle qui unissait les hommes à l'espace, qui mêlait leur sang et leur lymphe. Chaque chanteur criait le nom de Dieu, de plus en plus vite, la tête tendue comme un bœuf qui mugit, les artères du cou pareilles à des cordes sous l'effort. La lumière des braseros et la lueur blanche de la lune éclairaient leurs corps vacillants, comme si des éclairs sautaient sans cesse au milieu des nuages de poussière. La respiration haletait de plus en plus vite, lançant ses appels presque muets, lèvres immobiles, gorge entrouverte, et sur la place, dans le vide de la nuit du désert, on n'entendait plus que le bruit de forge des gorges en train de respirer :

« Hh ! Hh ! Hh ! Hh ! »

Il n'y avait plus de paroles, maintenant. C'était comme cela, directement avec le centre du ciel et de la terre, uni par le vent violent des respirations des hommes, comme si en s'accélérant le rythme du souffle abolissait les jours et les nuits, les mois, les saisons, abolissait même l'espace sans espoir, et faisait approcher la fin de tous les voyages, la fin de tous les temps. La souffrance était très grande, et l'ivresse du souffle faisait vibrer les membres, dilatait la gorge. Au centre du demi-cercle des hommes, les femmes dansaient avec leurs pieds nus seulement, le corps immobile, les bras un peu écartés du corps et tremblant à peine. Le rythme sourd de leurs talons entrait dans la terre et faisait un grondement continu comme une armée qui passe. Près des musiciens, les guerriers du Sud, le visage voilé de noir, bondissaient sur place en levant très haut leurs genoux, comme de grands oiseaux cherchant à s'envoler. Puis, peu à peu, dans la nuit, ils ont cessé de bouger. Les uns après les autres, les hommes et les femmes se sont accroupis sur le sol, les bras étendus devant eux, la paume des mains tournée vers le ciel ; seul leur souffle rauque continuait à s'exhaler, lançant dans le silence les mêmes syllabes inlassables :

« Hh ! Hh ! Houwa ! Hayy !... Hh ! Hh ! »

Le bruit du déchirement des souffles était si grand, si puissant que c'était comme si tous étaient déjà partis très loin de Smara, à travers le ciel, dans le vent, mêlés à la lumière de la lune et à la fine poussière du désert. Le silence n'était pas possible, ni la solitude. Le bruit des souffles avait empli toute la nuit, avait couvert tout l'espace.

Assis au centre de la place, dans la poussière, Ma el Aïnine ne regardait personne. Ses mains serraient les grains du chapelet d'ébène, faisant tomber un grain à chaque expiration de la foule. C'était lui le centre du souffle, celui qui avait montré aux hommes la voie du désert, celui qui avait enseigné chaque rythme. Il n'attendait plus rien, maintenant. Il n'interrogeait plus personne. Il respirait, lui aussi, selon le souffle de la prière, comme si lui et les autres hommes n'avaient eu qu'une seule gorge, une seule poitrine. Et leur souffle avait ouvert la route, déjà, vers le nord, vers les terres nouvelles. Le vieil homme ne sentait plus la vieillesse, ni la fatigue, ni l'inquiétude. Le souffle circulait en lui, venu de toutes ces bouches, le souffle violent et doux à la fois qui accroissait son existence. Les hommes ne regardaient plus Ma el Aïnine.

Les yeux fermés, les bras écartés, leur visage tourné vers la nuit, ils planaient, ils glissaient sur le chemin du Nord.

Quand le jour est venu, à l'est, au-dessus des collines de pierres, les hommes et les femmes ont commencé à marcher vers les tentes. Malgré tous ces jours et toutes ces nuits d'ivresse, personne ne ressentait la fatigue. Ils ont sellé les chevaux, roulé les grandes toiles de laine des tentes, chargé les chameaux. Le soleil n'était pas très haut dans le ciel quand Nour et son frère ont commencé à marcher sur la route de poussière, vers le nord. Ils portaient sur leurs épaules un ballot de linge et de vivres. Devant eux, sur la route, d'autres hommes et d'autres enfants marchaient aussi, et le nuage de poussière grise et rouge commençait à monter vers le ciel bleu. Quelque part, aux portes de Smara, entouré des guerriers bleus à cheval, entouré de ses fils, Ma el Aïnine regardait la longue caravane qui s'étirait à travers la plaine désertique. Puis il refermait son manteau blanc, et il poussait son pied sur le cou de son chameau. Lentement, sans se retourner, il s'éloignait de Smara, il s'en allait vers sa fin.

Le Bonheur

Le soleil se lève au-dessus de la terre, les ombres s'allongent sur le sable gris, sur la poussière des chemins. Les dunes sont arrêtées devant la mer. Les petites plantes grasses tremblent dans le vent. Dans le ciel très bleu, froid, il n'y a pas d'oiseau, pas de nuage. Il y a le soleil. Mais la lumière du matin bouge un peu, comme si elle n'était pas tout à fait sûre.

Le long du chemin, à l'abri de la ligne des dunes grises, Lalla marche lentement. De temps à autre, elle s'arrête, elle regarde quelque chose par terre. Ou bien elle cueille une feuille de plante grasse, elle l'écrase entre ses doigts pour sentir l'odeur douce et poivrée de la sève. Les plantes sont vert sombre, luisantes, elles ressemblent à des algues. Quelquefois il y a un gros bourdon doré sur une touffe de ciguë, et Lalla le poursuit en courant. Mais elle n'approche pas trop près, parce qu'elle a un peu peur tout de même. Quand l'insecte s'envole, elle court derrière lui, les mains tendues, comme si elle voulait réellement l'attraper. Mais c'est juste pour s'amuser.

Ici, autour, il n'y a que cela : la lumière du ciel, aussi loin qu'on regarde. Les dunes vibrent sous les coups de la mer qu'on ne voit pas, mais qu'on entend. Les petites plantes grasses sont luisantes de sel comme de sueur. Il y a des insectes çà et là, une coccinelle pâle, une sorte de guêpe à la taille si étroite qu'on la dirait coupée en deux, une scolopendre qui laisse des traces fines dans la poussière ; et des mouches plates, couleur de métal, qui cherchent les jambes et le visage de la petite fille, pour boire le sel.

Lalla connaît tous les chemins, tous les creux des dunes. Elle pourrait aller partout les yeux fermés, et elle saurait tout de suite où elle est, rien qu'en touchant la terre avec ses pieds nus. Le vent saute par instants la barrière des dunes, jette des poignées d'aiguilles sur la peau de l'enfant, emmêle ses cheveux noirs. La robe de Lalla colle sur sa peau humide, elle doit tirer sur le tissu pour le détacher.

Lalla connaît tous les chemins, ceux qui vont à perte de vue le long des dunes grises, entre les broussailles, ceux qui font une courbe et retournent en arrière, ceux qui ne vont jamais nulle part. Pourtant, chaque fois qu'elle marche ici, il y a quelque chose de nouveau. Aujourd'hui, c'est le bourdon doré qui l'a conduite très loin, au-delà des maisons des pêcheurs et de la lagune d'eau morte. Entre les broussailles, un peu plus tard, il y a eu tout d'un coup cette carcasse de métal rouillé qui dressait ses griffes et ses cornes menaçantes. Puis, dans le sable du chemin, une petite boîte de conserve en métal blanc, sans étiquette, avec deux trous de chaque côté du couvercle.

Lalla continue à marcher, très lentement, en regardant le sable gris avec tellement d'attention que ses yeux lui font un peu mal. Elle guette les choses sur la terre, sans penser à rien d'autre, sans regarder le ciel. Puis elle s'arrête sous un pin parasol, à l'abri de la lumière, et elle ferme un instant les yeux.

Elle joint ses mains autour de ses genoux, elle se balance un peu d'avant en arrière, puis sur les côtés, en chantonnant une chanson en français, une chanson qui dit seulement :

76

« Méditerra-né-é-e... »

Lalla ne sait pas ce que cela veut dire. C'est une chanson qu'elle a entendue à la radio, un jour, et elle n'a retenu que ce mot-là, mais c'est un mot qui lui plaît bien. Alors, de temps en temps, quand elle se sent bien, qu'elle n'a rien à faire, ou quand elle est au contraire un peu triste sans savoir pourquoi, elle chante le mot, quelquefois à voix basse pour elle, si doucement qu'elle s'entend à peine, ou bien très fort, presque à tue-tête, pour réveiller les échos et pour faire partir la peur.

Maintenant, elle chante le mot à voix basse, parce qu'elle est heureuse. Les grosses fourmis rouges à tête noire marchent sur les aiguilles de pin, hésitent, escaladent les brindilles. Lalla les écarte avec une branche sèche. Elle sent l'odeur des arbres qui arrive dans le vent, mêlée au goût âcre de la mer. Le sable jaillit par instants dans le ciel, forme des trombes oscillantes, en équilibre au sommet des dunes, qui se brisent ensuite d'un coup, en jetant des milliers d'aiguilles sur les jambes et sur le visage de l'enfant.

Lalla reste à l'ombre du grand pin jusqu'à ce que le soleil soit haut dans le ciel. Alors elle retourne en arrière, vers la ville, sans se presser. Elle reconnaît ses propres traces dans le sable. Les traces semblent plus petites et plus étroites que ses pieds, mais en se retournant, Lalla vérifie que ce sont bien les siennes. Elle hausse les épaules, et elle commence à courir. Les épines des chardons piquent ses orteils. Elle doit s'arrêter de temps à autre, après avoir boité quelques pas, pour ôter les épines de son gros orteil.

Il y a toujours des fourmis, où qu'on s'arrête. Elles semblent sortir entre les cailloux et courir sur le sable gris brûlant de lumière, comme si elles étaient des espions. Mais Lalla les aime bien tout de même. Elle aime aussi les scolopendres lentes, les hannetons mordorés, les bousiers, les lucanes, les doryphores, les coccinelles, les criquets pareils à des bouts de bois brûlés. Les grandes mantes religieuses font peur, et Lalla attend qu'elles s'en aillent, ou bien elle fait un détour sans les quitter des yeux, tandis que les insectes pivotent sur eux-mêmes en montrant leurs pinces.

Il y a même des lézards gris et vert. Ils détalent vers les dunes en lançant de grands coups de queue pour courir plus vite. Quelquefois Lalla réussit à en attraper un, et elle s'amuse à le tenir par la queue jusqu'à ce que la queue se détache. Elle regarde le tronçon qui se tortille seul dans la poussière. Un garçon lui a dit un jour que si on attendait, on verrait les pattes et la tête repousser sur la queue du lézard, mais Lalla n'y croit pas trop.

Il y a des mouches, surtout. Lalla les aime bien, malgré leur bruit et leurs piqûres. Elle ne sait plus très bien pourquoi elle les aime, mais c'est comme ça. C'est peut-être à cause de leurs pattes si fines, de leurs ailes transparentes, ou bien parce qu'elles savent voler vite, en avant, en arrière, en zig-zag, et Lalla pense que ça doit être bien de savoir voler comme cela.

Elle se couche sur le dos dans le sable des dunes, et les mouches plates se posent sur sa figure, sur ses mains, sur ses jambes nues, les unes après les autres. Elles ne viennent pas toutes d'un seul coup, parce qu'elles ont un peu peur de Lalla, au commencement. Mais elles aiment venir boire la transpiration salée sur la peau, et elles s'enhardissent vite. Quand elles marchent avec leurs pattes légères, Lalla se met à rire, mais pas trop fort, pour ne pas les effrayer. Parfois, une mouche plate pique la joue de Lalla, et elle pousse un petit cri de colère.

Lalla joue longtemps avec les mouches. Ce sont les mouches plates qui vivent dans le varech, sur la plage. Mais il y a aussi les mouches noires dans les maisons de la Cité, sur les toiles cirées, sur les murs de carton, sur les vitres. Il y a les bâtiments des Glacières, avec des grosses mouches bleues qui volent au-dessus des containers d'ordures en faisant un bruit de bombardier.

Soudain, Lalla se lève. Elle court aussi vite qu'elle peut vers les dunes. Elle escalade la pente de sable qui s'éboule sous ses pieds nus. Les chardons piquent ses orteils, mais elle n'y prend pas garde. Elle veut monter en haut des dunes pour voir la mer, le plus vite possible.

Dès qu'on est en haut des dunes, le vent souffle à la figure avec violence, et Lalla manque de tomber à la renverse. Le vent froid de la mer serre ses narines et brûle ses yeux, la mer est immense, bleu-gris, tachée d'écume, elle gronde en sourdine, tandis que les lames courtes tombent sur la plaine de sable où se reflète le bleu presque noir du grand ciel.

Lalla est penchée en avant contre le vent. Sa robe (en fait, c'est une chemise de garçon en calicot dont sa tante a coupé les manches) colle à son ventre et à ses cuisses, comme si elle sortait de l'eau. Le bruit du vent et de la mer crie dans ses oreilles, tantôt à gauche, tantôt à droite, mêlé aux petites détonations que font les mèches de ses cheveux contre ses tempes. Parfois le vent prend une poignée de sable qu'il jette au visage de Lalla. Elle doit fermer les yeux pour ne pas être aveuglée. Mais le vent réussit quand même à faire pleurer ses yeux, et dans sa bouche, il y a des grains de sable qui crissent entre ses dents.

Alors, quand elle est bien saoulée de vent et de mer, Lalla redescend le rempart des dunes. Elle s'accroupit un moment au pied des dunes, le temps de reprendre son souffle. Le vent ne vient pas de l'autre côté des dunes. Il passe au-dessus, il va vers l'intérieur des terres, jusqu'aux collines bleues où traîne la brume. Le vent n'attend pas. Il fait ce qu'il veut, et Lalla est heureuse quand il est là, même s'il brûle ses yeux et ses oreilles, même s'il jette des poignées de sable à sa figure. Elle pense à lui souvent, et à la mer aussi, quand elle est dans la maison obscure, à la Cité, et que l'air est si lourd et sent si fort ; elle pense au vent, qui est grand, transparent, qui bondit sans cesse au-dessus de la mer, qui franchit en un instant le désert, jusqu'aux forêts de cèdres, et qui danse là-bas, au pied des montagnes, au milieu des oiseaux et des fleurs. Le vent n'attend pas. Il franchit les montagnes, il balaie les poussières, le sable, les cendres, il culbute les cartons, il arrive quelquefois jusqu'à la ville de planches et de carton goudronné, et il s'amuse à arracher quelques toits et quelques murs. Mais ça ne fait rien. Lalla pense qu'il est beau, transparent comme l'eau, rapide comme la foudre, et si fort qu'il pourrait détruire toutes les villes du monde s'il le voulait, même celles où les maisons sont hautes et blanches avec de grandes fenêtres de verre.

Lalla sait dire son nom, elle l'a appris toute seule, quand elle était petite, et qu'elle l'écoutait arriver entre les planches de la maison, la nuit. Il s'appelle woooooohhhhh, comme cela, en sifflant.

Un peu plus loin, au milieu des broussailles, Lalla le retrouve. Il écarte les herbes jaunes comme une main qui passe.

Un épervier est presque immobile au-dessus de la plaine d'herbes, ses ailes couleur de cuivre étendues dans le vent. Lalla le regarde, elle l'admire, parce que lui, il sait voler dans le vent. L'épervier déplace à peine le bout de ses rémiges, ouvre un peu sa queue en éventail, et il plane sans effort, avec son ombre en croix qui frémit sur les herbes jaunes. De temps à autre, il gémit, il dit seulement, kaiiiik ! kaiiiik ! et Lalla lui répond.

Puis d'un seul coup il plonge vers la terre, les ailes étrécies, il frôle longuement les herbes, pareil à un poisson qui glisse sur un fond sous-marin où bougent les algues. Comme cela il disparaît, loin, entre les feuilles d'herbe bouleversées. Lalla a beau gémir et faire sa plainte, kaiiiik ! kaiiiiiik ! l'oiseau ne revient pas.

Mais il reste longtemps dans ses yeux, ombre en forme de flèche qui glisse au ras des herbes jaunes comme une raie, sans faire de bruit, dans son onde de peur.

Lalla reste immobile maintenant, la tête renversée en arrière, les yeux grands ouverts sur le ciel blanc, à regarder les cercles qui nagent sur place, qui se coupent, comme quand on jette des cailloux dans une citerne. Il n'y a pas d'insectes, ni d'oiseaux, ni rien de ce genre, et pourtant on voit des milliers de points qui bougent dans le ciel, comme s'il y avait là-haut des peuples de fourmis, de charançons et de mouches. Ils ne volent pas dans l'air blanc ; ils marchent dans tous les sens, animés d'une hâte fiévreuse, comme s'ils ne savaient pas où s'échapper. Ce sont peut-être les visages de tous ces hommes qui vivent dans les villes, dans les villes si grandes qu'on ne peut jamais les quitter, là où il y a tant d'autos, tant d'hommes, et où on ne peut jamais voir deux fois le même visage. Cela, c'est le vieux Naman qui le raconte, quand il dit aussi les noms étranges, Algésiras, Madrid (il dit : *Madris*), Marseille, Lyon, Paris, Genève.

Lalla ne voit pas toujours ces visages. Il n'y a que certains jours, quand le vent souffle et chasse les nuages vers les montagnes, et que l'air est très blanc et vibre de la lumière du soleil ; alors on peut les voir, les hommes-insectes, eux, qui bougent, qui marchent, et qui courent et qui dansent, tout là-haut, à peine visibles comme de très jeunes moucherons.

Ensuite la mer l'appelle à nouveau. Lalla court à travers les broussailles jusqu'aux dunes grises. Les dunes sont comme des vaches couchées, le front bas, l'échine courbée. Lalla aime monter sur leur dos, en fabriquant un chemin rien que pour elle, avec ses mains et ses pieds, puis rouler en boule de l'autre côté, vers le sable de la plage. L'océan déferle sur la plage dure en faisant un grand bruit de déchirure, puis l'eau se retire et l'écume fond au soleil. Il y a tellement de lumière et de bruit, ici, que Lalla est obligée de fermer la bouche et les yeux. Le sel de la mer brûle ses paupières et ses lèvres, et le vent qui frappe par rafales arrête le souffle dans sa gorge. Mais Lalla aime être près de la mer. Elle entre dans l'eau, les vagues cognent sur ses jambes et sur son ventre, colle la chemise bleue à sa peau. Elle sent ses pieds qui s'enfoncent dans le sable comme deux poteaux. Mais elle ne s'aventure pas plus loin parce que la mer attrape de temps en temps des enfants, comme cela, presque sans y prendre garde, et puis elle les rend deux jours plus tard, sur le sable dur de la plage, le ventre et le visage tout gonflés d'eau, le nez, les lèvres, le bout des doigts et le sexe mangés par les crabes.

Lalla marche sur le sable, le long de la frange d'écume. Sa robe mouillée jusqu'à la poitrine sèche dans le vent. Ses cheveux très noirs sont tressés par le vent, d'un seul côté, et son visage est couleur de cuivre dans la lumière du soleil.

De loin en loin, il y a des méduses échouées sur le sable, avec leurs filaments éparpillés autour d'elles comme une chevelure. Lalla regarde les trous qui se forment dans le sable chaque fois que la vague se retire. Elle court aussi derrière les minuscules crabes gris qui détalent de travers, légers, pareils à des araignées, leurs pinces levées, et ça la fait bien rire. Mais elle n'essaie pas de les attraper, comme font les autres enfants ; elle les laisse se sauver dans la mer, disparaître dans l'écume éblouissante.

Lalla marche encore le long du rivage, en chantonnant, toujours la chanson qui dit seulement un mot :

« Méditerra-né-é-e... »

Ensuite elle va s'asseoir au pied des dunes, devant la plage, les bras autour des genoux et le visage caché dans les plis de la chemise bleue, pour ne pas respirer le sable que le vent jette sur elle.

Elle va s'asseoir, toujours à la même place, là où il y a un poteau de bois pourri qui sort de l'eau, dans le creux des vagues, et un grand figuier qui pousse dans les cailloux, entre les dunes. Elle attend Naman le pêcheur.

Naman le pêcheur n'est pas comme tout le monde. C'est un homme assez grand, maigre, avec des épaules larges, et un visage osseux à la peau couleur de brique. Il va toujours pieds nus, vêtu d'un pantalon de toile bleue et d'une chemise blanche trop grande pour lui qui flotte dans le vent. Mais même comme cela, Lalla pense qu'il est très beau et très élégant, et son cœur bat toujours un peu plus fort quand elle sait qu'il va venir. Il a un visage aux traits nets, durcis par le vent de la mer, la peau de son front et de ses joues est tendue et noircie par le soleil de la mer. Il a des cheveux épais, de la même couleur que sa peau. Mais ce sont surtout ses yeux qui sont d'une couleur extraordinaire, un bleu-vert mêlé de gris, très clairs et transparents dans son visage brun, comme s'ils avaient gardé la lumière et la transparence de la mer. C'est pour voir ses yeux que Lalla aime attendre le pêcheur sur la plage, près du grand figuier et aussi pour voir son sourire quand il l'apercevra.

Elle l'attend longtemps, assise dans le sable léger des dunes, à l'ombre du grand figuier. Elle chantonne un peu, la tête entre ses bras, pour ne pas avaler trop de sable. Elle chante le nom qu'elle aime bien, qui est long et beau, qui dit seulement :

« Méditerra-né-é-e... »

Elle attend en regardant la mer qui devient mauvaise, gris-bleu comme l'acier, et l'espèce de nuée pâle qui cache la ligne de l'horizon. Quelquefois, elle croit voir un point noir qui danse au milieu des reflets, entre les crêtes des vagues, et elle se dresse un peu, parce qu'elle croit que c'est la barque de Naman qui arrive. Mais le point noir disparaît. C'est un mirage sur la mer, ou peut-être le dos d'un dauphin.

C'est Naman qui lui a parlé des dauphins. Il lui a raconté les troupes aux dos noirs qui bondissent dans les vagues, devant l'étrave des bateaux, joyeusement, comme pour saluer les pêcheurs, puis qui s'en vont d'un seul coup, qui disparaissent vers l'horizon. Naman aime bien raconter à Lalla des histoires de dauphins. Quand il parle, la lumière de la mer brille plus fort dans ses yeux, et c'est comme si Lalla pouvait apercevoir les bêtes noires à travers la couleur des iris. Mais elle a beau regarder la mer de toutes ses forces, elle ne peut pas voir les dauphins. Sûrement ils n'aiment pas s'approcher des rivages.

Naman raconte l'histoire d'un dauphin qui a guidé le bateau d'un pêcheur jusqu'à la côte, un jour qu'il s'était perdu en mer dans la tempête. Les nuages étaient descendus sur la mer et la recouvraient comme un voile, et le vent terrible avait brisé le mât du bateau. Alors la tempête avait emporté le bateau du pêcheur très loin, si loin qu'il ne savait plus où était la côte. Le bateau avait dérivé pendant deux jours, au milieu des vagues qui menaçaient de le faire chavirer. Le pêcheur pensait qu'il était perdu et il récitait des prières, quand un dauphin de grande taille était apparu au milieu des vagues. Il bondissait autour du bateau, il jouait dans les vagues comme font les dauphins d'habitude. Mais celui-ci était tout seul. Puis, soudain, il avait commencé à guider le bateau. C'était difficile à comprendre, mais c'était ce qu'il avait fait : il avait nagé derrière le bateau, et il l'avait poussé devant lui. Quelquefois, le dauphin s'en allait, il disparaissait dans les vagues, et le pêcheur pensait qu'il l'avait abandonné. Puis il revenait, et il recommençait à pousser le bateau avec son front, en battant la mer de sa queue puissante. Comme cela, ils avaient navigué tout un jour, et à la nuit, dans une déchirure de nuage, le pêcheur avait enfin aperçu la lumière de la côte. Il avait crié et pleuré de joie, parce qu'il savait qu'il était sauvé. Quand le bateau est arrivé près du port, le dauphin a fait demi-tour et il est reparti vers le large, et le pêcheur l'a regardé s'en aller, avec son gros dos noir qui luisait dans la lumière du crépuscule.

Lalla aime bien cette histoire. Elle cherche souvent sur la mer, pour voir le grand dauphin noir, mais Naman lui a dit que tout cela s'était passé il y a très longtemps, et que le dauphin devait être bien vieux aujourd'hui.

Lalla attend, comme tous les matins, assise à l'ombre du grand figuier. Elle regarde la mer grise et bleue où avancent les crêtes pointues des vagues. Les vagues tombent sur la plage, en suivant un chemin un peu oblique ; elles déferlent d'abord à l'est, vers le cap rocheux puis à l'ouest, du côté de la rivière. Enfin elles déferlent au centre. Le vent bondit, attrape des paquets d'écume et les projette au loin, vers les dunes ; l'écume se mêle au sable et à la poussière.

Quand le soleil est bien haut dans le ciel sans nuage, Lalla retourne vers la Cité, sans se presser, parce qu'elle sait qu'elle va avoir du travail en arrivant. Il faut aller chercher de l'eau à la fontaine, en portant un vieux bidon rouillé en équilibre sur la tête, puis il faut aller laver le linge à la rivière — mais ça, c'est plutôt bien, parce qu'on peut bavarder avec les autres, et les entendre raconter toutes sortes d'histoires, incroyables, surtout cette fille qui s'appelle Ikikr, ce qui veut dire pois chiche en berbère, à cause d'une verrue qu'elle a sur la joue. Mais il y a deux choses que Lalla n'aime pas du tout, c'est aller chercher des brindilles pour le feu, et moudre le blé pour faire de la farine.

Alors elle revient très lentement, en traînant un peu ses pieds sur le sentier. Elle ne chante plus à ce moment-là, parce que c'est l'heure où on rencontre des gens sur les dunes, des garçons qui vont relever les pièges à oiseaux, ou des hommes qui vont travailler. Quelquefois les garçons se moquent de Lalla, parce qu'elle ne sait pas très bien marcher pieds nus, et parce qu'elle ne connaît pas les gros mots. Mais Lalla les entend venir de loin, et elle se cache derrière un buisson d'épines, près d'une dune, et elle attend qu'ils soient partis.

Il y a aussi cette femme qui fait peur. Elle n'est pas vieille, mais elle est très sale, avec des cheveux noirs et rouges emmêlés, des habits déchirés par les épines. Quand elle arrive sur le chemin des dunes, il faut faire très attention parce qu'elle est méchante, et qu'elle n'aime pas les enfants. Les gens l'appellent Aïcha Kondicha, mais ça n'est pas son vrai nom. Personne ne sait son vrai nom. Ils disent qu'elle enlève les enfants pour leur faire du mal. Quand Lalla entend Aïcha Kondicha arriver sur le chemin, elle se cache derrière un buisson, et elle retient sa respiration. Aïcha Kondicha passe en marmonnant des phrases incompréhensibles. Elle s'arrête un instant, elle relève la tête, parce qu'elle a senti qu'il y a quelqu'un. Mais elle est presque aveugle, et elle ne peut pas voir Lalla. Alors elle repart en boitillant, et en criant des injures avec sa vilaine voix.

Certains matins, il y a dans le ciel quelque chose que Lalla aime bien : c'est un grand nuage blanc, long et effilé, qui traverse le ciel à l'endroit où il y a le plus de bleu. Au bout du fil blanc, on voit une petite croix d'argent qui avance lentement, si haut qu'on la distingue à peine. Lalla regarde longtemps la petite croix qui avance dans le ciel, la tête renversée en arrière. Elle aime voir comment elle avance dans le grand ciel bleu, sans bruit, en laissant derrière ce long nuage blanc, formé de petites boules cotonneuses qui se mélangent et s'élargissent comme une route, puis le vent passe sur le nuage et lave le ciel. Lalla pense qu'elle aimerait bien être là-haut, dans la minuscule croix d'argent, au-dessus de la mer, au-dessus des îles, comme cela, jusqu'aux terres les plus lointaines. Elle reste encore longtemps à regarder le ciel, après que l'avion a disparu.

La Cité apparaît, au détour du chemin, quand on s'est éloigné de la mer et qu'on a marché une demi-heure dans la direction de la rivière. Lalla ne sait pas pourquoi ça s'appelle la Cité, parce qu'au début, il n'y avait qu'une dizaine de cabanes de planches et de papier goudronné, de l'autre côté de la rivière et des terrains vagues qui séparent de la vraie ville. Peut-être qu'on a donné ce nom pour faire oublier aux gens qu'ils vivaient avec des chiens et des rats, au milieu de la poussière.

C'est ici que Lalla est venue habiter, quand sa mère est morte, il y a si longtemps qu'elle ne se souvient plus très bien du temps où elle est arrivée. Il faisait très chaud, parce que c'était l'été, et le vent soulevait des nuages de poussière sur les huttes de planches. Elle avait marché les yeux fermés, derrière la silhouette de sa tante, jusqu'à cette cabane sans fenêtres où vivaient les fils de sa tante. Alors elle avait eu envie de s'en aller en courant, de partir sur la route qui va vers les hautes montagnes, pour ne plus jamais revenir.

Chaque fois que Lalla revient des dunes et qu'elle voit les toits de tôle ondulée et de papier goudronné, son cœur se serre et elle se souvient du jour où elle est arrivée à la Cité pour la première fois. Mais c'est si loin maintenant, c'est comme si tout ce qui s'était passé avant ne lui était pas réellement arrivé, comme si c'était une histoire qu'elle avait entendu raconter.

C'est comme pour sa naissance, dans les montagnes du Sud, là où commence le désert. Quelquefois, en hiver, quand il n'y a rien à faire dehors, et que le vent souffle fort sur la plaine de poussière et de sel, et siffle entre les planches mal jointes de la maison d'Aamma, Lalla s'installe par terre, et elle écoute l'histoire de sa naissance.

C'est une histoire très longue et étrange, et Aamma ne la raconte pas toujours de la même façon. Avec sa voix qui chante un peu, et en oscillant de la tête, comme si elle allait dormir, Aamma dit :

« Quand le jour où tu devais naître est arrivé, c'était peu de temps avant l'été, avant la sécheresse. Hawa a senti que tu allais venir, et comme tout le monde dormait encore, elle est sortie de la tente sans faire de bruit. Elle a simplement serré son ventre avec un linge, et elle a marché comme elle a pu au-dehors, jusqu'à un endroit où il y avait un arbre et une source, parce qu'elle savait que quand le soleil apparaîtrait, elle aurait besoin de l'ombre et de l'eau. C'est la coutume là-bas, il faut toujours naître auprès d'une source. Alors elle a marché jusque-là, et puis elle s'est couchée près de l'arbre, et elle a attendu la fin de la nuit. Personne ne savait que ta mère était dehors. Elle savait marcher sans faire de bruit, sans faire aboyer les chiens. Pourtant, moi je dormais près d'elle, et je ne l'avais pas entendue se plaindre, ni se lever pour sortir de la tente... »

« Ensuite, qu'est-ce qui s'est passé, Aamma ? »

« Ensuite, le jour est venu, alors les femmes se sont levées, et on a vu que ta mère n'était pas là, et on a compris pourquoi elle était sortie. Alors je suis partie à sa recherche, vers la source, et quand je suis arrivée, elle était debout contre l'arbre, avec les bras accrochés à une branche, et elle gémissait doucement, pour ne pas donner l'éveil aux hommes et aux enfants... »

« Que s'est-il passé ensuite, Aamma ? »

« Alors tu es née, tout de suite, comme cela, dans la terre entre les racines de l'arbre, et on t'a lavée dans l'eau de la source et on t'a enveloppée dans un manteau, parce qu'il faisait encore froid de la nuit. Le soleil s'est levé et ta mère est retournée sous la tente pour dormir. Je me souviens qu'il n'y avait pas de linge pour t'envelopper, et c'est dans le manteau bleu de ta mère que tu as dormi. Ta mère était contente parce que tu étais venue très vite, mais elle était triste aussi, parce qu'à cause de la mort de ton père, elle pensait qu'elle n'aurait pas assez d'argent pour t'élever, et elle avait peur d'être obligée de te donner à quelqu'un d'autre. »

Quelquefois Aamma raconte l'histoire différemment, comme si elle ne se souvenait plus très bien. Par exemple, elle dit que Hawa n'était pas agrippée à la branche de l'arbre, mais qu'elle était accrochée à la corde d'un puits, et qu'elle tirait de toutes ses forces pour résister aux douleurs. Ou bien elle dit que c'est un berger de passage qui a délivré l'enfant, et qui l'a enveloppé dans son manteau de laine. Mais tout cela est au fond d'un brouillard incompréhensible, comme si cela s'était passé dans un autre monde, de l'autre côté du désert, là où il y a un autre ciel, un autre soleil.

« Après quelques jours, ta mère a pu marcher pour la première fois jusqu'au puits, pour se laver et peigner ses cheveux. Elle te portait enveloppée dans le même manteau bleu, et elle le nouait autour de sa taille. Elle marchait à petits pas, parce qu'elle n'était pas encore solide comme avant, mais elle était très heureuse que tu sois venue, et quand on lui demandait ton nom, elle disait que tu t'appelais comme elle, Lalla Hawa, parce que tu étais fille d'une chérifa. »

« S'il te plaît, parle-moi de celui qu'on appelait Al Azraq, l'Homme Bleu. »

Mais Aamma secoue la tête.

« Pas maintenant, un autre jour. »

« S'il te plaît, Aamma, parle-moi de lui. »

Mais Aamma secoue la tête sans répondre. Elle se lève

et elle va masser le pain dans le grand plat de terre, près de la porte. Aamma est comme cela ; elle ne veut jamais parler très longtemps, et elle ne dit jamais beaucoup de paroles quand il s'agit de l'Homme Bleu ou de Moulay Ahmed ben Mohammed el Fadel, celui qu'on appelait Ma el Aïnine, l'Eau des Yeux.

Ce qui est étrange, ici, dans la Cité, c'est que tout le monde est très pauvre, mais que personne ne se plaint jamais. La Cité, c'est surtout cet amoncellement de cabanes de planches et de zinc, avec, en guise de toit, ces grandes feuilles de papier goudronné maintenues par des cailloux. Quand le vent souffle trop fort sur la vallée, on entend claquer toutes les planches et tintinnabuler les morceaux de zinc, et le crépitement des feuilles de papier goudronné qui se déchirent dans une rafale. Ça fait une drôle de musique qui brinquebale et craquette, comme si on était dans un grand autobus déglingué sur une route de terre, ou comme s'il y avait des tas d'animaux et de rats qui galopaient sur les toits et le long des ruelles.

Parfois la tempête est très dure, elle balaie tout. Il faut reconstruire la ville le lendemain. Mais les gens font ça en riant, parce qu'ils sont si pauvres qu'ils n'ont pas peur de perdre ce qu'ils ont. Peut-être aussi qu'ils sont contents, parce qu'après la tempête, le ciel au-dessus d'eux est encore plus grand, plus bleu, et la lumière encore plus belle. En tout cas, autour de la Cité, il n'y a rien d'autre que la terre très plate, avec le vent de poussière, et la mer, si grande qu'on ne peut pas la voir tout entière.

Lalla aime beaucoup regarder le ciel. Elle va souvent du côté des dunes, là où le chemin de sable part droit devant lui, et elle se laisse tomber sur le dos, en plein dans le sable et les chardons, les bras en croix. Alors le ciel s'ouvre sur son visage lisse, il luit comme un miroir, calme, si calme, sans nuages, sans oiseaux, sans avions.

Lalla ouvre très grand les yeux, elle laisse le ciel entrer

en elle. Cela fait un mouvement de balancier, comme si elle était sur un bateau, ou comme si elle avait trop fumé, et que la tête lui tournait. C'est à cause du soleil. Il brûle très fort, malgré le vent froid de la mer ; il brûle si fort que sa chaleur entre dans le corps de la petite fille, emplit son ventre, ses poumons, ses bras et ses jambes. Cela fait mal aussi, mal aux yeux et à la tête, mais Lalla reste immobile, parce qu'elle aime beaucoup le soleil et le ciel.

Quand elle est là, allongée sur le sable, loin des autres enfants, loin de la Cité pleine de bruits et d'odeurs, et quand le ciel est très bleu, comme aujourd'hui, Lalla peut penser à ce qu'elle aime. Elle pense à celui qu'elle appelle Es Ser, le Secret, celui dont le regard est comme la lumière du soleil, qui entoure et protège.

Personne ne le connaît ici, à la Cité, mais parfois, quand le ciel est très beau, et que la lumière resplendit sur la mer et sur les dunes, c'est comme si le nom d'Es Ser apparaissait partout, résonnait partout, jusqu'au fond d'elle-même. Lalla croit entendre sa voix, entendre le bruit léger de ses pas, elle sent sur la peau de son visage le feu de son regard qui voit tout, qui perce tout. C'est un regard qui vient de l'autre côté des montagnes, au-delà du Draa, du fond du désert, et qui brille comme une lumière qui ne peut pas disparaître.

Personne ne sait rien de lui. Quand Lalla lui parle d'Es Ser, Naman le pêcheur secoue la tête, parce qu'il n'a jamais entendu son nom, et il n'en parle jamais dans ses histoires. Pourtant c'est sûrement son vrai nom, pense Lalla, puisque c'est celui qu'elle a entendu. Mais peut-être que c'était seulement un rêve. Même Aamma ne doit rien savoir de lui. Pourtant c'est un beau nom que le sien, pense Lalla, un nom qui fait du bien quand on l'entend.

C'est pour entendre son nom, pour apercevoir la lumière de son regard, que Lalla s'en va toujours loin, entre les dunes, là où il n'y a plus rien d'autre que la mer, le sable, et le ciel. Car Es Ser ne peut pas faire entendre son nom, ni donner la chaleur de son regard, quand Lalla est dans la Cité de planches et de papier goudronné. C'est un homme qui n'aime pas le bruit et les odeurs. Il faut qu'il soit seul dans le vent, seul comme un oiseau suspendu dans le ciel.

Les gens d'ici ne savent pas pourquoi elle s'en va. Peut-être qu'ils croient qu'elle va jusqu'aux maisons des bergers, de l'autre côté des collines rocheuses. Ils ne disent rien.

Les gens attendent. Ici, à la Cité, ils ne font rien d'autre en vérité. Ils sont arrêtés, pas très loin du rivage de la mer, dans leurs cabanes de planches et de zinc, immobiles, couchés dans l'ombre épaisse. Quand le jour se lève sur les cailloux et la poussière, ils sortent, un instant, comme s'il allait se passer quelque chose. Ils parlent un peu, les filles vont à la fontaine, les garçons vont travailler dans les champs, ou bien vont flâner dans les rues de la vraie ville, de l'autre côté de la rivière, ou bien ils vont s'asseoir sur le bord de la route pour regarder passer les camions.

Chaque matin, Lalla traverse la Cité. Elle va chercher les seaux d'eau à la fontaine. Tandis qu'elle marche, elle écoute la musique de tous les postes de radio qui se continue d'une maison à l'autre, toujours la même interminable chanson égyptienne qui va et vient à travers les ruelles de la Cité. Lalla aime bien entendre cette musique, qui geint et racle en cadence, mêlée au bruit des pas des filles, et au bruit de l'eau de la fontaine. Quand elle arrive à la fontaine, elle attend son tour, en balançant le seau de zinc à bout de bras. Elle regarde les filles ; certaines sont noires comme des négresses, comme Ikikr, d'autres sont très blanches, avec des yeux verts, comme Mariem. Il y a des vieilles femmes voilées qui viennent chercher l'eau dans une marmite noire, et qui partent vite, en silence.

La fontaine, c'est un robinet en laiton en haut d'un long tuyau de plomb, qui vibre et gronde chaque fois qu'on l'ouvre et qu'on le ferme. Les filles lavent leurs jambes et leur visage sous le jet glacé. Quelquefois elles s'arrosent avec les seaux en poussant des cris stridents. Il y a toujours des guêpes qui tournent autour de leur tête, qui se prennent dans leurs cheveux emmêlés.

Lalla rapporte le seau sur sa tête, en marchant bien droit, pour ne pas faire tomber une goutte d'eau. Le matin, le ciel est beau et clair, comme si tout était encore absolument neuf. Mais quand le soleil approche du zénith, la brume se lève près de l'horizon, comme une poussière, et le ciel pèse plus lourd sur la terre.

Il y a un endroit où Lalla aime bien aller. Il faut prendre les sentiers qui s'éloignent de la mer et qui vont vers l'est, puis remonter le lit du torrent desséché. Quand on est arrivé en vue des collines de pierres, on continue à marcher sur les pierres rouges, en suivant les traces des chèvres. Le soleil brille fort dans le ciel, mais le vent est froid, parce qu'il vient des pays où il n'y a pas d'arbres ni d'eau ; c'est le vent qui vient du fond de l'espace. C'est ici que vit celui que Lalla appelle Es Ser, le Secret, parce que personne ne sait son nom.

Alors elle arrive devant le grand plateau de pierre blanche qui s'étend jusqu'aux limites de l'horizon, jusqu'au ciel. La lumière est éblouissante, le vent froid coupe les lèvres et met des larmes dans les yeux. Lalla regarde de toutes ses forces, jusqu'à ce que son cœur batte à grands coups sourds dans sa gorge et dans ses tempes, jusqu'à ce qu'un voile rouge couvre le ciel, et qu'elle entende dans ses oreilles les voix inconnues qui parlent et qui marmonnent toutes ensemble.

Puis elle avance au milieu du plateau de pierres, là où ne vivent que les scorpions et les serpents. Il n'y a plus de chemin sur le plateau. Ce ne sont que des blocs brisés, aigus comme des couteaux, où la lumière fait des étincelles. Il n'y a pas d'arbres, ni d'herbe, seulement le vent qui vient du centre de l'espace.

C'est là que l'homme vient quelquefois à sa rencontre. Elle ne sait pas qui il est, ni d'où il vient. Il est effrayant quelquefois, et d'autres fois il est très doux et très calme, plein d'une beauté céleste. Elle ne voit de lui que ses yeux, parce que son visage est voilé d'un linge bleu, comme celui des guerriers du désert. Il porte un grand manteau blanc qui étincelle comme le sel au soleil. Ses yeux brûlent d'un feu étrange et sombre, dans l'ombre de son turban bleu, et Lalla sent la chaleur de son regard qui passe sur son visage et sur son corps, comme quand on s'approche d'un brasier.

Mais Es Ser ne vient pas toujours. L'homme du désert vient seulement quand Lalla a très envie de le voir, quand elle a réellement besoin de lui, quand elle en a besoin aussi fort que de parler, ou de pleurer. Mais même quand il ne vient pas, il y a quand même quelque chose de lui qui est sur le plateau de pierres, son regard brûlant, peut-être, qui éclaire le paysage, qui va d'un bout à l'autre de l'horizon. Alors Lalla peut marcher au milieu de l'étendue de pierres brisées, sans prendre garde où elle va, sans chercher. Sur certaines roches il y a de drôles de signes qu'elle ne comprend pas, des croix, des points, des taches en forme de soleil et de lune, des flèches gravées dans la pierre. Ce sont des signes de magie, peut-être ; c'est ce que disent les garçons de la Cité, et pour cela ils n'aiment pas venir jusqu'au plateau blanc. Mais Lalla n'a pas peur des signes, ni de la solitude. Elle sait que l'homme bleu du désert la protège de son regard, et elle ne craint plus le silence, ni le vide du vent.

C'est un endroit où il n'y a personne, personne. Il n'y a que l'homme bleu du désert qui la regarde continuelle-ment, sans lui parler. Lalla ne sait pas bien ce qu'il veut, ce qu'il demande. Elle a besoin de lui, et il vient en silence, avec son regard plein de puissance. Elle est heureuse quand elle est sur le plateau de pierres, dans la lumière du regard. Elle sait qu'elle ne doit pas en parler, à personne, pas même à Aamma, parce que c'est un secret, la chose la plus importante qui lui soit arrivée. C'est un secret aussi parce qu'elle est la seule qui n'ait pas peur de venir souvent sur le plateau de pierres, malgré le silence et le vide du vent. Seul, peut-être, le berger chleuh, celui qu'on appelle le Hartani, vient lui aussi quelquefois sur le plateau, mais c'est quand une des chèvres du troupeau s'est égarée en courant le long des ravins. Lui non plus n'a pas peur des signes sur les pierres, mais Lalla n'a jamais osé lui parler de son secret.

C'est le nom qu'elle donne à l'homme qui apparaît quelquefois sur le plateau de pierres. Es Ser, le Secret, parce que nul ne doit savoir son nom.

Il ne parle pas. C'est-à-dire, qu'il ne parle pas le même langage que les hommes. Mais Lalla entend sa voix à l'intérieur de ses oreilles, et il dit avec son langage des choses très belles qui troublent l'intérieur de son corps, qui la font frissonner. Peut-être qu'il parle avec le bruit léger du vent qui vient du fond de l'espace, ou bien avec le silence entre chaque souffle du vent. Peut-être qu'il parle avec les mots de la lumière, avec les mots qui explosent en gerbes d'étincelles sur les lames des pierres, les mots du sable, les mots des cailloux qui s'effritent en poudre dure, et aussi les mots des scorpions et des serpents qui laissent leurs traces légères dans la poussière. Il sait parler avec tous ces mots-là, et son regard bondit d'une pierre à l'autre, vif comme un animal, va d'un seul mouvement jusqu'à l'horizon, monte droit dans le ciel, plane plus haut que les oiseaux.

Lalla aime venir ici, sur le plateau de pierre blanche, pour entendre ces paroles secrètes. Elle ne connaît pas celui qu'elle appelle Es Ser, elle ne sait pas qui il est, ni

96

d'où il vient, mais elle aime le rencontrer dans ce lieu, parce qu'il porte avec lui, dans son regard et dans son langage, la chaleur des pays de dunes et de sable, du Sud, des terres sans arbres et sans eau.

Même quand Es Ser ne vient pas, c'est comme si elle pouvait voir avec son regard. C'est difficile à comprendre, parce que c'est un peu comme dans un rêve, comme si Lalla n'était plus tout à fait elle-même, comme si elle était entrée dans le monde qui est de l'autre côté du regard de l'homme bleu.

Alors apparaissent les choses belles et mystérieuses. Des choses qu'elle n'a jamais vues ailleurs, qui la troublent et l'inquiètent. Elle voit l'étendue de sable couleur d'or et de soufre, immense, pareille à la mer, aux grandes vagues immobiles. Sur cette étendue de sable, il n'y a personne, pas un arbre, pas une herbe, rien que les ombres des dunes qui s'allongent, qui se touchent, qui font des lacs au crépuscule. Ici, tout est semblable, et c'est comme si elle était à la fois ici, puis plus loin, là où son regard se pose au hasard, puis ailleurs encore, tout près de la limite entre la terre et le ciel. Les dunes bougent sous son regard, lentement, écartant leurs doigts de sable. Il y a des ruisseaux d'or qui coulent sur place, au fond des vallées torrides. Il y a des vaguelettes dures, cuites par la chaleur terrible du soleil, et de grandes plages blanches à la courbe parfaite, immobiles devant la mer de sable rouge. La lumière rutile et ruisselle de toutes parts, la lumière qui naît de tous les côtés à la fois, la lumière de la terre, du ciel et du soleil. Dans le ciel, il n'y a pas de fin. Rien que la brume sèche qui ondoie près de l'horizon, en brisant des reflets, en dansant comme des herbes de lumière — et la poussière ocre et rose qui vibre dans le vent froid, qui monte vers le centre du ciel.

Tout cela est étrange et lointain, et pourtant cela semble

familier. Lalla voit devant elle, comme avec les yeux d'un autre, le grand désert où resplendit la lumière. Elle sent sur sa peau le souffle du vent du sud, qui élève les nuées de sable, elle sent sous ses pieds nus le sable brûlant des dunes. Elle sent surtout, au-dessus d'elle, l'immensité du ciel vide, du ciel sans ombre où brille le soleil pur.

Alors, pendant longtemps, elle cesse d'être elle-même ; elle devient quelqu'un d'autre, de lointain, d'oublié. Elle voit d'autres formes, des silhouettes d'enfants, des hommes, des femmes, des chevaux, des chameaux, des troupeaux de chèvres ; elle voit la forme d'une ville, un palais de pierre et d'argile, des remparts de boue d'où sortent des troupes de guerriers. Elle voit cela, car ce n'est pas un rêve, mais le souvenir d'une autre mémoire dans laquelle elle est entrée sans le savoir. Elle entend le bruit des voix des hommes, les chants des femmes, la musique, et peut-être qu'elle danse elle-même, en tournant sur elle-même, en frappant la terre avec le bout de ses pieds nus et ses talons, en faisant résonner les bracelets de cuivre et les lourds colliers.

Puis, d'un seul coup, comme dans un souffle de vent, tout cela s'en va. C'est simplement le regard d'Es Ser qui la quitte, qui se détourne du plateau de pierre blanche. Alors Lalla retrouve son propre regard, elle ressent à nouveau son cœur, ses poumons, sa peau. Elle perçoit chaque détail, chaque pierre, chaque cassure, chaque dessin minuscule dans la poussière.

Elle retourne en arrière. Elle redescend vers le lit du torrent asséché, en faisant attention aux pierres coupantes et aux buissons d'épines. Quand elle arrive en bas, elle est très fatiguée, par toute cette lumière, par le vide du vent qui ne cesse jamais. Lentement, elle marche sur les chemins de sable jusqu'à la Cité, où les ombres des hommes et des femmes bougent encore. Elle va jusqu'à l'eau de la fontaine, et elle baigne son visage et ses mains, à genoux par terre, comme si elle revenait d'un long voyage.

Ce qui est bien aussi, ce sont les guêpes. Elles sont partout dans la ville, avec leurs longs corps jaunes rayés de noir, et leurs ailes transparentes. Elles vont partout, en volant lourdement, sans s'occuper des hommes. Elles cherchent leur nourriture. Lalla les aime bien, elle les regarde souvent, suspendues dans les rayons de soleil, au-dessus des tas d'ordures, ou bien autour des étals de viande, à la boucherie. Quelquefois elles s'approchent de Lalla quand elle mange une orange ; elles cherchent à se poser sur sa figure, sur ses mains. Quelquefois aussi, l'une d'elles la pique au cou, ou sur le bras, et ça fait une brûlure qui dure plusieurs heures. Mais ça ne fait rien. Lalla aime bien les guêpes quand même.

Les mouches sont moins bien. D'abord elles n'ont pas ce long corps jaune et noir, ni cette taille si fine, quand elles sont posées sur le bord d'une table. Les mouches vont vite, elles se posent d'un seul coup, toutes plates, avec leurs gros yeux gris-rouge écarquillés sur leur tête.

Dans la Cité il y a toujours beaucoup de fumée qui traîne au-dessus des cabanes de planches, le long des ruelles de terre battue. Il y a des femmes qui font cuire le repas sur les braseros de terre, il y a les feux qui brûlent les ordures, les feux pour faire chauffer le goudron pour enduire les toits.

Quand elle a le temps, Lalla aime bien s'arrêter pour regarder les feux. Ou bien elle va vers les torrents asséchés pour ramasser des brindilles d'acacia, elle les lie avec une ficelle, et elle rapporte le fagot à la maison d'Aamma. Les flammes bondissent joyeusement dans les brindilles, font éclater les tiges et les épines, font bouillir la sève. Les flammes dansent dans l'air froid du matin, en faisant une belle musique. Si on regarde à l'intérieur des flammes, on peut voir les génies, enfin c'est Aamma qui dit cela. On peut voir aussi des paysages, des villes, des rivières, toutes sortes de choses extraordinaires qui apparaissent et se cachent, un peu comme les nuages.

Ensuite les guêpes arrivent, parce qu'elles ont senti l'odeur de la viande de mouton en train de cuire dans la marmite en fer. Les autres enfants ont peur des guêpes, ils veulent les chasser, ils cherchent à les tuer à coups de pierres. Mais Lalla les laisse voler autour de ses cheveux, elle essaie de comprendre ce qu'elles chantonnent en faisant vrombir leurs ailes.

Quand l'heure du repas arrive, le soleil est haut dans le ciel, il brûle fort. Le blanc est si blanc qu'on ne peut pas le regarder en face, les ombres sont si noires qu'elles semblent des trous dans la terre. Alors viennent d'abord les fils d'Aamma. Ils sont deux, l'un de quatorze ans nommé Ali, l'autre de dix-sept ans qu'on appelle le Bareki, parce qu'il a été béni le jour de sa naissance. C'est eux qu'Aamma sert en premier, et ils mangent vite, gloutonnement, sans parler. Ils chassent toujours les guêpes en mangeant, avec des revers de main. Ensuite vient le mari d'Aamma, qui travaille sur les plantations de tomates, au sud. Il s'appelle Selim, mais on l'appelle le Soussi, parce qu'il vient de la région du fleuve Souss. Il est tout petit et maigre, avec de beaux yeux verts, et Lalla l'aime bien, quoiqu'on dise un peu partout que c'est un paresseux. Mais il ne tue pas les guêpes, au contraire, il les prend parfois entre le pouce et l'index, et il s'amuse à faire sortir leur dard, puis il les repose délicatement par terre et il les laisse s'envoler.

Il y a toujours des gens qui viennent d'ailleurs, et Aamma met un morceau de viande de côté pour ceux-là. Quelquefois c'est Naman le pêcheur qui vient manger dans la maison d'Aamma. Lalla est toujours bien contente quand elle sait qu'il va venir, parce que Naman l'aime aussi, et lui raconte de belles histoires. Il mange lentement, et de temps en temps, il dit quelque chose de drôle pour elle. Il l'appelle petite Lalla, parce qu'elle est descendante d'une véritable chérifa. Quand elle regarde dans ses yeux, Lalla a l'impression de voir la couleur de la mer, de traverser l'océan, d'être de l'autre côté de l'horizon, dans ces grandes villes où il y a des maisons blanches, des jardins, des fontaines. Lalla aime bien entendre les noms des villes, et elle demande souvent à Naman de les lui dire, comme cela, rien que les noms, lentement, pour avoir le temps de voir les choses qu'ils cachent :

« Algésiras »

    « Granada »

        « Sevilla »

            « Madrid »

Les garçons d'Aamma veulent en savoir davantage. Ils attendent que le vieux Naman ait fini de manger, et ils posent toutes sortes de questions, sur la vie là-bas, de l'autre côté de la mer. Eux, ce sont des choses sérieuses qu'ils veulent savoir, pas des noms pour rêver. Ils demandent à Naman l'argent qu'on peut gagner, le travail, combien coûtent les habits, la nourriture, combien coûte une auto, s'il y a beaucoup de cinémas. Le vieux Naman est trop vieux, il ne sait pas ces choses-là, ou bien il les a oubliées, et puis de toute façon la vie a dû changer depuis le temps où il vivait là-bas, avant la guerre. Alors les garçons haussent les épaules, mais ils ne disent rien, parce que Naman a un frère qui est resté à Marseille et qui peut leur être utile un jour.

Certains jours, Naman a envie de parler de ce qu'il a vu, et c'est à Lalla qu'il le raconte, parce que c'est elle qu'il préfère, et qu'elle ne pose pas de questions.

Même si ça n'est pas tout à fait vrai, Lalla aime ce qu'il raconte. Elle l'écoute attentivement, quand il parle des grandes villes blanches au bord de la mer, avec toutes ces allées de palmiers, ces jardins qui vont jusqu'en haut des collines, pleins de fleurs, d'orangers, de grenadiers, et ces tours aussi hautes que des montagnes, ces avenues si longues qu'on n'en aperçoit pas la fin. Elle aime aussi quand il parle des autos noires qui roulent lentement, surtout la nuit, avec leurs phares allumés, et les lumières de toutes les couleurs à la devanture des magasins. Ou encore les grands bateaux blancs qui arrivent à Algésiras, le soir, qui glissent lentement le long des quais mouillés, tandis que la foule crie et gesticule pour accueillir ceux qui arrivent. Ou bien le chemin de fer qui va vers le nord, de ville en ville, qui traverse les campagnes brumeuses, les fleuves, les montagnes, qui entre dans de longs tunnels obscurs, comme cela, avec tous les passagers et leurs bagages, jusqu'à la grande ville de Paris. Lalla écoute tout cela, et elle frissonne un peu d'inquiétude, et en même temps elle pense qu'elle aimerait bien être dans ce chemin de fer, de ville en ville, vers les lieux inconnus, vers ces pays où l'on ne sait plus rien de la poussière et des chiens affamés, ni des cabanes de planches où entre le vent du désert.

« Emmène-moi là-bas quand tu partiras », dit Lalla.

Le vieux Naman secoue la tête :

« Je suis trop vieux maintenant, petite Lalla, je n'irai plus maintenant, je mourrais en route. »

Pour la consoler, il ajoute :

« Toi, tu iras. Tu verras toutes ces villes, et puis tu reviendras ici, comme moi. »

Elle se contente de regarder dans les yeux de Naman pour voir ce qu'il a vu, comme quand on regarde au fond de la mer. Elle pense longtemps aux beaux noms des villes, elle les chantonne dans sa tête comme si c'étaient les paroles d'une chanson.

Parfois, c'est Aamma qui lui demande de parler de ces pays étrangers. Alors il raconte encore une fois son voyage à travers l'Espagne, la frontière, puis la route au bord de la mer, et la grande ville de Marseille. Il raconte toutes les maisons, les rues, les escaliers, les quais sans fin, les grues, les bateaux grands comme des maisons, grands comme des villes, d'où l'on décharge des camions, des wagons, des pierres, du ciment, puis qui s'en vont sur l'eau noire du port en faisant résonner leur sirène. Les deux garçons n'écoutent pas trop cela, parce qu'ils ne croient pas le vieux Naman. Quand Naman s'en va, ils disent que tout le monde sait qu'il était cuisinier à Marseille, et pour se moquer de lui, ils l'appellent Tayyeb, parce que ça veut dire : « Il a fait la cuisine. »

Mais Aamma écoute ce qu'il dit. Ça lui est égal que Naman ait été cuisinier là-bas, et pêcheur ici. Elle lui pose d'autres questions, à chaque fois, pour entendre encore l'histoire du voyage, la frontière, et la vie à Marseille. Alors Naman parle aussi des batailles dans les rues, quand les hommes attaquent les Arabes et les Juifs dans les rues sombres, et qu'il faut se défendre à coups de couteau, ou bien jeter des pierres et courir le plus vite qu'on peut pour échapper aux camions de la police qui ramassent les gens et les conduisent en prison. Il parle aussi de ceux qui franchissent les frontières en fraude, par les montagnes, en marchant la nuit et en se cachant le jour dans les grottes et dans les broussailles. Mais quelquefois les chiens des policiers suivent leurs traces, et les attaquent quand ils arrivent en bas, de l'autre côté de la frontière.

Naman parle de tout cela avec un air sombre, et Lalla sent le froid qui passe dans les yeux du vieil homme. C'est une impression étrange, qu'elle ne connaît pas bien, mais qui fait peur et menace, comme le passage de la mort, le malheur. Peut-être que c'est cela aussi que le vieux Naman a ramené de là-bas, de ces villes de l'autre côté de la mer.

Quand il ne parle pas de ses voyages, le vieux Naman raconte les histoires qu'il a entendues autrefois. Il les raconte rien que pour Lalla et pour les très jeunes enfants, parce qu'ils sont les seuls à écouter sans trop poser de questions.

Certains jours, il est assis devant la mer, à l'ombre de son figuier, et il répare ses filets. C'est à ce moment-là qu'il raconte les plus belles histoires, celles qui se passent sur l'océan, sur les bateaux, dans les tempêtes, celles où les gens font naufrage et arrivent dans des îles inconnues. Naman est capable de raconter une histoire à propos de n'importe quelle chose, c'est cela qui est bien. Par exemple, Lalla est assise à côté de lui, à l'ombre du figuier, et elle le regarde réparer ses filets. Ses grandes mains brunes aux ongles cassés vont vite, savent faire des nœuds avec légèreté. A un moment, il y a une grande déchirure dans les mailles du filet, et Lalla demande, naturellement :

« C'est un gros poisson qui a fait cela ? »

Au lieu de répondre, Naman réfléchit et dit :

« Je ne t'ai pas raconté le jour où nous avons pêché un requin, n'est-ce pas ? »

Lalla secoue la tête, et Naman commence une histoire. Comme dans la plupart de ses histoires, il y a une tempête, avec des éclairs qui vont d'un bout à l'autre du ciel, des vagues hautes comme des montagnes, des trombes de pluie. Le filet est lourd, si lourd à remonter que le bateau penche sur le côté et que les hommes ont peur de chavirer. Quand le filet arrive, ils voient qu'il y a dedans un requin bleu gigantesque, qui se débat et ouvre une mâchoire pleine de dents terribles. Alors les pêcheurs doivent se battre contre le requin qui essaie d'emporter le filet. Ils le frappent à coups de gaffe, à coups de hache. Mais le requin mord le bord du bateau et le déchire comme si c'était du bois de caisse. Enfin, le capitaine parvient à assommer le requin avec un bâton, et on hisse la bête sur le pont du bateau.

« Alors on lui a ouvert le ventre pour voir ce qu'il y avait dedans, et on a trouvé une bague tout en or sur laquelle était montée une pierre précieuse toute rouge, si belle que tout le monde ne pouvait plus en détacher son regard. Naturellement, chacun d'entre nous a voulu la bague pour lui, et bientôt tout le monde était prêt à s'entre-tuer pour la possession de cette maudite bague. Alors j'ai proposé qu'on la joue aux dés, parce que le capitaine avait sur lui une paire de dés en os. Nous avons donc joué aux dés sur le pont, malgré la tempête terrible qui menaçait à chaque instant de renverser le bateau. Nous étions six, et nous avons joué six fois, à celui qui lancerait le chiffre le plus fort. Après le premier tour, il n'y avait plus que moi et le capitaine, car nous avions lancé onze chacun, six et cinq. Tout le monde se pressait autour de nous pour voir qui gagnerait. J'ai lancé, et j'ai fait double six ! C'est moi qui ai donc reçu la bague, et pendant quelques instants j'ai été heureux comme je n'avais jamais été de ma vie. Mais j'ai regardé la bague longtemps, et sa pierre rouge brillait comme le feu de l'enfer, avec une lumière mauvaise, rouge comme le sang. Alors j'ai vu aussi que les yeux de mes compagnons brillaient avec la même lueur mauvaise, et j'ai compris que c'était une bague maudite, comme celui qui l'avait portée et que le requin avait mangé, et j'ai compris que celui qui la garderait serait maudit à son tour.

Quand je l'ai eu bien regardée, je l'ai ôtée de mon doigt et je l'ai jetée dans la mer. Le capitaine et mes compagnons étaient pleins de fureur et ils ont voulu me jeter à la mer moi aussi. Alors je leur ai dit : « Pourquoi êtes-vous en colère contre moi ? Ce qui est venu de la mer est retourné à la mer, et maintenant, c'est comme s'il n'y avait rien eu. » A ce moment-là, la tempête s'est calmée d'un seul coup, et le soleil s'est mis à briller sur la mer. Alors les marins se sont apaisés eux aussi, et le capitaine lui-même qui avait eu tant envie de cette bague l'a oubliée d'un seul coup, et il m'a dit que j'avais bien agi en la rejetant à la mer. Nous en avons fait autant avec le corps du requin, et nous sommes rentrés au port pour réparer le filet. »

« Tu crois vraiment que cette bague était maudite ? » demande Lalla.

« Je ne sais pas si elle était maudite », dit Naman ; « mais ce que je sais, c'est que si je ne l'avais pas rejetée à la mer, le jour même un de mes compagnons m'aurait tué pour la voler, et tout le monde aurait péri de cette façon, jusqu'au dernier. »

Ce sont des histoires que Lalla aime bien entendre, comme cela, assise à côté du vieux pêcheur, en face de la mer, à l'ombre du figuier, quand le vent souffle et fait battre les feuilles. C'est un peu comme si elle entendait la voix de la mer, et les paroles de Naman pèsent sur ses paupières et font monter le sommeil dans son corps. Alors elle se love dans le sable, la tête contre les racines du figuier, tandis que le pêcheur continue à réparer son filet de corde rouge, et que les guêpes vrombissent au-dessus des gouttes de sel.

« Ohé ! Hartani ! »

Lalla crie très fort, dans le vent, tandis qu'elle approche des collines de cailloux et de ronces. Par ici, il y a toujours plus ou moins de lézards qui détalent entre les pierres, quelquefois même des serpents qui s'esquivent en crissant. Il y a de grandes herbes qui coupent comme des couteaux, et beaucoup de ces palmiers nains avec lesquels on fait des paniers et des nattes. On entend les insectes siffler partout, parce qu'il y a des sources d'eau minuscules entre les roches, et de grands puits cachés dans les avens, où l'eau froide attend. Lalla, en passant, jette des cailloux dans les crevasses, et écoute le bruit qui résonne profondément dans l'ombre.

« Harta-a-ani ! »

Souvent il se cache, pour se moquer d'elle, simplement allongé par terre au pied d'un buisson d'épines. Il est toujours vêtu de sa longue robe de bure effilochée aux manches et au bas, et d'un long linge blanc qu'il enroule autour de sa tête et de son cou. Il est long et mince comme une liane, avec de belles mains brunes aux ongles couleur d'ivoire, et des pieds faits pour la course. Mais c'est son visage que Lalla aime surtout, parce qu'il ne ressemble à personne de ceux qui vivent ici, à la Cité. C'est un visage très mince et lisse, un front bombé et des sourcils très droits, et de grands yeux sombres couleur de métal. Ses cheveux sont courts, presque crépus, et il n'a ni moustache ni barbe. Mais il a l'air fort et sûr de lui, avec un regard qui va droit, qui vous scrute sans crainte, et il sait rire quand il veut d'un rire sonore qui vous rend tout de suite heureux.

Aujourd'hui, Lalla le trouve facilement, parce qu'il n'est pas caché. Il est simplement assis sur une grosse pierre, et il regarde droit devant lui, dans la direction du troupeau de chèvres. Il ne bouge pas. Le vent fait flotter un peu sa robe brune sur son corps, agite le bout de son turban blanc. Lalla marche vers lui sans l'appeler, parce qu'elle sait qu'il l'a entendue arriver. Le Hartani a l'oreille fine, il peut entendre bondir un lièvre à l'autre bout d'une colline, et il montre à Lalla les avions dans le ciel longtemps avant qu'elle ait perçu le bruit de leurs moteurs.

Quand elle est tout près de lui, le Hartani se lève et se retourne. Le soleil brille sur son visage noir. Il sourit et ses dents brillent aussi à la lumière. Bien qu'il soit plus jeune que Lalla, il est aussi grand qu'elle. Il tient un petit couteau sans manche dans sa main gauche.

« Que fais-tu avec ce couteau ? » demande Lalla.

Comme elle est fatiguée par tout le chemin qu'elle a fait, elle s'assoit sur le rocher. Lui, reste debout devant elle, en équilibre sur une jambe. Puis tout d'un coup, il bondit en arrière, il se met à courir à travers la colline caillouteuse. Quelques instants plus tard il ramène une poignée de roseaux qu'il a coupés dans les marécages. Il les montre à Lalla en souriant. Il halète un peu, comme un chien qui a couru trop vite.

« C'est beau », dit Lalla. « C'est pour jouer de la musique ? »

Elle ne demande pas cela vraiment. Elle murmure les mots, en faisant des gestes avec ses mains. Chaque fois qu'elle parle, le Hartani reste immobile et la regarde avec une attention sérieuse, parce qu'il cherche à comprendre.

Peut-être que Lalla est la seule personne qu'il comprenne, et qu'elle est la seule à le comprendre. Quand elle dit « musique », le Hartani saute sur place, en écartant ses longs bras, comme s'il allait danser. Il siffle entre ses doigts, si fort que les chèvres et bouc tressaillent, sur la pente de la colline.

Puis il prend quelques roseaux coupés, il les assemble dans ses mains. Il souffle dedans, et cela fait une drôle de musique un peu rauque, comme le cri des engoulevents dans la nuit, une musique un peu triste, comme le chant des bergers chleuhs.

Le Hartani joue un moment, sans reprendre son souffle. Ensuite, il tend les roseaux à Lalla, et elle joue à son tour, tandis que le jeune berger s'arrête de bouger, avec une lumière de plaisir dans son regard sombre. Ils s'amusent comme cela à souffler à tour de rôle dans les tubes de roseau de longueurs différentes, et la musique triste semble sortir du paysage blanc de lumière, des trous des grottes souterraines, du ciel même où bouge le vent lent.

De temps à autre, ils s'arrêtent, à bout de souffle, et le jeune garçon éclate de son rire sonore, et Lalla se met à rire elle aussi, sans savoir pourquoi.

Ensuite, ils marchent à travers les champs de pierres, et le Hartani prend la main de Lalla, parce que c'est plein de rochers pointus qu'elle ne connaît pas, entre les touffes de broussailles. Ils sautent par-dessus les petits murs de pierre sèche, ils zigzaguent entre les buissons d'épines. Le Hartani montre à Lalla tout ce qu'il y a dans les champs de pierres et sur les pentes des collines. Il connaît les cachettes mieux que personne : celles des insectes dorés, celles des criquets, celles des mantes religieuses et des insectes-feuilles. Il connaît aussi toutes les plantes, celles qui sentent bon quand on froisse leurs feuilles entre les doigts, celles qui ont des racines pleines d'eau, celles qui ont le goût de l'anis, du poivre, de la menthe, du miel. Il connaît les graines qui craquent sous la dent, les baies minuscules qui teignent les doigts et les lèvres en bleu. Il connaît même les cachettes où on trouve de petits escargots en pierre, ou de minuscules grains de sable en forme d'étoile. Il entraîne Lalla loin avec lui, par-delà les murs de pierre sèche, le long des sentiers qu'elle ne connaît pas, jusqu'aux collines d'où on voit le commencement du désert. Ses yeux brillent fort, la peau de son visage est sombre et luisante, quand il arrive en haut des collines. Alors il montre à Lalla la direction du sud, là où il est né.

Le Hartani n'est pas comme les autres garçons. Personne ne sait d'où il vient réellement. Seulement, un jour, il y a déjà longtemps de cela, un homme est venu, monté sur un chameau. Il était vêtu comme les guerriers du désert, avec un grand manteau bleu ciel et le visage voilé de bleu. Il s'est arrêté au puits pour abreuver son chameau, et lui-même a bu longuement l'eau du puits. C'est Yasmina, la femme du chevrier, qui l'a vu quand elle allait chercher de l'eau. Elle s'est arrêtée pour laisser l'étranger boire à sa soif, et quand il est reparti sur son chameau, elle a vu que l'homme avait laissé au bord du puits un tout petit enfant enveloppé dans un morceau de tissu bleu. Comme personne n'en voulait, c'est Yasmina qui a gardé l'enfant. Elle l'a élevé, et il a grandi dans sa famille, comme s'il était son fils. L'enfant était le Hartani, c'est le surnom qu'on lui a donné parce qu'il avait la peau noire comme les esclaves du Sud.

Le Hartani a grandi à l'endroit même où le guerrier du désert l'a laissé, près des champs de pierres et des collines, là où commence le désert. C'est lui qui a gardé les chèvres de Yasmina, il est devenu comme les autres garçons qui sont des bergers. Il sait s'occuper des bêtes, il sait les conduire où il veut, sans les frapper, rien qu'en sifflant entre ses doigts, car les bêtes n'ont pas peur de lui. Il sait parler aussi aux essaims d'abeilles, simplement en sifflotant entre ses dents, en les guidant avec ses mains. Le gens ont un peu peur du Hartani, ils disent qu'il est *mejnoun*, qu'il a des pouvoirs qui viennent des démons. Ils disent qu'il sait commander aux serpents et aux scorpions, qu'il peut les envoyer pour donner la mort aux bêtes des autres bergers. Mais Lalla ne croit pas cela, elle n'a pas peur de lui. Peut-être qu'elle est la seule personne qui le connaisse bien, parce qu'elle lui parle autrement qu'avec les mots. Elle le regarde, et elle lit dans la lumière de ses yeux noirs, et lui regarde au fond de ses yeux d'ambre ; il ne regarde pas seulement son visage, mais vraiment tout au fond de ses yeux, et c'est comme cela qu'il comprend ce qu'elle veut lui dire.

Aamma n'aime pas beaucoup que Lalla aille voir si souvent le berger dans ses champs de pierres et dans ses collines. Elle lui dit que c'est un enfant trouvé, un étranger, qu'il n'est pas un garçon pour elle. Mais dès que Lalla a fini son travail dans la maison d'Aamma, elle court sur le chemin qui va vers les collines, et elle siffle entre ses doigts comme les bergers, et elle crie :

« Ohé ! Hartani ! »

Elle reste là-haut avec lui quelquefois jusqu'à la nuit tombante. Alors le jeune garçon rassemble ses bêtes pour les conduire au corral, en bas ; près de la maison de Yasmina. Souvent, comme ils ne parlent pas, ils restent immobiles, assis sur les rochers devant les collines de pierres. C'est difficile de comprendre ce qu'ils font à ce moment-là. Peut-être qu'ils regardent devant eux, comme s'ils voyaient à travers les collines, jusque derrière l'horizon. Lalla ne comprend pas bien elle-même comment cela se fait, car le temps semble ne plus exister quand elle est assise à côté du Hartani. Les paroles circulent librement, vont vers le Hartani et reviennent vers elle, chargées d'un autre sens, comme dans les rêves où l'on est deux à la fois.

C'est le Hartani qui lui a appris à rester ainsi sans bouger, à regarder le ciel, les pierres, les arbustes, à regarder voler les guêpes et les mouches, à écouter le chant des insectes cachés, à sentir l'ombre des oiseaux de proie et les tressaillements des lièvres dans les broussailles.

Le Hartani n'a pas vraiment de famille, comme Lalla, il ne sait pas lire ni écrire, il ne connaît même pas les prières, il ne sait pas parler, et pourtant c'est lui qui sait toutes ces choses. Lalla aime son visage lisse, ses longues mains, ses yeux de métal sombre, son sourire, elle aime sa façon de marcher, vif et léger comme un lévrier, puis comme il sait bondir de roche en roche, et disparaître en un clin d'œil dans une de ses cachettes.

Il ne vient jamais à la ville. Peut-être qu'il a peur des autres garçons, parce qu'il n'est pas comme eux. Quand il part, c'est vers le sud qu'il va, dans la direction du désert, là où passent les pistes des nomades montés sur leurs chameaux. Il s'en va plusieurs jours comme cela, sans qu'on sache où il est. Puis il revient un matin, il reprend sa place dans le champ de pierres, avec les chèvres et le bouc, comme s'il n'était parti que quelques instants.

Quand elle est assise, comme cela, sur un rocher à côté du Hartani, et qu'ils regardent ensemble l'étendue des pierres dans la lumière du soleil, avec le vent qui souffle de temps en temps, avec les guêpes qui vrombissent au-dessus des petites plantes grises, et le bruit des sabots des chèvres sur les cailloux qui s'éboulent, il n'y a besoin de rien d'autre vraiment. Lalla sent la chaleur au fond d'elle, comme si toute la lumière du ciel et des pierres venait jusqu'au centre de son corps, grandissait. Le Hartani prend la main de Lalla dans sa longue main brune aux doigts effilés, il la serre si fort qu'elle en a presque mal.

Lalla sent dans la paume de sa main passer le courant de chaleur, comme une drôle de vibration ténue. Elle n'a pas envie de parler, ni de penser. Elle est si bien ainsi qu'elle pourrait rester tout le jour, jusqu'à ce que la nuit emplisse les ravins, sans bouger. Elle regarde devant elle, elle voit chaque détail du paysage de pierre, chaque touffe d'herbe, elle entend chaque craquement, chaque cri d'insecte. Elle sent le mouvement lent de la respiration du berger, elle est si près de lui qu'elle voit avec ses yeux, qu'elle sent avec sa peau. Cela dure un bref instant, mais il semble si long qu'elle en oublie tout le reste, prise par le vertige.

Puis, tout à coup, comme s'il avait peur de quelque chose, le jeune berger bondit sur ses pieds, abandonne la main de Lalla. Sans même la regarder, il se met à courir vite comme un chien, bondissant par-dessus les rochers et les ravins asséchés. Il franchit les murs de pierre sèche, et Lalla voit sa silhouette claire qui disparaît entre les buissons d'épines.

« Hartani ! Hartani ! Reviens ! »

Lalla crie, debout sur le rocher, et sa voix tremble, parce qu'elle sait que cela n'y fera rien. Le Hartani a disparu soudain, avalé par un de ces creux sombres dans la roche calcaire. Il ne se montrera plus aujourd'hui. Demain, peut-être, ou plus tard ? Alors Lalla descend la colline à son tour, lentement, d'une roche à l'autre, maladroitement, et elle se retourne de temps en temps pour essayer d'apercevoir le berger. Elle quitte les champs de pierres et les enclos de pierre sèche, elle retourne vers le bas, vers le creux de la vallée, pas très loin de la mer, là où les hommes vivent dans les maisons de planches, de tôle et de papier goudronné.

Les jours sont tous les jours les mêmes, ici, dans la Cité, et parfois on n'est pas bien sûr du jour qu'on est en train de vivre. C'est un temps déjà ancien, et c'est comme s'il n'y avait rien d'écrit, rien de sûr. Personne d'ailleurs ne pense vraiment à cela, ici, personne ne se demande vraiment qui il est. Mais Lalla y pense souvent, quand elle va sur le plateau de pierres où vit l'homme bleu qu'elle appelle Es Ser.

C'est peut-être à cause des guêpes aussi. Il y a tellement de guêpes dans la Cité, beaucoup plus que d'hommes et de femmes. Depuis l'aurore jusqu'au crépuscule elles vrombissent dans l'air, à la recherche de leur nourriture, elles dansent dans la lumière du soleil.

Pourtant, dans un sens, les heures ne sont jamais toutes pareilles, comme les mots que dit Aamma, comme les visages des filles qui se retrouvent autour de la fontaine. Il y a des heures torrides, quand le soleil brûle la peau à travers les habits, quand la lumière enfonce des aiguilles dans les yeux et fait saigner les lèvres. Alors Lalla s'enveloppe complètement dans les toiles bleues, elle attache un grand mouchoir derrière sa tête, qui couvre son visage jusqu'aux yeux, et elle entoure sa tête d'un autre voile de toile bleue qui descend jusque sur sa poitrine. Le vent brûlant vient du désert, souffle les grains de poussière

115

dure. Au-dehors, dans les ruelles de la Cité, il n'y a personne. Même les chiens sont cachés dans des trous de terre, au pied des maisons, contre les bidons d'essence vides.

Mais Lalla aime être dehors ces jours-là, peut-être justement parce qu'il n'y a plus personne. C'est comme s'il n'y avait plus rien sur la terre, plus rien qui appartienne aux hommes. C'est alors qu'elle se sent le plus loin d'elle-même, comme si plus rien de ce qu'elle avait fait ne pouvait compter, comme s'il n'y avait plus de mémoire.

Alors elle va vers la mer, là où commencent les dunes. Elle s'assoit dans le sable, enveloppée dans ses voiles bleus, elle regarde la poussière qui monte dans l'air. Au-dessus de la terre, au zénith, le ciel est d'un bleu très dense, presque couleur de nuit, et quand elle regarde vers l'horizon, au-dessus de la ligne des dunes, elle voit cette couleur rose, cendrée, comme à l'aube. Ces jours-là, on est libre aussi des mouches et des guêpes, parce que le vent les a chassées vers les creux de rochers, dans leurs nids de boue séchée, ou dans les coins sombres des maisons. Il n'y a pas d'hommes, ni de femmes, ni d'enfants. Il n'y a pas de chiens, pas d'oiseaux. Il y a aeulement le vent qui siffle entre les branches des arbustes, dans les feuilles des acacias et des figuiers sauvages. Il y a seulement les milliers de particules de pierre qui fouettent le visage, qui se divisent autour de Lalla, qui forment de longs rubans, des serpents, des fumées. Il y a le bruit du vent, le bruit de la mer, le bruit crissant du sable, et Lalla se penche en avant pour respirer, son voile bleu plaqué sur ses narines et sur ses lèvres.

C'est bien parce que c'est comme si on était parti sur un bateau, comme Naman le pêcheur et ses compagnons, perdu au milieu de la grande tempête. Le ciel est nu, extraordinaire. La terre a disparu, ou presque, à peine visible par les échancrures de sable, déchirée, usée, quelques taches noires de récifs au milieu de la mer.

Lalla ne sait pas pourquoi elle est dehors ces jours-là. C'est plus fort qu'elle, elle ne peut pas rester enfermée dans la maison d'Aamma, ni même marcher dans les ruelles de la Cité. Le vent brûlant sèche ses lèvres et ses narines, elle sent le feu qui descend en elle. C'est peut-être le feu de la lumière du ciel, le feu qui vient de l'Orient, et que le vent enfonce dans son corps. Mais la lumière ne fait pas que brûler : elle libère, et Lalla sent son corps devenir léger, rapide. Elle résiste, accrochée des deux mains au sable de la dune, le menton contre ses genoux. Elle respire à peine, à petits coups, pour ne pas devenir trop légère.

Elle essaie de penser à ceux qu'elle aime, parce que cela empêche le vent de l'emporter. Elle pense à Aamma, au Hartani, à Naman surtout. Mais ces jours-là il n'y a rien qui compte vraiment, ni personne de ceux qu'elle connaît, et sa pensée s'enfuit tout de suite, s'échappe comme si le vent l'arrachait et l'emportait le long des dunes.

Puis, soudain, elle sent le regard de l'homme bleu du désert, sur elle. C'est le même regard que là-haut, sur le plateau de pierre, à la frontière du désert. C'est un regard vide et impérieux qui pèse sur ses épaules, avec le poids du vent et de la lumière, un regard de terrible sécheresse qui la fait souffrir, un regard durci comme les particules de pierre qui frappent son visage et ses vêtements. Elle ne comprend pas ce qu'il veut, ce qu'il demande. Peut-être qu'il ne veut rien d'elle, simplement il passe sur le paysage de la mer, sur le fleuve, sur la Cité, et qu'il va plus loin encore, pour embraser les villes et les maisons blanches, les jardins, les fontaines, les grandes avenues des pays qui sont de l'autre côté de la mer.

Lalla a peur, maintenant. Elle voudrait arrêter ce regard, l'arrêter sur elle, pour qu'il n'aille pas au-delà de cet horizon, pour qu'il cesse sa vengeance, son feu, sa violence. Elle ne comprend pas pourquoi l'orage de l'homme du désert veut détruire ces villes. Elle ferme les yeux pour ne plus voir les serpents de sable qui se tordent autour d'elle, ces fumées dangereuses. Alors dans ses oreilles elle entend la voix du guerrier du désert, celui qu'elle appelle Es Ser, le Secret. Elle ne l'avait jamais entendue avec tant de netteté, même lorsqu'il était apparu à ses yeux, sur le plateau de pierres, vêtu de son manteau blanc, le visage voilé de bleu. C'est une drôle de voix qu'elle entend à l'intérieur de sa tête, qui se mêle au bruit du vent et aux crissements des grains de sable. C'est une voix lointaine qui dit des mots qu'elle ne comprend pas bien, qui répète sans fin les mêmes mots, les mêmes paroles.

« Fais que le vent s'arrête ! » dit Lalla à haute voix, sans ouvrir les yeux. « Ne détruis pas les villes, fais que le vent s'arrête, que le soleil ne brûle pas, que tout soit en paix ! »

Puis encore, malgré elle :

« Que veux-tu ? Pourquoi viens-tu ici ? Je ne suis rien pour toi, pourquoi me parles-tu, à moi seulement ? »

Mais la voix continue son murmure, son frisson à l'intérieur du corps de Lalla. C'est seulement la voix du vent, la voix de la mer, du sable, la voix de la lumière qui éblouit et grise la volonté des hommes. Elle vient en même temps que le regard étranger, elle brise et arrache tout ce qui lui résiste sur la terre. Ensuite elle continue plus loin, vers l'horizon, elle se perd sur la mer aux vagues puissantes, elle emporte les nuages et le sable vers les côtes rocheuses, de l'autre côté de la mer, vers les grands deltas où brûlent les cheminées des raffineries.

« Parle-moi de l'Homme Bleu », dit Lalla. Mais Aamma est en train de pétrir la pâte pour le pain sur le grand plat de terre. Elle secoue la tête.

« Pas maintenant. »

Lalla insiste.

« Si, maintenant, Aamma, je t'en prie. »

« Je t'ai déjà raconté tout ce que je savais sur lui. »

« Ça ne fait rien, je voudrais entendre encore parler de lui, et de celui qu'on appelait Ma el Aïnine, l'Eau des Yeux. »

Alors Aamma cesse de masser la pâte. Elle s'assoit par terre, et elle parle, parce qu'au fond elle aime bien raconter des histoires.

« Je t'ai déjà parlé de cela, c'était il y a longtemps, à une époque que ta mère ni moi n'avons connue, car c'était du temps de l'enfance de la grand-mère de ta mère que le grand Al Azraq, celui qu'on appelait l'Homme Bleu, est mort, et Ma el Aïnine n'était encore qu'un jeune homme en ce temps-là. »

Lalla connaît bien leurs noms, elle les a entendus souvent depuis sa petite enfance, et pourtant, chaque fois qu'elle les entend, elle frissonne un peu, comme si cela remuait quelque chose au fond d'elle-même.

« Al Azraq était de la tribu de la grand-mère de ta mère,

il vivait tout à fait au sud, au-delà du Draa, au-delà même de la Saguiet el Hamra, et en ce temps-là il n'y avait pas un seul étranger dans ce pays, les Chrétiens n'avaient pas le droit d'entrer. En ce temps-là les guerriers du désert étaient invaincus, et toutes les terres au sud du Draa étaient à eux, très loin, jusqu'au cœur du désert, jusqu'à la ville sainte de Chinguetti. »

Chaque fois qu'Aamma raconte l'histoire d'Al Azraq, elle ajoute un détail nouveau, une phrase nouvelle, ou bien elle change quelque chose, comme si elle ne voulait pas que l'histoire fût jamais achevée. Sa voix est forte, un peu chantante, elle résonne étrangement dans la maison obscure, avec le bruit de la tôle qui craque au soleil et le vrombissement des guêpes.

« On l'appelait Al Azraq parce qu'avant d'être un saint, il avait été un guerrier du désert, tout à fait au sud, dans la région de Chinguetti, car il était noble et fils de cheikh. Mais un jour, Dieu l'a appelé et il est devenu un saint, il a abandonné ses habits bleus du désert et il s'est vêtu d'une robe de laine comme les hommes pauvres, et il a marché à travers le pays, de ville en ville, pieds nus, avec un bâton, comme s'il était un mendiant. Mais Dieu ne voulait pas qu'on le confonde avec les autres mendiants, et il avait fait en sorte que la peau de son visage et de ses mains reste bleue, et cette couleur ne partait jamais, malgré l'eau avec laquelle il se lavait. La couleur bleue restait sur son visage et sur ses mains, et quand les gens voyaient cela, malgré la robe de laine usée, ils comprenaient que ce n'était pas un mendiant, mais un vrai guerrier du désert, un homme bleu que Dieu avait appelé, et c'est pour cela qu'ils lui avaient donné ce nom. Al Azraq, l'Homme Bleu... »

Quand elle parle, Aamma se balance un peu d'avant en arrière, comme si elle rythmait une musique. Ou bien elle se tait pendant un long moment, penchée sur le grand plat de terre, occupée à briser la pâte du pain et à la réunir de nouveau, puis à l'écraser avec ses poings fermés.

Lalla attend qu'elle continue, sans rien dire.

« Personne de ce temps-là n'est encore vivant », dit Aamma. « Ce qu'on dit de lui est ce qu'on raconte, sa légende, son souvenir. Mais il y a des gens maintenant qui ne veulent plus croire cela, ils disent que ce sont des mensonges. »

Aamma hésite, parce qu'elle choisit avec soin ce qu'elle va raconter.

« Al Azraq était un grand saint », dit-elle. « Il savait guérir les malades, même ceux qui étaient malades au-dedans, ceux qui avaient perdu la raison. Il vivait partout, dans les cabanes des bergers, les abris de feuilles qui sont construits autour des arbres, ou bien même dans les grottes, au cœur de la montagne. Les gens venaient de toutes parts pour le voir et lui demander secours. Un jour, un vieil homme a amené son fils qui était aveugle, et il lui a dit : guéris mon fils, toi qui as reçu la bénédiction de Dieu, guéris-le et je te donnerai tout ce que j'ai. Et il lui a montré un sac plein d'or qu'il avait apporté avec lui. Al Azraq lui a dit : à quoi peut servir ton or ici ? Et il lui montrait le désert, sans une goutte d'eau, sans un fruit. Et il a pris l'or du vieil homme et il l'a jeté sur le sol, et l'or s'est transformé en scorpions et en serpents qui fuyaient au loin, et le vieil homme s'est mis à trembler de peur. Alors Al Azraq a dit au vieil homme : acceptes-tu d'être aveugle à la place de ton fils ? Le vieil homme a répondu : je suis très vieux, à quoi me servent mes yeux ? Fais que mon fils voie, et je serai content. Aussitôt le jeune homme a recouvré la vue et il était ébloui par la lumière du soleil. Mais quand il s'est aperçu que son père était aveugle, il a cessé d'être heureux. Rends la vue à mon père, a-t-il dit, car c'est moi que Dieu avait condamné. Alors Al Azraq leur a donné la vue à tous deux, parce qu'il savait que leur cœur était bon. Et il a continué sa route vers la mer, et il s'est arrêté pour vivre dans un endroit comme ici, près des dunes, au bord de la mer. »

Aamma se tait encore un peu. Lalla pense aux dunes, là où vivait Al Azraq, elle entend le bruit du vent et de la mer.

« Les pêcheurs lui donnaient à manger tous les jours, parce qu'ils savaient que l'Homme Bleu était un saint, et ils demandaient sa bénédiction. Certains venaient de très loin, des villes fortifiées du Sud, ils venaient pour entendre sa parole. Mais Al Azraq n'enseignait pas la Sunna avec les mots, et quand quelqu'un venait lui demander : enseigne-moi la Voie, il se contentait de réciter le chapelet pendant des heures, sans rien dire d'autre. Puis il disait au visiteur : va chercher du bois pour le feu, va chercher de l'eau, comme s'il était son serviteur. Il lui disait : évente-moi, et même il lui parlait durement, il le traitait de paresseux et de menteur, comme s'il était son esclave. »

Aamma parle lentement, dans la maison obscure, et Lalla croit entendre la voix de l'Homme Bleu.

« Il enseignait comme cela la Sunna, pas avec les mots de la parole, mais avec des gestes et des prières, pour obliger les visiteurs à s'humilier dans leur cœur. Mais quand c'étaient des gens simples qui venaient, ou des enfants, Al Azraq était très doux avec eux, il leur disait des paroles très douces, il leur racontait des légendes merveilleuses, parce qu'il savait qu'eux n'avaient pas le cœur endurci et qu'ils étaient vraiment près de Dieu. C'est pour eux qu'il faisait parfois des miracles, pour les aider, parce qu'ils n'avaient pas d'autre recours. »

Aamma hésite :

« Je t'ai raconté le miracle de la source d'eau qu'il a fait jaillir sous un rocher ? »

« Oui, mais raconte-le encore une fois », dit Lalla.

122

C'est l'histoire qu'elle aime le mieux au monde. Chaque fois qu'elle l'entend, elle sent quelque chose d'étrange qui bouge au fond d'elle, comme si elle allait pleurer, comme un frisson de fièvre. Elle pense comment tout s'est passé, il y a très longtemps, aux portes du désert, dans un village de boue et de palmes, avec une grande place vide où vrombissent les guêpes, et l'eau de la fontaine qui brille au soleil, lisse comme un miroir où se reflètent les nuages et le ciel. Sur la place du village il n'y a personne, car le soleil brûle très fort, et tous les hommes sont à l'abri, dans la fraîcheur de leurs maisons. Sur l'eau de la fontaine immobile, ouverte comme un œil qui regarde le ciel, passe de temps en temps le lent frisson de l'air embrasé qui jette une poudre fine et blanche à la surface, comme une taie imperceptible qui fond aussitôt. L'eau est belle et profonde, bleu-vert, silencieuse, immobile dans le creux de la terre rouge où les pieds nus des femmes ont laissé des traces luisantes. Seules les guêpes vont et viennent au-dessus de l'eau, frôlent la surface, repartent vers les maisons où montent les fumées des braseros.

« C'était une femme qui allait chercher une cruche d'eau à la fontaine. Personne ne se souvient plus de son nom maintenant, parce que cela s'est passé il y a très longtemps. Mais c'était une très vieille femme, qui n'avait plus de forces, et quand elle est arrivée à la fontaine, elle pleurait et elle se lamentait parce qu'elle avait beaucoup de chemin à faire pour rapporter l'eau chez elle. Elle restait là, accroupie par terre, à pleurer et à gémir. Alors tout d'un coup, sans qu'elle l'ait entendu venir, Al Azraq était debout à côté d'elle... »

Lalla le voit distinctement maintenant. Il est grand et maigre, enveloppé de son manteau couleur de sable. Son visage est caché par son voile, mais ses yeux brillent d'une étrange lumière qui apaise et fortifie comme la flamme d'une lampe. Elle le reconnaît maintenant. C'est lui qui apparaît sur le plateau de pierre, là où commence le désert, et qui entoure Lalla de son regard, avec tant d'insistance et de force qu'elle en ressent un vertige. Il vient comme cela, silencieusement comme une ombre, il sait être là quand il le faut.

« La vieille femme continuait à pleurer, alors Al Azraq lui a demandé doucement pourquoi elle pleurait. »

Mais on ne peut avoir peur quand il arrive silencieusement, comme surgi du désert. Son regard est plein de bonté, sa voix est lente et calme, son visage même resplendit de lumière.

« La vieille femme lui a dit sa tristesse, sa solitude, parce que sa maison était très loin de l'eau et qu'elle n'avait pas la force de rentrer en portant la cruche... »

Sa voix et son regard sont une seule et même chose, comme s'il savait déjà ce qui doit venir, dans l'avenir, et qu'il connaissait le secret des destinées humaines.

« Ne pleure pas pour cela, a dit Al Azraq, je vais t'aider à retourner chez toi. Et il l'a guidée par le bras jusque chez elle, et quand ils sont arrivés devant sa maison, il lui a dit simplement : soulève cette pierre au bord du chemin, et tu ne manqueras plus jamais d'eau. Et la vieille femme a fait ce qu'il a dit, et sous la pierre, il y avait une source d'eau très claire qui a jailli, et l'eau s'est répandue alentour, jusqu'à former une fontaine plus belle et plus fraîche que nulle autre dans le pays. Alors la vieille femme a remercié Al Azraq, et plus tard, les gens sont venus de tous les environs pour voir la fontaine, et pour goûter de son eau, et tous louaient Al Azraq qui avait reçu un tel pouvoir de Dieu. »

Lalla pense à la fontaine jaillie de sous la pierre, elle pense à l'eau très claire et lisse qui brillait dans la lumière du soleil. Elle y pense longtemps, dans la pénombre, tandis qu'Aamma continue à pétrir la pâte du pain. Et l'ombre de l'Homme Bleu se retire, silencieusement,

124

comme elle était venue, mais son regard plein de force reste suspendu au-dessus d'elle, le l'enveloppe comme un souffle.

Aamma se tait maintenant, elle ne dit plus rien du tout. Elle continue à frapper et à masser la pâte dans le grand plat de terre qui oscille. Peut-être qu'elle pense, elle aussi, à la belle fontaine d'eau profonde jaillie sous la pierre du chemin, comme la vraie parole d'Al Azraq, la vraie voie.

La lumière est belle, ici, sur la Cité, tous les jours. Lalla n'avait jamais fait tellement attention à la lumière, jusqu'à ce que le Hartani lui apprenne à la regarder. C'est une lumière très claire, surtout le matin, juste après le lever du soleil. Elle éclaire les rochers et la terre rouges, elle les rend vivants. Il y a des endroits pour voir la lumière. Le Hartani a conduit Lalla, un matin, jusqu'à un de ces endroits. C'est un gouffre qui s'ouvre au fond d'un ravin de pierres, et le Hartani est le seul à connaître cette cachette. Il faut bien savoir le passage. Le Hartani a pris la main de Lalla, et il l'a guidée le long de l'étroit boyau qui descend vers l'intérieur de la terre. Tout de suite, on sent la fraîcheur humide de l'ombre, et les bruits cessent, comme quand on plonge la tête sous l'eau. Le boyau s'enfonce loin sous la terre. Lalla a un peu peur, parce que c'est la première fois qu'elle descend à l'intérieur de la terre. Mais le berger serre fort sa main, et cela lui donne du courage.

Tout d'un coup, ils s'arrêtent : le long boyau est inondé de lumière, parce qu'il débouche en plein sur le ciel. Lalla ne comprend pas comment cela est possible, parce qu'ils n'ont pas cessé de descendre, mais c'est pourtant vrai : le ciel est là, devant elle, immense et léger. Elle reste immobile, le souffle arrêté, les yeux grands ouverts. Ici, il n'y a plus que le ciel, si clair qu'on croit être un oiseau en train de voler.

Le Hartani fait signe à Lalla de s'approcher de l'ouverture. Puis il s'assoit sur les pierres, lentement, pour ne pas créer d'éboulements. Lalla s'assoit un peu derrière lui, frissonnante à cause du vertige. En bas, tout en bas de la falaise, elle aperçoit dans la brume la grande plaine déserte, les torrents asséchés. A l'horizon, il y a une vapeur ocre qui s'étale : c'est le commencement du désert. C'est là que Hartani s'en va, quelquefois, tout seul, sans rien emporter d'autre qu'un peu de pain enveloppé dans un mouchoir. C'est à l'est, là où la lumière du soleil est la plus belle, si belle qu'on voudrait faire comme le Hartani, courir pieds nus dans le sable, bondir par-dessus les pierres coupantes et les ravins, aller toujours plus loin dans la direction du désert.

« C'est beau, Hartani ! »

Parfois Lalla oublie que le berger ne peut pas comprendre. Quand elle lui parle, il tourne son visage vers elle, et ses yeux brillent, ses lèvres cherchent à imiter les mouvements du langage. Puis, il fait une grimace et Lalla se met à rire.

« Oh ! »

Elle lui montre du doigt un point noir immobile au centre de l'espace. Le Hartani regarde un instant dans la direction du point, et il fait avec la main le signe de l'oiseau, index replié, les trois derniers doigts écartés comme les plumes de l'oiseau. Le point glisse lentement au centre du ciel, il tourne un peu sur lui-même, il descend, il s'approche. Maintenant, Lalla distingue bien son corps, sa tête, ses ailes aux rémiges écartées. C'est un épervier qui cherche sa proie, et qui glisse sur les courants du vent, silencieusement, comme une ombre.

Lalla le regarde longtemps, le cœur battant. Elle n'a jamais rien vu d'aussi beau que cet oiseau qui trace ses cercles lents dans le ciel, très haut au-dessus de la terre rouge, seul et silencieux dans le vent, dans la lumière du soleil, et qui bascule par moments vers le désert, comme s'il allait tomber. Le cœur de Lalla bat plus fort, parce que le silence de l'oiseau fauve entre en elle, fait naître la peur. Son regard est fixé sur l'épervier, elle ne peut pas l'en détacher. Le terrible silence du centre du ciel, le froid de l'air libre, surtout la lumière qui brûle, tout cela l'étourdit, creuse un vertige. Elle appuie sa main sur le bras du Hartani, pour ne pas tomber en avant vers le vide. Lui aussi regarde l'épervier. Mais c'est comme si l'oiseau était son frère, et que rien ne les séparait. Ils ont le même regard, le même courage, ils partagent le silence interminable du ciel, du vent et du désert.

Quand Lalla s'aperçoit que le Hartani et l'épervier sont semblables, elle frissonne, mais son vertige cesse. Le ciel devant elle est immense, la terre est une buée grise et ocre qui flotte à l'horizon. Puisque le Hartani connaît tout cela, Lalla n'a plus peur d'entrer dans le silence. Elle ferme les yeux, elle se laisse glisser dans l'air, au milieu du ciel, accrochée au bras du jeune berger. Lentement, ensemble, ils tracent de grands cercles au-dessus de la terre, si loin qu'on n'entend plus aucun bruit, rien que le froissement léger du vent dans les rémiges, si haut qu'on ne voit presque plus les rochers, les buissons d'épines, les maisons de planches et de papier goudronné.

Puis, quand ils ont longtemps volé ensemble, et qu'ils sont tout ivres de vent, de lumière et de bleu de ciel, ils reviennent vers la bouche de la grotte, en haut de la falaise rouge ; ils se posent légèrement, sans faire rouler une pierre, sans faire bouger un grain de sable. Ça, ce sont les choses que sait faire le Hartani, comme cela, sans parler, sans penser, rien qu'avec son regard.

Il connaît toutes sortes d'endroits où on peut voir les lumières, parce qu'il n'y a pas seulement une lumière, mais beaucoup de lumières différentes. Au début, quand il conduisait Lalla à travers les rochers, dans les creux, vers les vieilles crevasses asséchées, ou bien en haut d'un roc rouge, elle croyait que c'était pour aller chasser les lézards ou pour piller les nids des oiseaux, comme font les autres garçons. Mais le Hartani lui montrait alors, en tendant la main, les yeux brillants de plaisir, et au bout de son geste, il n'y avait rien que le ciel, immense, éclatant de blancheur, ou bien la danse des rayons de soleil le long des cassures de pierre, ou encore ces espèces de lunes que fait le soleil à travers le feuillage des arbustes. Quelquefois aussi il montrait les moucherons suspendus dans l'air, pareils à des bulles entre deux touffes d'herbe, comme s'il y avait eu une immense toile d'araignée. Ces choses étaient plus belles quand il les regardait, plus neuves, comme si personne ne les avait regardées avant lui, comme au commencement du monde.

Lalla aime suivre le Hartani. Elle marche derrière lui, le long du sentier qu'il ouvre. Ce n'est pas exactement un sentier, parce qu'il n'y a pas de traces, et pourtant, quand le Hartani s'avance, on voit que c'est bien là qu'est le passage, et pas ailleurs. Peut-être que ce sont des sentiers pour les chèvres et pour les renards, pas pour les hommes. Mais lui, le Hartani, il est comme l'un d'eux, il sait des choses que les hommes ne savent pas, il les voit avec tout son corps, pas seulement avec ses yeux.

C'est comme pour les odeurs. Quelquefois le Hartani marche très loin sur la plaine de pierres, dans la direction de l'est. Le soleil brûle sur les épaules et sur le visage de Lalla, et elle a du mal à suivre le berger. Lui ne s'occupe pas d'elle alors. Il cherche quelque chose, presque sans s'arrêter, un peu penché vers le sol, bondissant de roche en roche. Puis tout d'un coup il s'arrête, et il met son visage contre la terre, à plat ventre comme s'il était en train de boire. Lalla s'approche doucement, tandis que le

Hartani se relève un peu. Ses yeux de métal brillent de plaisir, comme s'il avait trouvé la chose la plus précieuse du monde. Entre les cailloux, dans la terre poudreuse, il y a une touffe verte et grise, un tout petit arbuste aux feuilles maigres comme il y en a tant ici, mais quand Lalla approche son visage à son tour, elle sent le parfum, faible d'abord, puis de plus en plus profond, le parfum des plus belles fleurs, l'odeur de la menthe et de l'herbe chiba, l'odeur des citrons aussi, l'odeur de la mer et du vent, des prairies en été. Il y a tout cela, et bien davantage, dans cette plante minuscule, sale et fragile, qui pousse à l'abri des cailloux au milieu du grand plateau aride ; et seul le Hartani le sait.

C'est lui qui montre à Lalla toutes les belles odeurs, parce qu'il connaît leurs cachettes. Les odeurs sont comme les cailloux et les animaux, elles ont chacune sa cachette. Mais il faut savoir les chercher, comme les chiens, à travers le vent, en flairant les pistes minuscules, puis en bondissant, sans hésiter, jusqu'à la cachette.

Le Hartani a montré à Lalla comment il faut faire. Autrefois, elle ne savait pas. Autrefois, elle pouvait passer à côté d'un buisson, ou d'une racine, ou d'un rayon de miel, sans rien percevoir. L'air est si plein de senteurs ! Elles bougent tout le temps, comme des souffles, elles montent, elles descendent, elles se croisent, se mélangent, se séparent. Au-dessus des traces d'un lièvre flotte l'étrange odeur de la peur, et un peu plus loin, le Hartani fait signe à Lalla d'approcher. Sur la terre rouge, d'abord, il n'y a rien, mais peu à peu, la jeune fille distingue quelque chose d'âcre, de dur, l'odeur de l'urine et de la sueur, et d'un seul coup elle reconnaît l'odeur : c'est celle d'un chien sauvage, affamé, au poil hérissé, qui courait à travers le plateau à la poursuite du lièvre.

Lalla aime passer les jours avec le Hartani. Elle est la seule à qui il montre toutes ces choses. Les autres, il s'en méfie, parce qu'ils n'ont pas le temps d'attendre, pour chercher les odeurs, ou pour voir voler les oiseaux du désert. Il n'a pas peur des gens. Ce serait plutôt lui qui ferait peur aux gens. Ils disent qu'il est « mejnoun », possédé des démons, qu'il est magicien, qu'il a le mauvais œil. Lui, le Hartani, est celui qui n'a pas de père ni de mère, celui qui est venu de nulle part, celui qu'un guerrier du désert a déposé un jour, près du puits, sans dire un mot. Il est celui qui n'a pas de nom. Quelquefois Lalla voudrait bien savoir qui il est, elle voudrait bien lui demander :

« D'où viens-tu ? »

Mais le Hartani ne connaît pas le langage des hommes, il ne répond pas aux questions. Le fils aîné d'Aamma dit que le Hartani ne sait pas parler parce qu'il est sourd. C'est en tout cas ce que le maître d'école lui a dit un jour ; cela s'appelle des sourds-muets. Mais Lalla sait bien que ce n'est pas vrai, parce que le Hartani entend mieux que personne. Il sait entendre des bruits si fins, si légers, que même en mettant l'oreille contre la terre on ne les entend pas. Il sait entendre un lièvre qui bondit de l'autre côté du plateau de pierres, ou bien quand un homme approche sur le sentier, à l'autre bout de la vallée. Il est capable de trouver l'endroit où chante le criquet, ou bien le nid des perdrix dans les hautes herbes. Mais le Hartani ne veut pas entendre le langage des hommes, parce qu'il vient d'un pays où il n'y a pas d'hommes, seulement le sable des dunes et le ciel.

Quelquefois, Lalla parle au berger, elle lui dit, par exemple, « Biluuu-la ! », lentement, en le regardant au fond des yeux, et il y a une drôle de lumière qui éclaire ses yeux de métal sombre. Il pose la main sur les lèvres de Lalla, et il suit leur mouvement quand elle parle ainsi. Mais jamais il ne prononce une parole à son tour.

Puis, au bout d'un moment, il en a assez, il détourne son

regard, il va s'asseoir plus loin, sur une autre pierre. Mais ça n'a pas d'importance au fond, parce que maintenant Lalla sait que les paroles ne comptent pas réellement. C'est seulement ce qu'on veut dire, tout à fait à l'intérieur, comme un secret, comme une prière, c'est seulement cette parole-là qui compte. Et le Hartani ne parle pas autrement, il sait donner et recevoir cette parole. Il y a tant de choses qui passent par le silence. Cela non plus, Lalla ne le savait pas avant d'avoir rencontré le Hartani. Les autres n'attendent que des paroles, ou bien des actes, des preuves, mais lui, le Hartani, il regarde Lalla, avec son beau regard de métal, sans rien dire, et c'est dans la lumière de son regard qu'on entend ce qu'il dit, ce qu'il demande.

Quand il est inquiet, ou quand il est au contraire très heureux, il s'arrête, il pose ses mains sur les tempes de Lalla, c'est-à-dire qu'il les tend de chaque côté de la tête de la jeune fille, sans la toucher, et il reste un long moment, le visage tout éclairé de lumière. Et Lalla sent la chaleur des paumes contre ses joues et contre ses tempes, comme s'il y avait un feu qui la chauffait. C'est une impression étrange, qui la remplit de bonheur à son tour, qui entre jusqu'au fond d'elle-même, qui la dénoue, l'apaise. C'est pour cela surtout que Lalla aime le Hartani, parce qu'il a ce pouvoir dans les paumes de ses mains. Peut-être qu'il est vraiment un magicien.

Elle regarde les mains du berger, pour comprendre. Ce sont de longues mains aux doigts minces, aux ongles nacrés, à la peau fine et brune, presque noire sur le dessus, et d'un rose un peu jaune en dessous, comme ces feuilles d'arbre qui ont deux couleurs.

Lalla aime beaucoup les mains du Hartani. Ce ne sont pas des mains comme celles des autres hommes de la Cité, et elle croit bien qu'il n'y en a pas d'autres comme celles-là dans tout le pays. Elles sont agiles et légères, pleines de force aussi, et Lalla pense que ce sont les mains de quelqu'un de noble, le fils d'un cheikh peut-être, ou peut-être même d'un guerrier de l'Orient, venu de Bagdad.

Le Hartani sait tout faire avec ses mains, pas seulement saisir les cailloux ou rompre le bois, mais faire des nœuds coulants avec les fibres du palmier, des pièges pour prendre les oiseaux, ou encore siffler, faire de la musique, imiter le cri de la perdrix, de l'épervier, du renard, et imiter le bruit du vent, de l'orage, de la mer. Surtout, ses mains savent parler. C'est cela que Lalla préfère. Quelquefois, pour parler, le Hartani s'assoit sur une grosse pierre plate, au soleil, les pieds sous sa grande robe de bure. Ses habits sont très clairs, presque blancs, et on ne voit alors que son visage et ses mains couleur d'ombre, et c'est comme cela qu'il commence à parler.

Ce ne sont pas vraiment des histoires qu'il raconte à Lalla. Ce sont plutôt des images qu'il fait naître dans l'air, rien qu'avec les gestes, avec ses lèvres, avec la lumière de ses yeux. Des images fugitives qui tracent des éclairs, qui s'allument et s'éteignent, mais jamais Lalla n'a rien entendu de plus beau, de plus vrai. Même les histoires que raconte Naman le pêcheur, même quand Aamma parle d'Al Azraq, l'Homme Bleu du désert, et de la fontaine d'eau claire qui a jailli sous une pierre, ce n'est pas aussi beau. Ce que dit le Hartani avec ses mains est insensé comme lui, mais c'est comme un rêve, parce que chaque image qu'il fait paraître vient à l'instant où on s'y attendait le moins, et pourtant c'était elle qu'on attendait. Il parle comme cela, pendant longtemps, il fait apparaître des oiseaux aux plumes écartées, des rochers fermés comme les poings, des maisons, des chiens, des orages, des avions, des fleurs géantes, des montagnes, le vent qui souffle sur les visages endormis. Tout cela ne veut rien dire, mais quand Lalla regarde son visage, le jeu de ses mains noires, elle voit ces images apparaître, si belles et neuves, éclatantes de lumière et de vie, comme si elles jaillissaient vraiment au creux de ses mains, comme si elles sortaient de ses lèvres, sur le rayon de ses yeux.

Ce qui est beau surtout quand le Hartani parle comme cela, c'est qu'il n'y a rien qui trouble le silence. Le soleil brûle sur le plateau de pierres, sur les falaises rouges. Le vent arrive, par instants, un peu froid, ou bien on entend à peine le froissement du sable qui coule dans les rainures des roches. Avec ses longues mains aux doigts souples, le Hartani fait apparaître un serpent qui glisse au fond d'un ravin, puis qui s'arrête, tête dressée. Alors un grand ibis blanc s'échappe, en faisant claquer ses ailes. Dans le ciel, la nuit, la lune est ronde, et de son index, le Hartani allume les étoiles, une, une, encore une... L'été, la pluie commence à tomber, l'eau coule dans les ruisseaux, agrandit une mare ronde où volent des moustiques. Droit vers le centre du ciel bleu, le Hartani lance une pierre triangulaire qui monte, monte, et hop ! d'un seul coup elle s'ouvre et se transforme en un arbre au feuillage immense rempli d'oiseaux.

Quelquefois le Hartani se sert de son visage pour imiter les gens, ou les animaux. Il sait très bien faire la tortue, en pinçant ses lèvres, la tête rentrée entre ses épaules, le dos rond. Ça fait toujours bien rire Lalla, comme la première fois. Ou bien il fait le chameau, les lèvres tendues en avant, les incisives découvertes. Il imite très bien aussi les héros qu'il a vus au cinéma. Tarzan, ou Maciste, et ceux des bandes dessinées.

Lalla lui apporte de temps à autre des petits journaux illustrés qu'elle a pris au fils aîné d'Aamma, ou qu'elle a achetés avec ses économies. Il y a les histoires d'Akim, de Roch Rafal, les histoires qui se passent dans la lune ou sur les autres planètes, et des petits livres de Mickey Mouse ou Donald. C'est ceux-là qu'elle préfère. Elle ne peut pas lire ce qui est écrit, mais elle s'est fait raconter l'histoire deux ou trois fois par le fils d'Aamma, et elle les connaît par cœur. Mais de toute façon, le Hartani n'a pas envie d'entendre l'histoire. Il prend les petits livres, et il a une drôle de façon de les regarder, en les mettant de travers, et en penchant un peu la tête de côté. Ensuite, quand il a bien regardé les dessins, il bondit sur ses pieds, et il imite Roch Rafal ou bien Akim sur le dos d'un éléphant (c'est un rocher qui fait l'éléphant).

Mais Lalla ne reste jamais très longtemps avec le Hartani, parce qu'il y a toujours un moment où son visage semble se fermer. Elle ne comprend pas bien ce qui se passe, quand le visage du jeune berger devient dur et fixe, et que son regard est si lointain. C'est comme quand un nuage passe devant le soleil, ou quand la nuit descend très vite sur les collines et dans le creux des vallées. C'est terrible, parce que Lalla voudrait bien retenir le temps où le Hartani avait l'air heureux, son sourire, la lumière qui brillait dans ses yeux. Mais c'est impossible. Tout d'un coup le Hartani s'en va, comme un animal. Il bondit et disparaît en un clin d'œil, sans que Lalla ait pu voir où il allait. Mais elle ne cherche plus à le retenir maintenant. Même, certains jours, quand il y a eu tant de lumière sur le plateau de pierres, quand le Hartani a parlé avec ses mains et fait naître tant de choses extraordinaires, Lalla préfère s'en aller la première. Elle se lève, et elle s'en va sans courir, sans se retourner, jusqu'au chemin qui conduit à la Cité de planches et de papier goudronné. Peut-être qu'à force de voir le Hartani, elle est devenue comme lui, maintenant.

D'ailleurs, les gens n'aiment pas trop qu'elle aille si souvent voir le Hartani. Peut-être qu'ils ont peur qu'elle devienne « mejnoun » elle aussi, qu'elle prenne les esprits malins qu'il y a dans le corps du berger. Le fils aîné d'Aamma dit que le Hartani est un voleur, parce qu'il a de l'or dans un petit sac de cuir qu'il porte autour de son cou.

Mais Lalla sait que ce n'est pas vrai. L'or, c'est le Hartani qui l'a trouvé un jour, dans le lit d'un torrent à sec. Il a pris Lalla par la main et il l'a guidée jusqu'au fond de la crevasse, et là, dans le sable gris du torrent, Lalla a vu la poudre d'or qui brillait.

« Ce n'est pas un garçon pour toi », dit Aamma, quand Lalla revient du plateau de pierres.

Le visage de Lalla est maintenant aussi noir que celui du Hartani, à cause du soleil qui brûle plus fort là-haut.

Quelquefois Aamma ajoute :

« Tu ne vas tout de même pas te marier avec le Hartani ? »

« Pourquoi pas ? » dit Lalla. Et elle hausse les épaules.

Elle n'a pas envie de se marier, elle n'y pense jamais. A l'idée qu'elle pourrait se marier avec le Hartani, elle se met à rire.

Pourtant, chaque fois qu'elle peut, quand elle a décidé qu'elle a terminé son travail, Lalla sort de la Cité et elle va vers les collines où sont les bergers. C'est à l'est de la Cité, là où commencent les terres sans eau, les hautes falaises de pierre rouge. Elle aime bien marcher sur le sentier très blanc qui serpente entre les collines, en écoutant la musique aiguë des criquets, en regardant les traces des serpents dans le sable.

Un peu plus loin, elle entend les sifflements des bergers. Ce sont pour la plupart des jeunes enfants, garçons et filles, qui sont dispersés un peu partout dans les collines avec leurs troupeaux de moutons et de chèvres. Ils sifflent comme cela pour s'appeler, pour se parler, ou pour faire peur aux chiens sauvages.

Lalla aime bien marcher entre les collines, les yeux plissés très fort à cause de la lumière blanche, avec tous ces sifflements qui jaillissent de tous les côtés. Ça la fait frissonner un peu, malgré la chaleur, ça fait battre son cœur plus vite. Quelquefois elle s'amuse à leur répondre.

C'est le Hartani qui lui a montré comment on fait, en mettant deux doigts dans sa bouche.

Quand les jeunes bergers viennent la voir sur le chemin, ils restent d'abord un peu à distance, parce qu'ils sont plutôt méfiants. Ils ont des visages lisses, couleur de cuivre brûlé, avec des fronts bombés et des cheveux d'une drôle de couleur, presque rouges. C'est le soleil et le vent du désert qui ont brûlé leur peau et leurs cheveux. Ils sont en haillons, vêtus seulement de longues chemises de toile écrue, ou de robes faites dans des sacs de farine. Ils n'approchent pas parce qu'ils parlent le chleuh, et qu'ils ne comprennent pas la langue que parlent les gens dans la vallée. Mais Lalla les aime bien, et ils n'ont pas peur d'elle. Elle leur porte quelquefois à manger, ce qu'elle a pu prendre en cachette dans la maison d'Aamma, un peu de pain, des biscuits, des dattes séchées.

Il n'y a que le Hartani qui puisse rester avec eux, parce qu'il est berger comme eux, et parce qu'il ne vit pas avec les gens de la Cité. Quand Lalla est avec lui, loin au milieu du plateau de pierres, ils arrivent en sautant d'un rocher à l'autre, sans faire de bruit. Mais ils sifflent de temps en temps pour prévenir. Quand ils arrivent, ils entourent le Hartani, en parlant très vite dans leur langue étrange, qui fait un bruit d'oiseaux. Puis ils repartent très vite, bondissant à travers le plateau de pierres, toujours en sifflant, et quelquefois le Hartani se met à courir avec eux, et même Lalla essaie de les suivre, mais elle ne sait pas bondir aussi vite qu'eux. Tous, ils rient très fort en la regardant, et ils continuent à courir en poussant de grands éclats de rire joyeux.

Ils partagent leur repas, sur les rochers blancs, au milieu du plateau. Sous leur chemise, ils portent noué contre leur poitrine un linge qui contient un peu de pain noir, des dattes, des figues, du fromage séché. Ils donnent un morceau au Hartani, un morceau à Lalla, et en échange, elle leur donne un peu de son pain blanc. Parfois elle apporte une pomme rouge, qu'elle a achetée à la Coopérative. Le Hartani sort son petit couteau sans manche et il partage la pomme en lamelles, pour que chacun en ait un morceau.

C'est bien, l'après-midi, sur le plateau de pierres. La lumière du soleil n'arrête pas de bondir sur les angles des cailloux, on est tout entouré d'étincelles. Le ciel est bleu profond, sombre, sans cette vapeur blanche qui vient de la mer et des fleuves. Quand le vent souffle avec force, il faut s'enfoncer dans les trous des rochers pour se protéger du froid, et alors on n'entend plus que le bruit de l'air qui siffle sur la terre, entre les broussailles. Ça fait un bruit comme la mer, mais plus lent, plus long. Lalla écoute le bruit du vent, elle écoute les voix grêles des enfants bergers et aussi les bêlements lointains des troupeaux. Ce sont les bruits qu'elle aime le mieux au monde, avec les cris des mouettes et le fracas des vagues. Ce sont des bruits comme s'il ne pouvait jamais rien arriver de mal sur la terre.

Un jour, comme cela, après avoir mangé du pain et des dattes, Lalla a suivi le Hartani jusqu'au pied des collines rouges, là où sont les grottes. C'est là que dort le berger, à la saison sèche, quand le troupeau de chèvres doit s'éloigner pour trouver de nouvelles pâtures. Dans la falaise rouge, il y a ces trous noirs, à demi cachés par les buissons d'épines. Certains de ces trous sont à peine grands comme des terriers, mais quand on entre, la caverne s'agrandit et devient vaste comme une maison, et si fraîche.

Lalla est entrée comme cela, à plat ventre, en suivant le Hartani. Au commencement, elle ne voyait plus rien, et elle avait peur. Tout d'un coup, elle s'est mise à crier :

« Hartani ! Hartani ! »

Le berger est revenu en arrière, il l'a prise par le bras, et il l'a hissée à l'intérieur de la grotte. Alors, quand la vue lui est revenue, Lalla a aperçu la grande salle. Les murs étaient si hauts qu'on n'en voyait pas la fin, avec des taches grises et bleues, des marques d'ambre, de cuivre. L'air était gris, à cause de la lumière rare qui venait des trous dans la falaise. Lalla a entendu un grand battement d'ailes, et elle s'est serrée contre le berger. Mais ce n'étaient que des chauves-souris dérangées dans leur sommeil. Elles sont allées se percher un peu plus loin, en grinçant et en crissant.

Le Hartani s'est assis sur une grande pierre plate, au centre de la grotte, et Lalla s'est assise à côté de lui. Ensemble, ils ont regardé la lumière éblouissante qui entre par l'ouverture de la grotte, devant eux. Dans la grotte, il y a l'ombre, l'humidité de la nuit perpétuelle, mais au-dehors, sur le plateau de pierres, la lumière blesse les yeux. C'est comme d'être dans un autre pays, dans un autre monde. C'est comme d'être au fond de la mer.

Lalla ne parle pas, maintenant, elle n'a pas envie de parler. Comme le Hartani, elle est du côté de la nuit. Son regard est sombre comme la nuit, sa peau est couleur d'ombre.

Lalla sent la chaleur du corps du berger, tout près d'elle, et la lumière de son regard entre en elle peu à peu. Elle voudrait bien arriver jusqu'à lui, jusqu'à son règne, être tout à fait avec lui, pour qu'il puisse enfin l'entendre. Elle approche sa bouche de son oreille, elle sent l'odeur de ses cheveux, de sa peau, et elle dit son nom très doucement, presque muettement. L'ombre de la grotte est autour d'eux, elle les enveloppe comme un voile léger et solide. Lalla entend avec netteté les bruits de l'eau qui ruisselle le long des murs de la grotte, et les petits cris que font les chauves-souris dans leur sommeil. Quand sa peau touche celle du Hartani, cela fait une onde de chaleur bizarre dans son corps, un vertige. C'est la chaleur du soleil qui est entrée tout le jour dans leurs corps, et qui jaillit maintenant, en longues ondes fiévreuses. Leurs souffles se touchent aussi, se mêlent, car il n'y a plus besoin de paroles, mais seulement de ce qu'ils sentent. C'est une ivresse qu'elle ne connaît pas encore, née de l'ombre de la grotte, en quelques instants, comme si depuis longtemps les murailles de pierre et l'ombre humide attendaient qu'ils viennent, pour libérer son pouvoir. Le vertige tourne de plus en plus vite dans le corps de Lalla, et elle entend distinctement les battements de son sang, mêlés aux bruits des gouttes d'eau sur les murs et aux petits cris des chauves-souris. Comme si leurs corps ne faisaient plus qu'un avec l'intérieur de la grotte, ou bien prisonniers dans les entrailles d'un géant.

L'odeur de chèvre et de mouton du Hartani se mêle à l'odeur de la jeune fille. Elle sent la chaleur de ses mains, la sueur mouille son front et colle ses cheveux.

Tout d'un coup, Lalla ne comprend plus ce qui lui arrive. Elle a peur, elle secoue la tête et cherche à échapper à l'étreinte du berger qui maintient ses bras contre la pierre et noue ses longues jambes dures contre les siennes. Lalla voudrait crier, mais comme dans un rêve, pas un son ne peut sortir de sa gorge. L'ombre humide l'enserre et voile ses yeux, le poids du corps du berger l'empêche de respirer. Enfin, dans un déchirement, elle peut crier, et sa voix résonne comme le tonnerre sur les parois de la grotte. Les chauves-souris, brusquement réveillées, commencent à tourbillonner entre les murs, avec leur bruit d'ailes et leur grincement.

Déjà le Hartani est debout sur la pierre, il s'écarte un peu. Ses longs bras gesticulent pour écarter les nuages de chauves-souris ivres qui oscillent autour de lui. Lalla ne voit pas son visage, parce que l'ombre de la grotte est devenue plus épaisse, mais elle devine l'angoisse qui est en lui. Une grande tristesse vient en elle, monte sans s'arrêter. Elle n'a plus peur de l'ombre, ni des chauves-souris. C'est elle maintenant qui prend la main du Hartani, et elle sent qu'il tremble terriblement, qu'il est tout agité de soubresauts. Il ne bouge pas. Le buste rejeté en arrière, un bras devant les yeux pour ne plus voir les chauves-souris, il tremble si fort que ses dents claquent. Alors Lalla le guide vers la porte de la grotte, et c'est elle qui le tire au-dehors, jusqu'à ce que le soleil inonde leurs têtes et leurs épaules.

A la lumière du jour, le Hartani a un visage si défait, si piteux que Lalla ne peut pas s'empêcher de rire. Elle essuie les traces de terre mouillée sur sa robe déchirée, et sur la longue chemise du Hartani. Puis ensemble ils redescendent la pente vers le plateau de pierres. Le soleil brille fort sur les cailloux aigus, la terre est blanche et rouge sous le ciel presque noir.

C'est comme de plonger la tête la première dans l'eau froide quand on a eu très chaud, et de nager longtemps, pour laver tout son corps. Puis ils se mettent à courir à travers le plateau de pierres, aussi vite qu'ils peuvent, en bondissant par-dessus les rochers, jusqu'à ce que Lalla s'arrête, à bout de souffle, pliée en deux par un point de côté. Le Hartani continue à bondir de roche en roche comme un animal, puis il s'aperçoit que Lalla n'est plus derrière lui, et il fait un grand cercle pour revenir en arrière. Ensemble ils restent assis au soleil, sur une pierre, en se tenant très fort par la main. Le soleil décline vers l'horizon, le ciel devient jaune. De loin en loin, dans les collines, dans les creux des vallées, les sifflements aigus des bergers se parlent, se répondent.

Lala aime le feu. Il y a toutes sortes de feux, ici, dans la Cité. Il y a les feux du matin, quand les femmes et les petites filles font cuire le repas dans les grandes marmites noires, et que la fumée court le long de la terre, mêlée à la brume de l'aube, juste avant que le soleil apparaisse au-dessus des collines rouges. Il y a les feux d'herbes et de branches, qui brûlent longtemps, tout seuls, presque étouffés, sans flammes. Il y a les feux des braseros, vers la fin de l'après-midi, dans la belle lumière du soleil qui décline, au milieu des reflets de cuivre. La fumée basse rampe comme un long serpent vague, appuyée de maison en maison, jetant des anneaux gris vers la mer. Il y a les feux qu'on allume sous les vieilles boîtes de conserve, pour faire chauffer le goudron, pour boucher les trous des toits et des murs.

Ici tout le monde aime le feu, surtout les enfants et les vieux. Chaque fois qu'un feu s'allume, ils vont s'asseoir tout autour, accroupis sur leurs talons, et ils regardent les flammes qui dansent avec des yeux vides. Ou bien ils jettent de temps à autre de petites brindilles sèches qui s'embrasent d'un coup en crépitant, et des poignées d'herbe qui se consument en faisant des tourbillons bleutés.

Lalla va s'asseoir dans le sable, au bord de la mer, là où

Naman le pêcheur a allumé son grand feu de branches pour chauffer la poix, pour calfater son bateau. C'est vers le soir, l'air est très doux, très tranquille. Le ciel est bleu léger, transparent, sans un nuage.

Au bord de la mer, il y a toujours ces arbres un peu maigres, brûlés par le sel et par le soleil, au feuillage fait de milliers de petites aiguilles gris-bleu. Quand Lalla passe près d'eux, elle cueille une poignée d'aiguilles pour le feu de Naman le pêcheur, et elle en met aussi quelques-unes dans sa bouche, pour mâcher lentement, en marchant. Les aiguilles sont salées, âcres, mais cela se mélange avec l'odeur de la fumée et c'est bien.

Naman fait son feu n'importe où, là où il trouve de grosses branches mortes échouées dans le sable. Il fait un tas avec les branches, et il bourre les creux avec des brindilles sèches qu'il va chercher dans la lande, de l'autre côté des dunes. Il met aussi du varech séché, et des chardons morts. Ça, c'est quand le soleil est encore haut dans le ciel. La sueur coule sur le front et sur les joues du vieil homme. Le sable brûle comme du feu.

Ensuite il allume le feu avec son briquet à amadou, en faisant bien attention à mettre la flamme du côté où il n'y a pas de vent. Naman sait très bien faire le feu, et Lalla regarde tous ses gestes avec attention, pour apprendre. Il sait choisir l'endroit, ni trop exposé, ni trop abrité, dans le creux des dunes.

Le feu prend et s'éteint deux ou trois fois, mais Naman n'a pas l'air d'y faire attention. Chaque fois que la flamme s'étouffe, il fourrage dans les brindilles avec sa main, sans craindre de se brûler. Le feu est comme cela, il aime ceux qui n'ont pas peur de lui. Alors la flamme jaillit de nouveau, pas très grande d'abord, on voit juste sa tête qui brille entre les branches, puis d'un coup elle embrase toute la base du foyer, en faisant une grande lumière et en craquant beaucoup.

143

Quand le feu est fort, Naman le pêcheur dresse au-dessus le trépied de fonte sur lequel il pose la grande marmite de poix. Puis il s'assoit dans le sable, et il regarde le feu, en jetant de temps à autre une brindille que les flammes dévorent aussitôt. Alors les enfants viennent aussi s'asseoir. Ils ont senti l'odeur de la fumée, et ils sont venus de loin, en courant le long de la plage. Ils poussent des cris, ils s'appellent, ils rient aux éclats, parce que le feu est magique, il donne aux gens l'envie de courir et de crier et de rire. A ce moment-là, les flammes sont bien hautes et claires, elles bougent et craquent, elles dansent, et on voit toutes sortes de choses dans leurs plis. Ce que Lalla aime surtout, c'est à la base du foyer, les tisons très chauds que les flammes enveloppent, et cette couleur brûlante, qui n'a pas de nom, et qui ressemble à la couleur du soleil.

Elle regarde aussi les étincelles qui montent le long de la fumée grise, qui brillent et s'éteignent, qui disparaissent dans le ciel bleu. La nuit, les étincelles sont encore plus belles, pareilles à des nuées d'étoiles filantes.

Les mouches de sable sont venues elles aussi, attirées par l'odeur du varech qui brûle et par l'odeur de la poix chaude, et irritées par les volutes de fumée. Naman ne fait pas attention à elles. Il regarde seulement le feu. De temps à autre, il se lève, il trempe un bâton dans la marmite de poix pour voir si elle est assez chaude, puis il tourne le liquide épais, en clignant des yeux à cause de la fumée qui tourbillonne. Son bateau est à quelques mètres, sur la plage, la quille en l'air, prêt à être calfaté. Le soleil décline vite, maintenant, il s'approche des collines dessé-chées, de l'autre côté des dunes. L'ombre augmente. Les enfants sont assis sur la plage, serrés les uns contre les autres, et leurs rires diminuent un peu. Lalla regarde Naman, elle essaie de voir la lumière claire, couleur d'eau, qui luit dans son regard. Naman la reconnaît, il lui fait un petit signe amical de la main, puis il dit tout de suite, comme si c'était la chose la plus naturelle du monde :

« Est-ce que je t'ai déjà parlé de Balaabilou ? »

Lalla secoue la tête. Elle est heureuse parce que c'est tout à fait le moment d'entendre une histoire, comme cela, sur la plage, en regardant le feu qui fait clapoter la poix dans la marmite, la mer très bleue, en sentant le vent tiède qui bouscule la fumée, avec les mouches et les guêpes qui vrombissent, et pas très loin, le bruit des vagues de la mer qui viennent jusqu'à la vieille barque renversée sur le sable.

« Ah, donc, je ne t'ai jamais raconté l'histoire de Balaabilou ? »

Le vieux Naman se met debout pour regarder la poix qui bout très fort. Il tourne lentement le bâton dans la marmite, et il a l'air de trouver que tout va bien. Alors il donne une vieille casserole au manche brûlé à Lalla.

« Bon, tu vas remplir ça avec de la poix et tu vas me l'apporter là-bas, quand je serai près de la barque. »

Il n'attend pas la réponse et il va s'installer sur la plage à côté de son bateau. Il prépare toutes sortes de pinceaux faits avec des chiffons noués sur des bouts de bois.

« Viens ! »

Lalla remplit la casserole. La poix bouillante fait éclater des petites bulles qui piquent, et la fumée brûle les yeux de Lalla. Mais elle court en tenant la casserole pleine de poix devant elle, à bout de bras. Les enfants la suivent en riant et s'assoient autour de la barque.

« Balaabilou, Balaabilou... »

Le vieux Naman chantonne le nom du rossignol comme s'il cherchait à bien se souvenir de tout ce qu'il y a dans l'histoire. Il trempe les bâtons dans la poix chaude et il commence à peindre la coque de la barque, là où il y a des tampons d'étoupe, entre les jointures des planches.

« C'était il y a très longtemps », dit Naman ; « ça s'est

passé dans un temps que ni moi, ni mon père, ni même mon grand-père n'avons connu, mais pourtant on se rappelle bien ce qui s'est passé. En ce temps-là, il n'y avait pas les mêmes gens que maintenant, et on ne connaissait pas les Romains, ni tout ce qui vient des autres pays. C'est pourquoi il y avait encore des djinns, en ce temps-là, parce que personne ne les avait chassés. Donc, en ce temps-là, il y avait dans une grande ville de l'Orient un émir puissant qui n'avait pour enfant qu'une fille, nommée Leila, la Nuit. L'émir aimait sa fille plus que tout au monde, et c'était la plus belle jeune fille du royaume, la plus douce, la plus sage, et on lui avait promis tout le bonheur du monde... »

Le soir descend lentement dans le ciel, il fait le bleu de la mer plus sombre, et l'écume des vagues semble encore plus blanche. Le vieux Naman plonge régulièrement ses pinceaux dans la casserole de poix et les passe en les roulant un peu le long des rainures garnies d'étoupe. Le liquide brûlant pénètre dans les interstices, dégouline sur le sable de la plage. Tous les enfants et Lalla regardent les mains de Naman.

« Alors il est arrivé quelque chose de terrible dans ce royaume », continue Naman. « Il est arrivé une grande sécheresse, un fléau de Dieu sur tout le royaume, et il n'y avait plus d'eau dans les rivières, ni dans les réservoirs, et tout le monde mourait de soif, les arbres et les plantes d'abord, puis les troupeaux de bêtes, les moutons, les chevaux, les chameaux, les oiseaux, et enfin les hommes, qui mouraient de soif dans les champs, au bord des routes, c'était une chose terrible à voir, et c'est pour cela qu'on s'en souvient encore... »

Les mouches plates viennent, elles se posent sur les lèvres des enfants, elles vrombissent à leurs oreilles. C'est l'odeur âcre de la poix qui les enivre, et la fumée aux lourdes volutes qui tourbillonne entre les dunes. Il y a des

146

guêpes aussi, mais personne ne les chasse, parce que quand le vieux Naman raconte une histoire, c'est comme si elles devenaient un peu magiques, elles aussi, des sortes de djinns.

« L'émir de ce royaume était triste, et il a fait convoquer les sages pour prendre leur conseil, mais personne ne savait comment faire pour arrêter la sécheresse. Alors est venu un voyageur étranger, un Egyptien, qui savait la magie. L'émir l'a convoqué aussi, et lui a demandé de faire cesser la malédiction sur le royaume. L'Egyptien a regardé dans une tache d'encre, et voici qu'il a eu peur tout à coup, il s'est mis à trembler et a refusé de parler. Parle ! disait l'émir, parle, et je ferai de toi l'homme le plus riche de ce royaume. Mais l'étranger refusait de parler, Seigneur, disait-il en se mettant à genoux, laisse-moi partir, ne me demande pas de te révéler ce secret. »

Quand Naman s'arrête de parler pour plonger ses pinceaux dans la casserole, les enfants et Lalla n'osent presque plus respirer. Ils écoutent les craquements du feu et le bruit de la poix qui bout dans la marmite.

« Alors l'émir s'est mis en colère et il a dit à l'Egyptien : parle, ou c'en est fait de toi. Et les bourreaux s'emparaient de lui et sortaient déjà leurs sabres pour lui couper la tête. Alors l'étranger a crié : arrête ! Je vais te dire le secret de la malédiction. Mais sache que tu es maudit ! »

Le vieux Naman a une façon très particulière de dire, lentement : *Mlaaoune,* maudit de Dieu, qui fait frissonner les enfants. Il s'interrompt un instant, pour passer ce qui reste de poix dans la casserole. Puis il la tend à Lalla, sans dire un mot, et elle doit courir jusqu'au feu pour la remplir avec de la poix bouillante. Heureusement, il attend qu'elle revienne pour continuer l'histoire.

« Alors l'Egyptien a dit à l'émir : n'as-tu pas fait punir autrefois un homme, pour avoir volé de l'or à un marchand ? Oui, je l'ai fait, a dit l'émir, parce que c'était un voleur. Sache que cet homme était innocent, a dit alors l'Egyptien, et faussement accusé, et qu'il t'a maudit, et c'est lui qui a envoyé cette sécheresse, car il est l'allié des esprits et des démons. »

Quand le soir vient, comme cela, sur la plage, tandis qu'on entend la voix grave du vieux Naman, c'est un peu comme si le temps n'existait plus, ou comme s'il était revenu en arrière, à un autre temps, très long et doux, et Lalla aimerait bien que l'histoire de Naman ne finisse jamais, même si elle devait durer des jours et des nuits, et qu'elle et les autres enfants s'endormaient, et quand ils se réveilleraient, ils seraient encore là à écouter la voix de Naman.

« Que faut-il faire pour arrêter cette malédiction, demanda l'émir, et l'Egyptien le regarda droit dans les yeux : sache qu'il n'y a qu'un seul remède, et je vais te le dire puisque tu m'as demandé de te le révéler. Il faut que tu sacrifies ta fille unique, celle que tu aimes plus que tout au monde. Va, donne-la en pâture aux bêtes sauvages de la forêt, et la sécheresse qui frappe ton pays s'arrêtera. Alors l'émir s'est mis à pleurer, et à crier de douleur et de colère, mais comme il était homme de bien, il a laissé l'Egyptien partir librement. Quand les gens du pays ont appris cela, ils ont pleuré aussi, car ils aimaient Leila, la fille de leur roi. Mais il fallait que ce sacrifice se fasse, et l'émir a décidé de conduire sa fille dans la forêt, pour la donner en pâture aux bêtes sauvages. Pourtant il y avait dans le pays un jeune homme qui aimait Leila plus que les autres, et il était décidé à la sauver. Il avait hérité d'un parent magicien un anneau qui donnait à celui qui le possédait le pouvoir d'être transformé en animal, mais jamais ne pourrait retrouver sa forme première, et il serait immortel. La nuit du sacrifice est arrivée, et l'émir est parti dans la forêt, accompagné de sa fille... »

L'air est lisse et pur, l'horizon une ligne sans fin. Lalla

148

regarde le plus loin qu'elle peut, comme si elle était changée en mouette, et qu'elle volait droit devant elle au-dessus de la mer.

« L'émir est arrivé au milieu de la forêt, il a fait descendre sa fille de cheval et il l'a attachée à un arbre. Puis il est parti, pleurant de douleur, car on entendait déjà les cris des bêtes féroces qui s'approchaient de leur victime... »

Le bruit des vagues sur la plage est plus net par instants, comme si la mer arrivait. Mais c'est seulement le vent qui souffle, et quand il se love au creux des dunes, il fait jaillir des trombes de sable qui se mêlent à la fumée.

« Dans la forêt, attachée à l'arbre, la pauvre Leila tremblait de peur, et elle appelait son père au secours, parce qu'elle n'avait pas le courage de mourir ainsi, dévorée par les bêtes sauvages... Déjà un loup de grande taille s'approchait d'elle, et elle voyait ses yeux briller comme des flammes dans la nuit. Alors tout d'un coup, dans la forêt, on a entendu une musique. C'était une musique si belle et si pure que Leila a cessé d'avoir peur, et que toutes les bêtes féroces de la forêt se sont arrêtées pour l'écouter... »

Les mains du vieux Naman prennent les pinceaux, l'un après l'autre, et les font glisser en tournant le long de la coque du bateau. Ce sont elles aussi que Lalla et les enfants regardent, comme si elles racontaient une histoire.

« La musique céleste résonnait dans toute la forêt, et en l'écoutant, les bêtes sauvages se couchaient par terre, et elles devenaient douces comme des agneaux, parce que le chant qui venait du ciel les retournait, troublait leur âme. Leila aussi écoutait le musique avec ravissement, et bientôt ses liens se sont défaits d'eux-mêmes, et elle s'est mise à marcher dans la forêt, et partout où elle allait, le musicien invisible était au-dessus d'elle, caché dans le feuillage des arbres. Et les bêtes sauvages étaient couchées le long du chemin, et elles léchaient les mains de la princesse, sans lui faire le moindre mal... »

L'air est si transparent maintenant, la lumière si douce, qu'on croit être dans un autre monde.

« Alors Leila est revenue au matin vers la maison de son père, après avoir marché toute la nuit, et la musique l'avait accompagnée jusque devant les portes du palais. Quand les gens ont vu cela, ils ont été très heureux, parce qu'ils aimaient beaucoup la princesse. Et personne n'a fait attention à un petit oiseau qui volait discrètement de branche en branche. Et le matin même, la pluie a commencé à tomber sur la terre... »

Naman s'arrête de peindre un instant ; les enfants et Lalla regardent son visage de cuivre où brillent ses yeux verts. Mais personne ne pose de question, personne ne dit un mot pour savoir.

« Et sous la pluie, l'oiseau Balaabilou chantait toujours, parce que c'était lui qui avait apporté la vie sauve à la princesse qu'il aimait. Et comme il ne pouvait plus reprendre sa forme première, il est venu chaque nuit se poser sur la branche d'un arbre, près de la fenêtre de Leila, et il lui a chanté sa belle musique. On dit même, qu'après sa mort, la princesse a été changée en oiseau, elle aussi, et qu'elle a pu rejoindre Balaabilou, et chanter éternellement avec lui, dans les forêts et les jardins. »

Quand l'histoire est finie, Naman ne dit plus rien. Il continue à soigner sa barque, en roulant les pinceaux de poix le long de la coque. La lumière décline, parce que le soleil glisse de l'autre côté de l'horizon. Le ciel devient très jaune, et un peu vert, les collines semblent découpées dans du papier goudronné. La fumée du brasier est fine, légère, elle s'aperçoit à peine à contre-jour, comme la fumée d'une seule cigarette.

Les enfants s'en vont, les uns après les autres. Lalla reste seule avec le vieux Naman. Lui termine son travail sans rien dire. Puis il s'en va à son tour, en marchant lentement le long de la plage, emportant ses pinceaux et la casserole de poix. Alors il ne reste plus, auprès de Lalla, que le feu qui s'éteint. L'ombre gagne vite la profondeur du ciel, tout le bleu intense du jour qui devient peu à peu noir de nuit. La mer s'apaise, à cet instant-là, on ne sait pourquoi. Les vagues tombent, toutes molles, sur le sable de la plage, allongent leurs nappes d'écume mauve. Les premières chauves-souris commencent à zigzaguer au-dessus de la mer, à la recherche d'insectes. Il y a quelques moustiques, quelques papillons gris égarés. Lalla écoute au loin le cri étouffé de l'engoulevent. Dans le brasier, seules quelques braises rouges continuent à brûler, sans flamme ni fumée, comme de drôles de bêtes palpitantes cachées au milieu des cendres. Quand la dernière braise s'éteint, après avoir brillé plus fort pendant quelques secondes, comme une étoile qui meurt, Lalla se lève et s'en va.

Il y a des traces, un peu partout, dans la poussière des vieux chemins, et Lalla s'amuse à les suivre. Quelquefois elles ne mènent nulle part, quand ce sont des traces d'oiseau ou d'insecte. Quelquefois elles vous conduisent jusqu'à un trou dans la terre, ou bien jusqu'à la porte d'une maison. C'est le Hartani qui lui a montré comment suivre les traces, sans se laisser dérouter par ce qui est autour, les herbes, les fleurs ou les cailloux qui brillent. Quand le Hartani suit une trace, il est tout à fait pareil à un chien. Ses yeux sont luisants, ses narines sont dilatées, tout son corps est tendu en avant. De temps en temps, même, il se couche sur le sol pour mieux sentir la piste.

Lalla aime bien les sentiers, près des dunes. Elle se souvient des premiers jours, après son arrivée à la Cité, après que sa mère était morte dans les fièvres. Elle se souvient de son voyage dans le camion bâché, et la sœur de son père, celle qui s'appelle Aamma, était enveloppée dans le grand manteau de laine grise, le visage voilé à cause de la poussière du désert. Le voyage avait duré plusieurs jours, et chaque jour Lalla était assise à l'arrière du camion, sous la bâche étouffante, au milieu des sacs et des fardeaux poussiéreux. Puis un jour, par l'ouverture de la bâche, elle avait vu la mer très bleue, le long de la plage bordée d'écume, et elle s'était mise à pleurer, sans savoir si c'était de plaisir ou de fatigue.

Chaque fois que Lalla marche sur le sentier, au bord de la mer, elle pense à la mer si bleue, au milieu de toute la poussière du camion, et à ces longues lames silencieuses qui avançaient de travers, très loin, le long de la plage. Elle pense à tout ce qu'elle a vu, d'un coup, comme cela, à travers la fente de la bâche du camion, et elle sent les larmes dans ses yeux, parce que c'est un peu le regard de sa mère qui vient sur elle, qui l'enveloppe, la fait frissonner.

C'est cela qu'elle cherche le long du chemin des dunes, le cœur palpitant, tout son corps tendu en avant, comme le Hartani quand il suit une trace. Elle cherche les endroits où elle est venue, après ces jours-là, il y a si longtemps qu'elle ne se souvient même plus d'elle-même.

Elle dit quelquefois : « Oummi », comme cela, très doucement, en murmurant. Quelquefois elle lui parle, toute seule, très bas, dans un souffle, en regardant la mer très bleue entre les dunes. Elle ne sait pas bien ce qu'elle doit dire, parce qu'il y a si longtemps qu'elle a même oublié comment était sa mère. Peut-être qu'elle a oublié jusqu'au son de sa voix, jusqu'aux mots qu'elle aimait entendre alors ?

« Où es-tu allée, Oummi ? Je voudrais bien que tu viennes ici pour me voir, je le voudrais bien... »

Lalla s'assoit dans le sable, face à la mer, et elle regarde les mouvements lents des vagues. Mais ce n'est pas tout à fait comme le jour où elle a vu la mer pour la première fois, après la poussière étouffante du camion, sur les routes rouges qui viennent du désert.

« Oummi, ne veux-tu pas revenir, pour me voir ? Tu vois, je ne t'ai pas oubliée, moi. »

Lalla cherche dans sa mémoire la trace des mots que sa mère disait, autrefois, les mots qu'elle chantait. Mais c'est difficile de les retrouver. Il faut fermer les yeux et basculer en arrière, le plus loin qu'on peut, comme si on tombait dans un puits sans fond. Lalla rouvre les yeux, parce qu'il n'y a plus rien dans sa mémoire.

Elle se lève, elle marche sur la plage, en regardant l'eau qui allonge l'écume sur le sable. Le soleil brûle ses épaules et sa nuque, la lumière l'éblouit. Lalla aime bien cela. Elle aime le sel aussi, que le vent dépose sur ses lèvres. Elle regarde les coquillages abandonnés sur le sable, les nacres roses, jaune paille, les vieux escargots usés et vides, et les longs rubans d'algues vert-noir, gris, pourpres. Elle fait attention à ne pas mettre le pied sur une méduse, ou sur une raie. Il y a, de temps à autre, un drôle de remue-ménage dans le sable, quand l'eau se retire, là où il y avait un poisson plat. Lalla marche très loin le long de la côte, poussée par le bruit des vagues. De temps en temps, elle s'arrête, elle reste immobile, regardant son ombre noire coulée à ses pieds, ou bien l'éblouissement de l'écume.

« Oummi », dit encore Lalla. « Ne peux-tu pas revenir, juste un instant ? J'ai envie de te voir, parce que je suis toute seule. Quand tu es morte, et qu'Aamma est venue me chercher, je ne voulais pas venir avec elle, parce que je savais que je ne pourrais plus te revoir. Reviens, juste un instant, reviens ! »

En fermant à demi les yeux, et en regardant la lumière qui se réverbère sur le sable blanc, Lalla peut voir les grands champs de sable qui étaient partout, là-bas, au pays d'Oummi, autour de la maison. Elle tressaille même, tout d'un coup, parce qu'elle a cru un instant voir l'arbre sec.

Son cœur bat plus vite, et elle se met à courir vers les dunes, là où cesse le vent de la mer. Elle se jette à plat ventre dans le sable chaud, les petits chardons déchirent un peu sa robe et plantent leurs aiguilles minuscules dans son ventre et dans ses cuisses, mais elle n'y prête pas garde. Il y a une douleur fulgurante au milieu de son corps, un coup si fort qu'elle a l'impression qu'elle va s'évanouir. Ses mains s'enfoncent dans le sable, elle s'arrête de respirer. Elle devient très dure, comme une planche de bois. Enfin, elle peut rouvrir les yeux, très lentement, comme si elle allait réellement voir la silhouette de l'arbre sec qui l'attend. Mais il n'y a rien, le ciel est très grand, très bleu, et elle entend le long bruit des vagues derrière les dunes.

« Oummi, oh, Oummi », dit encore Lala, en geignant.

Mais maintenant elle voit cela, très clairement : il y a un grand champ de pierres rouges, et la poussière, là, devant l'arbre sec, un champ si vaste qu'il semble s'étendre jusqu'aux confins de la terre. Le champ est vide, et la petite fille court vers l'arbre sec dans la poussière, et elle est si petite qu'elle est perdue tout à coup au milieu du champ, près de l'arbre noir, sans voir où aller. Alors elle crie de toutes ses forces, mais sa voix rebondit sur les pierres rouges, se disperse dans la lumière du soleil. Elle crie, et le silence qui l'entoure est terrible, un silence qui serre, qui fait mal. Alors la petite fille perdue va droit devant elle, elle tombe, elle se relève, elle écorche ses pieds nus aux angles des pierres, et sa voix est toute brisée par les sanglots, et elle ne peut plus respirer.

« Oummi ! Oummi ! » C'est cela qu'elle crie, elle entend clairement sa voix maintenant, sa voix déchirée qui ne peut pas sortir du champ de pierres et de poussière, qui revient sur elle-même et s'étouffe. Mais ce sont ces mots-là qu'elle entend, à l'autre bout du temps, et qui lui font mal, parce qu'ils signifient qu'Oummi ne va pas revenir.

Alors tout à coup devant la petite fille perdue, au beau milieu du champ de pierres et de poussière, il y a cet arbre, l'arbre sec. C'est un arbre qui est mort de soif ou de vieillesse, ou bien frappé par la foudre. Il n'est pas très grand, mais il est extraordinaire, parce qu'il est tordu dans tous les sens, avec quelques vieilles branches hérissées comme des arêtes, et un tronc noir, fait de brins torsadés, avec de longues racines noires qui sont nouées autour des rochers. La petite fille marche vers l'arbre, lentement, sans savoir pourquoi, elle s'approche du tronc calciné, elle le touche avec ses mains. Et d'un seul coup, la peur la glace tout entière : du haut de l'arbre sec, très longuement, un serpent se déroule et descend. En glissant le long des branches, interminablement, ses écailles crissent sur le bois mort en faisant un bruit métallique. Le serpent descend sans se presser, il avance son corps gris-bleu vers le visage de la petite fille. Elle le regarde sans ciller, sans bouger, presque sans respirer, et aucun cri ne peut plus sortir de sa gorge. Soudain, le serpent s'arrête, la regarde. Alors elle bondit en arrière, elle se met à courir de toutes ses forces, seule à travers le champ de pierres, elle court comme si elle allait traverser toute la terre, la bouche sèche, les yeux aveuglés par la lumière, le souffle sifflant, elle court vers une maison, vers l'ombre d'Oummi qui la serre très fort et caresse son visage ; et elle sent l'odeur douce des cheveux d'Oummi, et elle entend sa parole douce.

Mais aujourd'hui il n'y a personne, personne au bout de l'étendue de sable blanc, et le ciel est encore plus grand, plus vide. Lalla est assise au creux de la dune, le corps plié en deux, la tête enfouie entre ses genoux. Elle sent la brûlure du soleil sur sa nuque, là où les cheveux se divisent, et sur ses épaules, à travers le tissu cassant de sa robe.

Elle pense à Es Ser, celui qu'elle appelle le Secret, et qu'elle a rencontré sur le plateau de pierres, dans la direction du désert. Peut-être qu'il voulait lui dire quelque chose, lui dire qu'elle n'était pas seule, lui montrer le chemin qui va vers Oummi. Peut-être que c'est encore son regard qui brûle maintenant ses épaules et sa nuque.

Mais quand elle rouvre les yeux, il n'y a personne sur le rivage. Sa peur s'est effacée. L'arbre sec, le serpent, le grand champ de pierres rouges et de poussière se sont effacés, comme s'ils n'avaient jamais existé. Lalla retourne vers la mer. Elle est presque aussi belle que le jour où Lalla l'a vue pour la première fois, à travers l'ouverture de la bâche du camion, et qu'elle s'est mise à pleurer. Le soleil a nettoyé l'air au-dessus de la mer. Il y a des étincelles qui dansent au-dessus des vagues, et de grands rouleaux d'écume. Le vent est tiède, chargé des senteurs des profondeurs, algues, coquilles, sel, écume.

Lalla recommence à marcher lentement le long du rivage, et elle sent une sorte d'ivresse au fond d'elle, comme s'il y avait vraiment un regard qui venait de la mer, de la lumière du ciel, de la plage blanche. Elle ne comprend pas bien ce que c'est, mais elle sait qu'il y a quelqu'un partout, qui la regarde, qui l'éclaire de son regard. Cela l'inquiète un peu, et en même temps lui donne une chaleur, une onde qui rayonne en elle, qui va du centre de son ventre jusqu'aux extrémités de ses membres.

Elle s'arrête, elle regarde autour d'elle : il n'y a personne, aucune forme humaine. Il y a seulement les grandes dunes arrêtées, semées de chardons, et les vagues qui viennent, une à une, vers le rivage. Peut-être que c'est la mer qui regarde comme cela sans cesse, regard profond des vagues de l'eau, regard éblouissant des vagues des dunes de sable et de sel ? Naman le pêcheur dit que la mer est comme une femme, mais il n'explique jamais cela. Le regard vient de tous les côtés à la fois.

Alors, à ce moment-là, il y a un grand vol de mouettes et de sternes qui passe le long du rivage, couvrant la plage d'ombre. Lalla s'arrête, les jambes enfoncées dans le sable mêlé d'eau, la tête rejetée en arrière : elle regarde passer les oiseaux de mer.

Ils passent lentement, remontant le courant du vent tiède, leurs longues ailes effilées brassant l'air. Leurs têtes sont un peu tendues de côté, et leurs becs entrouverts laissent passer de drôles de gémissements, de drôles de grincements.

Au milieu du vol, il y a une mouette que Lalla connaît bien, parce qu'elle est toute blanche, sans une seule tache noire. Elle passe lentement au-dessus de Lalla, ramant lentement contre le vent, les plumes de ses ailes un peu écartées, le bec entrouvert, et quand elle passe comme cela, elle regarde Lalla, sa petite tête inclinée vers le rivage, son œil rond brillant comme une goutte.

« Qui es-tu ? Où vas-tu ? » demande Lalla. La mouette blanche la regarde et ne répond pas. Elle s'en va rejoindre les autres, elle vole longuement le long du rivage, à la recherche de quelque chose à manger. Lalla pense que la mouette blanche la connaît, mais qu'elle n'ose pas venir jusqu'à elle, parce que les mouettes ne sont pas faites pour vivre avec les hommes.

Le vieux Naman dit quelquefois que les oiseaux de mer sont les esprits des hommes qui sont morts en mer dans une tempête, et Lalla pense que la mouette blanche est l'esprit d'un pêcheur très grand et mince, avec le teint clair et les cheveux couleur de lumière, et dont les yeux brillaient comme une flamme. C'était peut-être un prince de la mer.

Alors elle s'assoit sur la plage, entre les dunes, et elle regarde la troupe des mouettes qui vole le long du rivage. Elles volent facilement, sans faire beaucoup d'efforts, leurs longues ailes courbes appuyées sur le vent, la tête rejetée un peu de côté. Elles cherchent à manger, parce que non loin de là il y a la grande décharge de la ville, là où viennent les camions. Elles crient toujours, en faisant

158

leur drôle de gémissement ininterrompu où éclatent tout à coup, sans raison, des cris aigus, des glapissements, des rires.

Et puis, de temps en temps, la mouette blanche, celle qui est comme un prince de la mer, vient voler auprès de Lalla, elle trace de grands cercles au-dessus des dunes, comme si elle l'avait reconnue. Lalla lui fait des signes avec les bras, elle essaie de l'appeler, elle cherche tous les noms, dans l'espoir de dire le vrai, celui qui peut-être lui rendra sa forme première, qui fera apparaître au milieu de l'écume le prince de la mer aux cheveux de lumière, aux yeux brillants comme des flammes.

« Souleïman ! »

« Moumine ! »

« Daniel ! »

Mais la grande mouette blanche continue à tournoyer dans le ciel, vers la mer, frôlant les vagues de la pointe de son aile, son œil dur fixé sur la silhouette de Lalla, sans répondre. Quelquefois, parce qu'elle est un peu dépitée, Lalla court derrière les mouettes, en agitant les bras, et elle crie des noms au hasard, pour énerver celui qui est le prince de la mer :

« Poulets ! Moineaux ! Petits pigeons ! »

Et même :

« Éperviers ! Vautours ! » Parce que ce sont des oiseaux que les mouettes n'aiment pas. Mais lui, l'oiseau blanc, qui n'a pas de nom, continue son vol très lent, indifférent, il s'éloigne le long du rivage, il plane dans le vent d'est, et Lalla a beau courir sur le sable dur de la plage, elle ne parvient pas à le rejoindre.

Il s'en va, il glisse au milieu des autres oiseaux le long de l'écume, il s'en va, bientôt ils ne sont plus que d'imperceptibles points qui se fondent dans le bleu du ciel et de la mer.

C'est l'eau qui est belle, aussi. Quand il commence à pleuvoir, au milieu de l'été, l'eau ruisselle sur les toits de tôle et de papier goudronné, elle fait sa chanson douce dans les grands bidons, sous les gouttières. C'est la nuit que la pluie vient, et Lalla écoute le bruit du tonnerre qui roule et qui grandit sur la vallée, ou bien au-dessus de la mer. A travers les interstices des planches, elle regarde la belle lumière blanche qui s'allume et s'éteint sans arrêt, qui fait tressauter les choses à l'intérieur de la maison. Aamma ne bouge pas sur sa couche, elle continue à dormir la tête sous le drap, sans entendre le bruit de l'orage. Mais à l'autre bout de la pièce, les deux garçons sont réveillés, et Lalla les entend qui parlent à voix basse, qui rient sans faire de bruit. Ils sont assis sur leur matelas, et ils cherchent eux aussi à voir au-dehors, par les interstices des planches.

Lalla se lève, elle marche sans faire de bruit jusqu'à la porte, pour voir les dessins des éclairs. Mais le vent commence à souffler, et les larges gouttes froides tombent sur la terre et crépitent sur le toit ; alors Lalla va se recoucher dans les couvertures, parce que c'est comme cela qu'elle aime entendre le bruit de la pluie : les yeux grands ouverts dans le noir, voyant par moments le toit s'éclairer, et écoutant toutes les gouttes frapper la terre et les plaques de tôle avec violence, comme si c'étaient de petites pierres qui tombaient du ciel.

Au bout d'un instant, Lalla entend le jet d'eau qui jaillit des gouttières, et qui frappe le fond des tonneaux de kérosène vides ; elle est heureuse, comme si c'était elle qui buvait l'eau. Au commencement, cela fait un fracas de métal, et puis, peu à peu, les tonneaux se remplissent et le bruit devient plus profond. Et l'eau ruisselle de tous les côtés à la fois, sur la terre, dans les flaques, dans les vieilles marmites abandonnées au-dehors. La poussière sèche de l'hiver monte dans l'air quand la pluie bat le sol, et ça fait une drôle d'odeur de terre mouillée, de paille et de fumée qui est bonne à respirer. Il y a des enfants qui courent dans la nuit. Ils ont enlevé tous leurs habits et ils courent tout nus sous la pluie, le long des rues, en poussant des cris et des rires. Lalla voudrait bien faire comme eux, mais elle est trop vieille maintenant, et les filles de son âge ne peuvent pas aller toutes nues. Alors elle se rendort, sans cesser d'écouter les crépitements de l'eau sur les plaques de tôle, sans cesser de penser aux deux belles fontaines qui jaillissent de chaque côté du toit et qui font déborder d'eau claire les tonneaux de kérosène.

Ce qui est bien, quand l'eau est tombée du ciel comme cela pendant des jours et des nuits, c'est qu'on peut aller prendre des bains d'eau chaude, dans l'établissement de bains, de l'autre côté de la rivière, à la ville. Aamma a décidé d'emmener Lalla aux bains, vers la fin de l'après-midi, quand la chaleur du soleil a un peu décliné, et que les gros nuages blancs commencent à s'accumuler dans le ciel.

C'est le jour des bains des femmes, et tout le monde va vers l'établissement, en suivant le sentier étroit qui remonte le long de la rivière. A trois ou quatre kilomètres en amont, il y a le pont, avec la route des camions : mais avant d'y arriver, il y a le gué. C'est là que les femmes franchissent la rivière.

Aamma marche devant, avec Zubida, et sa cousine qui s'appelle Zora, et d'autres femmes que Lalla connaît de vue, mais dont elle a oublié le nom. Elles retroussent leurs robes pour franchir le gué, elles rient et parlent très fort. Lalla marche un peu en arrière, et elle est bien contente, parce que ces après-midi-là, il n'y a pas de tâches à faire à la maison, ni de bois à aller chercher pour le feu. Et puis elle aime bien les grands nuages blancs, très bas dans le ciel, et la couleur verte des herbes au bord de la rivière. L'eau de la rivière est glacée, couleur de terre, elle vibre entre les jambes quand Lalla traverse le gué. Quand elle arrive au canal, au centre de la rivière, il y a une marche, et Lalla tombe dans l'eau jusqu'au ventre ; elle se dépêche de sortir, sa robe colle à son ventre et à ses cuisses. Il y a des garçons sur l'autre rive, qui regardent les femmes relever leurs robes pour traverser la rivière, et qu'on bombarde à coups de cailloux.

La maison des bains est un grand hangar de briques, construit tout à fait à côté de la rivière. C'est là qu'Aamma a emmené Lalla, quand elle est arrivée ici, à la Cité, pour la première fois, et Lalla n'avait jamais rien vu de semblable. Il n'y a qu'une grande salle, avec des baignoires d'eau chaude et des fours où on fait chauffer les pierres. C'est un jour pour les femmes, un jour pour les hommes. Lalla aime bien cette salle, parce qu'il y a beaucoup de lumière qui entre par les fenêtres, tout à fait en haut des murs, sous le toit de tôle ondulée. La maison des bains ne fonctionne que pendant l'été, parce que l'eau est rare, ici. L'eau vient d'une grande citerne construite en hauteur, et elle coule le long d'une canalisation à ciel ouvert jusqu'à l'établissement de bains, où elle cascade dans un grand bassin de ciment qui ressemble à un lavoir. C'est là qu'Aamma et Lalla vont se baigner ensuite, après le bain d'eau chaude, en se jetant de grandes jattes d'eau froide sur le corps, et en criant un peu, parce que ça les fait grelotter.

Il y a quelque chose aussi que Lalla aime bien ici. C'est la vapeur qui emplit toute la salle comme un brouillard blanc, et qui fait des nappes jusqu'au plafond, et qui s'échappe par les fenêtres en faisant vaciller la lumière. Quand on entre dans la salle, on suffoque pendant un instant, à cause de la vapeur. Puis on enlève ses vêtements et on les laisse pliés sur une chaise, au fond du hangar. Les premiers temps, Lalla avait honte, elle ne voulait pas se mettre toute nue devant les autres femmes, parce qu'elle n'avait pas l'habitude des bains. Elle croyait qu'on la regardait et qu'on se moquait d'elle, parce qu'elle n'avait pas de seins et que sa peau était très blanche. Mais Aamma la grondait, et l'obligeait à ôter tous ses vêtements, puis à relever en chignon ses longs cheveux, en les serrant avec un cordon de toile. Maintenant, ça lui est égal de se déshabiller. Même, elle ne fait plus attention aux autres. Au début, elle trouvait cela horrible, parce qu'il y avait des femmes très laides, et très vieilles, avec la peau fripée comme un arbre mort, ou bien des grosses, adipeuses, avec des seins qui ballaient comme des outres, ou bien d'autres qui étaient malades, qui avaient des jambes abîmées par des ulcères et des varices. Mais maintenant, Lalla ne les regarde plus de la même façon. Elle a pitié des femmes laides ou malades, elle n'a plus peur d'elles. Et puis, l'eau est si belle, si pure, l'eau tombée directement du ciel dans la grande citerne, l'eau est si neuve qu'elle doit guérir celles qui en ont besoin.

C'est comme cela, quand Lalla entre dans l'eau de la baignoire, pour la première fois après les longs mois de sécheresse : elle enveloppe son corps d'un coup, elle serre sa peau si fort, sur ses jambes, sur son ventre, sur sa poitrine, que Lalla s'arrête un instant de respirer.

L'eau est très chaude, très dure, elle fait venir le sang sous la peau, elle dilate les pores, elle envoie les ondes de sa chaleur jusqu'à l'intérieur du corps, comme si elle avait la force du ciel et du soleil. Lalla glisse dans le fond de la baignoire, jusqu'à ce que l'eau brûlante dépasse son menton et touche ses lèvres, puis s'arrête juste en dessous de ses narines. Alors elle reste un long moment comme cela, sans bouger, en regardant le plafond de tôle ondulée qui semble avancer sous la nuée de vapeur.

Puis Aamma vient avec la poignée de saponaire et la poudre de lave, et elle frotte le corps de Lalla, pour enlever la sueur et la poussière, sur son dos, sur ses épaules, sur ses jambes. Lalla se laisse faire, parce qu'Aamma sait très bien savonner et poncer ; ensuite elle va jusqu'au lavoir, et elle se plonge dans l'eau fraîche, presque froide, et l'eau resserre ses pores, lisse sa peau, tend ses nerfs et ses muscles. C'est le bain qu'elle prend avec les autres femmes, en écoutant le bruit de cascade de l'eau qui vient de la citerne. C'est cette eau-là que Lalla préfère. Elle est claire comme l'eau des sources de la montagne, elle est légère, elle glisse sur sa peau propre comme sur une pierre usée, elle rebondit dans la lumière, elle rejaillit en milliers de gouttes. Sous la fontaine d'eau, les femmes lavent leurs longs cheveux noirs alourdis. Même les corps les plus laids deviennent beaux à travers le cristal de l'eau pure, et le froid réveille les voix, fait résonner les rires aigus. Aamma jette de grandes brassées au visage de Lalla, et ses dents très blanches brillent sur son visage cuivré. Les gouttes étincelantes glissent lentement sur ses seins sombres, sur son ventre, sur ses cuisses. L'eau use et polit la peau, fait la paume des mains très douce. Il fait froid, malgré la vapeur qui emplit le hangar.

Aamma enveloppe Lalla dans une grande serviette, elle s'enroule elle-même dans une sorte de drap qu'elle noue

164

sur sa poitrine. Ensemble, elles marchent vers le fond du hangar, là où leurs habits sont restés pliés sur des chaises. Elles s'assoient, et Aamma commence à peigner longuement les cheveux de Lalla, mèche par mèche, en les lissant bien entre les doigts de la main gauche pour ôter les lentes.

Cela aussi, c'est bien, comme dans un rêve, parce que Lalla regarde droit devant elle, sans penser à rien, fatiguée par toute l'eau, ensommeillée par la lourde vapeur qui monte avec peine jusqu'aux fenêtres où tremble la lumière du soleil, étourdie par le bruit des voix et par les rires des femmes, par les éclats de l'eau, par le ronronnement des fours où cuisent les pierres. Alors elle est assise sur la chaise de métal, ses pieds nus posés sur le ciment frais du sol, frissonnante dans sa grande serviette mouillée, et les mains adroites d'Aamma peignent inlassablement ses cheveux, les étirent, les lissent, tandis que les dernières gouttes d'eau coulent sur ses joues et le long de son dos.

Ensuite, quand tout est terminé, et qu'elles ont remis leurs habits, ensemble elles vont s'asseoir dehors, dans la chaleur du soleil couchant, et elles boivent de la menthe dans de petits verres ornés de dessins dorés, presque sans se parler, comme si elles avaient fait un long voyage et qu'elles étaient rassasiées de merveilles. La route est longue, pour revenir jusqu'à la Cité de planches et de papier goudronné, de l'autre côté de la rivière. La nuit est déjà bleu-noir, et les étoiles brillent entre les nuages, quand elles arrivent à la maison.

Il y a les jours qui ne sont pas comme les autres, les jours de fête, et c'est un peu pour ces jours-là qu'on vit, qu'on attend, qu'on espère. Quand le jour est proche, tout le monde ne parle plus que de cela, dans les rues de la Cité, dans les maisons, près de la fontaine. Tout le monde est impatient, et voudrait bien que le jour de la fête arrive plus vite. Quelquefois Lalla se réveille le matin, le cœur battant, avec de drôles de fourmillements dans les bras et dans les jambes, parce qu'elle croit que c'est aujourd'hui le jour. Elle se lève à toute vitesse, sans même prendre le temps de se passer les mains dans les cheveux, et elle sort dans la rue pour courir dans l'air froid du matin, alors que le soleil n'est pas encore apparu et que tout est gris et silencieux, sauf quelques oiseaux. Mais comme personne ne bouge dans la Cité, elle comprend que le jour n'est pas encore arrivé, et il ne lui reste plus qu'à retourner sous ses couvertures, à moins qu'elle ne décide d'en profiter pour aller s'asseoir dans les dunes pour voir les premiers rayons de soleil sur les crêtes des vagues.

Ce qui est long, et lent, ce qui fait vibrer l'impatience dans le corps des hommes et des femmes, c'est le jeûne. Parce que tous les jours qui précèdent la fête, on mange peu, seulement avant et après le soleil, et on ne boit pas non plus. Alors, à mesure que le temps passe, c'est comme un vide qui grandit à l'intérieur du corps, qui brûle, qui fait bourdonner les oreilles. Lalla aime bien jeûner pourtant, parce que, quand on ne mange pas et qu'on ne boit pas pendant des heures, et des jours, c'est comme si on lavait l'intérieur de son corps. Les heures paraissent plus longues, et plus pleines, car on fait attention à la moindre chose. Les enfants ne vont plus à l'école, les femmes ne travaillent plus dans les champs, les garçons ne vont plus à la ville. Tout le monde reste assis à l'ombre des huttes et des arbres, en parlant un peu et en regardant les ombres bouger avec le soleil.

Quand on n'a pas mangé pendant des jours, le ciel paraît plus propre aussi, plus bleu et lisse au-dessus de la terre blanche. Les bruits résonnent plus, ils durent, comme si on était à l'intérieur d'une grotte, et la lumière semble plus pure et plus belle.

Même les jours sont plus longs, c'est difficile à expliquer, mais depuis le moment du lever jusqu'au crépuscule, on dirait parfois qu'il s'est passé un mois tout entier.

Lalla aime bien jeûner comme cela, quand le soleil brûle et que la sécheresse envahit tout. La poussière grise laisse un goût de pierre dans la bouche, et il faut sucer de temps en temps les petites herbes au parfum de citron, ou bien les feuilles âpres de la *chiba*, mais en faisant bien attention à cracher sa salive.

Quand c'est le temps du jeûne, Lalla va voir tous les jours le Hartani, dans les collines de pierres. Lui aussi reste sans manger et sans boire tout le jour, mais cela ne change rien à sa façon d'être, et son visage reste toujours de la même couleur brûlée. Ses yeux brillent fort dans l'ombre de son visage, ses dents luisent dans son sourire. La seule différence, c'est qu'il s'enveloppe complètement dans son manteau de bure, pour ne pas perdre l'eau de son corps. Il reste comme cela, immobile au soleil, debout sur une jambe, l'autre pied appuyé sur son mollet au-dessous du genou, et il regarde au loin, vers les reflets de l'air qui danse, vers le troupeau de moutons et de chèvres.

Lalla s'assoit à côté de lui sur une pierre plate, elle écoute les bruits qui viennent de tous les côtés de la montagne, les cris des insectes, les sifflements des bergers, et aussi les bruits de craquements de la chaleur qui dilate les pierres, et le passage du vent. Elle a tout son temps, parce que pendant la période du jeûne, il n'y a plus besoin d'aller chercher de l'eau ou du bois mort pour faire la cuisine.

C'est bien d'être dans toute cette sécheresse pendant qu'on jeûne, parce que c'est comme une souffrance aiguë qui est tendue de toutes parts, comme un regard qui ne cesse pas. La nuit, la lune apparaît au bord des collines de pierres, toute ronde, dilatée. Alors Aamma sert la soupe de pois chiches et le pain, et tout le monde mange vite ; même Selim, le mari d'Aamma, celui qu'on appelle le Soussi, se hâte de manger, sans mettre d'huile d'olive sur son pain comme d'habitude. Personne ne dit rien, il n'y a pas d'histoires. Lalla voudrait bien parler, elle aurait des tas de choses à dire, un peu fébrilement, mais elle sait que ça n'est pas possible, car il ne faut pas troubler le silence du jeûne. Quand on jeûne, c'est comme cela, on jeûne aussi avec les mots et avec toute la tête. Et on marche lentement, en traînant un peu les pieds, et on ne montre pas les choses ou les gens du doigt, on ne siffle pas avec la bouche.

Les enfants oublient de temps en temps qu'on jeûne, parce que c'est difficile de se contenir tout le temps. Alors ils éclatent de rire, ou bien ils partent en courant à travers les rues, en soulevant des nuages de poussière et en faisant aboyer tous les chiens. Mais les vieilles leur crient après et leur jettent des pierres, et ils s'arrêtent de courir au bout d'un moment, peut-être aussi parce qu'ils manquent de forces à cause du jeûne.

168

Cela dure si longtemps que Lalla ne se souvient plus très bien comment c'était avant que le jeûne commence. Puis, un jour, Aamma part vers les collines pour acheter un mouton, et tout le monde sait que le jour approche. Aamma part seule, parce qu'elle dit que Selim le Soussi n'est pas capable d'acheter quoi que ce soit de bon. Elle s'en va sur l'étroit sentier qui serpente vers les collines de pierres, là où vivent les bergers. Lalla et les enfants la suivent de loin. Quand elle arrive aux collines, Lalla regarde si le Hartani est là, mais elle sait bien que c'est inutile : le berger n'aime pas les gens, et il s'en va quand ceux de la Cité viennent acheter les moutons. Ce sont les parents adoptifs du Hartani qui tondent les moutons. Ils ont fabriqué un corral avec des branches plantées dans la terre, et ils attendent, assis à l'ombre.

Il y a d'autres marchands de moutons, des bergers aussi. Il y a une drôle d'odeur de suif et d'urine qui plane sur la terre sèche, et on entend les cris aigus des bêtes prisonnières de leurs enclos de branches. Il y a beaucoup de monde qui vient de la Cité, quelquefois même de la ville ; ils ont laissé leur auto à l'entrée de la Cité, là où la route se termine, et ils sont venus à pied par le sentier. Ce sont des gens du Nord, à la peau jaune, des messieurs habillés en complet veston, ou bien des paysans du Sud, des Soussi, des Fassi, des gens de Mogador. Ils savent qu'il y a beaucoup de bergers par ici, ils connaissent parfois des parents, des amis, et ils espèrent trouver une belle bête à bon prix, faire une affaire. Alors ils sont debout devant les enclos, et ils discutent, ils font des gestes, ils se penchent pour mieux voir les moutons.

Aamma traverse le marché sans se presser. Elle ne s'arrête pas, elle fait seulement le tour des enclos, elle regarde vite, mais elle voit tout de suite ce que valent les bêtes. Quand elle a regardé tous les enclos il n'y a pas de doute qu'elle a déjà choisi le mouton qu'il lui faut. Alors elle va voir le marchand, et elle lui demande son prix. Et comme elle veut ce mouton-là, et pas un autre, elle ne marchande presque pas, et elle donne tout de suite l'argent au propriétaire. Elle a pris la précaution d'apporter une corde, et un berger passe la corde autour du cou du mouton. C'est fait, il ne reste plus qu'à ramener le mouton à la maison. C'est l'aîné d'Aamma, celui qu'on appelle Bareki, qui a l'honneur de ramener le mouton. C'est un mouton grand et fort, avec une toison jaune sale qui sent fort l'urine, mais Lalla a quand même un peu pitié de lui quand il passe, le front bas et les yeux effrayés, parce que le garçon tire de toutes ses forces sur la corde qui l'étrangle. Ensuite, on attache le mouton derrière la maison d'Aamma, dans un réduit de vieilles planches qui a été fait spécialement pour lui, et on lui donne à manger et à boire tout ce qu'il veut pour les jours qui lui restent à vivre.

Alors, un beau matin, quand Lalla se réveille, elle sait tout de suite que c'est le jour de la fête. Elle le sait sans que personne ait eu à le lui dire, simplement en ouvrant les yeux et en voyant la lueur du jour. Elle est debout en une seconde, dans la rue, avec les autres enfants, et déjà la rumeur de la fête commence à courir dans l'air, à monter au-dessus des maisons de planches et de papier goudronné, comme le bruit des oiseaux.

Lalla court sur la terre encore froide, aussi vite qu'elle peut, elle va à travers champs, le long du sentier étroit qui conduit à la mer. Quand elle arrive en haut des dunes, le vent de la mer la frappe d'un seul coup, si violemment que ses narines se ferment et qu'elle titube en arrière. La mer est sombre et brutale, mais le ciel est encore d'un gris si doux, si léger, que Lalla n'a plus peur. Elle se déshabille vite, et sans hésiter, elle plonge la tête la première dans l'eau. La vague qui déferle la recouvre, cogne sur ses paupières et dans ses tympans, pénètre dans ses narines.

L'eau salée emplit sa bouche, coule dans sa gorge. Mais Lalla n'a pas peur de la mer, ce jour-là, elle boit l'eau salée à grandes gorgées, et elle sort de la vague en vacillant, comme ivre, aveuglée par le sel. Ensuite elle retourne dans la vague, et elle nage longuement, parallèlement au rivage, ses genoux raclant le sable quand la mer se retire, puis portée en haut de la vague qui se gonfle autour d'elle.

Alors la mouette toute blanche que Lalla aime bien passe lentement au-dessus de sa tête, en criant un peu. Lalla lui fait signe, et elle crie au hasard des noms, pour la faire venir :

« Hé ! Kalla ! Illa ! Zemzar ! Horriya ! Habib ! Cherara ! Haïm !... »

Quand elle crie le dernier nom, la mouette penche sa tête et la regarde, et elle se met à faire des cercles au-dessus de la jeune fille.

« Haïm ! Haïm ! » crie encore Lalla, et elle est sûre maintenant que c'est le nom du marin qui s'est perdu autrefois en mer, parce que c'est un nom qui veut dire : l'Errant.

« Haïm ! Haïm ! Viens, je t'en prie ! »

Mais la mouette blanche trace encore un cercle, puis elle s'en va dans le vent, le long de la plage, vers l'endroit où se rassemblent les autres mouettes, chaque matin, avant de prendre leur vol vers le dépotoir de la ville.

Lalla frissonne un peu, parce qu'elle vient de ressentir le froid de la mer et du vent. Le soleil n'est pas loin maintenant. La lueur rose et jaune est en train de naître derrière les collines de pierres où vit le Hartani. Sur la peau de Lalla, la lumière fait briller les gouttes d'eau de mer, parce qu'elle a la chair de poule. Le vent souffle fort, et le sable a presque entièrement recouvert la robe bleue de Lalla. Sans attendre d'être sèche, elle se rhabille et elle repart, moitié en courant, moitié en marchant, vers la Cité.

Accroupie devant la porte de sa maison, Aamma est en train de faire cuire les beignets de farine dans la grande marmite pleine d'huile bouillante. Le brasero de terre fait une lueur rouge dans l'ombre qui traîne encore près des maisons.

Ça, c'est peut-être le moment de la fête que Lalla préfère. Encore frissonnante de la fraîcheur de la mer, elle s'assoit devant le brasero brûlant, et elle mange les beignets qui crépitent, en savourant le goût de la pâte douce et le parfum âcre de l'eau de mer qui est resté au fond de sa gorge. Aamma voit ses cheveux mouillés et elle la gronde un peu, mais pas trop parce que c'est un jour de fête. Les enfants d'Aamma viennent s'asseoir à leur tour près du brasero, les yeux encore gonflés de sommeil, puis Selim le Soussi. Ils mangent les beignets sans rien dire, en puisant dans le grand plat de terre plein de beignets couleur d'ambre. Le mari d'Aamma mange lentement, en faisant aller ses mâchoires comme s'il ruminait, et de temps à autre il s'arrête de manger pour lécher les gouttes d'huile qui coulent le long de ses mains. Il parle un peu tout de même, pour dire des choses sans importance que personne n'écoute.

Ce jour-là, il y a comme un goût de sang, parce que c'est le jour où le mouton doit être tué. Ça fait une impression bizarre, comme s'il y avait quelque chose de dur et de tendu, le souvenir d'un mauvais rêve qui fait battre le cœur. Les hommes et les femmes sont joyeux, tout le monde est joyeux parce que c'est la fin du jeûne et qu'on va pouvoir manger sans s'arrêter jusqu'à ce qu'on soit repu. Mais Lalla n'arrive pas à être tout à fait contente à cause du mouton. C'est difficile à dire, c'est comme une hâte à l'intérieur de son corps, une envie de s'enfuir. Elle pense à cela surtout les jours de fête. Peut-être qu'elle est comme le Hartani, et que les fêtes ne sont pas pour elle.

Vient le boucher, pour tuer le mouton. Quelquefois c'est

172

Naman le pêcheur, parce qu'il est juif et qu'il peut tuer le mouton sans déshonneur. Ou bien c'est un homme venu d'ailleurs, un Aissaoua qui a de grands bras musclés et un visage méchant. Lalla le déteste. Pour Naman, ce n'est pas pareil, il fait cela seulement quand on le lui demande, pour rendre service, et il n'accepte pas d'autre paye qu'un morceau de viande rôtie. Mais le boucher, lui, est méchant, et il ne tue le mouton que si on lui donne de l'argent. L'homme emmène la bête en tirant sur la corde, et Lalla s'échappe jusqu'à la mer, pour ne pas entendre les cris déchirants du mouton qu'on tire jusqu'à la place de terre battue, non loin de la fontaine, et pour ne pas voir le sang qui jaillit par saccades quand le boucher tranche la gorge de l'animal avec son grand couteau aigu, le sang noir qui emplit les cuvettes émaillées en fumant. Mais Lalla ne tarde pas à revenir, parce qu'il y a au fond d'elle ce désir qui vibre, cette faim. Quand elle retourne près de la maison d'Aamma, elle entend le bruit clair du feu qui crépite, elle sent l'odeur exquise de la viande qui grille. Pour faire rôtir les meilleurs morceaux du mouton, Aamma ne veut pas qu'on l'aide. Elle préfère rester seule accroupie devant le feu, et elle tourne elle-même les broches, les bouts de fil de fer sur lesquels sont enfilés les morceaux de viande. Quand les gigots et les côtes sont bien cuits, elle les retire du feu et elle les met dans un grand plat de terre cuite posé à même les braises. Ensuite, elle appelle Lalla, parce que c'est le moment de boucaner. Ça, c'est aussi un des moments de la fête que Lalla préfère. Elle s'assoit près du feu, pas très loin d'Aamma. Lalla regarde son visage à travers les flammes et les fumées. De temps en temps, il y a des volutes de fumée noire, quand Aamma jette dans le feu une poignée d'herbes humides, ou du bois vert.

Aamma parle un peu, par instants, en préparant la viande, et Lalla l'écoute, en même temps que les craquements du feu, les cris des enfants qui jouent autour, et les voix des hommes ; elle sent l'odeur chaude et forte qui imprègne son visage, ses cheveux, ses vêtements. Avec un petit couteau, Lalla découpe la viande en fines lanières, et elle les place sur des claies de bois vert, suspendues au-dessus du feu, là où la fumée se sépare des flammes. C'est le moment aussi où Aamma parle des temps anciens, de la vie dans les terres du Sud, de l'autre côté des montagnes, là où commence le sable du désert et où les sources d'eau sont bleues comme le ciel.

« Parle-moi d'Hawa, s'il te plaît, Aamma », dit encore Lalla.

Et comme la journée est longue, et qu'il n'y a rien d'autre à faire que regarder les lanières de viande qui sèchent dans les tourbillons de fumée, en les déplaçant un peu de temps en temps avec une brindille, ou bien en se léchant les doigts pour ne pas se brûler, alors Aamma commence à parler. Sa voix est lente et hésitante au début, comme si elle faisait des efforts pour se souvenir, et ça va bien avec la chaleur du soleil qui avance très lentement dans le ciel bleu, avec le craquement des flammes, avec l'odeur de la viande et de la fumée.

« Lalla Hawa (c'est comme cela qu'Aamma l'appelle) était plus âgé que moi, mais je me souviens bien la première fois qu'elle est entrée dans la maison, quand ton père est venu avec elle. Elle venait du Sud, du grand désert, et c'est là qu'il l'avait connue, parce que sa tribu était du Sud, dans la Saguiet el Hamra, près de la ville sainte de Smara, et sa tribu était de la famille du grand Ma el Aïnine, celui qu'on appelait l'Eau des Yeux. Mais sa tribu avait dû partir de ses terres, parce que les soldats des Chrétiens les avaient chassés de chez eux, hommes, femmes et enfants, et ils avaient marché pendant des jours et des mois à travers le désert. C'est ce que ta mère nous a raconté plus tard. Nous étions pauvres en ce temps-là,

174

dans le Souss, mais nous étions heureux ensemble, parce que ton père aimait beaucoup Lalla Hawa. Elle savait rire et chanter, elle jouait même de la guitare, elle s'asseyait au soleil devant la porte de notre maison, et elle chantait des chansons... »

« Qu'est-ce qu'elle chantait, Aamma ? »

« C'étaient des chants du Sud, certains dans la langue des chleuhs, des chants d'Assaka, de Goulimine, de Tan-Tan, mais je ne pourrais pas les chanter comme elle. »

« Cela ne fait rien, Aamma, chante seulement pour que j'entende. »

Alors Aamma chante à voix basse, à travers le bruit de la flamme qui crépite. Lalla retient son souffle pour mieux entendre la chanson de sa mère.

« Un jour, oh, un jour, le corbeau deviendra blanc, la mer s'asséchera, on trouvera le miel dans la fleur du cactus, on fera un lit avec les branches de l'acacia, oh, un jour, il n'y aura plus de venin dans la bouche du serpent, et les balles des fusils ne porteront plus la mort, mais ce sera le jour où je quitterai mon amour... »

Lalla écoute la voix qui murmure dans le feu, sans voir le visage d'Aamma, comme si c'était la voix de sa mère qui arrivait jusqu'à elle.

« Un jour, oh, un jour, le vent ne soufflera plus dans le désert, les grains de sable deviendront doux comme le sucre, sous chaque pierre blanche il y aura une source qui m'attendra, un jour, oh, un jour, les abeilles chanteront pour moi une chanson, car ce jour-là j'aurai perdu mon amour... »

Mais la voix d'Aamma a changé maintenant, elle est plus forte et légère, elle monte haut comme la voix de la flûte, elle résonne comme les clochettes de cuivre ; ce n'est plus sa voix, maintenant, c'est une voix toute neuve, la voix d'une jeune femme inconnue, qui chante à travers le rideau des flammes et des fumées, pour Lalla, pour elle seulement.

« Un jour, oh, un jour, il y aura le soleil dans la nuit, et l'eau de la lune laissera ses flaques dans le désert, quand le ciel sera si bas que je pourrai toucher les étoiles, un jour, oh, un jour, je verrai mon ombre danser devant moi, et ce sera le jour où je perdrai mon amour... »

La voix lointaine glisse sur Lalla comme un frisson, l'enveloppe, et son regard se trouble tandis qu'elle regarde les flammes danser dans la lumière du soleil. Le silence qui suit les paroles de la chanson est très long, et Lalla peut entendre au loin les bruits de la musique et les rythmes des tambours de la fête. Elle est seule à présent, comme si Aamma était partie, la laissant avec la voix étrangère qui chante la chanson.

« Un jour, oh, un jour, je regarderai dans le miroir et je verrai ton visage, et j'entendrai le son de ta voix au fond du puits, et je connaîtrai la marque de tes pas dans le sable, un jour, oh, un jour, je connaîtrai le jour de ma mort, car ce sera le jour où je perdrai mon amour... »

La voix devient plus grave et sourde, pareille à un soupir, elle tremble un peu dans la flamme qui vacille, elle se perd dans les volutes de fumée bleue.

« Un jour, oh, un jour, le soleil sera obscur, la terre s'ouvrira jusqu'au centre, la mer recouvrira le désert, un jour, oh, un jour, mes yeux ne verront plus la lumière, ma bouche ne pourra plus dire ton nom, mon cœur cessera de souffrir, car ce sera le jour où je quitterai mon amour... »

La voix étrangère s'éteint en murmurant, elle disparaît dans le feu et la fumée bleue, et Lalla doit attendre longtemps, sans bouger, avant de comprendre que la voix ne reviendra plus. Ses yeux sont pleins de larmes et son cœur lui fait mal, mais elle ne dit rien, tandis qu'Aamma recommence à découper des lanières de viande, et à les placer sur le treillis de bois, au milieu de la fumée.

176

« Parle-moi encore d'elle, Aamma. »

« Elle savait beaucoup de chansons, Lalla Hawa, elle avait une jolie voix, comme toi, et elle savait jouer de la guitare et de la flûte, et danser. Puis, quand ton père a eu cet accident, elle a changé tout d'un coup, et elle n'a plus jamais chanté ni joué de la guitare, même quand tu es née, elle n'a plus voulu chanter, sauf pour toi, quand tu pleurais, dans la nuit, pour te bercer, pour t'endormir... »

Les guêpes sont venues, maintenant. L'odeur de la viande grillée les a attirées, et elles sont venues par centaines. Elles vrombissent autour du foyer, en cherchant à se poser sur les lanières de viande. Mais la fumée les chasse, les étouffe, et elles traversent le feu, ivres. Certaines tombent dans les braises et brûlent d'une brève flamme jaune, d'autres tombent par terre, assommées, à demi brûlées. Pauvres guêpes ! Elles sont venues pour avoir leur part de la viande, mais elles ne savent pas s'y prendre. La fumée âcre les saoule et les rend furieuses, parce qu'elles ne peuvent pas se poser sur le treillis de bois. Alors elles vont droit devant elles, aveuglées, stupides comme des papillons de nuit, et elles meurent. Lalla leur jette un morceau de viande, pour calmer leur faim, pour les éloigner du feu. Mais l'une d'elles frappe Lalla, la pique au cou. « Aïe ! » crie Lalla, qui l'arrache et la jette au loin, tout endolorie mais pleine de pitié, parce qu'elle aime bien les guêpes dans le fond.

Aamma, elle, ne fait pas attention aux guêpes. Elle les écarte à coups de chiffon, et elle continue à tourner les lanières de viande sur le treillis, et à parler :

« Elle n'aimait pas beaucoup rester à la maison... » dit-elle ; sa voix est un peu étouffée, comme si elle racontait un très vieux rêve. « Elle partait souvent, avec toi accrochée dans son dos par un foulard, et elle allait loin, loin... Personne ne savait où elle allait. Elle prenait l'autobus et elle allait jusqu'à la mer, ou bien dans les villages voisins. Elle allait dans les marchés, près des fontaines, là où il y avait des gens qu'elle ne connaissait pas, et elle s'asseyait sur un caillou et elle les regardait. Peut-être qu'ils croyaient qu'elle était une mendiante… Mais elle ne voulait pas travailler à la maison, parce que ma famille était dure avec elle, mais moi je l'aimais bien, comme si elle avait été ma sœur. »

« Parle-moi encore de sa mort, Aamma. »

« Ce n'est pas bien de parler de cela, un jour de fête », dit Aamma.

« Ça ne fait rien, Aamma, parle-moi quand même du jour de sa mort. »

Séparées par les flammes, Aamma et Lalla ne se voient pas bien. Mais c'est comme s'il y avait un autre regard, qui touchait l'intérieur de leur corps, à l'endroit où cela fait mal.

Les volutes grises et bleues de la fumée dansent, s'ouvrent et se referment comme les nuages, et sur le treillis de bois vert, les lanières de viande sont devenues très brunes comme du vieux cuir. Ailleurs, il y a le soleil qui décline doucement, la marée qui monte avec le vent, le chant des criquets, les cris des enfants qui courent dans les rues de la Cité, les voix des hommes, la musique. Mais Lalla ne les entend guère. Elle est tout entière dans le chuchotement de la voix qui raconte la mort de sa mère, il y a très longtemps.

« On ne savait pas ce qui allait arriver, personne ne le savait. Un jour, Lalla Hawa s'est couchée, parce qu'elle se sentait très fatiguée, et elle avait un grand froid dans tout son corps. Elle est restée comme cela plusieurs jours sans manger, sans bouger, mais elle ne se plaignait pas. Quand on lui demandait ce qu'elle avait, elle disait seulement, rien, rien, je suis fatiguée, c'est tout. Alors c'est moi qui m'occupais de toi, qui te donnais à manger, parce que Lalla Hawa ne pouvait même plus se lever de sa couche…

Mais il n'y avait pas de médecin au village, et le dispensaire était très loin, et personne ne savait ce qu'il fallait faire. Et puis un jour, c'était le sixième jour, je crois, Lalla Hawa m'a appelée, et sa voix était très faible, et elle m'a fait signe d'approcher, et elle m'a dit seulement : je vais mourir, c'est tout. Sa voix était étrange, et son visage était tout gris, et ses yeux brûlaient. Alors j'ai eu peur, et je suis sortie de la maison en courant, et je t'ai emmenée le plus loin que j'ai pu, à travers la campagne, jusqu'à une colline, et je suis restée là tout le jour, assise sous un arbre, pendant que tu jouais à côté. Et quand je suis revenue à la maison, toi tu dormais, mais j'ai entendu les voix de ma mère et de mes sœurs qui pleuraient, et j'ai rencontré mon père devant la maison, et il m'a dit que Lalla Hawa était morte... »

Lalla écoute de toutes ses forces, les yeux fixés sur les flammes qui dansent et qui crépitent, devant les tourbillons de fumée qui montent vers le ciel bleu. Les guêpes continuent leur vol ivre, elles traversent les flammes comme des projectiles, elles tombent sur le sol, leurs ailes brûlées. Lalla écoute aussi leur musique, la seule vraie musique de la Cité des planches et du papier goudronné.

« Personne ne savait que cela devait arriver, dit Aamma. Mais quand cela est arrivé, tout le monde a pleuré, et moi j'ai ressenti le froid, comme si j'allais mourir aussi, et tout le monde était triste à cause de toi, parce que tu étais trop jeune pour savoir. Plus tard, c'est moi qui t'ai emmenée, quand mon père est mort et que j'ai dû venir ici à la Cité, pour vivre avec le Soussi. »

Il reste encore beaucoup de temps avant que les morceaux de viande aient fini de boucaner, alors Aamma continue à parler, mais elle ne dit plus rien de Lalla Hawa. Elle parle d'Al Azraq, celui qu'on appelait l'Homme Bleu, qui savait commander au vent et à la pluie, celui qui savait se faire obéir de toutes les choses, même des cailloux et des buissons. Elle parle de la hutte de branches et de palmes qui était sa maison, seule au milieu du grand désert. Elle dit qu'au-dessus de l'Homme Bleu, le ciel se peuplait d'oiseaux de toutes sortes qui chantaient des chansons célestes, pour s'unir à sa prière. Mais seuls les hommes dont le cœur était pur savaient trouver la maison de l'Homme Bleu. Les autres s'égaraient dans le désert.

« Est-ce qu'il savait parler aux guêpes, aussi ? » demande Lalla.

« Aux guêpes, et aux abeilles sauvages, car il était leur maître, il connaissait les paroles qui les apprivoisent. Mais il connaissait aussi le chant qui envoie les nuées de guêpes, d'abeilles et de mouches sur les ennemis, et il aurait pu détruire une ville tout entière s'il l'avait voulu. Mais il était juste, et il ne se servait de son pouvoir que pour faire le bien. »

Elle parle aussi du désert, du grand désert qui naît au sud de Goulimine, à l'est de Taroudant, au-delà de la vallée du Draa. C'est là, dans le désert, que Lalla est née, au pied d'un arbre, comme le raconte Aamma. Là, dans le pays du grand désert, le ciel est immense, l'horizon n'a pas de fin, car il n'y a rien qui arrête la vue. Le désert est comme la mer, avec les vagues du vent sur le sable dur, avec l'écume des broussailles roulantes, avec les pierres plates, les taches de lichen et les plaques de sel, et l'ombre noire qui creuse ses trous quand le soleil approche de la terre. Aamma parle longtemps du désert, et tandis qu'elle parle, les flammes baissent peu à peu, la fumée devient légère, transparente, et les braises se couvrent lentement d'une sorte de poussière d'argent qui frissonne.

« ... Là-bas, dans le grand désert, les hommes peuvent marcher pendant des jours, sans rencontrer une seule maison, sans voir un puits, car le désert est si grand que personne ne peut le connaître en entier. Les hommes vont dans le désert et ils sont comme des bateaux sur la mer,

180

nul ne sait quand ils reviendront. Quelquefois, il y a des tempêtes, mais pas comme ici, des tempêtes terribles, et le vent arrache le sable et le jette jusqu'au ciel, et les hommes sont perdus. Ils meurent noyés dans le sable, ils meurent perdus comme les bateaux dans la tempête, et le sable garde leur corps. Tout est si différent dans ce pays, le soleil n'est pas le même qu'ici, il brûle plus fort, et il y a des hommes qui reviennent aveuglés, le visage brûlé. La nuit, le froid fait crier de douleur les hommes perdus, le froid brise leurs os. Même les hommes ne sont pas comme ici... Ils sont cruels, ils guettent leur proie comme le renard, ils s'approchent en silence. Ils sont noirs comme le Hartani, vêtus de bleu, le visage voilé. Ce ne sont pas des hommes, mais des djinns, des enfants du démon, et ils ont commerce avec le démon, ils sont comme des sorciers... »

Alors Lalla pense de nouveau à Al Azraq, à l'Homme Bleu, le maître du désert, celui qui savait faire naître l'eau sous les pierres du désert. Aamma aussi pense à lui, et elle dit :

« L'Homme Bleu était comme les hommes du désert, puis il a reçu la bénédiction de Dieu, et il a quitté sa tribu, sa famille, pour vivre seul... Mais il savait les choses que savent les gens du désert. Il avait reçu le pouvoir de guérir avec ses mains, et Lalla Hawa avait elle aussi ce pouvoir, et elle savait interpréter les rêves, et dire l'avenir, et retrouver les objets perdus. Et quand les gens savaient qu'elle était de la lignée d'Al Azraq, ils venaient lui demander conseil, et quelquefois elle leur disait ce qu'ils demandaient, et quelquefois elle ne voulait pas répondre... »

Lalla regarde ses mains, et elle cherche à comprendre ce qu'il y a en elles. Ses mains sont grandes et fortes, comme celles des garçons, mais la peau est douce et les doigts sont effilés.

« Est-ce que j'ai aussi ce pouvoir, Aamma ? »

Aamma se met à rire. Elle se lève et elle s'étire.

« Ne pense pas à cela », dit-elle. « Maintenant la viande est prête, il faut la mettre dans le plat. »

Quand Aamma s'en va, Lalla retire le treillis, et elle étend les lanières de viande sur le grand plat de terre, en grignotant un morceau par-ci, un morceau par-là. Depuis que le feu s'est apaisé, les guêpes sont revenues en grand nombre, elles vrombissent très fort, elles dansent autour des mains de Lalla, elles s'accrochent dans ses cheveux. Lalla n'a pas peur d'elles. Elle les écarte doucement, et elle leur lance encore un morceau de viande boucanée, puisque pour elles aussi, c'est le jour d'exception.

Ensuite, elle va vers la mer, elle suit le chemin étroit qui conduit jusqu'aux dunes. Mais elle ne va pas jusqu'à l'eau. Elle reste de l'autre côté des dunes, à l'abri du vent, et elle cherche un creux dans le sable, pour s'allonger. Quand elle a trouvé un coin où il n'y a pas trop de chardons ni de fourmis, elle s'étend sur le dos, les bras le long du corps, et elle reste les yeux ouverts sur le ciel. Il y a de gros nuages blancs qui circulent. Il y a le bruit lent de la mer qui racle le sable de la plage, et c'est bien de l'entendre sans la voir. Il y a les cris des goélands qui glissent sur le vent, qui font clignoter la lumière du soleil. Il y a les bruits des arbustes secs, les petites feuilles des acacias, le froissement des aiguilles des filaos, comme de l'eau. Il y a encore quelques guêpes qui vrombissent autour des mains de Lalla, parce qu'elles sentent l'odeur de la viande.

Alors Lalla essaie à nouveau d'entendre la voix étrangère qui chante, très loin, comme d'un autre pays, la voix qui monte et descend souplement, claire, pareille au bruit des fontaines, pareille à la lumière du soleil. Le ciel, devant elle, se voile peu à peu, mais la nuit met très longtemps à venir, parce que c'est la fin de l'hiver et le commencement de la saison de la lumière. Le crépuscule est gris d'abord, puis rouge, avec de grands nuages pareils à des crinières de flamme. Lalla reste allongée dans son creux de sable, entre les dunes, sans quitter le ciel et les nuages des yeux. Elle entend réellement, à l'intérieur du bruit de la mer et du vent, dans les cris aigus des mouettes qui cherchent leur plage de la nuit, elle entend la douce voix qui répète sa complainte, la voix claire mais qui tremble un peu comme si elle savait déjà que la mort va venir l'éteindre, la voix pure comme l'eau qu'on boit sans se rassasier après les longs jours de feu. C'est une musique qui naît du ciel et des nuages, qui résonne dans le sable des dunes, qui s'étend partout et qui vibre, même dans les feuilles sèches des chardons. Elle chante pour Lalla, pour elle seulement, elle l'enveloppe et la baigne de son eau douce, elle passe la main dans ses cheveux, sur son front, sur ses lèvres, elle dit son amour, elle descend sur elle et donne sa bénédiction. Alors Lalla se retourne et cache son visage dans le sable, parce que quelque chose se défait en elle, se brise, et les larmes coulent silencieusement. Personne ne vient poser sa main sur ses épaules, et dire : « Pourquoi pleures-tu, petite Lalla ? » Mais la voix étrangère fait couler ses larmes tièdes, elle remue au fond d'elle des images qui étaient immobiles depuis des années. Les larmes coulent dans le sable et font une petite tache sous son menton, collent le sable à ses joues, à ses lèvres. Puis, tout d'un coup, il n'y a plus rien. La voix au fond du ciel s'est tue. La nuit est venue, maintenant, une belle nuit de velours bleu sombre où les étoiles brillent entre les nuages phosphorescents. Lalla frissonne, comme au passage de la fièvre. Elle marche au hasard, le long des dunes, au milieu du clignotement des lucioles. Comme elle a peur des serpents, elle retourne sur l'étroit chemin où il y a encore la marque de ses pieds, et elle va lentement vers la Cité où la fête continue.

Lalla attend quelque chose. Elle ne sait pas très bien quoi, mais elle attend. Les jours sont longs, à la Cité, les jours de pluie, les jours de vent, les jours de l'été. Quelquefois Lalla croit qu'elle attend seulement que les jours arrivent, mais quand ils sont là, elle s'aperçoit que ce n'étaient pas eux. Elle attend, c'est tout. Les gens ont beaucoup de patience, peut-être qu'ils attendent toute leur vie quelque chose, et que jamais rien n'arrive.

Les hommes restent assis souvent, sur une pierre, au soleil, la tête couverte d'un pan de manteau ou d'une serviette-éponge. Ils regardent devant eux. Qu'est-ce qu'ils regardent? L'horizon poussiéreux, les chemins où roulent les camions, pareils à de gros scarabées de toutes les couleurs, et les silhouettes des collines de pierres, les nuages blancs qui avancent dans le ciel. C'est cela qu'ils regardent. Ils n'ont pas envie d'autre chose. Les femmes attendent aussi, devant la fontaine, sans parler, voilées de noir, leurs pieds nus posés bien à plat sur la terre.

Même les enfants savent attendre. Ils s'assoient devant la maison de l'épicier, et ils attendent, comme cela, sans jouer, sans crier. De temps à autre, l'un d'entre eux se lève et va échanger ses pièces de monnaie contre une bouteille de Fanta, ou contre une poignée de bonbons à la menthe. Les autres le regardent, sans rien dire.

Il y a des jours où l'on ne sait pas où on va, où l'on ne sait pas ce qui va arriver. Tout le monde guette dans la rue, et sur le bord de la route, les enfants en haillons attendent l'arrivée de l'autocar bleu, ou le passage des gros camions qui apportent le gas-oil, le bois, le ciment. Lalla connaît bien le bruit des camions. Quelquefois, elle va s'asseoir avec les autres enfants, sur le talus de pierres neuves, à l'entrée de la Cité. Quand un camion arrive, tous les enfants se tournent vers le bout de la route, très loin, là où l'air danse au-dessus du goudron et fait onduler les collines. On entend le bruit du moteur longtemps avant que le camion n'ait apparu. C'est un grondement aigu, presque un sifflement, avec de temps en temps un coup de klaxon qui résonne et fait des échos sur les murs des maisons. Puis on voit un nuage de poussière, un nuage jaune où se mêle la fumée bleue du moteur. Le camion rouge arrive à toute vitesse sur la route de goudron. Au-dessus de la cabine du chauffeur, il y a une cheminée qui crache la vapeur bleue, et le soleil brille fort sur le pare-brise et sur les chromes. Les pneus dévorent la route de goudron, il va en zigzaguant un peu à cause du vent, et chaque fois que les roues de la semi-remorque mordent sur les bas-côtés de la route, cela fait un nuage de poussière qui jaillit vers le ciel. Puis, il passe devant les enfants, en klaxonnant très fort, et la terre tremble sous ses quatorze pneus noirs, et le vent de poussière et l'odeur âcre de l'essence brûlée passe sur eux comme une haleine chaude.

Longtemps après, les enfants parlent encore du camion rouge, et ils racontent des histoires de camions, de camions rouges, de camions-citernes blancs, et de camions-grues jaunes.

C'est comme cela, quand on attend. On va beaucoup voir les routes, les ponts et la mer, pour voir passer ceux qui ne restent pas, ceux qui s'en vont.

Il y a des jours qui sont plus longs que les autres, parce

qu'on a faim. Lalla connaît bien ces jours-là, quand il n'y a plus du tout d'argent à la maison, et qu'Aamma n'a pas trouvé de travail à la ville. Même Selim, le Soussi, le mari d'Aamma ne sait plus où chercher de l'argent, et tout le monde devient sombre, triste, presque méchant. Alors Lalla reste dehors toute la journée, elle va le plus loin possible, sur le plateau de pierres, là où vivent les bergers, et elle recherche le Hartani.

C'est toujours comme cela ; quand elle a très envie de le voir, il apparaît dans un creux, assis sur une pierre, la tête enveloppée dans un linge blanc. Il surveille ses moutons et ses chèvres. Son visage est noir, ses mains sont maigres et puissantes comme les mains d'un vieillard. Il partage son pain noir et ses dattes avec Lalla, et il donne même quelques morceaux aux bergers qui se sont approchés. Mais il fait cela sans orgueil, comme si ce qu'il donnait n'avait pas d'importance.

Lalla le regarde de temps à autre. Elle aime son visage impassible, son profil d'aigle, et la lumière qui brille au fond de ses yeux sombres. Lui aussi, le Hartani, il attend quelque chose, mais il est peut-être le seul à savoir ce qu'il attend. Il ne le dit pas, puisqu'il ne sait pas parler le langage des hommes. Mais dans son regard on peut deviner ce qu'il attend, ce qu'il cherche. C'est comme si une partie de lui-même était restée au lieu de sa naissance, au-delà des collines de pierres et des montagnes enneigées, dans l'immensité du désert, et qu'il devait un jour retrouver cette partie de lui-même, pour être tout à fait un.

Lalla reste avec le berger tout le jour, seulement elle n'approche pas trop de lui. Elle s'assoit sur une pierre, pas très loin de lui, et elle regarde devant elle, elle regarde l'air qui danse et se bouscule au-dessus de la vallée desséchée, la lumière blanche qui fait des étincelles, et les cheminements lents des moutons et des chèvres au milieu des pierres blanches.

Lorsque ce sont des jours tristes, des jours d'angoisse, il n'y a que le Hartani qui puisse être là, et qui n'ait pas besoin de paroles. Un regard suffit, et il sait donner du pain et des dattes sans rien attendre en échange. Il préfère même qu'on reste à quelques pas de lui, comme font les chèvres et les moutons, qui n'appartiennent jamais tout à fait à personne.

Tout le jour, Lalla écoute les cris des bergers dans les collines, les coups de sifflet qui trouent le silence blanc. Quand elle retourne vers la Cité de planches et de papier goudronné, elle se sent plus libre, même si Aamma la gronde parce qu'elle n'a rien apporté à manger.

C'est un de ces jours-là qu'Aamma a conduit Lalla chez la marchande de tapis. C'est de l'autre côté de la rivière, dans un quartier pauvre de la ville, dans une grande maison blanche aux fenêtres étroites garnies de grillage. Quand elle entre dans la salle qui sert d'atelier, Lalla entend le bruit des métiers à tisser. Il y en a vingt, peut-être plus, alignés les uns derrière les autres, dans la pénombre laiteuse de la grande salle, où clignotent trois barres de néon. Devant les métiers, de petites filles sont accroupies, ou assises sur des tabourets. Elles travaillent vite, poussent la navette entre les fils de la chaîne, prennent les petits ciseaux d'acier, coupent les mèches, tassent la laine sur la trame. La plus âgée doit avoir quatorze ans, la plus jeune n'a probablement pas huit ans. Elles ne parlent pas, elles ne regardent même pas Lalla qui entre dans l'atelier avec Aamma et la marchande de tapis. La marchande s'appelle Zora, c'est une grande femme vêtue de noir, qui tient toujours dans ses mains grasses une baguette souple avec laquelle elle frappe les jambes et les épaules des petites filles qui ne travaillent pas assez vite, ou qui parlent à leur voisine.

« Est-ce qu'elle a déjà travaillé ? » demande-t-elle, sans même un regard pour Lalla.

Aamma dit qu'elle lui a montré comment on tissait, autrefois. Zora hoche la tête. Elle semble très pâle, peut-être à cause de sa robe noire, ou bien parce qu'elle ne sort jamais de son magasin. Elle marche lentement jusqu'à un métier inoccupé, où il y a un grand tapis rouge sombre à points blancs.

« Elle va terminer celui-ci », dit-elle.

Lalla s'assoit, et commence le travail. Pendant plusieurs heures, elle travaille dans la grande salle sombre, en faisant des gestes mécaniques avec ses mains. Au début, elle est obligée de s'arrêter parce que ses doigts se fatiguent, mais elle sent sur elle le regard de la grande femme pâle, et elle reprend aussitôt le travail. Elle sait que la femme pâle ne lui donnera pas de coups de baguette, parce qu'elle est plus âgée que les autres filles qui travaillent. Quand leurs regards se croisent, cela fait comme un choc au fond d'elle, et il y a une étincelle de colère dans les yeux de Lalla. Mais la grosse femme vêtue de noir se venge sur les plus petites, celles qui sont maigres et craintives comme des chiennes, les filles de mendiants, les filles abandonnées qui vivent toute l'année dans la maison de Zora, et qui n'ont pas d'argent. Dès qu'elles ralentissent leur travail, ou si elles échangent quelques mots en chuchotant, la grosse femme pâle se précipite sur elles avec une agilité surprenante, et elle cingle leur dos avec sa baguette. Mais les petites filles ne pleurent jamais. On n'entend que le sifflement de la baguette et le coup sourd sur leurs dos. Lalla serre les dents, elle penche sa tête vers le sol pour ne pas voir ni entendre, parce qu'elle voudrait crier et frapper à son tour sur Zora. Mais elle ne dit rien à cause de l'argent qu'elle doit ramener à la maison pour Aamma. Seulement, pour se venger, elle fait de travers quelques nœuds dans le tapis rouge.

Le jour suivant, pourtant, Lalla n'en peut plus. Comme

la grosse femme pâle recommence à donner des coups de canne à Mina, une petite fille de dix ans à peine, toute maigre et chétive, parce qu'elle avait cassé sa navette, Lalla se lève et dit froidement :

« Ne la battez plus ! »

Zora regarde un moment Lalla, sans comprendre. Son visage gras et pâle a pris une telle expression de stupidité que Lalla répète :

« Ne la battez plus ! »

Tout à coup le visage de Zora se déforme, à cause de la colère. Ell donne un violent coup de canne à la figure de Lalla, mais la baguette ne la touche qu'à l'épaule gauche, parce que Lalla a su esquiver le coup.

« Tu vas voir si je vais te battre ! » crie Zora, et son visage est maintenant un peu coloré.

« Lâche ! Méchante femme ! »

Lalla empoigne la canne de Zora et elle la casse sur son genou. Alors c'est la peur qui déforme le visage de la grosse femme. Elle recule, en bégayant :

« Va-t'en ! Va-t'en ! Tout de suite ! Va-t'en ! »

Mais déjà Lalla court à travers la grande salle, elle bondit au-dehors, à la lumière du soleil ; elle court sans s'arrêter, jusqu'à la maison d'Aamma. La liberté est belle. On peut regarder de nouveau les nuages qui glissent à l'envers, les guêpes qui s'affairent autour des petits tas d'ordures, les lézards, les caméléons, les herbes qui tremblotent dans le vent. Lalla s'assoit devant la maison, à l'ombre du mur de planches, et elle écoute avidement tous les bruits minuscules. Quand Aamma revient, vers le soir, elle lui dit simplement :

« Je n'irai plus travailler chez Zora, plus jamais. »

Aamma la regarde un instant, mais elle ne dit rien.

C'est à partir de ce jour-là que les choses ont changé réellement pour Lalla, ici, à la Cité. C'est comme si elle était devenue grande tout d'un coup, et que les gens avaient commencé à la voir. Même les fils d'Aamma ne sont plus comme avant, durs et méprisants. Elle regrette un peu, parfois, le temps où elle était vraiment petite, quand elle venait juste d'arriver à la Cité, et que personne ne savait son nom, et qu'elle pouvait se cacher derrière un arbuste, dans un seau, dans une boîte de carton. Elle aimait bien cela, être comme une ombre, aller et venir sans qu'on la voie, sans qu'on lui parle.

Il n'y a que le vieux Naman, et le Hartani, qui n'aient pas changé. Naman le pêcheur raconte toujours des histoires invraisemblables, tandis qu'il répare ses filets sur la plage, ou quand il vient manger des galettes de maïs chez Aamma. Il n'attrape plus guère de poisson, mais les gens l'aiment bien et continuent à l'inviter chez eux. Ses yeux clairs sont transparents comme de l'eau, et son visage est cousu de rides profondes comme les cicatrices d'anciennes blessures.

Aamma l'écoute parler de l'Espagne, de Marseille, de Paris, et de toutes ces villes qu'il a vues, où il a marché, où il connaît les noms des rues et les noms des gens. Aamma lui pose des questions, lui demande si son frère peut l'aider, là-bas, à trouver du travail. Naman hoche la tête : « Pourquoi pas ? » C'est sa réponse à tout, mais il promet tout de même d'écrire à son frère. Mais c'est compliqué de partir, il faut de l'argent, des papiers. Aamma reste pensive, les yeux fixés au loin, elle rêve aux villes blanches où il y a tant de rues, de maisons, d'autos. C'est cela qu'elle attend, peut-être.

Lalla n'y pense pas trop, elle. Ça lui est égal. Elle regarde les yeux de Naman, et c'est un peu comme si elle avait connu ces mers, ces pays, ces maisons.

Le Hartani n'y pense pas non plus. Lui, il reste toujours comme un enfant, bien qu'il soit aussi grand et aussi fort qu'un adulte. Son corps est mince et allongé, son visage est pur et lisse comme un morceau d'ébène. C'est peut-être parce qu'il ne sait pas parler le langage des autres hommes.

Il est toujours assis sur un rocher, les yeux fixés au loin, vêtu de sa robe de bure et de son linge blanc rabattu sur son visage. Autour de lui, il y a toujours les bergers noirs comme lui, sauvages, vêtus de haillons, qui bondissent de roche en roche en sifflant. Lalla aime bien venir chez eux, dans cet endroit plein de lumière blanche, là où le temps ne passe pas, là où on ne peut pas grandir.

L'homme est entré dans la maison d'Aamma, un matin, au commencement de l'été. C'était un homme de la ville, habillé avec un complet veston gris à reflets verts, des chaussures de cuir noir qui brillaient comme des miroirs. Il est venu avec quelques cadeaux pour Aamma et pour ses fils, un miroir électrique encastré dans du plastique blanc, un poste de radio à transistors pas plus grand qu'une boîte d'allumettes, des stylos à capuchon doré, et un sac plein de sucre et de boîtes de conserve. Quand il est entré dans la maison, il a croisé Lalla sur la porte, mais il l'a à peine regardée. Il a déposé tous ses cadeaux par terre, Aamma lui a dit de s'asseoir, et il a cherché des yeux un siège, mais il n'y avait que des coussins et le coffre en bois de Lalla Hawa, qu'Aamma avait rapporté du Sud avec Lalla. C'est sur le coffre que l'homme s'est assis, après l'avoir un peu essuyé avec le plat de sa main. L'homme a attendu qu'on lui apporte du thé et des gâteaux sucrés.

Quand elle a appris, un peu plus tard, que l'homme était venu pour la demander en mariage, Lalla a eu très peur. Cela a fait comme un étourdissement dans sa tête, et son cœur s'est mis à battre très fort. Ce n'est pas Aamma qui lui a parlé de cela, mais le Bareki, le fils aîné d'Aamma :

« Notre mère a décidé de te marier avec lui, parce qu'il est très riche. »

192

« Mais je ne veux pas me marier ! » a crié Lalla.

« Tu n'as rien à dire, tu dois obéir à ta tante », a dit le Bareki.

« Jamais ! Jamais !... » Lalla est partie en criant, les yeux pleins de larmes de rage.

Puis elle est revenue dans la maison d'Aamma. L'homme au complet veston gris-vert était parti, mais les cadeaux étaient là. Ali, le plus jeune fils d'Aamma, écoutait même de la musique, le minuscule poste à transistors appuyé contre son oreille. Quand Lalla est entrée, il l'a regardée d'un air sournois.

Lalla a parlé durement à Aamma :

« Pourquoi as-tu gardé les cadeaux de cet homme ? Je ne me marierai pas avec lui. »

Le fils d'Aamma a ricané.

« Elle veut peut-être se marier avec le Hartani ! »

« Sors ! » a dit Aamma. Le jeune garçon s'en va avec le transistor.

« Tu ne peux pas m'obliger à épouser cet homme ! » dit Lalla.

« Ce sera un bon mari pour toi », dit Aamma. « Il n'est plus très jeune, mais il est riche, il a une grande maison, à la ville, et il connaît beaucoup de gens puissants. Tu dois l'épouser. »

« Je ne veux pas me marier, jamais ! »

Aamma reste silencieuse un bon moment. Quand elle parle de nouveau, sa voix s'est radoucie, mais Lalla reste sur ses gardes.

« Je t'ai élevée comme ma fille, je t'aime, et toi, aujourd'hui, tu veux me faire cet affront. »

Lalla regarde Aamma avec colère, parce qu'elle découvre pour la première fois ce qu'il y a de mensonger en elle.

« Ça m'est égal », dit-elle. « Je ne veux pas me marier avec cet homme. Je ne veux pas de ces cadeaux ridicules ! »

Elle montre le miroir électrique qui est debout sur son socle, posé sur le sol de terre battue.

« Tu n'as même pas l'électricité ! »

Puis, tout d'un coup, elle en a assez. Elle sort de la maison d'Aamma, et elle va jusqu'à la mer. Mais cette fois, elle ne court pas sur le sentier ; elle marche très lentement. Aujourd'hui, plus rien n'est pareil. C'est comme si toutes les choses étaient ternies, usées à force d'être vues.

« Il va falloir partir », dit Lalla à haute voix, pour elle-même. Mais elle pense tout de suite qu'elle ne sait même pas où aller. Alors, elle passe de l'autre côté des dunes, et elle marche sur la grande plage, à la recherche du vieux Naman. Elle voudrait bien qu'il soit là, comme toujours, assis sur une racine du vieux figuier, en train de réparer ses filets. Elle lui poserait toutes sortes de questions, au sujet de ces villes d'Espagne aux noms magiques, Algésiras, Malaga, Granada, Teruel, Saragoza, et de ces ports d'où partent les navires grands comme des villes, des routes où les autos vont vers le nord, des trains qui s'en vont, des avions. Elle voudrait l'écouter parler pendant des heures de ces montagnes enneigées, de ces tunnels, des fleuves qui sont grands comme la mer, des plaines couvertes de blé, des forêts immenses, et surtout de ces villes parfumées, où sont les palais blancs, les églises, les fontaines, les magasins rutilants de lumière. Paris, Marseille, et toutes ces rues, les maisons si hautes qu'on voit à peine le ciel, les jardins, les cafés, les hôtels, et les carrefours où l'on rencontre des gens venus de tous les côtés de la terre.

Mais Lalla ne trouve pas le vieux pêcheur. Il n'y a que la mouette blanche qui vole lentement, face au vent, qui fait des virages au-dessus de sa tête. Lalla crie :

« Ohé ! Ohé ! Prince ! »

L'oiseau blanc fait encore quelques passages au-dessus

de Lalla, puis il s'en va très vite, emporté par le vent dans la direction du fleuve.

Alors Lalla reste longtemps sur la plage, rien qu'avec le bruit du vent et de la mer dans les oreilles.

Les jours suivants, personne n'a plus parlé de rien, dans la maison d'Aamma, et l'homme au complet veston gris-vert n'est pas revenu. Le petit poste de radio à transistors était déjà démoli, et les boîtes de conserve avaient été toutes mangées. Seul le miroir électrique en matière plastique est resté à l'endroit où on l'avait posé, sur la terre battue, près de la porte.

Lalla a mal dormi toutes ces nuits-là, tressaillant au moindre bruit. Elle se souvenait des histoires qu'on racontait, des filles qu'on avait enlevées de force, pendant la nuit, parce qu'elles ne voulaient pas se marier. Chaque matin, au lever du soleil, Lalla sortait avant tout le monde, pour se laver et pour aller chercher de l'eau à la fontaine. Comme cela, elle pouvait surveiller l'entrée de la Cité.

Et puis il y a eu le vent de malheur qui a soufflé sur le pays, plusieurs jours de suite. Le vent de malheur est un vent étrange, qui ne vient ici qu'une ou deux fois dans l'année, à la fin de l'hiver, ou en automne. Ce qui est le plus étrange, c'est qu'on ne le sent pas bien au début. Il ne souffle pas très fort, et par moments il s'éteint complètement, et on l'oublie. Ce n'est pas un vent froid comme celui des tempêtes, au cœur de l'hiver, quand la mer lève ses vagues furieuses. Ce n'est pas non plus un vent brûlant et desséchant comme celui qui vient du désert, et qui allume la lueur rouge des maisons, qui fait crisser le sable sur les toits de tôle et de papier goudronné. Non, le vent de malheur est un vent très doux qui tourbillonne, qui lance quelques rafales, puis qui pèse sur les toits des maisons, qui pèse sur les épaules et sur la poitrine des hommes.

Quand il est là, l'air devient plus chaud et plus lourd, comme s'il y avait du gris partout.

Quand il vient, ce vent lent et doux, les gens tombent malades, un peu partout, les petits enfants et les gens âgés surtout, et ils meurent. C'est pour cela qu'on l'appelle le vent de malheur.

Quand il a commencé à souffler, cette année-là, sur la Cité, Lalla l'a tout de suite reconnu. Elle a vu les nuages de poussière grise qui avançaient sur la plaine, qui brouillaient la mer et l'estuaire de la rivière. Alors les gens ne sortaient plus qu'enveloppés dans leurs manteaux, malgré la chaleur. Il n'y avait plus de guêpes, et les chiens se sont cachés, le nez dans la poussière, dans les creux au pied des maisons. Lalla était triste, parce qu'elle pensait à ceux que le vent allait emmener avec lui. Alors, quand elle a entendu dire que le vieux Naman était malade, son cœur s'est serré et elle n'a plus pu respirer pendant un instant. Elle n'avait jamais vraiment ressenti cela auparavant, et elle a dû s'asseoir pour ne pas tomber.

Ensuite elle a marché et couru jusqu'à la maison du pêcheur. Elle pensait qu'il y aurait du monde auprès de lui, pour l'aider, pour le soigner, mais Naman était tout seul, couché sur sa natte de paille, la tête appuyée sur son bras. Il grelotte si fort que ses dents claquent, et qu'il ne peut même pas se redresser sur les coudes quand Lalla entre dans sa maison. Il sourit un peu, et ses yeux brillent plus fort quand il reconnaît Lalla. Ses yeux ont toujours la couleur de la mer, mais son visage maigre est devenu d'un blanc un peu gris qui fait peur.

Elle s'assoit à côté de lui et elle lui parle, à voix presque basse. D'habitude, c'est lui qui raconte les histoires et elle qui écoute, mais aujourd'hui, tout est changé. Lalla lui parle de n'importe quoi, pour calmer son angoisse et pour essayer de donner de la chaleur au vieil homme. Elle lui raconte ce qu'il a lui-même conté autrefois, à propos de ses voyages dans les villes de l'Espagne et de la France. Elle lui parle de cela comme si c'était elle qui les avait vues, ces villes, comme si c'était elle qui avait fait ces grands voyages. Elle lui parle des rues d'Algésiras, des rues étroites et sinueuses près du port, où l'on sent le vent de la mer et l'odeur du poisson, puis la gare aux quais recouverts de carreaux bleus, et les grands ponts du chemin de fer qui enjambent les ravins et les rivières. Elle lui parle des rues de Cádiz, des jardins aux fleurs multicolores, des grands palmiers alignés devant les palais blancs, et de toutes ces rues où va et vient la foule, avec les autos noires, les autobus, au milieu des reflets de miroirs, devant les immeubles haut comme des falaises de marbre. Elle parle des rues de toutes les villes, comme si elle y avait marché, Sevilla, Córdoba, Granada, Almaden, Toledo, Aranjuez, et de la ville si grande qu'on pourrait s'y perdre pendant des jours. Madris, où les gens viennent de tous les coins de la terre.

Le vieux Naman écoute Lalla sans rien dire, sans bouger, mais ses yeux clairs brillent fort, et Lalla sait qu'il aime bien entendre ces histoires. Quand elle s'arrête de parler, elle entend le corps du vieil homme qui tremble et sa respiration qui siffle : alors elle se dépêche de continuer pour ne plus entendre ces bruits terribles.

Maintenant elle parle de la grande ville de Marseille en France, du port aux quais immenses où sont amarrés les bateaux de tous les pays du monde, les cargos grands comme des citadelles, avec des châteaux très hauts et des mâts plus larges que des arbres, les paquebots si blancs, aux milliers de fenêtres, et qui portent des noms étranges, des pavillons mystérieux, des noms de villes, Odessa, Riga, Bergen, Limasol. Dans les rues de Marseille, la foule se presse, avance, entre et sort sans cesse des magasins géants, se bouscule devant les cafés, les restaurants, les cinémas, et les autos noires roulent dans les avenues dont on ne connaît pas la fin, et les trains survolent les toits sur les ponts suspendus, et les avions décollent et tournent lentement dans le ciel gris, au-dessus des immeubles et des terrains vagues. Quand c'est midi, les cloches des églises carillonnent, et leur bruit se répercute le long des rues, sur les esplanades, dans la profondeur des tunnels souterrains. La nuit, la ville s'illumine, les phares balayent la mer de leurs pinceaux de lumière, les feux des voitures scintillent. Les rues étroites sont silencieuses, et les bandits armés de couteaux américains guettent dans l'encoignure des portes les passants attardés. Quelquefois il y a de terribles batailles dans les terrains vagues, ou bien sur les quais, à l'ombre des cargos endormis.

Lalla parle si longtemps, et sa voix est si douce que le vieux Naman s'endort. Quand il est endormi, son corps cesse de trembler et la respiration devient plus régulière. Alors Lalla peut sortir enfin de la maison du pêcheur, les yeux tout endoloris par la lumière du dehors.

Il y a beaucoup de gens qui souffrent du vent de malheur, les pauvres, les enfants très jeunes. Quand elle passe devant leurs maisons, Lalla entend leurs plaintes, les voix geignardes des femmes, les pleurs des enfants, et elle sait que là aussi, peut-être, quelqu'un va mourir. Elle est triste, elle voudrait bien être loin, de l'autre côté de la mer, dans ces villes qu'elle a inventées pour le vieux Naman.

Mais l'homme au complet veston gris-vert est revenu. Lui, il ne sait sûrement pas qu'il y a le vent de malheur qui souffle sur la Cité de planches et de papier goudronné ; de toute façon, ça lui serait bien égal, parce que le vent de malheur ne touche pas les gens comme lui. Lui, il est étranger au malheur, à tout cela.

Il est revenu dans la maison d'Aamma, et il a rencontré Lalla devant la porte. Quand elle l'a vu, elle a eu peur, et

198

elle a poussé un petit cri, parce qu'elle était sûre qu'il reviendrait, et qu'elle appréhendait ce moment-là. L'homme au complet veston gris-vert l'a regardée avec un drôle d'air. Il a des yeux fixes et durs, comme les gens qui commandent, et la peau de son visage est blanche et sèche, avec l'ombre bleue de la barbe sur le menton et sur les joues. Il porte d'autres sacs qui contiennent des cadeaux. Lalla s'écarte quand il passe devant elle, et elle regarde les paquets. L'homme se trompe sur son regard, il fait un pas vers elle, en tendant les cadeaux. Mais Lalla bondit aussi vite qu'elle peut, elle s'en va en courant, sans se retourner, jusqu'à ce qu'elle sente sous ses pieds le sable du sentier qui mène vers les collines de pierres.

Elle ne sait pas où le sentier s'arrête. Les yeux brouillés de larmes, le cœur serré, Lalla marche le plus vite qu'elle peut. Ici, le soleil brûle toujours plus fort, comme si on était plus près du ciel. Mais le vent lourd ne souffle pas sur les collines couleur de brique et de craie. Les pierres sont dures, cassées en lames, hérissées ; les arbustes noirs sont couverts d'épines, auxquelles sont accrochées par-ci par-là des touffes de laine de moutons ; même les brins d'herbe coupent comme des couteaux. Lalla marche longtemps à travers les collines. Certaines sont hautes et abruptes, avec des falaises pareilles à des murs ; d'autres sont petites, à peine comme des tas de cailloux, et on dirait qu'elles ont été construites par des enfants.

Chaque fois que Lalla arrive dans ce pays, elle sent qu'elle n'appartient plus au même monde, comme si le temps et l'espace devenaient plus grands, comme si la lumière ardente du ciel entrait dans ses poumons et les dilatait, et que tout son corps devenait semblable à celui d'une géante, qui vivrait très longuement, très lentement.

Sans se presser, maintenant, Lalla monte le long du lit d'un torrent sec, vers le grand plateau de pierres, là où demeure celui qu'elle appelle Es Ser.

Elle ne sait pas bien pourquoi elle va dans cette direction ; c'est un peu comme s'il y avait deux Lalla, une qui ne savait pas, aveuglée par l'angoisse et par la colère, fuyant le vent de malheur, et l'autre qui savait et qui faisait marcher les jambes dans la direction de la demeure d'Es Ser. Alors elle monte vers le plateau de pierres, la tête vide, sans comprendre. Ses pieds nus retrouvent les traces anciennes, que le vent et le soleil n'ont pu effacer.

Lentement, elle monte vers le plateau de pierres. Le soleil brûle son visage et ses épaules, brûle ses jambes et ses mains. Mais elle le sent à peine. C'est la lumière qui libère, qui efface la mémoire, qui rend pur comme une pierre blanche. La lumière lave le vent du malheur, brûle les maladies, les malédictions.

Lalla avance, les yeux presque fermés à cause de la réverbération de la lumière, et la sueur colle la robe à son ventre, à sa poitrine, sur son dos. Jamais peut-être il n'y a eu autant de lumière sur la terre, et jamais Lalla n'a eu pareillement soif d'elle, comme si elle venait d'une vallée sombre où règnent toujours la mort et l'ombre. L'air ici est immobile, il tremble et vibre sur place, et on croit entendre le bruit des ondes de la lumière, l'étrange musique qui ressemble au chant des abeilles.

Quand elle arrive sur l'immense plateau désert, le vent souffle à nouveau contre elle, la fait vaciller. C'est un vent froid et dur, qui ne cesse pas, qui s'appuie sur elle et la fait grelotter dans ses habits trempés de sueur. La lumière est très éblouissante, elle éclate dans le vent, ouvrant des étoiles au sommet des rochers. Ici, il n'y a pas d'herbes, il n'y a pas d'arbres ni d'eau, seulement la lumière et le vent depuis des siècles. Il n'y a pas de chemins, pas de traces humaines. Lalla avance au hasard, au centre du plateau où ne vivent que les scorpions et les scolopendres. C'est un lieu où personne ne va, ni même les bergers du désert, et quand une de leurs bêtes s'y égare, ils bondissent en sifflant et la font courir en arrière à coups de pierres.

Lalla marche lentement, les yeux presque fermés, posant le bout de ses pieds nus sur les roches brûlantes. C'est comme d'être dans un autre monde, près du soleil, en équilibre, près de tomber. Elle avance, mais le cœur d'elle est absent, ou plutôt, tout son être est en avant d'elle-même, dans son regard, dans ses sens aux aguets ; seul son corps est en retard, encore hésitant sur les roches aux arêtes qui coupent.

Elle attend avec impatience celui qui doit venir maintenant, elle le sait, il le faut. Dès qu'elle a commencé à courir, pour échapper à l'homme au complet veston gris-vert, pour échapper à la mort du vieux Naman, elle a su que quelqu'un l'attendait sur le plateau de pierres, là où il n'y a pas d'hommes. C'est le guerrier du désert voilé de bleu, dont elle ne connaît que le regard aigu comme une lame. Il l'a regardée du haut des collines désertes, et son regard est venu jusqu'à elle et l'a touchée, l'a attirée jusqu'ici, sans détour.

Maintenant elle est immobile au centre du grand plateau de pierres. Autour d'elle il n'y a rien, seulement ces amoncellements de cailloux, cette poudre de lumière, ce vent froid et dur, ce ciel intense, sans nuage, sans vapeur.

Lalla reste sans bouger, debout sur une grande dalle de pierre un peu en pente, une dalle dure et sèche qu'aucune eau n'a polie. La lumière du soleil frappe sur elle, vibre sur son front, sur sa poitrine, dans son ventre, la lumière qui est un regard.

Le guerrier bleu va sûrement venir, maintenant. Il ne peut plus tarder. Lalla croit entendre le crissement de ses pas dans la poussière, son cœur bat très fort. Les tourbillons de lumière blanche l'enveloppent, enroulent leurs flammes autour de ses jambes, se mêlent à ses cheveux, et elle sent la langue râpeuse qui brûle ses lèvres et ses paupières. Les larmes salées coulent sur ses joues, entrent dans sa bouche, la sueur salée coule goutte à goutte de ses aisselles, pique ses côtes, descend en ruisseaux le long de son cou, entre ses omoplates. Le guerrier bleu du désert doit venir, maintenant, son regard sera brûlant comme la lumière du soleil.

Mais Lalla reste seule au milieu du plateau désert, debout sur sa dalle un peu penchée. Le vent froid la brûle, le vent terrible qui n'aime pas la vie des hommes, il souffle pour l'abraser, pour la réduire en poudre. Le vent qui souffle ici n'aime guère que les scorpions et les scolopendres, les lézards et les serpents, à la rigueur les renards au pelage brûlé. Mais Lalla n'a pas peur de lui, parce qu'elle sait que quelque part, entre les rochers, ou bien dans le ciel, il y a le regard de l'Homme Bleu, celui qu'elle appelle Es Ser, le Secret, parce qu'il se cache. C'est lui qui va venir certainement, son regard va aller droit au fond d'elle et lui donnera la force de combattre l'homme au complet veston, et la mort qui est près de Naman ; la transformera en oiseau, la lancera au milieu de l'espace ; alors peut-être qu'elle pourra enfin rejoindre la grande mouette blanche qui est un prince, et qui vole infatigablement au-dessus de la mer.

Quand le regard arrive sur elle, cela fait un grand tourbillon dans sa tête, comme une vague de lumière qui se déroule. Le regard d'Es Ser est plus brillant que le feu, d'une lueur bleue et brûlante à la fois comme celle des étoiles.

Lalla cesse de respirer quelques instants. Ses yeux sont dilatés. Elle s'accroupit dans la poussière, les yeux fermés, la tête renversée en arrière, parce qu'il y a un poids terrible dans cette lumière, un poids qui entre en elle et la rend lourde comme la pierre.

Il est venu. Encore une fois, sans faire de bruit, en glissant au-dessus des cailloux aigus, vêtu comme les anciens guerriers du désert, avec un grand manteau de laine blanche, et son visage est voilé d'un tissu bleu de nuit. Lalla le regarde de toutes ses forces, qui avance dans son rêve. Elle voit ses mains teintées d'indigo, elle voit la lueur qui jaillit de son regard sombre. Il ne parle pas. Il ne parle jamais. C'est avec son regard qu'il sait parler, car il vit dans un monde où il n'y a plus besoin des paroles des hommes. Autour de son manteau blanc, il y a de grands tourbillons de lumière d'or, comme si le vent soulevait des nuages de sable. Mais Lalla n'entend que les coups de son propre cœur, qui bat très lentement, très loin.

Lalla n'a pas besoin de paroles. Elle n'a pas besoin de poser de questions, ni même de penser. Les yeux fermés, accroupie dans la poussière, elle sent le regard de l'Homme Bleu posé sur elle, et la chaleur pénètre son corps, vibre dans ses membres. C'est cela qui est extraordinaire. La chaleur du regard va dans chaque recoin d'elle, chasse les douleurs, la fièvre, les caillots, tout ce qui obstrue et fait mal.

Es Ser ne bouge pas. Maintenant il est debout devant elle, tandis que les vagues de lumière s'enroulent et glissent autour de son manteau. Que fait-il ? Lalla n'a plus de crainte, elle sent la chaleur grandir en elle, comme si les rayons traversaient son visage, illuminaient tout son corps.

Elle voit ce qu'il y a dans le regard de l'Homme Bleu. C'est autour d'elle, à l'infini, le désert qui rutile et ondoie, les gerbes d'étincelles, les lentes vagues des dunes qui avancent vers l'inconnu. Il y a des cités, de grandes villes blanches aux tours fines comme les troncs des palmiers, des palais rouges ornés de feuillages, de lianes, de fleurs géantes. Il y a de grands lacs d'eau bleue comme le ciel, une eau si belle et si pure qu'il n'y en a nulle part ailleurs sur terre. C'est un rêve que fait Lalla, les yeux fermés, la tête renversée en arrière dans la lumière du soleil, les bras serrant ses genoux. C'est un rêve qui vient d'ailleurs, qui existait ici sur le plateau de pierres longtemps avant elle, un rêve dans lequel elle entre maintenant, comme en dormant, et qui étend sa plage devant elle.

Où va la route ? Lalla ne sait pas où elle va, à la dérive, entraînée par le vent du désert qui souffle, tantôt brûlant ses lèvres et ses paupières, aveuglant et cruel, tantôt froid et lent, le vent qui efface les hommes et fait crouler les roches au pied des falaises. C'est le vent qui va vers l'infini, au-delà de l'horizon, au-delà du ciel jusqu'aux constellations figées, à la Voie Lactée, au Soleil.

Le vent l'emporte sur la route sans limites, l'immense plateau de pierres où tourbillonne la lumière. Le désert déroule ses champs vides, couleur de sable, semés de crevasses, ridés, pareils à des peaux mortes. Le regard de l'Homme Bleu est là, partout, jusqu'au plus lointain du désert, et c'est par son regard que Lalla voit maintenant la lumière. Elle ressent sur sa peau la brûlure du regard, le vent, la sécheresse, et ses lèvres ont le goût du sel. Elle voit la forme des dunes, de grands animaux endormis, et les hautes murailles noires de la Hamada, et l'immense ville desséchée de terre rouge. C'est le pays où il n'y a pas d'hommes, pas de villes, rien qui s'arrête et qui trouble. Il y a seulement la pierre, le sable, le vent. Mais Lalla ressent le bonheur, parce qu'elle reconnaît chaque chose, chaque détail du paysage, chaque arbuste calciné de la grande vallée. C'est comme si elle avait marché là, autrefois, pieds nus brûlés par le sol, les yeux fixés sur l'horizon, dans l'air qui danse. Alors son cœur bat plus vite et plus fort, et elle voit devant elle les signes, les traces perdues, les brindilles brisées, les buissons qui frémissent dans le vent. Elle attend, elle sait qu'elle va arriver bientôt, c'est tout près maintenant. Le regard de l'Homme Bleu la guide à travers les failles, les éboulis, le long des torrents desséchés. Puis, tout d'un coup, elle entend cette drôle de chanson, incertaine, nasillarde, qui tremble très loin, qui semble sortir du sable même, mêlée au froissement continu du vent sur les pierres, au bruit de la lumière. La chanson tressaille à l'intérieur de Lalla, elle la reconnaît ; c'est la chanson de Lalla Hawa, que chantait Aamma, et qui disait : « Un jour, oh, un jour, le corbeau deviendra blanc, la mer s'asséchera, on trouvera le miel dans la fleur du cactus, on fera un lit avec les branches de l'acacia... » Mais Lalla ne comprend plus les paroles, maintenant, parce que c'est quelqu'un qui chante avec une voix très lointaine, dans la langue des Chleuhs. La chanson pourtant va droit jusqu'à son cœur, et ses yeux s'emplissent de larmes, malgré les paupières qu'elle tient fermées de toutes ses forces.

La musique dure longtemps, elle berce si longtemps que les ombres des cailloux s'allongent sur le sable du désert. Alors Lalla perçoit aussi la ville rouge qui est au bout de l'immense vallée. Ce n'est pas vraiment une ville, comme celles que Lalla connaît, avec des rues et des maisons. C'est une ville de boue, ruinée par le temps et usée par le vent, pareille aux nids des termites ou des guêpes. La lumière est belle au-dessus de la ville rouge, elle forme un dôme de douceur, clair et pur dans le ciel d'aurore éternelle. Les maisons sont groupées autour de la bouche du puits, et il y a quelques arbres immobiles, des acacias blancs pareils à des statues. Mais ce que Lalla voit surtout, c'est un tombeau blanc, simple comme une coquille d'œuf, posé sur la terre rouge. C'est de là que semble venir la lumière du regard, et Lalla comprend que c'est la demeure de l'Homme Bleu.

C'est quelque chose de terrible, et en même temps de très beau, qui arrive jusqu'à Lalla. C'est comme si quelque chose, au fond d'elle, se déchirait et se brisait, et laissait passer la mort, l'inconnu. La brûlure du désert en elle se répand, remonte ses veines, se mêle à ses viscères. Le regard d'Es Ser est terrible et fait mal, parce que c'est la souffrance qui vient du désert, la faim, la peur, la mort, qui arrivent, qui déferlent. La belle lumière d'or, la ville rouge, le tombeau blanc et léger d'où émane la clarté surnaturelle, portent en eux aussi le malheur, l'angoisse, l'abandon. C'est un long regard de détresse qui vient, parce que la terre est dure et que le ciel ne veut pas des hommes.

Lalla reste immobile, affaissée sur elle-même, les genoux contre les cailloux. Le soleil brûle ses épaules et sa nuque. Elle n'ouvre pas les yeux. Les larmes font deux ruisseaux qui tracent des sillons dans la poussière rouge collée à ses joues.

Quand elle relève la tête, et qu'elle ouvre les yeux, sa vue est brouillée. Elle doit faire un effort pour accommoder. Les silhouettes aiguës des collines apparaissent, puis l'étendue déserte du plateau, où il n'y a pas une herbe, pas un arbre, seulement la lumière et le vent.

Alors elle commence à marcher, en titubant, elle redescend lentement le sentier qui conduit vers la vallée, vers la mer, vers la Cité de planches et de papier goudronné. Les ombres sont longues maintenant, le soleil est près de l'horizon. Lalla sent son visage enflé par la brûlure du désert, et elle pense que personne ne pourra la reconnaître, à présent, qu'elle est devenue comme le Hartani.

Quand elle arrive en bas, près de l'estuaire de la rivière, il fait nuit sur la Cité. Les ampoules électriques font des points jaunes. Sur la route, les camions avancent en lançant droit devant eux les pinceaux blancs de leurs phares, stupidement.

Lalla va tantôt en courant, tantôt très lentement, comme si elle allait s'arrêter, faire demi-tour et prendre la fuite. Il y a quelques radios qui font leur musique machinale dans la nuit. Les feux des braseros s'éteignent tout seuls, et dans les maisons aux planches mal jointes, les femmes et les enfants sont déjà enroulés dans leurs couvertures, à cause de l'humidité de la nuit. De temps en temps le vent faible fait rouler une boîte vide, fait battre un morceau de tôle. Les chiens sont cachés. Au-dessus de la Cité, le ciel noir est plein d'étoiles.

Lalla marche sans faire de bruit dans les allées, et elle pense que personne n'a besoin d'elle ici, que tout est parfait sans elle, comme si elle était partie depuis des années, comme si elle n'avait jamais existé.

Au lieu d'aller vers la maison d'Aamma, Lalla marche lentement vers l'autre bout de la Cité, là où vit le vieux Naman. Elle frissonne, parce que l'air de la nuit est très humide, et ses genoux tremblent sous elle, parce qu'elle n'a rien mangé depuis la veille. La journée a été si longue, là-haut, sur le plateau de pierres, que Lalla a l'impression d'être partie depuis des jours, des mois peut-être. C'est comme si elle reconnaissait à peine les rues de la Cité, les baraques de planches, les bruits des postes de radio et les pleurs des enfants, l'odeur d'urine et de poussière. Tout d'un coup, elle pense qu'il y a peut-être réellement des mois qui ont passé, là-haut, sur le plateau de pierres, et qui n'ont semblé qu'une seule et longue journée. Alors elle pense au vieux Naman, et son cœur se serre. Malgré sa faiblesse, elle se met à courir dans les rues vides de la Cité. Les chiens l'entendent courir, ça les fait grogner et aboyer un peu. Quand elle arrive devant la maison de Naman, son cœur bat très fort, et elle peut à peine respirer. La porte est entrouverte, il n'y a pas de lumière.

Le vieux Naman est couché sur sa natte, comme elle l'a laissé. Il respire encore, très lentement, en sifflant, et ses yeux sont grands ouverts dans le noir. Lalla se penche vers son visage, mais il ne la reconnaît pas. Sa bouche ouverte est tellement occupée à essayer de respirer qu'elle ne peut plus sourire.

« Naman… Naman… » murmure Lalla.

Le vieux Naman n'a plus de force. Le vent de malheur lui a donné la fièvre, celle qui pèse sur le corps et sur la tête, et qui empêche de manger. Le vent va peut-être l'emporter. Avec angoisse, Lalla se penche près du visage du pêcheur, elle lui dit :

« Tu ne vas pas partir maintenant ? Pas maintenant, pas encore ? »

Elle voudrait tant entendre Naman lui parler, raconter encore une fois l'histoire de l'oiseau blanc qui était prince de la mer, ou bien l'histoire de la pierre que l'ange Gabriel a donnée aux hommes, et qui est devenue noire à cause de leurs péchés. Mais le vieux Naman ne peut plus raconter d'histoires, il a tout juste assez de force pour soulever sa poitrine, pour respirer, comme s'il y avait un poids invisible sur lui. La sueur mauvaise et l'urine baignent son corps maigre qui semble brisé sur le sol.

Lalla est trop fatiguée maintenant pour raconter d'autres histoires, pour continuer à dire ce qu'il y a là-bas, de l'autre côté de la mer, toutes ces villes de l'Espagne et de la France.

Alors elle s'assoit à côté du vieil homme, et elle regarde par la porte entrouverte la lumière de la nuit. Elle écoute la respiration sifflante, elle entend le bruit mauvais du vent au-dehors, qui roule les boîtes de conserve et fait battre les tôles. Puis elle s'endort, comme cela, assise, la tête appuyée contre ses genoux. De temps en temps, la respiration suffocante du vieux Naman la réveille, et elle demande :

« Tu es là ? Tu es toujours là ? »

Lui ne répond pas, il ne dort pas ; son visage gris est tourné vers la porte, mais ses yeux brillants semblent ne plus voir, comme s'ils percevaient ce qui est au-delà.

Lalla essaie de lutter contre le sommeil, parce qu'elle redoute ce qui va arriver si elle s'endort. C'est comme les pêcheurs, ceux qui sont loin, perdus en mer sans rien voir, balancés par les vagues, pris dans les tourbillons de la tempête Ils ne doivent pas s'endormir, jamais, parce qu'alors la mer les prendrait, les jetterait dans ses profondeurs, les engloutirait. Lalla veut résister, mais ses paupières se ferment malgré elle, et elle sent qu'elle tombe en arrière. Elle nage longtemps, sans savoir où elle va, portée par le bruit lent de la respiration du vieux Naman.

Puis, avant que le jour se lève, elle se réveille en sursaut. Elle regarde le vieil homme qui est allongé sur le sol, son visage paisible posé contre son bras. Il ne fait plus de bruit maintenant, parce qu'il a cessé de respirer. Au-dehors, le vent a cessé de souffler, il n'y a plus de danger. Tout est paisible, comme s'il n'y avait jamais de mort, nulle part.

Quand Lalla a décidé de partir, elle n'a rien dit à personne. Elle a décidé de partir parce que l'homme au complet veston gris-vert est revenu plusieurs fois dans la maison d'Aamma, et chaque fois, il a regardé Lalla avec ses yeux brillants et durs comme des cailloux noirs, et il s'est assis sur le coffre de Lalla Hawa pour boire un verre de thé à la menthe. Lalla n'a pas peur de lui, mais elle sait que si elle ne s'en va pas, un jour il la conduira de force dans sa maison pour l'épouser, parce qu'il est riche et puissant, et qu'il n'aime pas qu'on lui résiste.

Elle est partie, ce matin, avant le lever du soleil. Elle n'a même pas regardé au fond de la maison la silhouette d'Aamma endormie, enveloppée dans son drap. Elle a seulement pris un morceau de tissu bleu dans lequel elle a mis le pain rassis et quelques dattes sèches, et un bracelet en or qui appartenait à sa mère.

Elle est sortie sans faire de bruit, sans même réveiller un chien. Elle a marché pieds nus sur la terre froide, entre les rangées de maisons endormies. Le ciel, devant elle, est un peu pâle, parce que le jour va venir. La brume vient de la mer, elle fait un grand nuage doux qui remonte le long de la rivière, étendant deux bras recourbés comme un gigantesque oiseau aux ailes grises.

Un instant, Lalla a envie d'aller jusqu'à la maison de

Naman le pêcheur, pour la voir une dernière fois, parce qu'il est la seule personne que Lalla ait perdue avec tristesse. Mais elle a peur d'être en retard, et elle s'éloigne de la Cité, le long du sentier des chèvres, vers les collines de pierres. Quand elle commence à escalader les rochers, elle sent le vent froid qui la pénètre. Ici, il n'y a personne non plus. Les bergers dorment encore dans leurs huttes de branches, près des corrals, et c'est la première fois que Lalla entre dans la région des collines sans entendre leurs sifflements aigus. Ça lui fait un peu peur, comme si le vent avait transformé la terre en désert. Mais la lumière du soleil apparaît peu à peu, de l'autre côté des collines, une tache rouge et jaune qui se mélange au gris de la nuit. Lalla est contente de la voir, et elle pense que c'est là qu'elle ira, plus tard, à l'endroit où le ciel et la terre sont remplis par la grande tache de la première lumière.

Les idées se bousculent un peu dans sa tête, tandis qu'elle marche sur les rochers. C'est parce qu'elle sait qu'elle ne reviendra plus à la Cité, qu'elle ne reverra plus tout cela qu'elle aimait bien, la grande plaine aride, l'étendue de la plage blanche, où les vagues tombent l'une après l'autre ; elle est triste, parce qu'elle pense aux dunes immobiles où elle avait l'habitude de s'asseoir pour regarder les nuages avancer dans le ciel. Elle ne reverra plus l'oiseau blanc qui était prince de la mer, ni la silhouette du vieux Naman assis à l'ombre du figuier, près de sa barque renversée. Alors elle ralentit un peu sa marche, et elle a envie un instant de regarder en arrière. Mais il y a devant elle les collines silencieuses, les pierres aiguës où la lumière commence à étinceler, et les petits buissons d'épines, où tremblotent quelques gouttes de l'humidité du ciel, et aussi les légers moucherons qui se laissent porter par le vent.

Alors elle marche, sans se retourner, en serrant le paquet de pain et de dattes contre sa poitrine. Quand le sentier se termine, c'est qu'il n'y a plus d'hommes alentour. Alors les cailloux aigus sortent de la terre, et il faut bondir d'une roche à l'autre, en montant vers la plus haute colline. C'est là que l'attend le Hartani, mais elle ne le voit pas encore. Il est peut-être caché dans une grotte, du côté de la falaise, à l'endroit d'où il peut surveiller toute la vallée, jusqu'à la mer. Ou bien il est tout près, derrière un arbuste brûlé, enfoncé jusqu'au cou dans un trou de pierre, comme un serpent.

Il est toujours aux aguets, comme les chiens sauvages, prêt à bondir, à prendre la fuite. Peut-être qu'aujourd'hui, il ne veut plus partir ? Pourtant, hier, Lalla a dit qu'elle viendrait, et elle lui a montré l'étendue lointaine, la grande barre de craie qui semble soutenir le ciel, là où commence le désert. Ses yeux ont brillé plus fort, parce qu'il a toujours eu cette idée, depuis qu'il est tout petit, il n'a pas cessé d'y penser un seul instant. Cela se voit dans la façon qu'il a de regarder vers l'horizon, avec ses yeux fixes dans son visage tendu. Il ne s'assoit jamais, il reste sur ses talons, comme pour bondir. C'est lui qui a montré à Lalla la route du désert, la route où l'on se perd, celle d'où personne jamais ne revient, et le ciel, si pur et si beau, là-bas.

Le soleil s'est levé maintenant, il apparaît comme un grand disque de feu devant elle, éblouissant, il monte lentement en se gonflant au-dessus du chaos de pierre. Jamais il n'a semblé aussi beau. Malgré la douleur, et les larmes qui jaillissent de ses yeux et coulent sur ses joues, Lalla le regarde en face, sans ciller, comme le vieux Naman a dit que font les princes de la mer. La lumière pénètre au fond d'elle, touche tout ce qui est caché dans son corps, le cœur surtout.

Maintenant, il n'y a plus de passage tracé. Lalla doit chercher son chemin à travers les rochers. Elle saute de pierre en pierre, par-dessus les torrents secs, elle

212

contourne les murailles des falaises. Le soleil qui se lève a fait une grande tache éblouie sur ses rétines, et elle avance un peu au hasard, penchée en avant pour ne pas tomber. Elle passe les collines, les unes après les autres, puis elle marche au milieu d'un très grand champ de pierres. Il n'y a personne. Aussi loin qu'elle peut voir, il n'y a que ces étendues de pierre sèche, avec quelques touffes d'euphorbe, des cactus. C'est le soleil qui a dépeuplé la terre, il l'a brûlée et usée jusqu'à ce qu'il ne reste plus que ces pierres blanches, ces broussailles. Lalla ne le regarde plus en face, maintenant ; il est trop haut dans le ciel, et ses prunelles seraient brûlées en une seconde, comme par la foudre. Le ciel est embrasé. Il est bleu et brûle comme une grande flamme, et Lalla doit plisser très fort ses yeux pour regarder devant elle. Au fur et à mesure que le soleil monte dans le ciel, les choses de la terre se gonflent, s'imprègnent de lumière. Il n'y a pas de bruit ici, mais on croit entendre de temps en temps les cailloux qui se dilatent, qui craquent.

Il y a longtemps qu'elle marche. Combien de temps ? Des heures, sans doute, sans savoir où elle va, simplement dans la direction opposée à son ombre, vers l'autre bout de l'horizon. Là-bas, il y a de hautes montagnes rouges qui semblent suspendues dans le ciel, des villages, une rivière peut-être, des lacs d'eau couleur de ciel.

Puis tout d'un coup, sans qu'elle sache d'où il est venu, le Hartani est là, debout devant elle. Il est immobile, vêtu comme tous les jours de sa robe de bure, la tête enveloppée dans un morceau de toile blanche. Son visage est noir, mais son sourire l'éclaire quand Lalla s'approche de lui :

« Oh, Hartani ! Hartani !... »

Lalla se serre contre lui, elle reconnaît l'odeur de sa sueur dans ses vêtements poussiéreux. Lui aussi a emporté un peu de pain et des dattes dans un chiffon mouillé accroché à sa ceinture.

Lalla ouvre son paquet, elle partage un peu de pain avec lui. Ils mangent sans s'asseoir, vite, parce qu'il y a longtemps qu'ils ont faim. Le jeune berger regarde autour de lui. Ses yeux scrutent tous les points du paysage, et il ressemble à un oiseau rapace dont le regard ne cligne pas. Il montre un point, loin, à l'horizon, du côté des montagnes rouges. Il met la paume de sa main sous ses lèvres : là-bas, il y a de l'eau.

Ils recommencent à marcher. Le Hartani est en avant, il bondit légèrement sur les rochers. Lalla essaie de mettre ses pieds sur ses traces. Elle voit tout le temps devant elle la silhouette frêle et légère du garçon, qui semble danser sur les pierres blanches ; elle le regarde comme une flamme, comme un reflet, et ses pieds semblent marcher tout seuls au rythme du Hartani.

Le soleil est dur maintenant, il pèse sur la tête et sur les épaules de Lalla, il fait mal à l'intérieur de son corps. C'est comme si la lumière qui était entrée en elle le matin, se mettait à brûler, à déborder, et elle sent les longues ondes douloureuses qui remontent le long de ses jambes, de ses bras, qui se logent dans la cavité de sa tête. La brûlure de la lumière est sèche et poudreuse. Il n'y a pas une goutte de sueur sur le corps de Lalla, et sa robe bleue frotte sur son ventre et sur ses cuisses en faisant des crépitements électriques. Dans ses yeux, les larmes ont séché, les croûtes de sel font de petits cristaux aigus comme des grains de sable au coin de ses paupières. Sa bouche est sèche et dure. Elle passe le bout de ses doigts sur ses lèvres, et elle pense que sa bouche est devenue pareille à celle des chameaux, et qu'elle pourra bientôt manger des cactus et des chardons sans rien sentir.

Lui, le Hartani, continue à bondir de roche en roche, sans se retourner. Sa silhouette blanche et légère est de plus en plus loin, il est pareil à un animal qui fuit, sans s'arrêter, sans se retourner. Lalla voudrait le rejoindre, mais elle n'en a plus la force. Elle titube à travers les chaos de pierres, au hasard, les yeux fixés droit devant elle. Ses pieds écorchés saignent, et en tombant, plusieurs fois, elle s'est blessée aux genoux. Mais elle sent à peine la douleur. Elle ne sent que la terrible réverbération de la lumière, de toutes parts. Cela fait comme des tas d'animaux qui bondissent autour d'elle sur les pierres, des chiens sauvages, des chevaux, des rats, des chèvres qui font des bonds prodigieux. Il y a aussi de grands oiseaux blancs, des ibis, des serpentaires, des cigognes ; ils battent leurs grandes ailes flamboyantes, comme s'ils cherchaient à s'envoler, et ils commencent une danse qui n'en finit pas. Lalla sent le souffle de leurs ailes dans ses cheveux, elle perçoit le froissement de leurs rémiges dans l'air épais. Alors elle tourne la tête, elle regarde en arrière, pour les voir, tous ces oiseaux, tous ces animaux, même ces lions qu'elle a aperçus du coin de l'œil. Mais quand elle les regarde, ils fondent tout de suite, ils disparaissent comme des mirages, pour se reformer derrière elle.

Le Hartani est à peine visible. Sa silhouette légère danse au-dessus des cailloux blancs, comme une ombre détachée de la terre. Lalla n'essaie plus de suivre ses pas, maintenant. Elle ne voit même plus la masse rouge de la montagne immobile dans le ciel, à l'autre bout de la plaine. Peut-être qu'elle n'avance plus ? Ses pieds nus cognent sur les cailloux, s'écorchent, trébuchent dans les trous. Mais c'est comme si le chemin sans cesse se défaisait derrière elle, comme l'eau des fleuves qui glisse entre les jambes. C'est la lumière surtout qui passe, elle descend sur la grande plaine vide, elle passe avec le vent, elle balaie l'espace. La lumière fait un bruit d'eau, et Lalla entend son chant, sans pouvoir boire. La lumière vient du centre du ciel, elle brûle sur la terre dans le gypse, dans le mica. De temps en temps, au milieu de la poussière ocre, entre les cailloux blancs, il y a une pierre de feu, couleur de braise, aiguë comme un croc. Lalla marche en regardant fixement l'étincelle, comme si la pierre lui donnait de la force, comme si elle était un signe laissé par Es Ser, pour lui montrer la route à suivre. Ou bien, plus loin, une plaque de mica pareille à l'or, dont les reflets sont comme un nid d'insectes, et Lalla croit entendre le vrombissement de leurs ailes. Mais quelquefois, sur la terre poussiéreuse, au hasard, il y a un caillou rond, gris et mat, un simple galet de la mer, et Lalla le regarde de toutes ses forces ; elle le prend dans sa main et elle le tient serré, pour se sauver. Le caillou est brûlant, tout strié de veines blanches qui dessinent une route en son centre, où viennent se ramifier d'autres routes fines comme des cheveux d'enfant. En le tenant dans son poing, Lalla va droit devant elle. Le soleil descend déjà, vers l'autre bout de la plaine blanche. Le vent du soir soulève par instants des trombes de poussière qui cachent la grande montagne rouge au pied du ciel.

« Hartani ! Harta-a-ni ! » crie Lalla. Elle est tombée à genoux sur les cailloux, parce que ses jambes ne veulent plus marcher. Au-dessus d'elle, le ciel est vide, plus grand encore, plus vide encore. Il n'y a pas un seul écho.

Tout est net et pur, Lalla peut voir le moindre caillou, le moindre arbuste, presque jusqu'à l'horizon. Personne ne bouge. Elle voudrait bien voir les guêpes, elle pense qu'elle aimerait bien cela, les voir faire leurs nœuds invisibles dans l'air, autour des cheveux des enfants. Elle voudrait bien voir un oiseau, même un corbeau, même un vautour. Mais il n'y a rien, personne. Seulement son ombre noire allongée derrière elle, comme une fosse dans la terre trop blanche.

Alors elle se couche par terre, et elle pense qu'elle va mourir bientôt, parce qu'il n'y a plus de force dans son corps, et que le feu de la lumière consume ses poumons et son cœur. Lentement, la lumière décroît, et le ciel se voile, mais c'est peut-être la faiblesse qui est en elle qui éteint le soleil.

Soudain, le Hartani est là, de nouveau. Il est devant elle, debout sur une jambe, en équilibre comme un oiseau. Il vient vers elle, il se penche. Lalla l'agrippe par sa robe de bure, elle serre de toutes ses forces le tissu, elle ne veut pas le lâcher, et elle manque de faire tomber le garçon. Lui s'accroupit à côté d'elle. Son visage est sombre, mais ses yeux brillent très fort, pleins d'une expression intense. Il touche le visage de Lalla, son front, ses yeux, il passe les doigts sur ses lèvres fendues. Il montre un point sur la plaine de pierres, dans la direction du soleil couchant, là où il y a un arbre près d'un rocher : l'eau. Est-ce près, est-ce loin ? L'air est si pur qu'il est impossible de le savoir. Lalla fait un effort pour se relever, mais son corps ne répond plus.

« Hartani, je ne peux plus... » Lalla murmure, en montrant ses jambes écorchées, pliées sous elle.

« Va-t'en ! Laisse-moi, va-t'en ! »

Le berger hésite, toujours accroupi à côté d'elle. Il va peut-être s'en aller ? Lalla le regarde sans rien dire, elle a envie de dormir, de disparaître. Mais le Hartani passe ses bras autour du corps de Lalla, il la hisse lentement. Lalla sent les muscles des jambes du garçon qui tremblent sous l'effort, et elle serre ses bras autour de son cou, elle essaie de confondre son poids avec celui du berger.

Le Hartani marche sur les cailloux, il bondit vite, comme s'il était seul. Il court sur ses longues jambes vacillantes, il traverse les ravins, il enjambe les crevasses. Le soleil et le vent de poussière ont fini leurs tourbillons sur la plaine de pierres, mais il y a encore de lents mouvements qui viennent de l'horizon rouge, qui jettent des étincelles sur les silex. Il y a comme un grand entonnoir de lumière, devant eux, là où le soleil a basculé vers la terre. Lalla écoute le cœur du Hartani qui bat dans les artères de son cou, elle entend sa respiration qui halète.

Avant la nuit, ils sont arrivés devant le rocher et l'arbre, là où il y a l'œil de l'eau. C'est un simple trou dans la caillasse, avec de l'eau grise. Le Hartani dépose doucement Lalla au bord de l'eau, et il lui donne à boire dans le creux de sa main. L'eau est froide, un peu âcre. Puis le berger se penche à son tour, et il boit longuement, la tête près de l'eau.

Ils attendent la nuit. Elle vient très vite ici, dans le genre d'un rideau qu'on tire, sans fumées, sans nuages, sans spectacle. C'est comme s'il n'y avait presque plus d'air, ni d'eau, seulement la lueur du soleil que les montagnes éteignent.

Lalla est couchée par terre, contre le Hartani. Elle ne bouge pas. Ses jambes sont rompues, lacérées, et le sang caillé a fait une croûte pareille à une semelle noire sous ses pieds. Par instants, la douleur monte des pieds, traverse les jambes, le long des os et des muscles, jusqu'à l'aine. Elle geint un peu, les dents serrées pour ne pas crier, ses mains se crispent sur les bras du jeune garçon. Lui ne la regarde pas ; il regarde droit vers l'horizon, du côté des montagnes noires, ou peut-être est-ce vers le grand ciel nocturne. Son visage est devenu très sombre, à cause de l'ombre. Est-ce qu'il pense à quelque chose ? Lalla voudrait bien entrer en lui, pour savoir ce qu'il veut, où il va… Pour elle, plus que pour lui, elle parle. Le Hartani l'écoute à la manière des chiens, qui dressent la tête et suivent le bruit des syllabes.

Elle lui parle de l'homme au complet-veston gris-vert, de ses yeux durs et noirs comme des bouts de métal, et puis de la nuit auprès de Naman, quand le vent mauvais soufflait sur la Cité. Elle dit :

« Maintenant que c'est toi que j'ai choisi pour mari, plus personne ne pourra m'enlever, ni m'emmener de force devant le juge pour me marier... Maintenant, nous allons vivre ensemble, et nous aurons un enfant, et plus personne d'autre ne voudra m'épouser, tu comprends, Hartani ? Même s'ils nous rattrapent, je dirai que c'est toi qui es mon mari, et que nous allons avoir un enfant, et cela, ils ne pourront pas l'empêcher. Alors ils nous laisseront partir, et nous pourrons aller vivre dans les pays du sud, très loin, dans le désert... »

Elle ne ressent plus la fatigue, ni la douleur, mais seulement l'ivresse de cette liberté, au milieu du champ de pierres, dans le silence de la nuit. Elle serre très fort le corps du jeune berger, jusqu'à ce que leurs odeurs et leurs haleines soient complètement mêlées. Très doucement, le garçon entre en elle et la possède, et elle entend le bruit précipité de son cœur contre sa poitrine.

Lalla tourne son visage vers le centre du ciel, et elle regarde de toutes ses forces. La nuit froide et belle les enveloppe, les serre dans son bleu profond. Jamais Lalla n'a vu une nuit aussi belle. Là-bas, à la Cité, ou aux rivages de la mer, il y avait toujours quelque chose qui séparait de la nuit, une vapeur, une poussière. Il y avait toujours un voile qui ternissait, parce que les hommes étaient là, autour, avec leurs feux, leur nourriture, leur haleine. Mais ici, tout est pur. Le Hartani maintenant se couche à côté d'elle, et c'est un très grand vertige qui les traverse, qui agrandit leurs pupilles.

Le visage du Hartani est tendu, comme si la peau de son front et de ses joues était en pierre polie. Lentement, au-dessus d'eux, l'espace se peuple d'étoiles, de milliers d'étoiles. Elles jettent des éclats blancs, elles palpitent, elles dessinent leurs figures secrètes. Les deux fugitifs les regardent, presque sans respirer, les yeux grands ouverts. Ils sentent sur leurs visages se poser le dessin des constellations, comme s'ils n'étaient plus que par leur regard, comme s'ils buvaient la lumière douce de la nuit. Ils ne pensent plus à rien, ni au chemin du désert, ni à la souffrance du lendemain, ni aux autres jours ; ils ne sentent plus leurs blessures, ni la soif et la faim, ni rien de terrestre ; ils ont même oublié la brûlure du soleil qui a noirci leurs visages et leurs corps, qui a dévoré l'intérieur de leurs yeux.

La lumière des étoiles tombe doucement comme une pluie. Elle ne fait pas de bruit, elle ne soulève pas de poussière, elle ne creuse aucun vent. Elle éclaire maintenant le champ de pierres, et près de la bouche du puits, l'arbre calciné devient léger et faible comme une fumée. La terre n'est plus très plate, elle s'est allongée comme l'avant d'une barque, et maintenant elle avance doucement, elle glisse en tanguant et roulant, elle va lentement au milieu des belles étoiles, tandis que les deux enfants, serrés l'un contre l'autre, le corps léger, font les gestes d'amour.

A chaque instant, une étoile nouvelle apparaît, minuscule, à peine possible dans le noir, et les fils imperceptibles de sa lumière se joignent aux autres. Il y a des forêts de lumière grise, rouge, blanche, qui se mêlent au bleu profond de la nuit, et se figent comme des bulles.

Plus tard, tandis que le Hartani s'endort tranquillement, le visage contre elle, Lalla regarde tous les signes, tous les éclats de lumière, tout ce qui bat, tremble, ou reste immobile comme des yeux. Plus haut encore, droit au-dessus d'elle, il y a la grande voie lactée, le chemin tracé par le sang de l'agneau de Gabriel, selon ce que racontait le vieux Naman.

Elle boit la lumière très pâle qui vient de l'amas d'étoiles, et tout à coup il lui semble qu'elle est si près, comme dans la chanson que chantait la voix de Lalla Hawa, qu'il lui suffirait de tendre la main pour prendre une poignée de la belle lumière étincelante. Mais elle ne bouge pas. Sa main appuyée sur le cou du Hartani écoute le sang qui bat dans ses artères, et le passage calme de sa respiration. La fièvre du soleil et de la sécheresse est éteinte par la nuit. La soif, la faim, l'angoisse se sont apaisées par la lumière de la galaxie, et sur sa peau il y a, comme des gouttes, la marque de chaque étoile du ciel.

Ils ne voient plus la terre, à présent. Les deux enfants serrés l'un contre l'autre voyagent en plein ciel.

Chaque jour ajoutait un peu de terre. La caravane s'était divisée en trois rangées, distantes de deux ou trois heures de marche. Celle de Larhdaf était à gauche, près des contreforts du Haua, dans la direction de Sidi el Hach. Celle de Saadbou, le fils cadet du grand cheikh, à l'extrême droite, remontant le lit asséché du Jang Saccum, au centre de la vallée de la Saguiet el Hamra. Au milieu, et en retrait, avançait Ma el Aïnine avec ses guerriers montés sur des chameaux. Puis, la caravane des hommes, des femmes et des enfants, poussant devant eux leur bétail, et qui suivaient le grand nuage de poussière rouge qui montait devant eux dans le ciel.

Chaque jour, ils marchaient dans le fond de la vallée immense, tandis que le soleil, au-dessus d'eux, suivait le chemin inverse. C'était la fin de l'hiver, et les pluies n'avaient pas encore adouci la terre. Le fond de la Saguiet el Hamra était craquelé et durci comme une vieille peau.

Même sa couleur rouge brûlait les yeux et la peau du visage.

Le matin, avant même le lever du soleil, le cri retentissait pour la première prière. Puis on entendait le bruit des bêtes. Les fumées des braseros emplissaient la vallée. Au loin, il y avait les cris psalmodiés des soldats de Larhdaf, auxquels répondaient les gens de Saadbou. Mais les hommes bleus du grand cheikh priaient en silence. Quand la première poussière rouge montait dans l'air, les hommes mettaient les troupeaux en marche. Chacun ramassait sa charge, et recommençait à marcher sur la terre encore grise et froide.

Lentement, la lumière naissait à l'horizon, au-dessus de la Hamada. Les hommes regardaient le disque resplendissant qui éclairait le fond de la vallée, et ils plissaient les yeux et se courbaient déjà un peu, comme s'ils voulaient lutter contre le poids et la douleur de la lumière sur leurs fronts et sur leurs épaules.

Parfois, les troupes de Larhdaf et de Saadbou étaient si proches qu'on entendait le bruit des sabots de leurs chevaux et les grognements des chameaux. Alors les trois nuages de poussière s'unissaient dans le ciel et voilaient presque le soleil.

Quand le soleil arrivait au zénith, le vent se levait et balayait l'espace, chassant des murailles de poussière rouge et de sable. Les hommes arrêtaient les troupeaux en demi-cercle, et ils s'abritaient derrière les chameaux accroupis, ou bien contre les arbustes épineux. La terre semblait aussi grande que le ciel, aussi vide, aussi éblouissante.

Derrière la troupe du grand cheikh, Nour marchait en portant sa charge de vivres dans une grande toile nouée autour de sa poitrine. Chaque jour, depuis l'aube jusqu'au coucher du soleil, il marchait sur les traces des chevaux et des hommes, sans savoir où il allait, sans voir son père, ni sa mère, ni ses sœurs. Il les retrouvait quelquefois le soir, quand les voyageurs allumaient les feux de brindilles pour le thé et la bouillie de gruau. Il ne parlait à personne, et personne ne lui parlait. C'était comme si la fatigue et la sécheresse avaient brûlé les mots dans sa gorge.

Quand la nuit était venue, et que les bêtes avaient fait un trou pour dormir, Nour pouvait regarder autour de lui, l'immense vallée déserte. En s'éloignant un peu du campement, en se tenant debout sur la plaine desséchée, Nour avait l'impression d'être aussi grand qu'un arbre. La vallée semblait n'avoir pas de limites, étendue infinie de pierres et de sable rouge inchangée depuis le commencement des temps. De loin en loin, il y avait les silhouettes calcinées des petits acacias, des buissons, et les touffes des cactées et des palmiers nains, là où l'humidité de la vallée mettait de vagues taches sombres. Dans la pénombre de la nuit, la terre prenait une couleur minérale. Nour attendait debout, absolument immobile, que la noirceur descende et emplisse la vallée, lentement, comme une eau impalpable.

Plus tard, d'autres groupes de nomades sont venus se joindre à la troupe de Ma el Aïnine. Ils ont parlementé avec les chefs des tribus, pour leur demander où ils allaient, et ils ont suivi la même route. Ils étaient plusieurs milliers maintenant, qui marchaient dans la vallée, vers les puits de Hausa, d'el Faunat, de Yorf.

Nour ne savait plus depuis combien de jours avait commencé le voyage. Peut-être que ce n'était qu'une seule et interminable journée qui se passait ainsi, tandis que le soleil montait et redescendait dans le ciel ardent, et que le nuage de poussière roulait sur lui-même, déferlait comme une vague. Les hommes des fils de Ma el Aïnine étaient loin en avant, ils devaient avoir déjà atteint le fond de la Saguiet el Hamra, au-delà du tombeau de Rayem Mohamed Embarec, là où s'ouvre dans le plateau de la Hamada la vallée lunaire du Mesuar. Peut-être même que leurs chevaux gravissaient déjà les pentes des collines rocheuses, et qu'ils voyaient s'ouvrir derrière eux l'immense vallée de la Saguiet el Hamra où tourbillonnaient les nuages ocre rouge des hommes et des troupeaux de Ma el Aïnine.

Maintenant, les hommes et les femmes ralentissaient la marche de la dernière colonne. De temps à autre, Nour s'arrêtait pour attendre la troupe où étaient sa mère et ses sœurs. Il s'asseyait sur les pierres brûlantes, le pan de son manteau rabattu sur sa tête, et il regardait le troupeau qui avançait lentement sur la piste. Les guerriers sans monture marchaient courbés en avant, écrasés par les fardeaux sur leurs épaules. Certains s'appuyaient sur leurs longs fusils, sur leurs lances. Leurs visages étaient noirs, et à travers le crissement de leurs pas dans le sable, Nour entendait le bruit douloureux de leur respiration.

Derrière, venaient les enfants et les bergers, qui poursuivaient le troupeau de chèvres et de moutons, les chassaient devant eux à coups de pierres. Les tourbillons de poussière les enveloppaient comme un brouillard rouge, et Nour regardait les silhouettes étranges, échevelées, qui semblaient danser dans la poussière. Les femmes marchaient à côté des chameaux de bât, certaines portant leurs bébés dans leurs manteaux, cheminant lentement, pieds nus sur la terre brûlante. Nour entendait le bruit clair de leurs colliers d'or et de cuivre, les anneaux de leurs chevilles. Elles marchaient en chantonnant une chanson interminable et triste qui allait et venait comme le bruit du vent.

Mais tout à fait en dernier venaient ceux qui n'en pouvaient plus, les vieilllards, les enfants, les blessés, les jeunes femmes dont tous les hommes étaient morts, et qui n'avaient plus personne pour les aider à trouver la nourriture et l'eau. Ils étaient nombreux, éparpillés le long de la piste dans la vallée de la Saguiet, et ils continuaient d'arriver pendant des heures, après que les soldats du cheikh étaient passés. C'étaient eux que Nour regardait surtout avec compassion.

Debout au bord de la piste, il les voyait marcher lentement, levant à peine leurs jambes alourdies par la fatigue. Ils avaient des visages gris, émaciés, aux yeux qui brillaient de fièvre. Leurs lèvres saignaient, leurs mains et leur poitrine étaient marquées de plaies où le sang caillé s'était mêlé à l'or de la poussière. Le soleil frappait sur eux, comme sur les pierres rouges du chemin, et c'étaient de vrais coups qu'ils recevaient. Les femmes n'avaient pas de chaussures, et leurs pieds nus étaient brûlés par le sable et rongés par le sel. Mais ce qui était le plus douloureux en eux, ce qui faisait naître l'inquiétude et la pitié, c'était leur silence. Aucun d'eux ne parlait, ne chantait. Personne ne pleurait ni ne gémissait. Tous, hommes, femmes, enfants aux pieds ensanglantés, ils avançaient sans faire de bruit, comme des vaincus, sans prononcer une parole. On entendait seulement le bruit de leurs pas dans le sable, et le halètement court de leur souffle. Puis ils s'éloignaient lentement, en faisant rouler leurs fardeaux sur leurs reins, pareils à de drôles d'insectes après la tempête.

Nour restait debout au bord de la piste, son fardeau déposé à ses pieds. De temps en temps, quand une vieille femme, ou un soldat blessé marchait vers lui, il essayait de leur parler, il s'approchait d'eux, il disait :

« Salut, salut, tu n'es pas trop fatigué, veux-tu que je t'aide à porter ta charge ? »

Mais eux restaient silencieux, ils ne le regardaient même pas, et leur visage était dur comme les pierres de la vallée, serré par la douleur et par la lumière.

Arrivait un groupe d'hommes du désert, des guerriers de Chinguetti. Leurs grands manteaux bleu ciel étaient en lambeaux. Ils avaient bandé leurs jambes et leurs pieds avec des chiffons tachés de sang. Eux ne portaient rien, pas même un sac de riz, pas même une gourde d'eau. Ils n'avaient plus que leurs fusils et leurs lances, et ils marchaient douloureusement, comme les vieillards et les enfants.

L'un d'eux était aveugle, et tenait aux autres par un pan de manteau, titubant sur les pierres du chemin, butant contre les racines des mauvais buissons.

Quand il est passé près de Nour et qu'il a entendu la voix du jeune garçon qui les saluait, il a lâché le manteau de son camarade et il s'est arrêté :

« Est-ce que nous sommes arrivés ? » a-t-il demandé.

Les autres ont continué leur route, sans même se retourner. Le guerrier du désert avait un visage encore jeune, mais épuisé par la fatigue, et un morceau d'étoffe sale barrait ses yeux brûlés.

Nour lui a donné à boire un peu de son

eau, il a remis sa charge sur ses épaules, et il a placé la main du guerrier sur son manteau :

« Viens, c'est moi qui te guiderai maintenant. »

Ils ont recommencé à marcher sur la piste, au-devant du grand nuage de poussière rouge, vers le bout de la vallée.

L'homme ne parlait pas. Sa main était agrippée à l'épaule de Nour, si fort qu'elle lui faisait mal. Le soir, quand ils s'arrêtèrent au puits de Yorf, le jeune garçon était à bout de forces. Ils étaient maintenant au pied des falaises rouges, là où commencent les mesas du Haua, et la vallée qui va vers le nord.

Ici, toutes les caravanes s'étaient retrouvées, celles de Larhdaf et de Saadbou et les hommes bleus du grand cheikh. Dans la lumière du crépuscule, Nour regardait les milliers d'hommes assis sur la terre desséchée, autour de la tache noire du puits. La poussière rouge retombait peu à peu, et les fumées des braseros montaient déjà dans le ciel.

Quand Nour fut reposé, il ramassa son fardeau, mais sans le nouer autour de sa poitrine. Il prit la main du guerrier aveugle, et ils marchèrent jusqu'au puits.

Tous avaient bu déjà, les hommes et les femmes à l'est du puits, les animaux à l'ouest. L'eau était trouble, mêlée à la boue rouge des rives. Pourtant, jamais elle n'avait semblé plus belle aux hommes. Le

229

ciel sans nuages brillait à sa surface noire, comme sur un métal poli.

Nour s'est penché vers l'eau, et il a bu à longs traits, sans reprendre son souffle. A genoux au bord du puits, le guerrier aveugle buvait aussi, avidemment, presque sans s'aider du creux de sa main. Quand il a été rassasié, il s'est assis au bord du puits, son visage sombre et sa barbe ruisselants d'eau.

Ensuite, ils sont retournés en arrière, vers les troupeaux. C'était l'ordre du cheikh, car personne ne pouvait rester près du puits, afin de ne pas troubler l'eau.

La nuit tombait vite, près de la Hamada. L'ombre entrait dans le fond de la vallée, ne laissant que les pitons de pierre rouge dans la flamme du soleil.

Nour a cherché un instant son père et sa mère, sans les voir. Peut-être étaient-ils déjà repartis vers l'entrée de la piste du nord, avec les soldats de Larhdaf. Nour a choisi l'endroit pour la nuit, près des troupeaux. Il a posé son fardeau, et il a partagé un morceau de pain de mil et des dattes avec le guerrier aveugle. L'homme a mangé vite, puis il s'est allongé sur le sol, avec les mains sous la tête. Alors Nour lui a parlé, pour lui demander qui il était. L'homme a raconté lentement, avec sa voix un peu enrouée à force de s'être tue, tout ce qui s'était passé là-bas, très loin, à Chinguetti, près du grand lac salé de Chinchan, les soldats des Chrétiens qui avaient attaqué les caravanes, qui avaient brûlé les villages, qui avaient emmené les enfants dans les camps. Quand les soldats des Chrétiens étaient venus de l'ouest, des rivages de la mer, ou bien du sud, des guerriers vêtus de blanc montés sur des chameaux, et des hommes noirs du Niger, les gens du désert avaient dû fuir vers le nord. C'est au cours d'un combat qu'il avait été blessé par un fusil et qu'il avait perdu la vue. Alors ses compagnons l'avaient emmené vers le nord, vers la ville sainte de Smara, parce qu'ils disaient que le grand cheikh savait guérir les blessures faites par les Chrétiens, qu'il avait le pouvoir de rendre la vue. Pendant qu'il parlait, les larmes coulaient de ses paupières fermées, parce qu'il pensait maintenant à tout ce qu'il avait perdu.

« Sais-tu où nous sommes maintenant ? » C'était cela qu'il demandait tout le temps à Nour, comme s'il avait peur d'être abandonné là, au milieu du désert.

« Sais-tu où nous sommes ? Est-ce que nous sommes encore loin de l'endroit où nous pourrons nous arrêter ? »

« Non », disait Nour, « nous allons bientôt arriver dans les terres que le cheikh a promises, là où nous ne manquerons de rien, là où ce sera comme le royaume de Dieu. »

Mais il n'en savait rien, et au fond de son cœur, il pensait qu'ils n'arriveraient peut-être jamais dans ce pays, même s'ils franchissaient le désert, les montagnes, et

231

même la mer, jusqu'à l'endroit où le soleil naît à l'horizon.

Le guerrier aveugle continuait à parler, maintenant, mais il ne parlait plus de la guerre. Il racontait à voix presque basse son enfance à Chinguetti, la route du sel, avec son père et ses frères. Il racontait l'enseignement, dans la mosquée de Chinguetti, puis le départ des caravanes immenses, à travers les étendues du désert, vers l'Adrar, et plus loin encore à l'est, vers les montagnes du Hank, vers le puits d'Abd el Malek, là où se trouve le tombeau miraculeux. Il parlait de cela doucement, presque en chantonnant, allongé sur la terre, avec la nuit qui couvrait d'ombre fraîche son visage et ses yeux brûlés.

Nour se couchait à côté de lui, enveloppé dans son manteau de laine, la tête appuyée sur le fardeau, et il s'endormait les yeux ouverts, en regardant le ciel et en écoutant la voix de l'homme qui parlait pour lui seul.

Les nuits du désert étaient froides, mais la langue et les lèvres de Nour continuaient à brûler, et il lui semblait que des pièces chauffées au feu étaient posées sur ses paupières. Le vent passait sur les rochers, soufflait sur les dunes, faisait grelotter de fièvre les hommes dans leurs haillons. Quelque part, au milieu de ses guerriers endormis, le vieux cheikh vêtu de son manteau blanc regardait la nuit sans dormir, comme il avait fait depuis des mois. Son regard allait dans le fouillis d'étoiles qui baignait la terre de sa clarté diffuse. A certains moments, il marchait un peu au milieu des hommes endormis. Puis il retournait s'asseoir à sa place, et il buvait du thé, lentement, en écoutant les craquements du charbon dans le brasero.

Les jours ont passé comme cela, brûlants et terribles, tandis que le troupeau des hommes et des bêtes remontait la vallée, vers le nord. Ils suivaient maintenant la piste du Tindouf, à travers le plateau aride de la Hamada. Les fils de Ma el Aïnine, avec les hommes les plus valides, chevauchaient en éclaireurs par les vallées resserrées des monts Ouarkziz, mais c'était une route trop dure pour les femmes et les enfants, et le cheikh avait choisi de suivre la piste de l'est.

A l'arrière de la caravane, Nour marchait, avec la main du guerrier aveugle qui serrait son épaule. Chaque jour le fardeau de nourriture devenait plus léger, et Nour savait bien qu'il n'y en aurait pas assez pour aller jusqu'au bout du voyage.

Maintenant ils marchaient sur l'immense plateau de pierres, tout près du ciel. Ils traversaient parfois des crevasses, de grandes blessures noires dans la roche blanche, des éboulis de cailloux pareils à des couteaux. Le guerrier aveugle serrait très fort l'épaule et le bras de Nour, pour ne pas tomber.

Les hommes avaient usé leurs chaussures en cuir de chèvre, et beaucoup avaient bandé leurs pieds avec des lambeaux de leurs habits, pour arrêter le sang qui coulait. Les femmes allaient pieds nus, parce qu'elles étaient habituées depuis leur enfance, mais quelquefois, un caillou plus aigu entamait leur chair et elles geignaient en marchant.

Le guerrier aveugle ne parlait jamais durant le jour. Son visage sombre était caché par son manteau bleu, et par le pansement qui recouvrait ses yeux comme le capuchon d'un faucon. Il marchait sans se plaindre, et depuis que Nour le guidait, il n'avait plus peur de se perdre. Seulement, quand il sentait venir le soir, quand les hommes de Larhdaf et de Saadbou, loin au-devant dans les vallées, criaient avec leurs voix chantantes le signal de la halte, le guerrier aveugle demandait, toujours avec la même inquiétude :

« Est-ce que c'est ici ? Est-ce que nous y sommes ? Dis-moi, est-ce que nous sommes arrivés à l'endroit où nous devons nous arrêter pour toujours ? »

Nour regardait autour de lui, et il ne voyait que l'étendue sans fin de la pierre et de la poussière, la terre toujours pareille sous le ciel. Il détachait son fardeau, et il disait simplement :

« Non, ce n'est pas encore ici. »

Alors, comme chaque soir, le guerrier aveugle buvait quelques gorgées à l'outre, mangeait quelques dattes et du pain, puis il s'étendait sur la terre, et il continuait à

234

parler des choses de son pays, de la grande ville sainte de Chinguetti, près du lac de Chinchan. Il parlait de l'oasis où l'eau est verte, où les palmiers sont immenses et donnent des fruits doux comme le miel, où l'ombre est pleine du chant des oiseaux et du rire des jeunes filles qui vont puiser l'eau. Il racontait cela avec sa voix qui chantonnait un peu, comme s'il se berçait lui-même pour atténuer sa souffrance. Quelquefois, ses compagnons venaient s'asseoir auprès de lui, ils partageaient avec Nour le pain et les dattes, ou bien ils faisaient du thé avec l'herbe *chiba*. Ils écoutaient le monologue du guerrier aveugle, puis ils parlaient eux aussi de leur terre, des puits du Sud, Atar, Oujeft, Tamchakatt, et de la grande ville d'Oualata. Ils parlaient une langue étrange et douce comme celle des prières, et leurs visages maigres étaient couleur de métal. Quand le soleil était près de l'horizon, et que le plateau désert devenait brillant de lumière, ils s'agenouillaient et faisaient leur prière, le front dans la poussière. Nour aidait le guerrier aveugle à se prosterner dans la direction du levant, puis il se couchait, enveloppé dans son manteau, et il écoutait le bruit de voix des hommes, jusqu'au sommeil.

Comme cela ils ont traversé les monts du Ouarkziz, en suivant les failles et les lits des torrents desséchés. La caravane s'étirait sur tout le plateau, d'un bout à l'autre de l'horizon. Le grand nuage de poussière rouge montait chaque jour dans le ciel bleu, se penchait dans le vent. Les troupeaux de chèvres et de moutons, les chameaux de bât marchaient au milieu des hommes, les aveuglaient de poussière. Loin derrière eux, les vieillards, les femmes malades, les enfants abandonnés, les guerriers blessés, marchaient dans la douleur de la lumière, la tête penchée, les jambes faibles, laissant parfois sur leurs traces des gouttes de sang.

La première fois que Nour avait vu quelqu'un tomber, au bord de la piste, sans un cri, il avait voulu s'arrêter ; mais les guerriers bleus, et ceux qui marchaient avec lui, l'avaient poussé en avant, sans rien dire, parce qu'il n'y avait plus rien à faire. Maintenant, Nour ne s'arrêtait plus. Quelquefois il y avait la forme d'un corps, dans la poussière, bras et jambes repliés, comme s'il dormait. C'était un vieil homme, ou une femme, que la fatigue et le mal avaient arrêté là, sur le côté de la piste, frappé derrière la tête comme avec un marteau, le corps déjà desséché. Le vent qui souffle jetterait les poignées de sable sur lui, le recouvrirait bientôt, sans qu'on ait besoin de creuser de tombe.

Nour pensait à la vieille femme qui lui avait donné du thé, là-bas, dans le campement de Smara. Peut-être qu'elle était tombée, elle aussi, un jour, frappée par le soleil, et que le sable du désert l'avait recouverte. Mais il ne pensait pas longtemps à elle, parce que chaque pas qu'il faisait était comme la mort d'une personne, qui effaçait ses souvenirs ; comme si la traversée du désert devait tout détruire, tout brûler dans sa mémoire, faire de lui un autre garçon. La main du guerrier aveugle le poussait en avant quand la fatigue ralentissait ses jambes, et peut-être que sans cette main posée sur son épaule, il serait tombé, lui aussi, bras et jambes repliés, au bord de la piste.

Il y avait toujours de nouvelles montagnes à l'horizon, le plateau de pierres et de sable semblait sans fin, comme la mer. Chaque soir, le guerrier aveugle disait à Nour, quand il entendait les cris de la halte :

« Est-ce que c'est ici ? Est-ce que nous sommes arrivés ? »

Et puis il disait :

« Dis-moi ce que tu vois. »

Mais Nour répondait simplement :

« Non, ce n'est pas ici. Il n'y a que le désert, nous devons marcher plus loin. »

Maintenant, le désespoir gagnait les hommes. Même les guerriers du désert, les hommes bleus invincibles de Ma el Aïnine étaient fatigués, et leur regard était honteux, comme celui des hommes qui ont cessé de croire.

Ils restaient assis par petits groupes, leurs fusils allongés dans leurs bras, sans parler. Quand Nour allait voir son père et sa mère pour leur demander de l'eau, c'était leur silence qui l'effrayait le plus. C'était comme si la menace de la mort avait atteint les hommes, et qu'ils n'avaient plus de force pour s'aimer.

La plupart des gens de la caravane, les femmes, les enfants, étaient prostrés sur la terre, attendant que le soleil s'éteigne à l'horizon. Ils n'avaient même plus la force de dire la prière, malgré l'appel des religieux de Ma el Aïnine qui résonnait sur le plateau. Nour s'étendait sur le sol, la tête posée sur son fardeau presque vide, et il regardait le ciel sans fond qui changeait de couleur, en écoutant la voix de l'aveugle qui chantonnait.

Parfois il avait l'impression que tout cela était un rêve, un terrible, interminable rêve qu'il faisait les yeux ouverts, et qui l'entraînait le long des routes des étoiles, sur la terre lisse et dure comme une pierre polie. Alors les souffrances étaient des lances tendues, et il avançait sans comprendre ce qui le déchirait. C'était comme s'il sortait de lui-même, abandonnant son corps sur la terre brûlée, son corps immobile sur le désert de pierres et de sable, pareil à une tache, à un tas de vieux chiffons jeté sur le sol parmi tous les autres tas de chiffons délaissés, et son âme s'aventurait dans le ciel glacé, au milieu des étoiles, parcourant en un clin d'œil tout l'espace que sa vie ne suffirait pas à reconnaître. Il voyait alors, surgis comme des mirages, les villes extraordinaires aux palais de pierre blanche, les tours, les dômes, les grands jardins ruisselants d'eau pure, les arbres chargés de fruits, les massifs de fleurs, les fontaines où s'assemblaient les jeunes filles aux rires légers. Il voyait cela distinctement, il glissait dans l'eau fraîche, il buvait aux cascades, il goûtait chaque fruit, il respirait chaque odeur. Mais ce qui était le plus extraordinaire, c'était la musique qu'il entendait, quand il s'en allait de son corps. Il n'avait jamais rien entendu de semblable. C'était une voix de jeune femme qui chantait dans la langue chleuh, une chanson douce qui bougeait dans l'air et qui répétait tout le temps la même parole, ainsi :

« Un jour, oh, un jour, le corbeau deviendra blanc, la mer s'asséchera, on trouvera le miel dans la fleur du cactus, on fera une couche avec les branches de l'acacia, oh, un jour, il n'y aura plus de venin dans la bouche du serpent, et les balles des fusils ne porteront plus la mort, car ce sera le jour où je quitterai mon amour... »

D'où venait cette voix, si claire, si douce ? Nour sentait son esprit glisser encore plus loin, au-delà de cette terre, au-delà de ce ciel, vers le pays où il y a des nuages noirs chargés de pluie, des rivières profondes et larges où l'eau ne cesse jamais de couler.

« Un jour, oh, un jour, le vent ne soufflera pas sur la terre, les grains de sable seront doux comme le sucre, sous chaque pierre du chemin il y aura une source qui m'attendra, un jour, oh, un jour, les abeilles chanteront pour moi, car ce sera le jour où je quitterai mon amour... »

Là grondent les bruits mystérieux de l'orage, là règnent le froid, la mort.

« Un jour, oh, un jour, il y aura le soleil de la nuit, l'eau de la lune laissera ses flaques sur la terre, le ciel donnera l'or des étoiles, un jour, oh, un jour, je verrai mon ombre danser pour moi, car ce sera le jour où je quitterai mon amour... »

C'est de là que vient l'ordre nouveau, celui qui chasse les hommes bleus du désert, qui fait naître la peur de toutes parts.

« Un jour, oh, un jour, le soleil sera noir, la terre s'ouvrira jusqu'au centre, la mer recouvrira le sable, un jour, oh, un jour, mes yeux ne verront plus la lumière, ma bouche ne pourra plus dire ton nom, mon cœur cessera de battre, car se sera le jour où je quitterai mon amour... »

La voix étrangère s'éloignait en murmurant, et Nour entendait à nouveau la chanson lente et triste du guerrier aveugle qui parlait tout seul, son visage tourné vers le ciel qu'il ne pouvait pas voir.

La caravane de Ma el Aïnine est arrivée un soir au bord du Draa, de l'autre côté des montagnes. Là, en descendant vers l'ouest, ils ont aperçu les fumées des campements des troupes de Larhdaf et de Saadbou. Quand les hommes se sont retrouvés, il y a eu un regain d'espoir. Le père de Nour est venu à sa rencontre, et il l'a aidé à porter sa charge.

« Où est-ce que nous sommes ? Est-ce que c'est ici ? » demandait le guerrier aveugle.

Nour lui expliqua qu'on avait franchi le désert, et qu'on n'était plus très loin du but.

Il y eut comme une fête cette nuit-là. Pour la première fois depuis longtemps, on entendait le son des guitares et des tambours, et le chant clair des flûtes.

La nuit était plus douce dans la vallée, il y avait de l'herbe pour les bêtes. Avec son père et sa mère, Nour mangea le pain de mil et les dattes, et le guerrier aveugle reçut aussi sa part. Il parla avec eux du chemin qu'ils avaient parcouru, de la Saguiet el Hamra jusqu'au tombeau de Sidi Mohammed el Quenti. Puis ils marchèrent ensemble, guidant le guerrier aveugle à travers les champs de broussailles, jusqu'au lit desséché du Draa.

Il y avait beaucoup d'hommes et de bêtes, car aux hommes et aux troupeaux de la caravane du grand cheikh s'étaient joints les nomades du Draa, ceux des puits du Tassouf, les hommes de Messeïed, de Tcart, d'El Gaba, de Sidi Brahim el Aattami, tous ceux que la misère et la menace de l'arrivée des Français avaient chassés des régions de la côte, et qui avaient appris que le grand cheikh Ma el Aïnine était en route pour la guerre sainte, pour chasser les étrangers des terres des Croyants.

Alors on ne voyait plus les trous que la mort avait creusés dans les rangs des hommes et des femmes. On ne voyait plus que la plupart des hommes étaient blessés ou malades, ni que les petits enfants mouraient lentement dans les bras de leur mère, brûlés par la fièvre et par la déshydratation.

On voyait seulement, de toutes parts, sur le lit noir du fleuve desséché, ces silhouettes qui marchaient lentement, et ces troupeaux de chèvres et de moutons, et ces hommes montés sur leurs chameaux, sur leurs chevaux, qui allaient quelque part, vers leur destin.

Pendant des jours ils ont remonté l'immense vallée du Draa, sur l'étendue de sable craquelé, durci comme la terre cuite au four, sur le lit noir du fleuve où le soleil du zénith brûlait comme une flamme. De l'autre côté de la vallée, les hommes de Larhdaf et de Saadbou ont lancé leurs chevaux le long d'un torrent étroit, et les hommes, les femmes, les troupeaux ont suivi la route qu'ils avaient ouverte. Maintenant c'étaient les guerriers de Ma el Aïnine qui allaient en dernier, montés sur leurs chameaux, et Nour marchait avec eux, guidant le guerrier aveugle. La plupart des soldats de Ma el Aïnine allaient à pied, en s'aidant de leurs fusils et de leurs lances pour escalader les ravins.

Le soir même, la caravane atteignit le puits profond, celui qu'on appelait Aïn Rhatra, non loin de Torkoz, au pied des montagnes. Comme chaque soir, Nour alla chercher l'eau pour le guerrier aveugle, et ils firent leurs ablutions et leur prière. Puis Nour s'installa pour la nuit, non loin des guerriers du cheikh. Ma el Aïnine ne dressait pas sa tente. Il dormait dehors, comme les hommes du désert, simplement enveloppé de son manteau blanc, accroupi sur son tapis de selle. La nuit tombait vite, parce que les hautes montagnes étaient proches. Le froid faisait frissonner les hommes. A côté de Nour, le guerrier aveugle ne chantait plus. Peut-être qu'il n'osait pas à cause de la présence du cheikh, ou bien il était trop fatigué pour parler.

Quand Ma el Aïnine prit son repas du soir avec ses guerriers, il fit porter un peu de nourriture et du thé pour Nour et pour son compagnon. Le thé surtout leur fit du bien, et Nour pensait qu'il n'avait jamais rien bu de meilleur. Les aliments, et l'eau fraîche du puits étaient comme une lumière dans leur corps, qui leur rendait toute leur force. Nour mangeait le pain en regardant la silhouette assise du vieil homme, enveloppée dans le grand manteau blanc.

De temps en temps, des gens venaient vers le cheikh, pour lui demander sa bénédiction. Lui les recevait, les faisait asseoir à côté de lui, leur offrait une part de son pain, leur parlait. Ils s'en allaient, après avoir baisé un pan de son manteau. C'étaient des hommes nomades du Draa, des bergers en haillons, ou des femmes bleues qui portaient leurs petits enfants enroulés dans leurs manteaux. Ils voulaient voir le cheikh, pour recevoir un peu de force, un peu d'espoir, pour qu'il calme les plaies de leur corps.

Plus tard, dans la nuit, Nour se réveilla en sursaut. Il vit le guerrier aveugle qui était penché vers lui. La clarté des étoiles faisait luire vaguement son visage plein de souffrance. Comme Nour se reculait, presque effrayé, l'homme dit à voix basse :

« Est-ce qu'il va me rendre la vue ? Est-ce que je pourrai voir à nouveau ? »

« Je ne sais pas », dit Nour.

Le guerrier aveugle gémit et retomba sur le sol, la tête dans la poussière.

Nour regardait autour de lui. Au fond de la vallée, au pied des montagnes, il n'y avait plus un mouvement, plus un bruit. Partout les hommes dormaient, enroulés dans leurs toiles, pour lutter contre le froid. Seul, assis sur son tapis de selle, comme si pour lui la fatigue n'existait pas, Ma el Aïnine était immobile, les yeux fixés sur le paysage nocturne.

Alors Nour se couchait sur le côté, la joue contre son bras, et il regardait longuement le vieil homme qui priait, et c'était comme s'il partait encore une fois le long d'un rêve interminable, un rêve plus grand que lui, qui le conduisait vers un autre monde.

Chaque jour, quand le soleil se levait, les hommes étaient debout. Ils prenaient leur charge sans rien dire, et les femmes enroulaient les jeunes enfants dans leur dos. Les animaux se redressaient aussi, ils piétinaient le sol en faisant jaillir la première poussière, car c'était l'ordre du vieil homme qui passait en eux, qui montait avec la chaleur du soleil et l'ivresse du vent.

Ils continuaient leur marche vers le nord, à travers les montagnes déchiquetées du Taïssa, le long des défilés brûlants comme les flancs d'un volcan.

Parfois, le soir, quand ils arrivaient devant le puits, des hommes et des femmes bleus, sortis du désert, accouraient vers eux avec des offrandes de dattes, du lait caillé, du pain de mil. Le grand cheikh leur donnait sa bénédiction, car ils avaient conduit leurs petits enfants malades du ventre ou des yeux. Ma el Aïnine les oignait avec un peu de terre mêlée à sa salive, il posait ses mains sur leur front ; puis les femmes s'en allaient, elles retournaient vers le désert rouge, comme elles étaient venues. Parfois aussi, des hommes venaient avec leurs fusils et leurs lances, pour se joindre à la troupe. C'étaient des paysans aux visages rudes, avec des cheveux blonds ou roux et des yeux verts étranges.

De l'autre côté des montagnes la caravane est arrivée à la palmeraie de Taïdalt,
là où commencent le fleuve Noun, et la
piste de Goulimine. Nour pensait qu'ils
pourraient se reposer et boire à satiété,
mais la palmeraie était petite, rongée par
la sécheresse et par le vent du désert. Les
grandes dunes grises avaient mangé l'oasis, et l'eau était couleur de boue. Il n'y
avait presque personne dans la palmeraie,
seulement quelques vieillards épuisés par
la faim. Alors la troupe de Ma el Aïnine
est repartie le jour suivant, le long du
fleuve desséché, vers Goulimine.

Avant d'arriver à la ville, les troupes
des fils de Ma el Aïnine sont parties en
avant. Ils sont revenus deux jours plus
tard, apportant les mauvaises nouvelles :
les soldats des Chrétiens avaient débarqué
à Sidi Ifni, et ils remontaient eux aussi
vers le nord. Larhdaf voulait quand même
aller à Goulimine, pour se battre contre les
Français et les Espagnols, mais le cheikh
lui a montré les hommes qui campaient sur
la plaine, et il lui a demandé seulement :
« Est-ce que ce sont tes soldats ? » Alors
Larhdaf a baissé la tête, et le grand cheikh
a donné l'ordre du départ, au large de
Goulimine, vers la palmeraie des Aït
Boukha, puis à travers les montagnes,
jusqu'à la piste de Bou Izakarn, à l'est.

Malgré leur fatigue, les hommes et les
femmes ont cheminé pendant des semaines à travers les montagnes rouges, le long
des torrents sans eau. Les hommes bleus,

les femmes, les bergers avec leurs troupeaux, les chameaux de bât, les cavaliers, tous devaient se faufiler entre les blocs de pierre, trouver un passage sur les éboulis. Comme cela, ils sont arrivés à la ville sainte de Sidi Ahmed ou Moussa, le patron des acrobates et des jongleurs. La caravane s'est installée partout dans la vallée aride. Seuls le cheikh et ses fils, et ceux de la Goudfia sont restés dans l'enceinte du tombeau, tandis que les hommes nobles venaient leur donner acte d'allégeance.

Ce soir-là, il y eut une prière commune, sous le ciel étoilé, et les hommes et les femmes se sont rassemblés autour du tombeau du saint. Près des feux allumés, le silence était seulement interrompu par le crépitement des branches sèches, et Nour voyait la silhouette légère du cheikh accroupi par terre, en train de réciter à voix basse la formule du *dzikr*. Mais ce soir-là, c'était une prière sans cris et sans musique, parce que la mort était trop proche, et que la fatigue avait serré leurs gorges. Il y avait seulement la voix très douce, légère comme une fumée, qui chantonnait dans le silence. Nous regardait autour de lui, et il voyait les milliers d'hommes vêtus de leurs manteaux de laine, assis sur la terre, éclairés de loin en loin par les feux. Ils restaient immobiles et silencieux. C'était la prière la plus intense, la plus douloureuse qu'il eût jamais entendue. Aucun ne bougeait,

247

sauf, de temps à autre, une femme qui allaitait son enfant pour l'endormir, ou un vieillard qui toussait. Dans la vallée aux murs hauts, il n'y avait pas un souffle d'air, et les feux brûlaient très droit et très fort. La nuit était belle et glacée, emplie d'étoiles. Puis la lueur de la lune venait à l'horizon, au-dessus des falaises noires, et le disque d'argent, absolument rond, montait heure par heure vers le zénith.

Le cheikh a prié toute la nuit, tandis que les feux s'éteignaient, les uns après les autres. Les hommes, accablés de fatigue, se couchaient là où ils étaient pour dormir. Nour ne s'était éloigné que deux ou trois fois, pour aller uriner derrière les broussailles, au fond de la vallée. Il ne pouvait pas dormir, comme si la fièvre brûlait son corps. Près de lui, son père, sa mère et ses sœurs s'étaient assoupis, enveloppés dans leurs manteaux, et le guerrier aveugle dormait aussi, la tête sur la terre froide.

Nour continuait à regarder le vieil homme assis près du tombeau blanc, en train de chanter doucement, dans le silence de la nuit, comme s'il berçait un enfant.

Au lever du jour, la caravane est repartie, accompagnée des Aït ou Moussa et des montagnards venus d'Ilirh, de Tafermit, les Ida Gougmar, les Ifrane, les Tirhmi, tous ceux qui voulaient suivre Ma el Aïnine dans sa guerre pour le royaume de Dieu.

Il y a eu encore beaucoup de jours à travers les montagnes désertes, le long des ravins et des torrents desséchés. Chaque jour la brûlure du soleil recommençait, la soif, l'éblouissement du ciel trop blanc, les rochers trop rouges, la poussière qui suffoquait les bêtes et les hommes. Nour ne se souvenait plus de ce qu'était la terre quand on était immobile. Il ne se souvenait plus des puits, quand les femmes vont puiser l'eau dans leurs jarres, et qu'elles parlent comme les oiseaux. Il ne se souvenait plus de la chanson des bergers qui laissent les troupeaux s'égarer, ni des jeux des enfants, dans le sable des dunes. C'était comme s'il avait marché depuis toujours, voyant sans cesse des collines identiques, des ravins, des rochers rouges. Par moments, il aurait tellement voulu s'asseoir sur une pierre, n'importe quelle pierre au bord de la piste, et regarder partir la longue caravane, les silhouettes noires des hommes et des chameaux dans l'air tremblant, comme si ç'avait été un mirage en train de se dissoudre. Mais la main du guerrier aveugle ne lâchait pas son épaule, elle le poussait en avant, elle l'obligeait à marcher.

Quand ils arrivaient en vue d'un village, ils s'arrêtaient. Le nom du village courait d'homme à homme, bourdonnait sur toutes les lèvres : « Tirhmi, Anezi, Assaka, Asserssif... » Ils longeaient maintenant une vraie rivière, où coulait un filet d'eau.

Les rives étaient peuplées d'acacias blancs et d'aganiers. Puis ils marchaient sur une immense plaine de sable, blanche comme le sel, où la lumière du soleil aveuglait.

Un soir, tandis que la caravane s'installait pour la nuit, une troupe de guerriers est arrivée au nord, accompagnant un homme à cheval, vêtu d'un grand manteau blanc.

C'était le grand cheikh Lahoussine qui venait apporter l'aide de ses guerriers, et distribuer de la nourriture pour les voyageurs. Alors, les hommes ont compris que le voyage touchait à sa fin, car on arrivait dans la vallée du grand fleuve Souss, là où il y aurait de l'eau et des pâturages pour les bêtes, et de la terre pour tous les hommes.

Lorsque la nouvelle s'est répandue parmi les voyageurs, Nour a senti encore une fois l'impression du vide et de la mort, comme avant de partir de Smara. Les gens allaient et venaient en courant dans la poussière, ils jetaient des cris, ils s'interpellaient : « Nous sommes arrivés ! Nous sommes arrivés ! » Le guerrier aveugle serrait très fort l'épaule de Nour, et il criait, lui aussi : « Nous sommes arrivés ! »

Mais ce n'est que le surlendemain qu'ils sont arrivés dans la vallée du grand fleuve, devant la ville de Taroudant. Pendant des heures, ils ont remonté le cours de la rivière, marchant dans les minces filets d'eau qui coulaient sur les galets rouges. Malgré l'eau du fleuve, les rives étaient sèches et nues, et la terre était dure, cuite par le soleil et par le vent.

Nour marchait sur les galets de la rivière, entraînant le guerrier aveugle. Malgré le feu du soleil, l'eau était glacée. Quelques arbustes maigres avaient poussé au milieu de la rivière, sur les îlots de galets. Il y avait aussi les grands troncs blancs que les crues avaient apportés de la montagne.

Nour avait oublié déjà l'impression de mort. Il était heureux parce qu'il pensait, lui aussi, que c'était la fin du voyage, que c'était ici la terre que Ma el Aïnine leur avait promise, avant de quitter Smara.

L'air chaud était chargé d'odeurs, car c'était le début du printemps. Nour respirait cette odeur pour la première fois. Au-dessus des cours d'eau, des insectes dansaient, des guêpes, des mouches légères. Il y avait si longtemps que Nour n'avait pas vu d'animaux qu'il était heureux de voir ces mouches et ces guêpes. Même quand un taon le piqua tout à coup à travers ses vêtements, il ne se mit pas en colère, et se contenta de le chasser de la main.

De l'autre côté de la rivière Souss, accotée à la montagne rouge, il y avait cette grande ville aux maisons de boue, qui se dressait comme une vision céleste. Irréelle, comme suspendue dans la lumière du soleil, la ville semblait attendre les hommes du désert, pour leur offrir le refuge. Jamais Nour n'avait vu une ville aussi belle. Les hauts murs de pierre rouge et de boue, sans fenêtres, resplendissaient dans la lumière du couchant. Un halo de poussière flottait au-dessus de la ville comme du pollen, l'entourait de son nuage magique.

Les voyageurs se sont arrêtés dans la vallée, en contrebas de la ville, et ils l'ont regardée longtemps, avec amour et crainte à la fois. Maintenant, pour la première fois depuis le commencement de leur voyage, ils sentaient combien ils étaient las, leurs vêtements en lambeaux, leurs pieds enveloppés de chiffons sanglants, leurs lèvres et leurs paupières brûlées par le soleil du désert. Ils étaient assis sur les galets du fleuve, et certains avaient dressé leurs tentes, ou bien avaient construit des abris de branches et de feuilles. Comme s'il ressentait lui aussi la crainte de la foule, Ma el Aïnine s'était arrêté avec ses fils et ses guerriers, sur la rive du fleuve.

Maintenant on dressait les grandes tentes des chefs de tribu, on déchargeait les chameaux de bât. La nuit est venue sur les remparts de la ville, le ciel s'est éteint, et la terre rouge est devenue sombre. Seuls, les hauts sommets de l'Atlas, le mont Tichka, le mont Tinergouet, couverts de givre, luisaient encore au soleil quand la vallée était déjà dans la nuit. On entendait l'appel pour la prière du soir, dans la ville ; une voix qui résonnait étrangement comme une plainte. Sur les galets du fleuve, les voyageurs se prosternaient et priaient eux aussi, sans élever la voix, avec le bruit doux de l'eau qui coulait.

C'est au matin que Nour fut ébloui. Il avait dormi d'une traite, sans ressentir les cailloux qui meurtrissaient ses côtes, ni le froid et l'humidité de la rivière. Quand il s'éveilla, il vit la brume qui descendait lentement le long de la vallée, comme si la lumière du jour la poussait devant elle. Sur le lit du fleuve, au milieu des hommes endormis, les femmes marchaient déjà pour puiser l'eau, ou pour ramasser quelques brindilles. Les enfants cherchaient les crevettes sous les pierres plates.

Mais c'est en regardant la ville que Nour était émerveillé. Dans l'air pur de l'aurore, au pied des montagnes, la ville de Taroudant dressait sa forteresse. Ses murs de pierre rouge, ses terrasses, ses tours étaient nets et précis, semblaient avoir été sculptés dans le roc même de la montagne. La brume blanche passait par instants entre le lit du fleuve et la ville, la cachait à demi, comme si la citadelle flottait au-dessus de la vallée, sorte de vaisseau de terre et de pierre qui glissait lentement devant les îles des montagnes neigeuses.

Nour regardait cela, sans pouvoir détourner son regard. Les hautes murailles sans fenêtres fascinaient ses yeux. Il y avait quelque chose de mystérieux et de menaçant dans ces murs, comme si ce n'étaient pas des hommes qui vivaient là, mais des esprits surnaturels. Lentement la lumière apparaissait dans le ciel, rose, puis couleur d'ambre, comme cela, jusqu'à ce que le bleu éclatant soit partout. La lumière crépitait sur les murs de boue, sur les terrasses, sur les jardins d'orangers et sur les grands palmiers. Plus bas, les terrains arides, traversés par les acéquias, étaient d'un rouge presque violacé.

Immobile sur la plage au milieu des hommes du désert, dans le silence, Nour regardait la ville magique qui s'éveillait. Les fumées légères montaient dans l'air, et on entendait, presque irréels, les bruits familiers de la vie, les voix, les rires des enfants, le chant d'une jeune femme.

Pour les hommes du désert, immobiles sur le lit de la rivière, ces fumées, ces bruits semblaient immatériels, comme s'ils étaient en train de rêver cette ville fortifiée au flanc de la montagne, ces champs, ces palmiers, ces orangers.

Maintenant, le soleil était haut dans le ciel, brûlant déjà les cailloux du lit de la rivière. Une odeur étrange venait jusqu'au campement des nomades, et Nour avait de la peine à la reconnaître. Ce n'était pas l'odeur aigre et froide des jours de fuite et de peur, cette odeur qu'il respirait depuis si longtemps à travers le désert. C'était une odeur de musc et d'huile, puissante, enivrante, l'odeur des braseros où brûle le charbon de cèdre, l'odeur de la coriandre, du poivre, de l'oignon.

Nour respirait cette odeur, sans oser bouger de peur de la perdre, et le guerrier aveugle, lui aussi, reconnaissait ce bonheur. Tous les hommes étaient immobiles, leurs yeux agrandis regardant sans ciller, jusqu'à la souffrance, la haute muraille rouge de la ville. Ils regardaient la ville à la fois si proche et lointaine, la ville qui peut-être allait ouvrir ses portes, et leur cœur battait plus vite. Autour d'eux, les plages de galets de la rivière tremblaient déjà dans la chaleur du jour. Ils regardaient sans bouger la ville magique. Puis, comme le soleil montait encore dans le ciel bleu, les uns après les autres, ils couvraient leur tête avec un pan de leur manteau.

La vie chez les esclaves

Appuyée sur le bastingage, Lalla regarde l'étroite bande de terre qui apparaît à l'horizon comme une île. Malgré la fatigue, elle regarde la terre de toutes ses forces, elle essaie de distinguer les maisons, les routes, peut-être même les silhouettes des gens. A côté d'elle, les voyageurs sont massés contre le bastingage. Ils crient, ils font des gestes, ils parlent avec véhémence, ils s'interpellent dans toutes les langues d'un bout à l'autre du pont arrière. Il y a si longtemps qu'ils attendent ce moment ! Il y a beaucoup d'enfants et d'adolescents. Ils portent, accrochée à leurs vêtements, la même étiquette, avec leur nom, leur date de naissance, et le nom et l'adresse de la personne qui les attend à Marseille. Au bas de l'étiquette, il y a une signature, un tampon, et une petite croix rouge dans un cercle noir. Lalla n'aime pas la petite croix rouge ; elle a l'impression qu'elle brûle sa peau à travers sa blouse, qu'elle se marque peu à peu sur sa poitrine.

Le vent froid souffle par rafales sur le pont, et les vagues lourdes font vibrer les tôles du bateau. Lalla a mal au cœur, parce que, pendant la nuit, au lieu de dormir, les enfants ont fait circuler les tubes de lait condensé que les commissaires de la Croix-Rouge avaient distribués avant l'embarquement. Et puis, comme il n'y avait pas assez de chaises longues, Lalla a dû dormir par terre, dans la chaleur écœurante de la cale, dans l'odeur du mazout, de la graisse, secouée par les trépidations du moteur. Maintenant les premières mouettes volent au-dessus de la poupe, elles crient et piaillent, comme si elles étaient en colère de voir arriver le bateau. Elles ne ressemblent pas du tout à des princes de la mer ; elles sont gris sale, avec un bec jaune et un œil qui brille durement.

Lalla n'a pas vu l'aurore. Elle s'est endormie, accablée de fatigue, sur la bâche de la cale, la tête appuyée sur un morceau de carton. Quand elle s'est réveillée, tout le monde était déjà sur le pont, les yeux fixés sur la bande de terre. Il n'y avait plus dans la cale qu'une jeune femme très pâle qui tenait dans ses bras un minuscule bébé. Le bébé était malade, il avait vomi par terre, il geignait doucement. Quand Lalla s'est approchée pour demander ce qu'il avait, la jeune femme l'a regardée sans répondre, avec des yeux vides.

Maintenant, la terre est toute proche, elle flotte sur la mer verte, encombrée de saletés. La pluie commence à tomber sur le pont, mais personne ne se met à l'abri. L'eau froide ruisselle sur les cheveux frisés des enfants, fait des gouttes au bout de leur nez. Ils sont habillés comme des pauvres, avec des chemisettes légères, des pantalons de toile bleue, ou des jupes grises, quelquefois avec une grande robe traditionnelle en bure. Ils sont pieds nus dans des chaussures de cuir noir trop grandes. Les hommes adultes ont de vieilles vestes fatiguées, des pantalons trop courts, et des bonnets de ski en laine. Lalla regarde les enfants, les femmes, les hommes autour d'elle ; ils ont l'air triste et apeuré, ils ont des figures jaunes, bouffies par la fatigue, les jambes et les bras martelés par la chair de poule. L'odeur de la mer se mêle à celle de la fatigue et de l'inquiétude, et au loin, comme une tache sur la mer verte, la terre elle aussi semble triste et lasse. Le ciel est bas, les nuages couvrent le haut des collines ; Lalla a beau regarder, elle ne voit pas la ville blanche dont parlait Naman le pêcheur, ni les palais, ni les tours des églises. Maintenant, il n'y a que des quais, sans fin, couleur de pierre et de ciment, des quais qui s'ouvrent sur d'autres quais. Le bateau chargé de voyageurs glisse lentement dans l'eau noire des bassins. Sur les quais, il y a quelques hommes debout, qui regardent passer le bateau avec indifférence. Pourtant, les enfants crient à tue-tête, agitent leurs bras, mais personne ne leur répond. La pluie continue à tomber, fine et froide. Lalla regarde l'eau du bassin, l'eau noire et grasse où flottent des débris dont même les mouettes ne veulent plus.

Peut-être qu'il n'y a pas de ville ? Lalla regarde les quais mouillés, les silhouettes des cargos arrêtés, les grues et, plus loin encore, les longs immeubles blancs qui font un mur au fond du port. Peu à peu, la gaieté des enfants du bateau de la Croix-Rouge Internationale se met à tomber. Il y a, de temps en temps, encore quelques cris, mais ils ne durent pas. Déjà, les commissaires et les accompagnatrices marchent sur le pont, crient des ordres que personne ne comprend. Ils réussissent à grouper les enfants, et ils commencent l'appel des noms, mais leur voix se perd dans le bruit du moteur et dans le brouhaha de la foule.

« ...Makel... »

« ...Séfar... »

« Ko-di-ki... »

« Hamal... »

« ...Lagor... »

Cela ne veut rien dire, et personne ne répond. Puis le haut-parleur se met à parler, comme en aboyant, au-dessus de la tête des passagers, et il y a une sorte de panique. Certains courent vers l'avant, d'autres essaient de monter les escaliers vers le pont supérieur où les officiers les refoulent. Enfin, tout le monde se calme, parce que le bateau vient d'accoster et a arrêté ses machines. Sur le

261

quai, il y a une laide baraque de ciment aux fenêtres allumées. Les enfants, les femmes, les hommes se penchent par-dessus le bastingage pour essayer d'apercevoir un visage familier, parmi les gens qu'on voit marcher là-bas, de l'autre côté de la baraque, pas plus grands que des insectes.

Le débarquement commence. C'est-à-dire que pendant plusieurs heures, les passagers restent sur le pont du bateau de la Croix-Rouge Internationale, en attendant qu'on donne un signal quelconque. Au fur et à mesure que le temps passe, l'énervement grandit parmi les enfants qui sont massés sur le pont. Les jeunes enfants se mettent à pleurer, avec un geignement continu qui grince et n'arrange pas les choses. Les femmes crient, ou bien les hommes. Lalla s'est assise sur un tas de cordage, avec sa valise posée à côté d'elle, à l'abri de la cloison du pont des officiers, et elle attend en regardant les mouettes grises qui volent dans le ciel gris.

Enfin vient le moment de descendre à terre. Les passagers sont tellement fatigués d'attendre qu'ils mettent un bon moment avant de s'ébranler. Lalla suit la cohorte jusqu'à la grande baraque grise. Là, il y a trois policiers et des interprètes qui posent des questions à ceux qui arrivent. Pour les enfants, cela va un peu plus vite, parce que le policier se contente de lire ce qui est écrit sur les étiquettes et de le recopier sur ses fiches. Quand il a fini, l'homme regarde Lalla et il lui demande :

« Tu as l'intention de travailler en France ? »

« Oui », dit Lalla.

« Quel travail ? »

« Je ne sais pas. »

« Employée de maison. » Le policier dit cela, et il l'écrit sur sa feuille. Lalla ramasse sa valise, et elle va attendre avec les autres, dans la grande salle aux murs gris où brille la lumière électrique. Il n'y a rien pour s'asseoir, et malgré le froid de la pluie, au-dehors, il fait une chaleur suffocante dans la salle. Les enfants les plus jeunes se sont endormis dans les bras de leur mère, ou bien par terre, couchés sur des vêtements. Ce sont les enfants plus âgés qui se plaignent maintenant. Lalla a soif, sa gorge est sèche, ses yeux brûlent de fièvre. Elle est trop lasse pour penser à quoi que ce soit. Elle attend, le dos appuyé au mur, debout sur une jambe, puis sur l'autre. De l'autre côté de la salle, devant la barrière des policiers, il y a la jeune femme très pâle au regard vide, qui tient son minuscule bébé dans ses bras. Elle est debout devant le bureau de l'inspecteur, l'air hagard, sans rien dire. Le policier lui parle longuement, montre les papiers à l'interprète de la Croix-Rouge Internationale. Il y a quelque chose qui cloche. Le policier pose des questions, que l'interprète répète à la jeune femme, mais elle les regarde sans avoir l'air de comprendre. Ils ne veulent pas la laisser passer. Lalla regarde la jeune femme si pâle qui tient son bébé. Elle le serre si fort dans ses bras qu'il se réveille un peu et se met à crier, puis se calme quand sa mère, d'un geste rapide, a dégagé son sein et le lui a donné à sucer. Le policier a l'air embarrassé. Il se tourne, cherche des yeux autour de lui. Son regard rencontre celui de Lalla qui s'est approchée. Le policier lui fait signe de venir.

« Est-ce que tu parles sa langue ? »

« Je ne sais pas », dit Lalla.

Lalla dit quelques mots de chleuh, et la jeune femme la regarde un moment, puis elle lui répond.

« Dis-lui que ses papiers ne sont pas en règle, il manque l'autorisation pour le bébé. »

Lalla essaie de traduire la phrase. Elle croit que la jeune femme n'a pas compris, puis tout d'un coup, celle-ci s'affaisse et se met à pleurer. Le policier dit encore quelques mots, et l'interprète de la Croix-Rouge Internationale relève tant bien que mal la femme et l'emmène vers le fond de la salle, là où il y a deux ou trois fauteuils de skaï.

Lalla est triste, parce qu'elle comprend que la jeune femme devra reprendre le bateau en sens inverse, avec son bébé malade. Mais elle est trop fatiguée elle-même pour y penser très fort, et elle retourne s'appuyer contre le mur, près de sa valise. Il y a, en haut du mur, à l'autre bout de la salle, une pendule avec des chiffres écrits sur des volets. Chaque minute, un volet tourne en claquant. Les gens ne parlent plus, à présent. Ils attendent, assis par terre, ou debout contre le mur, le regard fixe, le visage tendu, comme si à chaque claquement la porte du fond allait s'ouvrir et les laisser partir.

Enfin, après un temps si long que personne n'espérait plus rien, les hommes de la Croix-Rouge Internationale traversent la grande salle. Ils ouvrent la porte du fond, et ils recommencent l'appel des enfants. La rumeur des voix reprend, les gens se massent près de la sortie. Lalla, sa valise de carton à la main, tend le cou pour voir par-dessus les autres, elle attend qu'on appelle son nom avec tant d'impatience que ses jambes se mettent à trembler. Quand l'homme de la Croix-Rouge dit son nom, il fait comme un aboiement et Lalla ne comprend pas. Alors il répète en criant :

« Hawa ! Hawa ben Hawa ! »

Lalla court, sa valise brinquebalant au bout de son bras, elle traverse la foule. Elle s'arrête devant la porte pendant que l'homme vérifie son étiquette, puis elle sort dehors d'un bond, comme si on la poussait dans le dos. Il y a tellement de clarté au-dehors, après ces heures passées dans la grande salle grise, que Lalla titube, prise de vertige. Elle avance entre les rangées de femmes et d'hommes, sans les voir, elle va droit devant elle, au hasard, jusqu'à ce qu'elle sente quelqu'un qui la prend par

264

le bras, la serre, l'embrasse. Aamma l'entraîne vers la sortie des quais, vers la ville.

Aamma habite seule dans un appartement de la vieille ville, près du port, au dernier étage d'une maison qui s'écroule. Il y a juste une pièce avec un divan, et une chambre obscure avec un lit pliant, et une cuisine. Les fenêtres de l'appartement donnent sur une cour intérieure, mais on voit bien le ciel au-dessus des toits de tuile. Le matin, jusqu'à midi, il y a même un peu de soleil qui entre par les deux fenêtres de la chambre où il y a le divan. Aamma dit à Lalla qu'elle a eu beaucoup de chance de trouver cet appartement, et aussi beaucoup de chance de trouver ce travail de cuisinière à la cantine de l'Hôpital. Quand elle est arrivée à Marseille, il y a plusieurs mois, elle a d'abord logé dans un meublé, dans la banlieue, où elles étaient cinq femmes par chambre, avec la police qui venait chaque matin, et les bagarres dans la rue. Il y a même deux hommes qui se sont battus à coups de couteau, et Aamma a dû s'enfuir en laissant une valise, parce qu'elle a eu peur d'être amenée à la police, puis expulsée.

Aamma a l'air bien contente de revoir Lalla, après tout ce temps. Elle ne lui pose pas de questions sur ce qui s'est passé, quand elle s'est enfuie dans le désert avec le Hartani, et quand on l'a conduite à l'hôpital de la ville, parce qu'elle était en train de mourir de soif et de fièvre. Le Hartani, lui, a continué sa route tout seul, vers le sud, vers les caravanes, parce que c'était cela qu'il devait faire depuis toujours. Aamma a beaucoup vieilli en quelques mois. Elle a un visage maigre et fatigué, un teint gris, et ses yeux sont cernés d'un cercle bistre. Le soir, quand elle revient de son travail, tandis qu'elle mange des biscuits et qu'elle boit du thé à la menthe, elle raconte son voyage en auto à travers l'Espagne, avec d'autres femmes et d'autres hommes qui allaient chercher du travail. Pendant des jours ils ont roulé sur les routes, ils ont traversé des villes, franchi des montagnes, des fleuves. Et un jour, le conducteur de l'auto a montré une ville où il y avait beaucoup de maisons de brique, toutes pareilles, avec des toits noirs. Il a dit, voilà, on est arrivés. Aamma est descendue avec les autres, et, comme tout le voyage avait été payé d'avance, ils ont pris leurs affaires et ils ont commencé à marcher dans les rues de la ville. Mais quand Aamma a montré l'enveloppe où il y avait le nom et l'adresse du frère de Naman, les gens se sont mis à rire, et ils lui ont dit qu'elle n'était pas à Marseille, mais à Paris. Alors, elle a dû prendre le train et voyager encore toute la nuit avant d'arriver.

Quand Lalla entend cette histoire, ça la fait bien rire, parce qu'elle imagine les passagers de l'auto marchant dans les rues de Paris en croyant être à Marseille.

Cette ville est vraiment très grande. Lalla n'avait jamais pensé qu'il pouvait y avoir tant de gens vivant au même endroit. Depuis qu'elle est arrivée, elle occupe ses journées à marcher à travers la ville, du sud au nord, et de l'est à l'ouest. Elle ne connaît pas les noms des rues, elle ne sait pas où elle va. Tantôt elle suit les quais, en regardant la silhouette des cargos ; tantôt elle remonte les grandes avenues, vers le centre de la ville, ou bien elle suit le dédale des ruelles de la vieille ville, elle monte les escaliers, elle va de place en place, d'église en église, jusqu'à la grande esplanade d'où on voit le château fort au-dessus de la mer. Ou bien encore elle va s'asseoir sur les bancs des jardins, elle regarde les pigeons qui marchent dans les allées poussiéreuses. Il y a tellement de rues, tellement de maisons, de magasins, de fenêtres, d'autos ; cela fait tourner la tête, et le bruit, et l'odeur de l'essence brûlée enivrent et donnent mal à la tête. Lalla ne parle pas aux gens. Elle s'assoit quelquefois sur les marches des églises, bien cachée dans son manteau de laine marron, et elle regarde passer les passants. Il y a des hommes qui la regardent, puis qui s'arrêtent au coin d'une rue et qui font semblant de fumer en la surveillant. Mais Lalla sait disparaître très vite, elle a appris cela du Hartani ; elle traverse deux ou trois rues, un magasin, elle se faufile entre les autos arrêtées, et personne ne peut la suivre.

Aamma voudrait qu'elle travaille avec elle à l'Hôpital, mais Lalla est trop jeune, il faut être majeur. Et puis c'est difficile de trouver du travail.

Quelques jours après son arrivée, elle est allée voir le frère du vieux Naman, qui s'appelle Asaph, mais les gens ici l'appellent Joseph. Il a une épicerie dans la rue des Chapeliers, pas très loin de la gendarmerie. Il a eu l'air content de voir Lalla, et il l'a embrassée en parlant de son frère, mais Lalla s'est tout de suite méfiée de lui. Il ne ressemble pas du tout à Naman. Il est petit, presque chauve, avec de vilains yeux gris-vert globuleux, et un sourire qui ne dit rien de bon. Quand il a su que Lalla cherchait du travail, ses yeux se sont mis à briller et il est devenu nerveux. Il a dit à Lalla que justement il avait besoin d'une jeune fille pour l'aider à tenir l'épicerie, pour ranger, nettoyer, et peut-être même tenir la caisse. Mais quand il parlait de cela, tout le temps il regardait le ventre et les seins de Lalla, avec ses vilains yeux humides, alors elle a dit qu'elle reviendrait demain, et elle est partie tout de suite. Comme elle n'est pas retournée, c'est lui qui est venu un soir chez Aamma. Mais Lalla est sortie dès qu'elle l'a vu, et elle a fait une longue promenade dans les ruelles de la vieille ville, en se faisant aussi invisible qu'une ombre, jusqu'à ce qu'elle soit sûre que l'épicier était rentré chez lui.

C'est un pays étrange, cette ville, avec tous ces gens, parce qu'ils ne font pas réellement attention à vous si vous ne vous montrez pas. Lalla a appris à glisser silencieusement le long des murs, dans les escaliers. Elle connaît tous les endroits d'où l'on peut voir sans être vu, les cachettes derrière les arbres, dans les grands parkings pleins de voitures, dans les coins de portes, dans les terrains vagues. Même au milieu des avenues très droites où il y a un flot continu d'hommes et d'autos qui avance, qui descend, Lalla sait qu'elle peut devenir invisible. Au début, elle était encore toute marquée par le soleil brûlant du désert, et ses cheveux longs, noirs et bouclés, étaient tout pleins d'étincelles de soleil. Alors les gens la regardaient avec étonnement, comme si elle venait d'une autre planète. Mais maintenant, les mois ont passé, et Lalla s'est transformée. Elle a coupé ses cheveux court, ils sont ternes, presque gris. Dans l'ombre des ruelles, dans le froid humide de l'appartement d'Aamma, la peau de Lalla s'est ternie aussi, elle est devenue pâle et grise. Et puis il y a ce manteau marron qu'elle a trouvé chez un fripier juif, près de la Cathédrale. Il descend presque jusqu'à ses chevilles, il a des manches trop longues et des épaules qui tombent, et surtout il est fait d'une sorte de tapis de laine, usé et lustré par le temps, couleur muraille, couleur vieux papier ; quand Lalla met son manteau, elle a réellement le sentiment de devenir invisible.

Maintenant, elle a appris le nom des rues, en écoutant parler les gens. Ce sont des noms étranges, si étranges qu'elle les récite parfois à mi-voix, tandis qu'elle marche entre les maisons :

« La Major
La Tourette
Place de Lenche
Rue du Petit-Puits
Place Vivaux
Place Sadi-Carnot
La Tarasque
Impasse des Muettes

Rue du Cheval
Cours Belsunce »

Il y a tant de rues, tant de noms ! Chaque jour, Lalla sort avant que sa tante soit réveillée, elle met un vieux morceau de pain dans la poche de son manteau marron, et elle commence à marcher, à marcher, d'abord en faisant des cercles autour du Panier, jusqu'à ce qu'elle arrive à la mer, par la rue de la Prison, avec le soleil qui éclaire les murs de l'Hôtel de Ville. Elle s'assoit un moment, pour regarder passer les autos, mais pas trop longtemps parce que les policiers viendraient lui demander ce qu'elle fait là.

Ensuite elle continue vers le nord, elle remonte les grandes avenues bruyantes, la Canebière, le boulevard Dugommier, le boulevard d'Athènes. Il y a des gens de tous les pays du monde, qui parlent toutes sortes de langues ; des gens très noirs, aux yeux étroits, vêtus de longues robes blanches et de babouches de plastique. Il y a des gens du Nord, aux cheveux et aux yeux pâles, des soldats, des marins, puis aussi des hommes d'affaires corpulents qui marchent vite en portant de drôles de petits cartables noirs.

Là aussi, Lalla aime bien s'asseoir, dans une encoignure de porte, pour regarder tous ces gens qui vont, qui viennent, qui marchent, qui courent. Quand il y a beaucoup de monde, personne ne fait attention à elle. Peut-être qu'ils croient qu'elle est comme eux, qu'elle attend quelqu'un, quelque chose, ou bien qu'ils la prennent pour une mendiante.

Dans les quartiers où il y a du monde, il y a beaucoup de gens pauvres, et ce sont eux surtout que Lalla regarde. Elle voit des femmes en haillons, très pâles malgré le soleil, qui tiennent par la main de tout petits enfants. Elle voit des hommes vieux, vêtus de longs manteaux rapiécés, des ivrognes aux yeux troubles, des clochards, des étrangers qui ont faim, qui portent des valises de carton et des sacs de provisions vides. Elle voit des enfants seuls, le visage sali, les cheveux hérissés, vêtus de vieux vêtements trop grands pour leurs corps maigres ; ils marchent vite comme s'ils allaient quelque part, et leur regard est fuyant et laid comme celui des chiens perdus. De sa cachette, derrière les autos arrêtées, ou bien dans l'ombre d'une porte cochère, Lalla regarde tous ces gens qui ont l'air égaré, qui marchent comme s'ils étaient dans un demi-sommeil. Ses yeux sombres brillent étrangement tandis qu'elle les regarde, et à cet instant-là, il y a peut-être un peu de la grande lumière du désert qui vient sur eux, mais c'est à peine s'ils la sentent, sans savoir d'où elle vient. Peut-être qu'ils ressentent un frisson fugitif, mais ils s'en vont vite, ils se perdent dans la foule inconnue.

Certains jours elle s'en va très loin, elle marche si longtemps à travers les rues que ses jambes lui font mal, et qu'elle doit s'asseoir sur le bord du trottoir pour se reposer. Elle va vers l'est, le long de la grande avenue bordée d'arbres, où roulent beaucoup d'autos et de camions, puis à travers les collines, au fond des vallons. Ce sont des quartiers où il y a beaucoup de terrains vagues, des immeubles grands comme des falaises, tout blancs, avec des milliers de petites fenêtres identiques ; plus loin, il y a des villas entourées de lauriers et d'orangers, avec un chien méchant qui court le long du grillage en aboyant de toutes ses forces. Il y a aussi beaucoup de chats errants, maigres, hérissés, qui habitent en haut des murs et sous les autos arrêtées.

Lalla marche encore, au hasard, en suivant les routes. Elle traverse les quartiers lointains, où serpentent des canaux pleins de moustiques, elle entre dans le cimetière grand comme une ville, avec ses rangées de pierres grises et de croix rouillées. Elle monte tout à fait en haut des collines, si loin qu'on voit à peine la mer, comme une tache bleu sale entre les cubes des immeubles. Il y a une brume étrange qui flotte au-dessus de la ville, un grand nuage gris, rose et jaune où la lumière s'affaiblit. Le soleil descend déjà du côté de l'ouest, et Lalla sent la fatigue qui envahit son corps, le sommeil. Elle regarde au loin la ville qui scintille, elle entend son bruit de moteur, les trains qui roulent, qui entrent dans les trous noirs des tunnels. Elle n'a pas peur, et pourtant quelque chose tourne en elle, comme un vertige, comme un vent. C'est peut-être le *chergui*, le vent du désert qui arrive jusqu'ici, qui a traversé toute la mer, qui a franchi les montagnes, les villes, les routes, et qui arrive ? C'est difficile de savoir. Il y a tellement de forces, ici, tellement de bruits, de mouvements, et le vent s'est peut-être perdu dans les rues, dans les escaliers, sur les esplanades.

Lalla regarde un avion qui monte lentement dans le ciel pâle en faisant un bruit de tonnerre. Il vire au-dessus de la ville, il passe devant le soleil qu'il éteint une fraction de seconde, et il s'en va vers la mer, il devient de plus en plus petit. Lalla le regarde de toutes ses forces, jusqu'à ce qu'il ne soit plus qu'un point imperceptible. Peut-être qu'il va voler au-dessus du désert, là-bas, par-dessus les étendues de sable et de pierres, là où marche le Hartani ?

Alors Lalla s'en va, elle aussi. Les jambes un peu molles, elle redescend vers la ville.

Il y a aussi quelque chose que Lalla aime bien faire : elle va s'asseoir sur les marches des grands escaliers, devant la gare, et elle regarde les voyageurs qui montent et qui descendent. Il y a ceux qui arrivent tout essoufflés, avec des yeux fatigués, des cheveux décoiffés, et qui descendent les escaliers en titubant dans la lumière. Il y a ceux qui s'en vont, qui se hâtent, parce qu'ils ont peur de rater leur train ; ils montent les marches deux par deux, et leurs valises et leurs sacs cognent leurs jambes, et leurs yeux sont fixes, ils regardent droit vers l'entrée de la gare.

Ils butent sur les dernières marches, ils s'interpellent de peur de se perdre.

Lalla aime bien rester près de la gare. Là, c'est comme si la grande ville n'était pas encore tout à fait finie, comme s'il y avait encore ce grand trou par lequel les gens continuaient d'arriver et de partir. Souvent, elle pense qu'elle aimerait bien s'en aller, monter dans un train qui part vers le nord, avec tous ces noms de pays qui attirent et qui effraient un peu, Irun, Bordeaux, Amsterdam, Lyon, Dijon, Paris, Calais. Quand elle a un peu d'argent, Lalla entre dans la gare, elle achète un coca-cola à la buvette et un ticket de quai. Elle entre dans le grand hall des départs, et elle va se promener sur tous les quais, devant les trains qui viennent d'arriver ou qui vont partir. Quelquefois même elle monte dans un wagon, et elle s'assoit un instant sur la banquette de moleskine verte. Les gens arrivent, les uns après les autres, ils s'installent dans le compartiment, ils demandent même : « C'est libre ? » et Lalla fait un petit signe de la tête. Puis, quand le haut-parleur annonce que le train va partir, Lalla descend du wagon en vitesse, elle saute sur le quai.

La gare, c'est aussi un des endroits où on peut voir sans être vu, parce qu'il y a trop d'agitation et de hâte pour qu'on fasse attention à qui que ce soit. Il y a des gens de toutes sortes dans la gare, des méchants, des violents à la tête cramoisie, des gens qui crient à tue-tête ; il y a des gens très tristes et très pauvres aussi, des vieux perdus, qui cherchent avec angoisse le quai d'où part leur train, des femmes qui ont trop d'enfants et qui clopinent avec leur cargaison le long des wagons trop hauts. Il y a tous ceux que la pauvreté a conduits ici, les Noirs débarqués des bateaux, en route vers les pays froids, vêtus de chemisettes bariolées, avec pour tout bagage un sac de plage ; les Nord-Africains, sombres, couverts de vieilles vestes, coiffés de bonnets de montagne ou de casquettes à oreillettes ; des Turcs, des Espagnols, des Grecs, tous l'air inquiet et fatigué, errant sur les quais dans le vent, se cognant les uns aux autres au milieu de la foule des voyageurs indifférents et des militaires goguenards.

Lalla les regarde, à peine cachée entre la cabine du téléphone et le panneau d'affichage. Elle est bien enfoncée dans l'ombre, son visage couleur de cuivre protégé par le col de son manteau. Mais de temps en temps, son cœur bat plus vite, et ses yeux jettent un éclat de lumière, comme le reflet du soleil sur les pierres du désert. Elle regarde ceux qui s'en vont vers d'autres villes, vers la faim, le froid, le malheur, ceux qui vont être humiliés, qui vont vivre dans la solitude. Ils passent, un peu courbés, les yeux vides, les vêtements déjà usés par les nuits à coucher par terre, pareils à des soldats vaincus.

Ils vont vers les villes noires, vers les ciels bas, vers les fumées, vers le froid, la maladie qui déchire la poitrine. Ils vont vers leurs cités dans les terrains de boue, en contrebas des autoroutes, vers les chambres creusées dans la terre, pareilles à des tombeaux, entourées de hauts murs et de grillages. Peut-être qu'ils ne reviendront pas, ces hommes, ces femmes, qui passent comme des fantômes, en traînant leurs bagages et leurs enfants trop lourds, peut-être qu'ils vont mourir dans ces pays qu'ils ne connaissent pas, loin de leurs villages, loin de leurs familles ? Ils vont dans ces pays étrangers qui vont prendre leur vie, qui vont les broyer et les dévorer. Lalla reste immobile dans son coin d'ombre, et sa vue se brouille, parce que c'est cela qu'elle pense. Elle voudrait tant s'en aller, marcher à travers les rues de la ville jusqu'à ce qu'il n'y ait plus de maisons, plus de jardins, même plus de routes, ni de rivage, mais un sentier, comme autrefois, qui irait en s'amenuisant jusqu'au désert.

La nuit tombe sur la ville. Les lumières s'allument dans les rues, autour de la gare, sur les pylônes de fer, et les grandes barres rouges, blanches, vertes, au-dessus des cafés et des cinémas. Dans les rues sombres, Lalla marche sans faire de bruit, elle glisse au ras des murs. Les hommes ont des visages effrayants quand vient la nuit, et qu'ils sont à demi éclairés par les réverbères. Leurs yeux brillent durement, le bruit de leurs pas résonne dans les couloirs, sous les portes cochères. Lalla marche vite, maintenant, comme si elle essayait de s'enfuir. Par moments, un homme la suit, cherche à venir près d'elle, à la prendre par le bras ; alors Lalla se cache derrière une auto, puis elle disparaît. Elle recommence à glisser, comme une ombre, elle tourne dans les rues de la vieille ville, jusqu'au Panier, là où vit Aamma. Elle monte l'escalier sans lumière, pour qu'on ne voie pas où elle est entrée. Elle cogne légèrement à la porte, et quand elle entend la voix de sa tante, elle dit son nom, avec soulagement.

Ce sont les journées de Lalla, ici, dans la grande ville de Marseille, le long de toutes ces rues, avec tous ces hommes et toutes ces femmes qu'elle ne pourra jamais connaître.

Il y a beaucoup de mendiants. Les premiers temps, quand elle venait d'arriver, Lalla était très étonnée. Maintenant, elle s'est habituée. Mais elle n'oublie pas de les voir, comme la plupart des gens de la ville, qui font juste un petit détour pour ne pas marcher sur eux, ou bien même qui les enjambent, quand ils sont pressés.

Radicz est un mendiant. C'est comme cela qu'elle l'a connu, en marchant dans les grandes avenues près de la gare. Un jour, elle est sortie tôt du Panier, et il faisait encore nuit, parce que c'était l'hiver. Il n'y avait pas grand monde dans les ruelles et dans les escaliers de la vieille ville, et la grande avenue, au-dessous de l'Hôtel-Dieu, était encore déserte, avec juste des camions qui circulaient avec leurs phares allumés, et quelques hommes et quelques femmes sur leurs cyclomoteurs, emmitouflés dans leurs pardessus.

C'est là qu'elle a vu Radicz. Il était assis tassé dans une encoignure de porte, il s'abritait comme il pouvait du vent et de la pluie fine. Il avait l'air d'avoir très froid, et quand Lalla est arrivée près de lui, il l'a regardée avec un drôle de regard, pas du tout comme les garçons d'habitude quand ils voient une fille. Il l'a regardée sans baisser les yeux, et on ne pouvait pas lire grand-chose dans son regard, comme dans les yeux des animaux.

Lalla s'est arrêtée devant lui, elle lui a demandé :
« Qu'est-ce que tu fais là ? Tu n'as pas froid ? »

Le garçon a secoué la tête sans sourire. Puis il a tendu la main.

« Donne-moi quelque chose. »

Lalla n'avait rien qu'un morceau de pain et une orange qu'elle avait emportés pour son déjeuner. Elle les a donnés au garçon. Il a pris l'orange brusquement, sans dire merci, et il a commencé à la manger.

C'est comme cela que Lalla a fait sa connaissance. Ensuite elle l'a revu souvent, dans les rues, près de la gare, ou bien dans le grand escalier quand le temps le permettait. Il reste assis pendant des heures, à regarder droit devant lui, sans faire attention aux gens. Mais il aime bien Lalla, peut-être à cause de l'orange. Il lui a dit qu'il s'appelait Radicz, il a même écrit le nom par terre avec une brindille, mais il a eu l'air étonné quand Lalla lui a dit qu'elle ne savait pas lire.

Il a de beaux cheveux très noirs et raides, et la peau cuivrée. Il a des yeux verts, et une petite moustache comme une ombre au-dessus de ses lèvres. Il a surtout un beau sourire parfois, qui fait briller ses incisives très blanches. Il porte un petit anneau à l'oreille gauche, et il prétend que c'est de l'or. Mais il est pauvrement vêtu, avec un vieux pantalon taché et déchiré, des tas de vieux tricots enfilés les uns par-dessus les autres, et un veston d'homme trop grand pour lui. Il est pieds nus dans des chaussures de cuir noir.

Lalla aime bien le voir, au hasard, dans la rue, parce qu'il n'est jamais tout à fait le même. Il y a des jours où ses yeux sont tristes et voilés, comme s'il était perdu dans un rêve, et que rien ne pouvait l'en sortir. D'autres jours, il est gai et ses yeux brillent ; il raconte toutes sortes d'histoires absurdes qu'il invente au fur et à mesure, et il se met à rire longtemps, sans bruit, et Lalla ne peut pas faire autrement que rire avec lui.

Lalla aimerait bien qu'il vienne la voir dans la maison de sa tante, mais elle n'ose pas, parce que Radicz est un gitan, et cela ne plairait sûrement pas à Aamma. Lui, il ne vit pas au Panier, ni même dans le voisinage. Il vit très loin, quelque part à l'ouest, près de la voie ferrée, là où il y a de grands terrains vagues et des cuves d'essence, et des cheminées qui brûlent jour et nuit. C'est lui qui l'a dit, mais il ne parle jamais très longtemps de sa maison, ni de sa famille. Simplement, il dit qu'il habite trop loin pour venir tous les jours, et quand il vient, il dort dehors plutôt que de rentrer chez lui. Ça lui est égal, il dit qu'il connaît de bonnes cachettes, où on n'a pas froid, où on ne sent pas le vent et où personne, vraiment personne ne pourrait le trouver.

Par exemple, il y a les dessous d'escaliers, dans les bâtiments délabrés des douanes. Il y a un trou, juste de la taille d'un enfant, et on se faufile là-dedans, et on bouche l'entrée avec un morceau de carton. Ou bien il y a les cabanes à outils, dans les chantiers, ou les camionnettes bâchées. Radicz connaît bien toutes ces choses-là.

La plupart du temps, c'est autour de la gare qu'on peut le trouver. Quand il fait beau, et que le soleil est bien chaud, il s'assoit sur les marches du grand escalier, et Lalla vient à côté de lui. Ensemble ils regardent passer les gens. Quelquefois, Radicz a repéré quelqu'un, il dit à Lalla : « Tu vas voir. » Il va droit vers le voyageur qui sort de la gare, un peu éberlué par la lumière, et il lui demande une pièce. Comme il a un beau sourire et aussi quelque chose de triste dans les yeux, le voyageur s'arrête, fouille dans ses poches. Ce sont plutôt les hommes d'une trentaine d'années, bien habillés, sans trop de bagages, qui donnent à Radicz. Avec les femmes, c'est plus compliqué, elles veulent poser des questions, et Radicz n'aime pas cela.

Aussi, quand il voit une jeune femme qui a l'air bien, il pousse Lalla, il lui dit :

« Vas-y, toi, demande-lui. »

Mais Lalla n'ose pas demander de l'argent. Elle a un peu honte. Pourtant, il y a des moments où elle aimerait bien avoir un peu d'argent, pour manger un gâteau, ou pour aller au cinéma.

« C'est la dernière année que je fais cela », dit Radicz. « L'année prochaine, je partirai, j'irai travailler à Paris. »

Lalla lui demande pourquoi.

« L'année prochaine, je serai trop vieux, les gens ne donnent plus rien quand on est trop vieux, ils disent qu'on n'a qu'à travailler. »

Il regarde Lalla un instant, puis il lui demande si elle travaille, et Lalla secoue la tête.

Radicz montre quelqu'un qui passe là-bas, du côté des autobus.

« Lui aussi il travaille avec moi, on a le même patron. »

C'est un jeune Noir très maigre qui a l'air d'une ombre ; il va vers les voyageurs et il essaie de prendre leurs valises, mais ça ne semble pas bien marcher. Radicz hausse les épaules.

« Il ne sait pas y faire. Il s'appelle Baki, je ne sais pas ce que ça veut dire, mais ça fait rigoler les autres Noirs quand ils disent son nom. Il ne rapporte jamais beaucoup d'argent au patron. »

Comme Lalla le regarde étonnée :

« Ah oui, tu ne sais pas, le patron, c'est un gitan comme moi, il s'appelle Lino, et là où on vit tous, on appelle ça l'hôtel, c'est une grande maison où il y a plein d'enfants, ils travaillent tous pour Lino. »

Il connaît tous les mendiants de la ville par leur nom. Il sait où ils habitent, avec qui ils travaillent, même ceux qui sont plutôt des clochards et qui vivent tout seuls. Il y a les enfants qui travaillent en famille, avec leurs frères et leurs sœurs, et qui chapardent aussi dans les grands magasins et les supermarchés. Les plus petits apprennent à faire le guet, ou bien ils distraient les marchands, ils servent quelquefois de relais. Il y a les femmes surtout, les gitanes vêtues de leurs longues robes à fleurs, le visage voilé de noir, et on ne voit que leurs yeux brillants et noirs comme ceux des oiseaux. Et puis il y a aussi les vieux et les vieilles, les misérables, les affamés, qui s'agrippent aux vestes et aux jupes des bourgeois et ne les lâchent plus en marmonnant des incantations, jusqu'à ce qu'on leur ait donné une petite pièce.

Lalla sent son cœur qui se serre quand elle les voit, ou bien quand elle rencontre une jeune femme laide, avec un petit enfant accroché à son sein, qui mendie au coin de la grande avenue. Elle ne savait pas bien ce qu'était la peur, parce que là-bas, chez le Hartani, il n'y avait que des serpents et des scorpions, à la rigueur les mauvais esprits qui font des gestes d'ombre dans la nuit ; mais ici c'est la peur du vide, de la détresse, de la faim, la peur qui n'a pas de nom et qui semble sourdre des vasistas entrouverts sur les sous-sols affreux, puants, qui semble monter des cours obscures, entrer dans les chambres froides comme des tombes, ou parcourir comme un vent mauvais ces grandes avenues où les hommes sans s'arrêter marchent, marchent, s'en vont, se bousculent, comme cela, sans fin, jour et nuit, pendant des mois, des années, dans le bruit inlassable de leurs chaussures de crêpe, et montent dans l'air lourd leur grondement de paroles, de moteurs, leurs grognements, leurs halètements.

Parfois la tête se met à tourner si fort qu'il faut s'asseoir vite, tout de suite, et Lalla cherche des yeux un point d'appui. Son visage métallique devient gris, ses yeux s'éteignent, elle tombe, très lentement, comme au fond d'un immense puits, sans espoir de se rattraper.

« Qu'y a-t-il ? Mademoiselle ? Ça va mieux ? Ça va ?... »

La voix crie quelque part, très loin de son oreille, elle sent l'odeur d'ail de l'haleine avant de recouvrer la vue. Elle est à moitié tassée contre un bas de mur. Un homme tient sa main et se penche vers elle.

« ... Ça va mieux, ça va mieux... »

Elle arrive à parler, très lentement, ou peut-être qu'elle pense seulement ces mots ?

L'homme l'aide à marcher, l'emmène jusqu'à la terrasse d'un café. Les gens qui s'étaient attroupés s'éloignent, mais Lalla entend quand même la voix d'une femme qui dit avec netteté :

« Elle est enceinte, tout simplement. »

L'homme la fait asseoir à une table. Il se penche toujours vers elle. Il est petit et gros, avec un visage grêlé, une moustache, presque pas de cheveux.

« Vous allez boire quelque chose, cela vous remontera. »

« J'ai faim », dit Lalla. Elle est indifférente à tout, peut-être qu'elle pense qu'elle va mourir.

« J'ai faim. » Elle répète cela lentement.

L'homme, lui, s'affole et bégaye. Il se lève, il court vers le comptoir, il revient bientôt avec un sandwich et un panier de brioches. Lalla ne l'écoute pas ; elle mange vite, d'abord le sandwich, puis toutes les brioches, les unes après les autres. L'homme la regarde manger, et son gros visage est encore tout agité par l'émotion. Il parle par bouffées, puis il s'arrête, de peur de fatiguer Lalla.

« Quand je vous ai vue tomber, comme ça, devant moi, ça, ça m'a fait quelque chose ! C'est la première fois que cela vous arrive ? Je veux dire, c'est terrible, avec tout ce monde, là, dans l'avenue, les gens qui étaient derrière vous ont failli vous marcher dessus, et ils ne se sont même pas arrêtés, c'est — Je m'appelle Paul, Paul Estève, et vous ? Vous parlez français ? Vous n'êtes pas d'ici, n'est-ce pas ? Vous avez assez mangé ? Voulez-vous que j'aille vous chercher encore un sandwich ? »

Son haleine sent fort l'ail, le tabac et le vin, mais Lalla est contente qu'il soit là, elle le trouve gentil et ses yeux brillent un peu. Lui, s'en aperçoit, et il recommence à parler, comme il fait, dans tous les sens, en faisant les questions et les réponses.

« Vous, vous n'avez plus faim ? Vous allez boire un peu ? Du cognac ? Non, il vaut mieux quelque chose de sucré, c'est bon quand on est faible, un coca ? Ou un jus de fruit ? Je ne vous ennuie pas trop ? Vous savez, moi, c'est la première fois que je vois quelqu'un s'évanouir devant moi, comme ça, par terre, et ça — ça m'a fait un choc, vraiment. Je travaille — Je suis employé aux P. et T., voilà, je n'ai pas l'habitude — enfin, je veux dire, peut-être que vous devriez quand même aller voir un médecin, voulez-vous que j'aille téléphoner ? »

Il se lève déjà, mais Lalla secoue la tête, et il se rassoit. Plus tard, elle boit un peu de thé chaud, et sa fatigue se dissipe. Son visage est de nouveau couleur de cuivre, la lumière brille dans ses yeux. Elle se lève, et l'homme l'accompagne jusqu'à la rue.

« Vous — vous êtes sûre que ça va aller maintenant ? Vous pouvez marcher ? »

« Oui, oui, merci », dit Lalla.

Avant de partir, Paul Estève écrit son nom et son adresse sur un bout de papier.

« Si vous avez besoin de quelque chose... »

Il serre la main de Lalla. Il est à peine plus grand qu'elle. Ses yeux bleus sont encore tout embués d'émotion.

« Au revoir », dit Lalla. Et elle s'en va le plus vite qu'elle peut, sans se retourner.

Il y a des chiens, un peu partout. Mais ils ne sont pas comme les mendiants, ils préfèrent vivre au Panier, entre la place de Lenche et la rue du Refuge. Lalla les regarde, quand elle passe, elle fait attention à eux. Ils ont des poils hérissés, ils sont très maigres, mais ils ne ressemblent pas aux chiens sauvages qui volaient les poules et les moutons, autrefois, à la Cité ; ceux-ci sont plus grands et plus forts, et il y a quelque chose de dangereux et de désespéré dans leur aspect. Ils vont vers tous les tas d'ordures, pour manger, ils croquent les vieux os, les têtes de poissons, les débris que leur jettent les bouchers. Il y a un chien que Lalla connaît bien. Il est tous les jours au même endroit, en bas des escaliers, vers la rue qui conduit à la grande église zébrée. Il est tout noir, avec un collier de poils blancs qui descend sur sa poitrine. Il s'appelle Dib, ou Hib, elle ne sait pas bien, mais au fond son nom n'a aucune importance puisqu'il n'a pas vraiment de maître. Lalla a entendu un petit garçon qui l'appelait comme cela dans la rue. Quand il voit Lalla, il a l'air un peu content, et il remue la queue, mais il ne s'approche pas d'elle, et il ne laisse personne s'approcher de lui. Simplement, Lalla lui dit quelques mots, elle lui demande comment ça va, mais sans s'arrêter, juste en passant, et si elle a quelque chose à manger, elle lui en jette un petit morceau.

Tout le monde connaît plus ou moins tout le monde, ici, au Panier. Ce n'est pas comme dans le reste de la ville, où il y a ces flots d'hommes et de femmes qui coulent dans les avenues, en faisant un grand bruit de moteurs et de chaussures. Ici, au Panier, les rues sont courtes, elles tournent, elles débouchent sur d'autres rues, sur des ruelles, des passages, des escaliers, et ça ressemble plutôt à un grand appartement avec des couloirs et des pièces qui s'emboîtent les unes dans les autres. Pourtant, à part le grand chien noir Dib ou Hib, et quelques enfants dont elle ne sait pas les noms, la plupart des gens ne semblent même pas la voir. Lalla glisse sans faire de bruit, elle va d'une rue à l'autre, elle suit la marche du soleil et de la lumière.

Peut-être que les gens ont peur, ici ? Peur de quoi ? C'est difficile à dire, c'est comme s'ils se sentaient surveillés, et qu'ils devaient faire attention à tous leurs gestes, à toutes leurs paroles. Mais personne ne les surveille vraiment. Alors, ça vient peut-être de ce qu'ils parlent tellement de langues différentes ? Il y a les gens d'Afrique du nord, les Maghrébins, Marocains, Algériens, Tunisiens, Mauritaniens, et puis les gens d'Afrique, les Sénégalais, les Maliens, les Dahoméens, et puis les Juifs, qui viennent de partout, mais ne parlent jamais tout à fait la langue de leur pays ; il y a les Portugais, les Espagnols, les Italiens, et aussi des gens étranges, qui ne ressemblent pas aux autres, des Yougoslaves, des Turcs, des Arméniens, des Lithuaniens ; Lalla ne sait pas ce que veulent dire ces noms, mais c'est comme cela qu'on les appelle, ici, et Aamma sait bien tous ces noms. Il y a surtout les gitans, comme ceux qui vivent dans la maison voisine, si nombreux qu'on ne sait jamais si on les a déjà vus, ou s'ils viennent d'arriver ; ils n'aiment pas les Arabes, ni les Espagnols, ni les Yougoslaves ; ils n'aiment personne, parce qu'ils n'ont pas l'habitude de vivre dans un endroit comme le Panier, alors ils sont toujours prêts à se battre, même les jeunes garçons, même les femmes qui, d'après ce que dit Aamma, portent une lame de rasoir à l'intérieur de leur bouche. Quelquefois, la nuit, on est réveillé par le bruit d'une bataille dans les ruelles. Lalla descend les escaliers jusqu'à la rue, et elle voit, à la lumière blême du lampadaire, un homme qui rampe sur le sol en tenant un couteau enfoncé dans sa poitrine. Le lendemain, il y a une longue traînée gluante par terre, où les mouches viennent vrombir.

Quelquefois aussi viennent les gens de la police, ils arrêtent leur grande auto noire en bas des escaliers et ils vont dans les maisons, surtout dans celles où vivent des Arabes et des gitans. Il y a des policiers qui ont un uniforme et une casquette, mais ce ne sont pas ceux-là les plus dangereux ; ce sont les autres, ceux qui sont habillés comme tout le monde, complet veston gris et pull à col roulé. Ils frappent aux portes, très fort parce qu'il faut leur ouvrir tout de suite, et ils entrent dans les appartements sans rien dire, pour voir qui habite là. Chez Aamma, le policier va s'asseoir sur le divan en skaï qui sert de lit à Lalla, et elle pense qu'il va faire un trou, et que ce soir, quand elle se couchera, il y aura encore la marque, là où le gros homme s'est assis.

« Nom ? Prénom ? Nom de la tribu ? Permis de séjour ? Permis de travail ? Nom de l'employeur ? Numéro de sécurité sociale ? Bail, quittance de loyer ? »

Il ne regarde même pas les papiers qu'Aamma lui donne, l'un après l'autre. Il est assis sur le divan, il fume sa gauloise avec l'air de s'ennuyer. Il regarde quand même Lalla qui est debout au garde-à-vous devant la porte de la chambre d'Aamma. Il dit à Aamma :

« C'est ta fille ? »

« Non, c'est ma nièce », dit Aamma.

Il prend tous les papiers et il les examine.

« Où sont ses parents ? »

« Ils sont morts. »

« Ah », dit le policier. Il regarde les papiers comme s'il réfléchissait.

« Elle travaille ? »

« Non, pas encore, Monsieur », dit Aamma ; elle dit « Monsieur » quand elle a peur.

« Mais elle va travailler ici ? »

« Oui, Monsieur, si elle trouve du travail. Ce n'est pas facile de trouver du travail pour une jeune fille. »

« Elle a dix-sept ans ? »

« Oui Monsieur. »

« Il faut faire attention, il y a beaucoup de dangers ici pour une jeune fille de dix-sept ans. »

Aamma ne dit rien. Le policier croit qu'elle n'a pas compris, et il insiste. Il parle lentement, en détachant bien chaque mot, et ses yeux brillent comme si ça l'intéressait davantage, maintenant.

« Fais attention que ta fille ne finisse pas à la rue du Poids de la Farine, hein ? Il y en a beaucoup qui sont là-bas, des filles comme elle, tu comprends ? »

« Oui Monsieur », dit Aamma. Elle n'ose pas répéter que Lalla n'est pas sa fille.

Mais le policier sent le regard dur de Lalla posé sur lui, et cela le met mal à l'aise. Il ne dit plus rien pendant quelques secondes, et le silence devient intolérable. Alors le gros homme éclate, et il recommence, avec une voix rageuse, les yeux tout étrécis de colère :

« Oui, je comprends, oui, on dit ça, et puis un jour ta fille sera sur le trottoir, une putain à dix francs la passe, alors il ne faudra pas venir pleurer et dire que tu ne savais pas, parce que je t'aurai prévenue. »

Il crie presque, les veines de ses tempes gonflées. Aamma reste immobile, paralysée, mais Lalla n'a pas peur du gros homme. Elle le regarde durement, elle avance vers lui et elle lui dit seulement :

« Allez-vous-en. »

Le policier la regarde éberlué, comme si elle avait dit une insulte. Il va ouvrir la bouche, il va se lever, il va gifler Lalla peut-être. Mais le regard de la jeune fille est dur comme du métal, difficile à soutenir. Alors le policier se lève brutalement, et en un instant il est dehors, il dévale l'escalier. Lalla entend claquer la porte qui donne sur la rue. Il est parti.

Aamma pleure, maintenant, la tête entre ses mains, assise sur le divan. Lalla s'approche d'elle, entoure ses épaules, embrasse sa joue pour la consoler.

« Peut-être que je devrai partir d'ici », dit-elle doucement, comme on parle à un enfant. « Si je partais, cela vaudrait peut-être mieux. »

« Non, non », dit Aamma, et elle pleure de plus belle.

La nuit, quand tout est endormi autour d'elle, qu'il n'y a plus que le bruit du vent sur le zinc des toits, et l'eau qui dégoutte quelque part, dans un ruisseau, Lalla reste allongée sur le divan, les yeux ouverts dans la pénombre. Elle pense à la maison de la Cité, là-bas, si loin, quand venait le vent froid de la nuit. Elle pense qu'elle aimerait pousser la porte et être dehors tout de suite, comme autrefois, entourée par la nuit profonde aux milliers d'étoiles. Elle sentirait la terre dure et glacée sous ses pieds nus. Elle entendrait les craquements du froid, les cris des engoulevents, le hululement de la chouette, et les aboiements des chiens sauvages. Elle pense qu'elle marcherait, comme cela, seule dans la nuit, jusqu'aux collines de pierres, au milieu du chant des criquets, ou bien le long du sentier des dunes, guidée par la respiration de la mer.

286

De toutes ses forces, elle scrute l'ombre, comme si son regard allait pouvoir ouvrir à nouveau le ciel, faire resurgir les figures disparues, les lignes des toits de tôle et de papier goudronné, les murs de planches et de carton, les silhouettes des collines, et eux tous, le vieux Naman, les filles de la fontaine, le Soussi, les fils d'Aamma, et lui surtout, le Hartani, tel qu'il était, immobile dans la chaleur du désert, debout sur une jambe, le corps et le visage enveloppés, sans une parole, sans un signe de colère ou de fatigue ; immobile devant elle, comme s'il attendait la mort, tandis que les hommes de la Croix-Rouge venaient la chercher pour l'emmener. Elle veut le voir aussi, celui qu'elle appelait Es Ser, le Secret, celui dont le regard venait de loin et l'enveloppait, la pénétrait comme la lumière du soleil.

Mais peuvent-ils venir jusqu'ici, de l'autre côté de la mer, de l'autre côté de tout ?

Peuvent-ils trouver leur chemin au milieu de toutes ces routes, trouver la porte au milieu de toutes ces portes ? L'ombre reste opaque, le vide est grand, si grand, dans la chambre, que cela tourne et creuse un entonnoir devant le corps de Lalla, et la bouche du vertige s'applique sur elle et l'attire en avant. De toutes ses forces, elle s'agrippe au divan, elle résiste, son corps tendu à se rompre. Elle voudrait crier, hurler, pour rompre le silence, arracher le poids de la nuit. Mais sa gorge serrée ne laisse passer aucun son, et sa respiration ne peut se faire qu'au prix d'un effort douloureux, en sifflant comme une vapeur. Pendant des minutes, des heures peut-être, elle lutte, tout son corps pris par cette crampe. Enfin, d'un coup, tandis que la première lueur de l'aube apparaît dans la cour de l'immeuble, Lalla sent le tourbillon se défaire, s'éloigner. Son corps retombe sur le divan, mou et informe. Elle pense à l'enfant qu'elle porte en elle, et pour la première fois elle ressent l'angoisse d'avoir fait mal à quelqu'un qui dépend d'elle. Elle place ses deux mains de chaque côté de son ventre, jusqu'à ce que la chaleur soit profonde. Elle pleure longtemps, sans faire de bruit, à petits sanglots calmes, comme on respire.

Ils sont prisonniers du Panier. Peut-être qu'ils ne le savent pas vraiment. Peut-être qu'ils croient qu'ils pourront s'en aller, un jour, aller ailleur, retourner dans leurs villages des montagnes et des vallées boueuses, retrouver ceux qu'ils ont laissés, les parents, les enfants, les amis. Mais c'est impossible. Les rues étroites aux vieux murs décrépis, les appartements sombres, les chambres humides et froides où l'air gris pèse sur la poitrine, les ateliers étouffants où les filles travaillent devant leurs machines à faire des pantalons et des robes, les salles d'hôpital, les chantiers, les routes où explose le fracas des marteaux pneumatiques, tout les tient, les enserre, les fait prisonniers, et ils ne pourront pas se libérer.

Maintenant Lalla a trouvé du travail. Elle est femme de ménage à l'hôtel Sainte-Blanche, à l'entrée de la vieille ville, vers le nord, pas très loin de la grande avenue où elle a rencontré Radicz pour la première fois. Chaque jour, elle part tôt, avant l'ouverture des magasins. Elle se serre bien dans son manteau marron à cause du froid, et elle traverse toute la vieille ville, elle marche le long des ruelles sombres, elle monte les escaliers où l'eau sale coule de marche en marche. Il n'y a pas grand monde dehors, seulement quelques chiens au poil hérissé, qui cherchent des débris dans les tas d'ordures. Lalla garde dans sa poche un morceau de vieux pain, parce qu'on ne lui donne pas à manger à l'hôtel ; quelquefois elle le partage avec le vieux chien noir, celui qu'on appelle Dib, ou Hib. Dès qu'elle arrive, le patron de l'hôtel lui donne un seau et un balai brosse pour qu'elle lave les escaliers, bien qu'ils soient si sales que Lalla pense que c'est peine perdue. Le patron est un homme pas très vieux, mais avec un visage jaune et des yeux bouffis comme s'il ne dormait pas assez. L'hôtel Sainte-Blanche est une maison de trois étages, à moitié en ruine, dont le rez-de-chaussée est occupé par un magasin de pompes funèbres. La première fois que Lalla est entrée là, elle a eu peur, et elle a failli s'en aller tout de suite, tellement c'était sale, froid et malodorant. Mais maintenant elle s'y est habituée. C'est comme l'appartement d'Aamma, ou comme le quartier du Panier, c'est une question d'habitude. Il faut simplement fermer la bouche et respirer lentement, à petits coups, pour ne pas laisser entrer à l'intérieur de son corps l'odeur de la pauvreté, de la maladie et de la mort qui règne ici, dans ces escaliers, dans ces corridors, dans ces recoins où vivent les araignées et les blattes.

Le patron de l'hôtel est un Grec, ou un Turc, Lalla ne sait pas bien. Quand il a donné le seau et le balai brosse, il retourne se coucher dans sa chambre, au premier étage, là où la porte est vitrée pour qu'il puisse surveiller de son lit qui entre et qui sort. L'hôtel n'est habité que par des gens minables, des pauvres, des hommes uniquement. Ce sont des Nord-Africains qui travaillent sur les chantiers, des Noirs antillais, des Espagnols aussi, qui n'ont pas de famille, pas de maison, et qui logent là en attendant de trouver mieux. Mais ils s'y habituent et ils y restent, et souvent ils retournent dans leur pays sans avoir rien trouvé, parce que les logements sont chers et que personne ne veut d'eux dans la ville. Alors ils vivent dans l'hôtel Sainte-Blanche, à deux ou trois par chambre, sans se connaître. Chaque matin, quand ils s'en vont à leur travail, ils frappent à la porte vitrée du patron, et ils paient la nuit d'avance.

Quand elle a fini de frotter avec le balai brosse les marches crasseuses de l'escalier et le linoléum collant des couloirs, Lalla nettoie les W.C. et l'unique salle de douches avec la brosse du balai brosse, bien que là encore, la couche de crasse soit telle que les poils durs de la brosse n'arrivent même pas à l'entamer. Ensuite elle fait les chambres ; elle vide les cendriers et elle balaie les miettes et la poussière. Le patron lui donne son passe-partout et elle va de chambre en chambre. Il n'y a plus personne dans l'hôtel. Les chambres sont vite faites, parce que les hommes qui vivent là sont très pauvres, et qu'ils n'ont pratiquement rien à eux. Il y a juste les valises en carton, les sacs de plastique qui contiennent le linge sale, un bout de savon dans du papier journal. Quelquefois il y a des photos dans une pochette sur la table ; Lalla regarde un moment les visages incertains sur le papier glacé, visages doux d'enfants, de femmes, à demi effacés, comme à travers un brouillard. Il y a des lettres aussi, parfois, dans de grosses enveloppes ; ou bien des clés, des porte-monnaie vides, des souvenirs achetés dans les bazars, près du vieux port, des jouets en plastique pour les enfants qu'on voit sur les photos floues. Lalla regarde tout cela un long moment, elle tient ces objets entre ses mains mouillées, elle regarde ces trésors précaires comme si elle rêvait à demi, comme si elle allait pouvoir entrer dans l'univers des photos troubles, retrouver le son des voix, des rires, entrevoir la lumière des sourires. Puis cela s'en va d'un coup, et elle continue à balayer les chambres, à enlever les miettes laissées par les repas rapides des hommes, à restaurer l'anonymat triste et gris que les objets et les photos avaient un instant troublé. Quelquefois, sur un lit ouvert, Lalla trouve un magazine plein de photos obscènes, de femmes nues aux cuisses écartées, aux seins obèses gonglés comme d'énormes oranges ; de femmes aux lèvres peintes en rouge clair, au regard lourd taché de bleu et de vert, aux chevelures blondes et rousses. Les pages du magazine sont froissées, collées de sperme, les photos sont salies et usées comme si elles avaient été traînées dans la rue sous les pas des gens. Lalla regarde le magazine un bon moment aussi, et son cœur se met à battre plus vite, d'angoisse et de malaise ; puis elle repose le magazine sur le lit fait, après avoir bien lissé les pages et avoir remis la couverture en ordre, comme si c'était aussi un souvenir précieux.

Tout le temps où elle travaille dans les escaliers et dans les chambres, Lalla ne voit personne. Elle ne connaît pas le visage des hommes qui vivent à l'hôtel, et eux, quand ils partent le matin pour leur travail, sont pressés et passent devant elle sans la voir. D'ailleurs Lalla est habillée pour qu'on ne la voie pas. Sous son manteau marron, elle met une robe grise d'Aamma, qui descend presque jusqu'à ses chevilles. Elle noue un grand foulard autour de sa tête, et ses pieds sont chaussés de sandales de caoutchouc noir. Dans les couloirs sombres de l'hôtel, sur le linoléum couleur de lie de vin, et devant les portes tachées, elle est une silhouette à peine visible, grise et noire, pareille à un tas de chiffons. Les seuls qui la connaissent ici, ce sont le patron de l'hôtel, et le veilleur de nuit qui reste jusqu'au matin, un Algérien grand et très maigre, avec un visage dur et de beaux yeux verts comme ceux de Naman le pêcheur. Lui salue toujours Lalla, en français, et il lui dit quelques mots gentils ; comme il parle toujours très cérémonieusement avec sa voix grave, Lalla lui répond avec un sourire. Il est peut-être le seul ici qui se soit aperçu que Lalla est une jeune fille, le seul qui ait vu sous l'ombre de ses chiffons son beau visage couleur de cuivre et ses yeux pleins de lumière. Pour les autres, c'est comme si elle n'existait pas.

Quand elle a fini son travail à l'hôtel Sainte-Blanche, le soleil est encore haut dans le ciel. Alors Lalla descend la grande avenue, vers la mer. A ce moment-là, elle ne pense plus à rien d'autre, comme si elle avait tout oublié. Dans l'avenue, sur les trottoirs, la foule se presse toujours, toujours vers l'inconnu. Il y a des hommes aux lunettes qui miroitent, qui se hâtent à grandes enjambées, il y a des pauvres vêtus de costumes élimés, qui vont en sens inverse, les yeux aux aguets comme des renards. Il y a des groupes de jeunes filles habillées avec des vêtements collants, qui marchent en faisant claquer leurs talons, comme ceci : Kra-kab, kra-kab, kra-kab. Les autos, les motos, les cyclos, les camions, les autocars vont à toute vitesse, vers la mer, ou vers le haut de la ville, tous chargés d'hommes et de femmes aux visages identiques. Lalla marche sur le trottoir, elle voit tout cela, ces mouvements, ces formes, ces éclats de lumière, et tout cela entre en elle et fait un tourbillon. Elle a faim, son corps est fatigué par le travail de l'hôtel, mais pourtant elle a envie de marcher encore, pour voir davantage de lumière, pour chasser toute l'ombre qui est restée au fond d'elle. Le vent glacé de l'hiver souffle par rafales le long de l'avenue, soulève les poussières et les vieilles feuilles de journaux. Lalla ferme à demi les yeux, elle avance, un peu penchée en avant, comme autrefois dans le désert, vers la source de lumière, là-bas, au bout de l'avenue.

Quand elle arrive au port, elle sent une sorte d'ivresse en elle, et elle titube au bord du trottoir. Ici le vent tourbillonne en liberté, chasse devant lui l'eau du port, fait claquer les agrès des bateaux. La lumière vient d'encore plus loin, au-delà de l'horizon, tout à fait au sud, et Lalla marche le long des quais, vers la mer. Le bruit des hommes et des moteurs tourne autour d'elle, mais elle n'y fait plus attention. Tantôt en courant, tantôt en marchant, elle va vers la grande église zébrée, puis, plus loin encore, elle entre dans la zone abandonnée des quais, là où le vent soulève des trombes de poussière de ciment.

Ici, tout d'un coup, c'est le silence, comme si elle était vraiment arrivée dans le désert. Devant elle, il y a l'étendue blanche des quais où la lumière du soleil brille avec force. Lalla marche lentement, le long des silhouettes des grands cargos, sous les grues métalliques, entre les rangées de containers rouges. Il n'y a pas d'hommes ici, ni de moteurs d'auto, rien que la pierre blanche et le ciment, et l'eau sombre des bassins. Alors elle choisit une place, entre deux rangées de chargements recouverts d'une bâche bleue, et elle s'assoit à l'abri du vent pour manger du pain et du fromage, en regardant l'eau du port. Parfois, de grands oiseaux de mer passent en glapissant, et Lalla pense à sa place entre les dunes, et à l'oiseau blanc qui était un prince de la mer. Elle partage son pain avec les mouettes, mais il y a aussi quelques pigeons qui viennent. Ici tout est calme, jamais personne ne vient la trouver. Il y a bien de temps en temps un pêcheur qui va le long du quai, sa gaule à la main, à la recherche d'un endroit qui serait bon pour les sars ; mais c'est à peine s'il regarde Lalla du coin de l'œil, et il s'en va vers le fond du port. Ou bien un enfant qui marche les mains dans les poches, qui joue tout seul à donner des coups de pied dans une boîte de conserve rouillée.

Lalla sent le soleil la pénétrer, l'emplir peu à peu, chasser tout ce qu'il y a de noir et de triste au fond d'elle. Elle ne pense plus à la maison d'Aamma, aux cours noires où dégoulinent les lessives. Elle ne pense plus à l'hôtel Sainte-Blanche, ni même à toutes ces rues, avenues, boulevards où les gens marchent et grondent sans arrêt. Elle devient comme un morceau de rocher, couvert de lichen et de mousse, immobile, sans pensée, dilatée par la chaleur du soleil. Quelquefois même elle s'endort, appuyée contre la bâche bleue, les genoux sous le menton, et elle rêve qu'elle glisse dans un bateau sur la mer plate, jusque de l'autre côté du monde.

Les grands cargos glissent lentement sur les bassins noirs. Ils vont vers la porte du port, ils vont chercher la mer. Lalla s'amuse à les suivre en courant le long des quais, le plus loin qu'elle peut. Elle ne peut pas lire leurs noms, mais elle regarde leurs drapeaux, elle regarde les taches de rouille sur leurs coques, et leurs gros mâts de charge repliés comme des antennes, et leurs cheminées sur lesquelles il y a des dessins d'étoiles, de croix, de carrés, de soleils. Devant les cargos, le bateau pilote avance en se dandinant comme un insecte, et quand les cargos entrent dans la haute mer, ils font marcher leur sirène, juste une fois ou deux, comme cela, pour dire au revoir.

L'eau du port est belle aussi, et Lalla s'installe souvent, le dos contre un bollard, les jambes pendant au-dessus de l'eau. Elle regarde les taches de pétrole irisées qui font et défont leurs nuages, et toutes les choses bizarres qui dérivent à la surface, les bouteilles de bière, les peaux d'orange, les sacs de plastique, les bouts de bois et de corde, et cette sorte de mousse brune qui vient on ne sait d'où, qui s'effile comme une bave le long des quais. Quand un bateau passe, il y a le clapotis de son sillage qui avance en s'écartant, en cognant contre les quais. Le vent souffle de temps en temps très fort, fait des rides sur les bassins, des frissons, trouble les reflets des cargos.

Certains jours d'hiver, quand il y a beaucoup de soleil, Radicz le mendiant vient voir Lalla. Il marche lentement le long des quais, mais Lalla le reconnaît de loin, elle sort de sa cachette entre les bâches et elle siffle entre ses doigts, comme autrefois les bergers dans le pays du Hartani. Le garçon arrive en courant, il s'assoit à côté d'elle au bord du quai, et ils restent un moment sans rien dire, à regarder l'eau du port.

Puis le jeune garçon montre à Lalla quelque chose qu'elle n'avait jamais remarqué : à la surface de l'eau noire, il y a de petites explosions silencieuses qui font des ondes. D'abord Lalla regarde en l'air, parce qu'elle croit que ce sont des gouttes de pluie. Mais le ciel est bleu. Alors, elle comprend : ce sont des bulles qui viennent du fond, et qui éclatent à la surface de l'eau. Ensemble ils s'amusent à regarder les explosions des bulles :

« Là ! Là !... Encore, encore ! »

« Là, regarde ! »

« Et là !... »

D'où viennent ces bulles ? Radicz dit que ce sont les poissons qui respirent, mais Lalla pense que ce sont plutôt les plantes, et elle pense à ces herbes mystérieuses qui bougent lentement au fond du port.

Après cela, Radicz sort sa boîte d'allumettes. Il dit que c'est pour fumer, mais en réalité ce n'est pas fumer qu'il aime ; ce qui lui plaît, c'est brûler les allumettes. Quand il a un peu d'argent à lui, Radicz va dans un bureau de tabac et il achète une grosse boîte d'allumettes, sur laquelle on voit une gitane qui danse. Il va s'asseoir dans un coin tranquille, et il gratte ses allumettes, l'une après l'autre. Il fait ça très vite, juste pour le plaisir de voir la petite tête rouge qui s'embrase en faisant son bruit de fusée, et ensuite la belle flamme orange qui danse au bout du petit bâton de bois, à l'abri dans le creux de ses mains.

Sur le port, il y a beaucoup de vent, et Lalla doit faire comme une tente en écartant les pans de son manteau, et elle sent la chaleur âcre du phosphore qui pique ses narines. Chaque fois que Radicz craque une allumette, tous les deux ils rient très fort, et ils essaient de prendre le petit bout de bois à tour de rôle. Radicz montre à Lalla comment on fait brûler toute l'allumette, en léchant le bout de ses doigts et en prenant le bout carbonisé. Ça fait un petit chuintement quand Lalla prend l'allumette par le charbon encore rouge, et ça brûle son pouce et son index, mais ça n'est pas une brûlure désagréable ; elle regarde la flamme qui dévore toute l'allumette, et le charbon qui se tord comme s'il était vivant.

Ensuite ils fument, une cigarette pour deux, le dos appuyé contre la bâche bleue, et le regard dans le vague, du côté de l'eau sombre du port et du ciel couleur de poussière de ciment.

« Tu as quel âge ? » demande Radicz.

« Dix-sept ans, mais j'aurai bientôt dix-huit », dit Lalla.

« Moi je vais avoir quatorze ans le mois prochain », dit Radicz.

Il réfléchit un peu, les sourcils froncés.

« Tu as déjà... couché avec un homme ? »

Lalla est surprise par la question.

« Non, enfin oui, pourquoi ? »

Radicz est tellement préoccupé qu'il en oublie de donner la cigarette à Lalla ; il tire bouffée sur bouffée, sans avaler la fumée.

« Moi je n'ai pas fait ça », dit-il.

« Pas fait quoi ? »

« Je n'ai pas couché avec une femme. »

« Tu es trop jeune. »

« Ce n'est pas vrai ! » dit Radicz. Il s'énerve et bégaie un peu. « Ce n'est pas vrai ! Moi, mes amis ils ont tous fait ça, et il y en a même qui ont une femme à eux, et ils se moquent de moi, ils disent que je suis pédé, parce que je n'ai pas de femme. »

Il réfléchit encore, en fumant sa cigarette.

« Mais ça m'est égal ce qu'ils disent. Moi je crois que ça n'est pas bien de coucher avec une femme, comme ça, juste pour — pour faire le malin, pour rigoler. C'est comme les cigarettes. Tu sais, je ne fume jamais devant les autres, là-bas, à l'hôtel, alors ils croient que je n'ai jamais fumé et ça les fait rigoler aussi. Mais c'est parce qu'ils ne savent pas, mais moi, ça m'est égal, je préfère qu'ils ne sachent pas. »

Maintenant il donne à nouveau la cigarette à Lalla. Le mégot est presque entièrement consumé. Lalla prend juste une bouffée, puis elle l'écrase par terre, sur le quai.

« Tu sais que je vais avoir un bébé ? »

Elle ne sait pas bien pourquoi elle a dit cela à Radicz. Lui la regarde un bon moment sans rien répondre. Il y a quelque chose de sombre dans ses yeux, mais tout d'un coup, cela s'éclaire.

« C'est bien », dit-il sérieusement. « C'est bien, je suis bien content. »

Il est si content qu'il ne peut plus rester assis. Il se lève, il marche devant l'eau, puis il revient vers Lalla.

« Tu viendras me voir là-bas, là où j'habite ? »

« Si tu veux », dit Lalla.

« Tu sais, c'est loin, il faut prendre l'autocar, et puis marcher longtemps, vers les réservoirs. Quand tu voudras, on ira ensemble, parce qu'autrement tu te perdrais. »

Il s'en va en courant. Le soleil est descendu maintenant, il n'est plus très loin de la ligne des grands immeubles qu'on voit à l'autre bout des quais. Les cargos sont toujours immobiles, pareils à de grandes falaises rouillées, et les vols des mouettes passent devant eux lentement, dansent au-dessus des mâts.

Il y a des jours où Lalla entend les bruits de la peur. Elle ne sait pas bien ce que c'est, comme des coups lourds frappés sur des plaques de tôle, et aussi une rumeur sourde qui ne vient pas par les oreilles, mais par la plante des pieds et qui résonne à l'intérieur de son corps. C'est la solitude, peut-être, et la faim aussi, la faim de douceur, de lumière, de chansons, la faim de tout.

Dès qu'elle franchit la porte de l'hôtel Sainte-Blanche, après avoir fini son travail, Lalla sent la lumière trop claire du ciel qui tombe sur elle, qui la fait trébucher. Elle enfonce le plus qu'elle peut sa tête dans le col de son manteau marron, elle couvre ses cheveux jusqu'aux sourcils avec le foulard gris d'Aamma, mais la blancheur du ciel l'atteint toujours, et aussi le vide des rues. C'est comme une nausée, qui monte du centre de son ventre, qui vient dans sa gorge, qui emplit sa bouche d'amertume. Lalla s'assoit vite, n'importe où, sans chercher à comprendre, sans se soucier des gens qui la regardent, parce qu'elle a peur de s'évanouir encore une fois. Elle résiste de toutes ses forces, elle essaie de calmer les battements de son cœur, les mouvements de ses entrailles. Elle met ses deux mains sur son ventre, pour que la chaleur douce de ses paumes traverse sa robe, entre en elle, jusqu'à l'enfant. C'est comme cela qu'elle se soignait autrefois, quand venaient les terribles douleurs, au bas de son ventre, comme une bête qui rongeait par l'intérieur. Puis elle se berce un peu, d'avant en arrière, comme cela, assise sur le rebord du trottoir à côté des autos arrêtées.

Les gens passent devant elle sans s'arrêter. Ils ralentissent un peu, comme s'ils allaient venir vers elle, mais quand Lalla relève la tête, il y a tant de souffrance dans ses yeux qu'ils s'en vont vite, parce que ça leur fait peur.

Au bout d'un moment, la douleur s'amenuise sous les mains de Lalla. Elle peut respirer de nouveau, plus librement. Malgré le vent froid, elle est couverte de sueur, et sa robe mouillée colle à son dos. C'est peut-être le bruit de la peur, le bruit qu'on n'entend pas avec les oreilles, mais qu'on entend avec les pieds et tout le corps, qui vide les rues de la ville.

Lalla remonte vers la vieille ville, elle gravit lentement les marches de l'escalier défoncé où coule l'égout qui sent fort. En haut de l'escalier, elle tourne à gauche, puis elle marche dans la rue du Bon-Jésus. Sur les vieux murs lépreux, il y a des signes écrits à la craie, des lettres et des dessins incompréhensibles, à demi effacés. Par terre, il y a plusieurs taches rouges comme le sang, où rôdent des mouches. La couleur rouge résonne dans la tête de Lalla, fait un bruit de sirène, un sifflement qui creuse un trou, vide son esprit. Lentement, avec effort, Lalla enjambe une première tache, une deuxième, une troisième. Il y a de drôles de choses blanches mêlées aux taches rouges, comme des cartilages, des os brisés, de la peau, et la sirène résonne encore plus fort dans la tête de Lalla. Elle essaie de courir le long de la rue en pente, mais les pierres sont humides et glissantes, surtout quand on a des sandales de caoutchouc. Rue du Timon, il y a encore des signes écrits à la craie sur les vieux murs, des mots, peut-être des noms ? Puis une femme nue, aux seins pareils à des yeux, et Lalla pense au journal obscène déplié sur le lit défait, dans la chambre d'hôtel. Plus loin, c'est un phallus énorme dessiné à la craie sur une vieille porte, comme un masque grotesque.

Lalla continue à marcher, en respirant avec peine. La sueur coule toujours sur son front, le long de son dos, mouille ses reins, pique ses aisselles. Il n'y a personne dans les rues à cette heure-là, seulement quelques chiens au poil hérissé, qui rongent leurs os en grognant. Les fenêtres au ras du sol sont fermées par des grillages, des barreaux. Plus haut, les volets sont tirés, les maisons semblent abandonnées. Il y a un froid de mort qui sort des bouches des soupirails, des caves, des fenêtres noires. C'est comme une haleine de mort qui souffle le long des rues, qui emplit les recoins pourris au bas des murs. Où aller ? Lalla avance lentement de nouveau, elle tourne encore une fois à droite, vers le mur de la vieille maison. Lalla a toujours un peu peur, quand elle voit ces grandes fenêtres garnies de barreaux, parce qu'elle croit que c'est une prison où les gens sont morts autrefois : on dit même que la nuit, parfois, on entend les gémissements des prisonniers derrière les barreaux des fenêtres. Elle descend maintenant le long de la rue des Pistoles, toujours déserte, et par la traverse de la Charité, pour voir, à travers le portail de pierre grise, l'étrange dôme rose qu'elle aime bien. Certains jours elle s'assoit sur le seuil d'une maison, et elle reste là à regarder très longtemps le dôme qui ressemble à un nuage, et elle oublie tout, jusqu'à ce qu'une femme vienne lui demander ce qu'elle fait là et l'oblige à s'en aller.

Mais aujourd'hui, même le dôme rose lui fait peur, comme s'il y avait une menace derrière ses fenêtres étroites, ou comme si c'était un tombeau. Sans se retourner, elle s'en va vite, elle redescend vers la mer, le long des rues silencieuses. Le vent qui passe par rafales fait claquer le linge, de grands draps blancs aux bords effilochés, des vêtements d'enfant, d'homme, des lingeries bleues et roses de femme ; Lalla ne veut pas les regarder, parce qu'ils montrent des corps invisibles, des jambes, des bras, des poitrines, comme des dépouilles sans tête. Elle longe la rue Rodillat, et là aussi il y a ces fenêtres basses, couvertes de grillage, fermées de barreaux, où les hommes et les enfants sont prisonniers. Lalla entend par moments les bribes de phrases, les bruits de vaisselle ou de cuisine, ou bien la musique nasillarde, et elle pense à tous ceux qui sont prisonniers, dans ces chambres obscures et froides, avec les blattes et les rats, tous ceux qui ne verront plus la lumière, qui ne respireront plus le vent.

Là, derrière cette fenêtre aux carreaux fêlés et noircis, il y a cette grosse femme impotente, qui vit seule avec deux chats maigres, et qui parle toujours de son jardin, de ses roses, de ses arbres, de son grand citronnier qui donne les plus beaux fruits du monde, elle qui n'a rien qu'un réduit froid et noir, et ses deux chats aveugles. Ici, c'est la maison d'Ibrahim, un vieux soldat oranais qui s'est battu contre les Allemands, contre les Turcs, contre les Serbes, là-bas, dans des endroits dont il répète les noms inlassablement, quand Lalla les lui demande : Salonique, Varna, Bjala. Mais est-ce qu'il ne va pas mourir, lui aussi, pris au piège de sa maison lépreuse où l'escalier sombre et glissant manque de le faire tomber à chaque marche, où les murs pèsent sur sa poitrine maigre comme un manteau mouillé ? Là, encore, l'Espagnole qui a six enfants, qui dorment tous dans la même chambre à la fenêtre étroite, ou qui errent dans le quartier du Panier, vêtus de haillons, pâles, toujours affamés. Là, dans cette maison où court une lézarde, aux murs qui semblent humides d'une sueur mauvaise, le couple malade, qui tousse si fort que Lalla sursaute parfois, dans la nuit, comme si elle pouvait réellement les entendre à travers tous les murs. Et le ménage étranger, lui italien, elle grecque, et l'homme est ivre chaque soir, et chaque soir il frappe sa femme à grands coups de poing sur la tête, comme cela, sans même se mettre en colère, seulement parce qu'elle est là et qu'elle le regarde avec ses yeux larmoyants dans son visage bouffi de fatigue. Lalla hait cet homme, elle serre les dents quand elle pense à lui, mais elle a peur aussi de cette ivresse tranquille et désespérée, et de la soumission de cette femme, car c'est cela qui apparaît dans chaque pierre et dans chaque tache des rues maudites de cette ville, dans chaque signe écrit sur les murs du Panier.

Partout il y a la faim, la peur, la pauvreté froide, comme de vieux habits usés et humides, comme de vieux visages flétris et déchus.

Rue du Panier, rue du Bouleau, traverse Boussenoue, toujours les mêmes murs lépreux, le haut des immeubles qu'effleure la lumière froide, le bas des murs où croupit l'eau verte, où pourrissent les tas d'ordures. Il n'y a pas de guêpes ici, ni de mouches qui bondissent librement dans l'air où bouge la poussière. Il n'y a que des hommes, des rats, des blattes, tout ce qui vit dans les trous sans lumière, sans air, sans ciel. Lalla tourne dans les rues comme un vieux chien noir au poil hérissé, sans trouver sa place. Elle s'assoit un instant sur les marches des escaliers, près du mur derrière lequel pousse le seul arbre de la ville, un vieux figuier plein d'odeurs. Elle pense un instant à l'arbre qu'elle aimait là-bas, lorsque le vieux Naman allait réparer ses filets en racontant des histoires. Mais elle ne peut pas rester longtemps à la même place, comme les vieux chiens courbaturés. Elle repart à travers le dédale sombre, tandis que la lumière du ciel décline peu à peu. Elle s'assoit encore un moment sur un des bancs de la placette, là où il y a le jardin d'enfants. Il y a des jours où elle aime bien rester là, en regardant les tout-petits qui titubent sur la place, les jambes flageolantes, les bras écartés. Mais maintenant, il n'y a plus que l'ombre, et sur un des bancs, une vieille femme noire dans une grande robe bariolée. Lalla va s'asseoir à côté d'elle, elle essaie de lui parler.

« Vous habitez ici ? »

« D'où est-ce que vous venez ? Quel est votre pays ? »

La vieille femme la regarde sans comprendre, puis elle a peur, et elle voile son visage avec un pan de sa robe bariolée.

Au fond de la place, il y a un mur que Lalla connaît bien. Elle connaît chaque tache du crépi, chaque fissure, chaque coulée de rouille. Tout à fait en haut du mur, il y a les tubes noirs des cheminées, les gouttières. En dessous du toit, de petites fenêtres sans volets aux carreaux sales. En dessous de la chambre de la vieille Ida, du linge pend à une ficelle, raidi par la pluie et par la poussière. En dessous, il y a les fenêtres des gitans. La plupart des carreaux sont cassés, certaines fenêtres n'ont même plus de traverses, elles ne sont plus que des trous noirs béants comme des orbites.

Lalla regarde fixement ces ouvertures sombres, et elle sent encore la présence froide et terrifiante de la mort. Elle frissonne. Il y a un très grand vide sur cette place, un tourbillon de vide et de mort qui naît de ces fenêtres, qui tourne entre les murs des maisons. Sur le banc, à côté d'elle, la vieille mulâtresse ne bouge pas, ne respire pas. Lalla ne voit d'elle que son bras décharné où les veines sont apparentes comme des cordes, et la main aux longs doigts tachés de henné qui maintient le pan de sa robe sur la partie du visage qui est du côté de Lalla.

Peut-être qu'il y a un piège, ici aussi ? Lalla voudrait se lever et s'en aller en courant, mais elle se sent rivée au banc de plastique, comme dans un rêve. La nuit tombe peu à peu sur la ville, l'ombre emplit la place, noie les recoins, les fissures, entre par les fenêtres aux carreaux cassés. Il fait froid maintenant, et Lalla se serre dans son manteau brun, elle remonte le col jusqu'à ses yeux. Mais le froid monte par les semelles en caoutchouc de ses sandales, dans ses jambes, dans ses fesses, dans ses reins. Lalla ferme les yeux pour résister, pour ne plus voir le vide qui tourne sur la place, autour des jeux d'enfants abandonnés, sous les yeux aveugles des fenêtres.

Quand elle rouvre ses yeux, il n'y a plus personne. La vieille mulâtresse à la robe bariolée est partie sans que Lalla s'en rende compte. Curieusement, le ciel et la terre sont moins sombres, comme si la nuit avait reculée.

Lalla recommence à marcher le long des ruelles silencieuses. Elle descend les escaliers, là où le sol est défoncé par les marteaux-piqueurs. Le froid balaye la rue, fait claquer les tôles des cabanes à outils.

Quand elle débouche devant la mer, Lalla voit que le jour n'est pas encore fini. Il y a une grande tache claire au-dessus de la Cathédrale, entre les tours. Lalla traverse l'avenue en courant, sans voir les autos qui foncent, qui klaxonnent et donnent des coups de phares. Elle s'approche lentement du haut parvis, elle monte les marches, elle passe entre les colonnes. Elle se souvient de la première fois qu'elle est venue à la Cathédrale. Elle avait très peur, parce que c'était si grand et abandonné, comme une falaise. Puis c'est Radiez le mendiant qui lui a montré où il passe les nuits, l'été, quand le vent qui vient de la mer est tiède comme un souffle. Il lui a montré l'endroit d'où l'on voit les grands cargos entrer dans le port, la nuit avec leurs feux rouges et verts. Il lui a montré aussi l'endroit d'où l'on peut voir la lune et les étoiles, entre les colonnes du parvis.

Mais ce soir il n'y a personne. La pierre blanche et verte est glacée, le silence pèse, troublé seulement par le froissement lointain des pneus des autos et par les crissements des chauves-souris qui volettent sous la voûte.

Les pigeons dorment déjà, perchés un peu partout sur les corniches, serrés les uns contre les autres.

Lalla s'assoit un moment sur les marches, à l'abri de la balustrade de pierre. Elle regarde le sol taché de guano, et la terre poussiéreuse devant le parvis. Le vent passe avec violence, en sifflant dans les grillages. La solitude est grande ici, comme sur un navire en pleine mer. Elle fait mal, elle serre la gorge et les tempes, elle fait résonner étrangement les bruits, elle fait palpiter les lumières au loin, le long des rues.

Plus tard, quand la nuit est venue, Lalla retourne à l'intérieur de la ville, vers le haut. Elle traverse la place de Lenche, où les hommes se pressent autour des portes des bars, elle prend la montée des Accoules, la main posée sur la double rampe de fer poli qu'elle aime tant. Mais, même ici, l'angoisse ne parvient pas à se dissiper. C'est derrière elle, comme un des grands chiens au poil hérissé, au regard affamé, qui rôde le long des caniveaux à la recherche d'un os à ronger. C'est la faim, sans doute, la faim qui ronge le ventre, qui creuse son vide dans la tête, mais la faim de tout, de tout ce qui est refusé, inaccessible. Il y a si longtemps que les hommes n'ont pas mangé à leur faim, si longtemps qu'ils n'ont pas eu de repos, ni de bonheur, ni d'amour, mais seulement des chambres souterraines, froides, où flotte la vapeur d'angoisse, seulement ces rues obscures où courent les rats, où coulent les eaux pourries, où s'entassent les immondices. Le mal.

Tandis qu'elle avance le long des rainures étroites des rues, rue du Refuge, rue des Moulins, rue des Belles-Ecuelles, rue de Montbrion, Lalla voit tous les détritus comme rejetés par la mer, boîtes de conserve rouillées, vieux papiers, morceaux d'os, oranges flétries, légumes, chiffons, bouteilles cassées, anneaux de caoutchouc, capsules, oiseaux morts aux ailes arrachées, cafards écrasés, poussières, poudres, pourritures. Ce sont les marques de la solitude, de l'abandon, comme si les hommes avaient déjà fui cette ville, ce monde, qu'ils les avaient laissés en proie à la maladie, à la mort, à l'oubli. Comme s'il ne restait plus que quelques hommes dans ce monde, les malheureux qui continuaient à vivre dans ces maisons qui s'écroulent, dans ces appartements déjà semblables à des tombeaux, tandis que le vide entre par les fenêtres béantes, le froid de la nuit qui serre les poitrines, qui voile les yeux des vieillards et des enfants.

Lalla continue d'avancer parmi les décombres, elle marche sur les tas de plâtres tombés. Elle ne sait pas où elle va. Elle repasse plusieurs fois par la même rue, autour des hauts murs de l'Hôtel-Dieu. Peut-être qu'Aamma est là, dans la grande cuisine souterraine aux vasistas crasseux, en train de passer son balai éponge sur les dalles noires que rien ne nettoiera jamais ? Lalla ne veut pas retourner chez Aamma, plus jamais. Elle tourne le long des rues sombres, tandis qu'une pluie fine commence à tomber du ciel, car le vent s'est tu. Des hommes passent, silhouettes noires, sans visage, qui semblent perdues, elles aussi. Lalla s'efface pour les laisser passer, disparaît dans l'embrasure des portes, se cache derrière les autos arrêtées. Quand la rue est à nouveau vide, elle sort, elle continue à marcher sans bruit, fatiguée, ivre de sommeil.

Mais elle ne veut pas dormir. Où pourrait-elle s'abandonner, s'oublier ? La ville est trop dangereuse, et l'angoisse ne laisse pas les filles pauvres dormir, comme les enfants de riches.

Il y a trop de bruits dans le silence de la nuit, bruits de la faim, bruits de la peur, de la solitude. Il y a les bruits des voix avinées des clochards, dans les asiles, les bruits des cafés arabes où ne cesse pas la musique monotone, et les rires lents des haschischins. Il y a le bruit terrible de l'homme fou qui frappe sa femme à grands coups de poing, tous les soirs, et la voix aiguë de la femme qui crie d'abord, puis qui pleurniche et qui geint. Lalla entend tous ces bruits, maintenant, distinctement, comme s'ils ne cessaient jamais de résonner. Il y a un bruit surtout qui la suit partout où elle va, qui entre dans sa tête et dans son ventre et répète tout le temps le même malheur : c'est le bruit d'un enfant qui tousse, dans la nuit, quelque part, dans la maison voisine, peut-être le fils de la femme tunisienne si grosse et si pâle, aux yeux verts un peu fous ? Ou peut-être est-ce un autre enfant qui tousse dans une maison, à plusieurs rues de distance, et puis un autre qui lui répond ailleurs, dans une mansarde au plafond crevé, un autre encore, qui n'arrive pas à dormir dans l'alcôve glacée, et encore un autre, comme s'il y avait des dizaines, des centaines d'enfants malades qui toussaient dans la nuit en faisant le même bruit rauque qui déchire la gorge et les bronches. Lalla s'arrête le dos contre une porte, et elle bouche ses oreilles en appuyant les paumes de ses mains de toutes ses forces, pour ne plus entendre les toux d'enfants qui aboient dans la nuit froide, de maison en maison.

Plus loin, il y a le tournant de rue où l'on voit en contrebas, comme du haut d'un balcon, le grand carrefour des avenues, pareil à l'estuaire d'un fleuve, et toutes les lumières qui clignotent, qui aveuglent. Alors Lalla descend la colline, le long des escaliers, elle entre par le passage de Lorette, elle traverse la grande cour aux murs noircis par la fumée et la misère, avec le bruit des radios et des voix humaines. Elle s'arrête un instant, la tête tournée vers les fenêtres, comme si quelqu'un allait apparaître. Mais on n'entend que le bruit inhumain d'une voix de radio qui crie quelque chose, qui répète lentement la même phrase :

« Au son de cette musique les dieux entrent en scène ! »

Mais Lalla ne comprend pas ce que cela veut dire. La voix inhumaine couvre le bruit des enfants qui toussent, le bruit des hommes ivres et de la femme qui pleurniche. Ensuite, il y a un autre passage obscur, comme un corridor, et on débouche sur le boulevard.

Ici, pendant un instant, Lalla ne sent plus la peur, ni la tristesse. La foule se hâte sur les trottoirs, yeux étincelants, mains agiles, pieds qui frappent le sol de ciment, hanches qui bougent, vêtements qui se froissent, s'électrisent. Sur la chaussée roule les autos, les camions, les motos aux phares allumés, et les reflets des vitrines s'allument et s'éteignent tout le temps. Lalla se laisse porter par le mouvement des gens, elle ne pense plus à elle, elle est vide, comme si elle n'existait plus réellement. C'est pour cela qu'elle retourne toujours aux grandes avenues, pour se perdre dans leur flot, pour aller à la dérive.

Il y a beaucoup de lumières ! Lalla les regarde en marchant droit devant elle. Les lumières bleues, rouges, orangées, violettes, les lumières fixes, celles qui avancent, celles qui dansent sur place comme des flammes d'allumettes. Lalla pense un peu au ciel constellé, à la grande nuit du désert, quand elle était étendue sur le sable dur à côté du Hartani, et qu'ils respiraient doucement, comme s'ils n'avaient qu'un seul corps. Mais c'est difficile de se souvenir. Il faut marcher, ici, marcher, avec les autres, comme si on savait où on allait, mais il n'y a pas de fin au voyage, pas de cachette au creux de la dune. Il faut marcher pour ne pas tomber, pour ne pas être piétiné par les autres.

Lalla descend jusqu'au bout de l'avenue, puis elle remonte une autre avenue, une autre encore. Il y a toujours les lumières, et le bruit des hommes et de leurs moteurs rugit sans cesse. Alors, tout d'un coup, la peur revient, l'angoisse, comme si tous les bruits de pneus et de pas traçaient de grands cercles concentriques sur les bords d'un gigantesque entonnoir.

Maintenant, Lalla les voit, de nouveau : ils sont là, partout, assis contre les vieux murs noircis, tassés sur le sol au milieu des excréments et des immondices : les mendiants, les vieillards aveugles aux mains tendues, les jeunes femmes aux lèvres gercées, un enfant accroché à leur sein flasque, les petites filles vêtues de haillons, le visage couvert de croûtes, qui s'accrochent aux vêtements des passants, les vieilles couleur de suie, aux cheveux emmêlés, tous ceux que la faim et le froid ont chassés des taudis, et qui sont poussés comme des rebuts par les vagues. Ils sont là, au centre de la ville indifférente, dans le bruit saoulant des moteurs et des voix, mouillés de pluie, hérissés par le vent, plus laids et plus pauvres encore à la lueur mauvaise des ampoules électriques. Ils regardent ceux qui passent avec des yeux troubles, leurs yeux humides et tristes qui fuient et reviennent sans cesse vers vous comme les yeux des chiens. Lalla marche lentement devant les mendiants, elle les regarde, le cœur serré, et c'est encore ce vide terrible qui creuse son tourbillon ici, devant ces corps abandonnés. Elle marche si lentement qu'une clocharde l'attrape par son manteau et veut la tirer vers elle. Lalla se débat, défait avec violence les doigts qui se nouent sur l'étoffe de son manteau ; elle regarde avec pitié et horreur le visage encore jeune de la femme, ses joues bouffies par l'alcool, tachées de rouge à cause du froid, et surtout ces deux yeux bleus d'aveugle, presque transparents, où la pupille n'est pas plus grande qu'une tête d'épingle.

« Viens ! Viens ici ! » répète la clocharde, tandis que Lalla essaie de détacher les doigts aux ongles cassés. Puis la peur est la plus forte, et Lalla arrache son manteau des mains de la clocharde, et elle se sauve en courant, tandis que les autres mendiants se mettent à rire et que la femme, à demi dressée sur le trottoir au milieu de ses tas de hardes, se met à hurler des injures.

Le cœur battant, Lalla court le long de l'avenue ; elle heurte les gens qui se promènent, qui entrent et sortent des cafés, des cinémas ; des hommes en complet veston, qui viennent de dîner, et qui ont encore le visage tout luisant de l'effort qu'ils ont fait pour trop manger et trop boire ; des garçons parfumés, des couples, des militaires en vadrouille, des étrangers à la peau noire et aux cheveux crépus, qui lui disent des mots qu'elle ne comprend pas, ou qui essaient de l'attraper au passage en riant très fort.

Dans les cafés, il y a une musique qui n'arrête pas de battre, une musique lancinante et sauvage qui résonne sourdement dans la terre, qui vibre à travers le corps, dans le ventre, dans les tympans. C'est toujours la même musique qui sort des cafés et des bars, qui cogne avec la lumière des tubes de néon, avec les couleurs rouges, vertes, orange, sur les murs, sur les tables, sur les visages peints des femmes.

Depuis combien de temps Lalla avance-t-elle au milieu de ces tourbillons, de cette musique ? Elle ne le sait plus. Des heures ; peut-être, des nuits entières, des nuits sans aucun jour pour les interrompre. Elle pense à l'étendue des plateaux de pierres, dans la nuit, aux monticules de cailloux tranchants comme des lames, aux sentiers des lièvres et des vipères sous la lune, et elle regarde autour d'elle, ici, comme si elle allait le voir apparaître. Le Hartani vêtu de son manteau de bure, aux yeux brillants dans son visage très noir, aux gestes longs et lents comme la démarche des antilopes. Mais il n'y a que cette avenue, et encore cette avenue, et ces carrefours pleins de visages, d'yeux, de bouches, ces voix criardes, ces paroles, ces murmures. Ces bruits de moteurs et de klaxons, ces lumières brutales. On ne voit pas le ciel, comme s'il y avait une taie blanche qui recouvrait la terre. Comment pourraient-ils venir jusqu'ici, le Hartani, et lui, le guerrier bleu du désert, Es Ser, le Secret, comme elle l'appelait autrefois ? Ils ne pourraient pas la voir à travers cette taie blanche, qui sépare cette ville du ciel. Ils ne pourraient pas la reconnaître, au milieu de tant de visages, de tant de corps, avec toutes ces autos, ces camions, ces motocyclettes. Ils ne pourraient même pas entendre sa voix, ici, avec tous ces bruits de voix qui parlent dans toutes les langues, avec cette musique qui résonne, qui fait trembler le sol. C'est pour cela que Lalla ne les cherche plus, ne leur parle plus, comme s'ils avaient disparu pour toujours, comme s'ils étaient morts pour elle.

Les mendiants sont là, au cœur même de la ville, dans la nuit. La pluie a cessé de tomber, et la nuit est très blanche, lointaine, allée jusqu'à minuit. Les hommes sont rares. Ils entrent et sortent des cafés et des bars, mais ils s'enfuient en auto à toute vitesse. Lalla tourne à droite, dans la rue étroite qui monte un peu, et elle marche en se dissimulant derrière les autos arrêtées. Sur l'autre trottoir, il y a quelques hommes. Ils sont immobiles, ils ne parlent pas. Ils regardent vers le haut de la rue, l'entrée d'un immeuble sordide, une toute petite porte peinte en vert, à demi ouverte sur un couloir éclairé.

Lalla s'arrête, elle aussi, et elle regarde, cachée derrière une voiture. Son cœur bat vite, et le grand vide de l'angoisse souffle dans la rue. L'immeuble est debout, comme une forteresse sale, avec ses fenêtres sans volets, dont les carreaux sont tapissés de feuilles de papier journal. Certaines fenêtres sont éclairées, d'une mauvaise lumière dure, ou bien d'une drôle de lueur faiblarde, couleur de sang. On dirait un géant immobile, aux dizaines d'yeux qui regardent ou qui dorment, un géant plein de la force du mal, qui va dévorer les petits hommes qui attendent dans la rue. Lalla est si faible qu'elle doit s'appuyer sur la coque de la voiture, en grelottant de tous ses membres.

Le vent du mal souffle dans la rue, c'est lui qui fait le

vide sur la ville, la peur, la pauvreté, la faim ; c'est lui qui creuse ses tourbillons sur les places et qui fait peser le silence dans les chambres solitaires où étouffent les enfants et les vieillards. Lalla le hait, lui, et tous ces géants aux yeux ouverts, qui règnent sur la ville, seulement pour dévorer les hommes et les femmes, les broyer dans son ventre.

Ensuite la petite porte verte de l'immeuble s'ouvre complètement, et maintenant sur le trottoir, en face de Lalla, une femme est immobile. C'est elle que les hommes regardent sans bouger, en fumant des cigarettes. C'est une femme très petite, presque une naine, au corps large, à la tête enflée posée sur ses épaules, sans cou. Mais son visage est enfantin, avec une toute petite bouche couleur cerise, et des yeux très noirs entourés d'un cerne vert. Ce qui étonne le plus en elle, après sa petite taille, ce sont ses cheveux : courts, bouclés, ils sont d'un rouge de cuivre qui étincelle bizarrement à la lumière du couloir derrière elle, et font comme une auréole de flamme sur sa tête de poupée grasse, comme une apparition surnaturelle.

Lalla regarde les cheveux de la petite femme, fascinée, sans bouger, presque sans respirer. Le vent froid souffle avec violence autour d'elle, mais la petite femme reste debout devant l'entrée de l'immeuble, avec ses cheveux qui flamboient sur sa tête. Elle est habillée d'une jupe noire très courte qui montre ses cuisses grasses et blanches, et d'une sorte de pull-over violet décolleté. Elle est chaussée d'escarpins vernis à talons aiguilles très hauts. A cause du froid, elle fait quelques pas sur la place, et le bruit de ses talons résonne dans le vide de la ruelle.

Des hommes s'approchent d'elle, maintenant, en fumant leurs cigarettes. Ce sont des Arabes pour la plupart, aux cheveux très noirs, avec un teint gris que Lalla ne connaît pas, comme s'ils vivaient sous la terre et ne sortaient que la nuit. Ils ne parlent pas. Ils ont l'air brutal, buté, lèvres serrées, regard dur. La petite femme aux cheveux de feu ne les regarde même pas. Elle allume une cigarette à son tour, et elle fume vite, en pivotant sur place. Quand elle tourne le dos, elle semble bossue.

Puis en haut de la ruelle marche une autre femme. Celle-ci est très grande, au contraire, et très forte, déjà vieillie, flétrie par la fatigue et le manque de sommeil. Elle est vêtue d'un grand imperméable en toile cirée bleue, et ses cheveux noirs sont décoiffés par le vent.

Elle descend lentement la rue, en faisant claquer ses chaussures à hauts talons, elle arrive à côté de la naine, et elle s'arrête, elle aussi, devant la porte. Les Arabes s'approchent d'elle, lui parlent. Mais Lalla n'entend pas ce qu'ils disent. L'un après l'autre, ils s'éloignent, et s'arrêtent à distance, les yeux fixés sur les deux femmes immobiles qui fument. Le vent passe par rafales le long de la ruelle, plaque les vêtements sur les corps des femmes, agite leurs cheveux. Il y a tant de haine et de désespoir dans cette ruelle, comme si elle descendait sans fin à travers tous les degrés de l'enfer, sans jamais rencontrer de fond, sans jamais s'arrêter. Il y a tant de faim, de désir inassouvi, de violence. Les hommes silencieux regardent, immobiles au bord du trottoir comme des soldats de plomb, leurs yeux fixés sur le ventre des femmes, sur leurs seins, sur la courbe de leurs hanches, sur la chair pâle de leur gorge, sur leurs jambes nues. Peut-être qu'il n'y a pas d'amour, nulle part, pas de pitié, pas de douceur. Peut-être que la taie blanche qui sépare la terre du ciel a étouffé les hommes, a arrêté les palpitations de leur cœur, a fait mourir tous leurs souvenirs, tous leurs désirs anciens, toute la beauté ?

Lalla sent le vertige continu du vide qui entre en elle, comme si le vent qui passait dans la ruelle était celui d'un long mouvement giratoire. Le vent va peut-être arracher les toits des maisons sordides, défoncer portes et fenêtres, abattre les murs pourris, renverser en tas de ferraille toutes les voitures ? Cela doit arriver, car il y a trop de haine, trop de souffrance... Mais le grand immeuble sale reste debout, écrasant les hommes de toute sa hauteur. Ce sont les géants immobiles, aux yeux sanglants, aux yeux cruels, les géants dévoreurs d'hommes et de femmes. Dans leurs entrailles, les jeunes femmes sont renversées sur les vieux matelas tachés, et possédées en quelques secondes par les hommes silencieux dont le sexe brûle comme un tison. Puis ils se rhabillent et s'en vont, et leur cigarette posée sur le bord de la table n'a pas eu le temps de s'éteindre. Dans l'intérieur des géants dévoreurs, les vieilles femmes sont couchées sous le poids des hommes qui les écrasent, qui salissent leurs chairs jaunes. Alors, dans tous ces ventres de femmes naît le vide, le vide intense et glacé qui s'échappe d'elles et qui souffle comme un vent le long des rues et des ruelles, en lançant ses tourbillons sans fin.

Tout à coup, Lalla n'en peut plus d'attendre. Elle veut crier, même pleurer, mais c'est impossible. Le vide et la peur ont fermé étroitement sa gorge, et c'est à peine si elle peut respirer. Alors elle s'échappe. Elle court de toutes ses forces le long de la ruelle, et le bruit de ses pas résonne fort dans le silence. Les hommes se retournent et la regardent fuir. La naine crie quelque chose, mais un homme la prend par le cou et la pousse avec lui à l'intérieur de l'immeuble. Le vide, un instant troublé, se referme sur eux, les étreint. Quelques hommes jettent leur cigarette dans le ruisseau et s'en vont vers l'avenue, en glissant comme des ombres. D'autres arrivent et s'arrêtent au bord du trottoir, et regardent la grande femme aux cheveux noirs debout devant la porte de l'immeuble.

Près de la gare, il y a beaucoup de mendiants qui dorment, engoncés dans leurs hardes, ou bien entourés de cartons, devant les portes. Au loin, brille l'édifice de la gare, avec ses grands réverbères blancs comme des astres.

Dans un coin de porte, à l'abri d'une borne de pierre, dans un grand lac d'ombre humide, Lalla s'est couchée par terre. Elle a rentré sa tête et ses membres le plus qu'elle a pu à l'intérieur de son grand manteau marron, tout à fait dans le genre d'une tortue. La pierre est froide et dure, et le bruit mouillé des pneus des autos la fait frissonner. Mais elle voit quand même le ciel s'ouvrir, comme autrefois, sur le plateau de pierres, et entre les bords de la taie qui se fend, en tenant les yeux bien fermés, elle peut voir encore la nuit du désert.

Lalla habite à l'hôtel Sainte-Blanche. Elle a une toute petite chambre, un réduit sombre sous les toits, qu'elle partage avec les balais, les seaux, les vieilles choses oubliées là depuis des années. Il y a une ampoule électrique, une table, et un vieux lit à sangles. Quand elle a demandé au patron si elle pouvait habiter là, il lui a dit oui simplement, sans poser de questions. Il n'a pas fait de commentaires, il a dit qu'elle pouvait dormir là, que le lit ne servait pas. Il a dit aussi qu'il déduirait l'argent de l'électricité et de l'eau de son salaire, voilà tout. Il a recommencé à lire son journal allongé sur son lit. C'est pour cela que Lalla trouve qu'il est bien, le patron, même s'il est sale et pas rasé, parce qu'il ne pose pas de questions. Tout lui est égal.

Avec Aamma, ça n'a pas été la même chose. Quand Lalla lui a dit qu'elle n'habiterait plus chez elle, son visage s'est fermé, et elle a dit des tas de choses désagréables, parce qu'elle croyait que Lalla s'en allait pour vivre avec un homme. Mais elle a été d'accord quand même, parce que de toute façon ça l'arrangeait, à cause de ses fils qui devaient bientôt venir. Il n'y aurait pas eu assez de place pour tout le monde.

Maintenant, Lalla connaît un peu mieux les gens de l'hôtel Sainte-Blanche. Ils sont tous très pauvres, venus de pays où on ne mange pas, où il n'y a presque rien pour vivre. Ils ont des visages durcis, même les plus jeunes, et ils ne peuvent pas parler très longtemps. A l'étage où habite Lalla il n'y a personne, parce que ce sont les combles, où vivent les souris. Mais juste en dessous, il y a une chambre où logent trois Noirs, des frères. Eux ne sont pas méchants, ni tristes. Ils sont toujours gais, et Lalla aime bien les entendre rire et chanter le samedi après-midi et le dimanche. Elle ne connaît pas leurs noms, elle ne sait pas ce qu'ils font dans la ville. Mais elle les rencontre quelquefois dans le couloir, quand elle va aux W.-C., ou quand elle descent tôt le matin pour frotter les marches de l'escalier. Mais ils ne sont plus là quand elle va nettoyer leur chambre. Ils n'ont presque pas d'effets, juste quelques cartons pleins de vêtements, et une guitare.

A côté de la chambre des Noirs, il y a deux chambres occupées par des Nord-Africains des chantiers, qui ne restent jamais très longtemps. Ils sont gentils mais taciturnes, et Lalla ne leur parle pas beaucoup non plus. Il n'y a rien dans leurs chambres, parce qu'ils mettent tous leurs vêtements dans des valises, et les valises sous leurs lits. Ils ont peur qu'on les vole.

Celui que Lalla aime bien, c'est un jeune Noir africain qui habite avec son frère dans la petite chambre du deuxième étage, tout à fait au bout du couloir. C'est la plus jolie chambre, parce qu'elle donne sur un morceau de cour où il y a un arbre. Lalla ne connaît pas le nom de l'aîné, mais elle sait que le plus jeune s'appelle Daniel. Il est très très noir, avec des cheveux tellement frisés qu'il y a toujours des choses qui s'y accrochent, des bouts de paille, des plumes, des brins d'herbe. Il a une tête toute ronde, et un cou démesuré. Il est d'ailleurs tout en longueur, avec de longs bras et de longues jambes, et une drôle de démarche, un peu comme s'il dansait. Il est toujours très gai, il rit tout le temps quand il parle avec Lalla. Elle ne comprend pas bien ce qu'il dit, parce qu'il a un accent bizarre qui chante. Mais ça n'a pas une grande importance, parce qu'il fait des gestes très drôles avec ses longues mains, et toutes sortes de grimaces avec sa grande bouche pleine de dents très blanches. C'est lui que Lalla préfère, à cause de son visage lisse, à cause de son rire, parce qu'il ressemble un peu à un enfant. Il travaille à l'hôpital, avec son frère, et le samedi et le dimanche, il va jouer au football. C'est sa grande passion. Il a des affiches et des photos dans toute sa chambre, punaisées sur les murs, sur la porte, à l'intérieur du placard. Chaque fois qu'il voit Lalla, il lui demande quand est-ce qu'elle va venir le voir jouer au stade.

Elle y est allée une fois, un dimanche après-midi. Elle s'est installée tout à fait en haut des gradins, et elle l'a regardé. Il faisait une petite tache noire sur le gazon vert du terrain, et c'est à cela qu'elle a pu le reconnaître. Il jouait avant-centre droit, avec ceux qui conduisent l'attaque. Mais Lalla ne lui a jamais dit qu'elle était allée le voir, peut-être pour qu'il continue à lui demander de venir, avec son rire qui résonne bien fort dans les couloirs de l'hôtel.

Il y a aussi un vieil homme qui vit dans une chambre très petite, à l'autre bout du couloir. Lui ne parle jamais à personne, et personne ne sait très bien d'où il vient. C'est un vieil homme dont le visage a été mangé par une maladie terrible, sans nez ni bouche, avec juste deux trous à la place des narines et une cicatrice à la place des lèvres. Mais il a de beaux yeux profonds et tristes, et il est toujours poli et doux, et Lalla l'aime bien à cause de cela. Il vit très pauvrement dans cette chambre, presque sans manger, et il sort seulement de bonne heure le matin pour aller ramasser les fruits tombés au marché, et pour aller se promener au soleil. Lalla ne connaît pas son nom mais elle l'aime bien. Il ressemble un peu au vieux Naman, il a le même genre de mains, puissantes et agiles, des mains brûlées par le soleil et pleines de savoir. Quand elle regarde ses mains, c'est comme si elle reconnaissait un peu le paysage qui brûle, les étendues de sable et de pierres, les arbustes calcinés, les rivières desséchées. Mais lui ne parle jamais de son pays ni de lui-même, il garde cela serré au fond de lui. Il dit à peine quelques mots à Lalla, quand il la croise dans le couloir, juste sur le temps qu'il fait dehors, sur les nouvelles qu'il a entendues à la radio. Peut-être qu'il est le seul à l'hôtel qui sache le secret de Lalla, parce qu'il lui a demandé deux fois, en la regardant avec ses yeux pleins de profondeur, si ça n'était pas trop dur pour elle de travailler. Il n'a rien dit de plus, mais Lalla a pensé qu'il savait qu'elle avait un bébé dans son ventre, et elle a même eu un peu peur que le vieil homme en parle au patron, parce qu'il ne voudrait plus la garder à l'hôtel. Mais le vieil homme ne dit rien à personne d'autre. Chaque lundi, il paie d'avance une semaine de logement, sans que personne ne sache d'où lui vient son argent. Lalla est la seule a savoir qu'il est très pauvre, parce qu'il n'y a jamais rien d'autre à manger dans sa chambre que les fruits tapés qui sont tombés par terre au marché. Alors, quelquefois, quand elle a un peu d'argent devant elle, elle achète une ou deux belles pommes, des oranges, et elle les met sur l'unique chaise de la petite chambre, en faisant le ménage. Le vieil homme ne lui jamais dit merci, mais elle voit dans ses yeux qu'il est content quand il la rencontre.

Les autres locataires, Lalla les connaît sans les connaître. Ce sont des gens qui ne restent pas, des Arabes, des Portugais, des Italiens, qui ne sont là que pour dormir. Il y a aussi ceux qui restent, mais que Lalla n'aime pas, deux Arabes du premier qui ont l'air brutal, et qui se saoulent à l'alcool à brûler. Il y a celui qui lit ses revues obscènes, et qui laisse traîner toutes ces photos de femmes nues sur son lit défait, pour que Lalla les ramasse et les regarde. C'est un Yougoslave, qui s'appelle Gregori. Un jour, Lalla est entrée dans sa chambre, et il était là. Il l'a prise par le bras et il a voulu la faire tomber sur son lit, mais Lalla s'est mise à crier et il a eu peur. Il l'a laissée partir en lui criant des injures. Depuis ce jour-là, Lalla ne met plus les pieds dans sa chambre quand il est là.

Mais tous, ils n'existent pas vraiment, sauf le vieil homme au visage mangé. Ils n'existent pas, parce qu'ils ne laissent pas de traces de leur passage, comme s'ils n'étaient que des ombres, des fantômes. Quand ils s'en vont, un jour, c'est comme s'ils n'étaient jamais venus. Le lit de sangles est toujours le même, et la chaise disloquée, le linoléum taché, les murs graisseux où la peinture cloque, et l'ampoule électrique nue au bout de son fil, avec ses chiures de mouches. Tout reste pareil.

Mais c'est surtout la lumière qui vient du dehors, à travers les carreaux sales, la lumière grise de la cour intérieure, les reflets pâles du soleil, et les bruits : bruits des postes de radio, bruits des moteurs des autos dans la grande avenue, voix des hommes qui se querellent. Bruit des robinets qui chuintent, bruit de la chasse d'eau, grincements des escaliers, bruit du vent qui agite les tôles et les gouttières.

Lalla écoute tous ces bruits, la nuit, allongée sur son lit, en regardant la tache jaune de l'ampoule électrique allumée. Les hommes ici ne peuvent pas exister, ni les enfants, ni rien de ce qui vit. Elle écoute les bruits de la nuit, comme à l'intérieur d'une grotte, et c'est comme si elle n'existait plus elle-même très bien. Dans son ventre, quelque chose tressaille, à présent, palpite comme un organe inconnu.

Lalla se love dans son lit, les genoux contre le menton, et elle essaie d'écouter ce qui bouge en elle, ce qui commence à vivre. Il y a la peur, encore, la peur qui fait

321

fuir le long des rues et fait rebondir d'un angle à l'autre, comme une balle. Mais, en même temps, il y a une onde de bonheur étrange, de chaleur et de lumière, qui semble venir de très loin, d'au-delà des mers et des villes, et qui unit Lalla à la beauté du désert. Alors, comme chaque nuit, Lalla ferme les yeux, elle respire profondément. Lentement, la lumière grise de la chambre étroite s'éteint, et la belle nuit apparaît. Elle est peuplée d'étoiles, froide, silencieuse, solitaire. Elle repose sur la terre sans limites, sur l'étendue des dunes immobiles. A côté de Lalla, il y a le Hartani, vêtu de son manteau de bure, et son visage de cuivre noir est brillant à la lumière des étoiles. C'est son regard qui vient jusqu'à elle, qui la trouve ici, dans cette chambre étroite, dans la clarté maladive de l'ampoule électrique, et le regard du Hartani bouge en elle, dans son ventre, réveille la vie. Il y a si longtemps qu'il a disparu, si longtemps qu'elle est partie, de l'autre côté de la mer, comme si elle avait été chassée, et pourtant le regard du jeune berger est très fort ; elle le sent qui bouge vraiment au fond d'elle, dans le secret de son ventre. Alors, ce sont eux qui s'effacent, les gens de cette ville, les policiers, les hommes de la rue, les locataires de l'hôtel, tous, ils disparaissent, et avec eux leur ville, leurs maisons, leurs rues, leurs autos, leurs camions, et il ne reste plus que l'étendue du désert, où Lalla et le Hartani sont couchés ensemble. Tous deux sont enveloppés dans le grand manteau de bure, entourés par la nuit noire et les myriades d'étoiles, et ils se serrent très fort l'un contre l'autre pour ne pas sentir le froid qui envahit la terre.

Quand il y a quelqu'un qui meurt au Panier, c'est le magasin des pompes funèbres, au rez-de-chaussée de l'hôtel, qui s'occupe de tout. Au début, Lalla croyait que c'était quelqu'un de la famille du patron de l'hôtel ; mais c'est un commerçant comme les autres. Au début, Lalla pensait que les gens venaient mourir à l'hôtel et qu'on les envoyait ensuite aux pompes funèbres. Il n'y a pas beaucoup de monde dans le magasin, juste le patron, Monsieur Cherez, deux croque-morts, et le conducteur de la limousine.

Quand quelqu'un est mort au Panier, les employés partent avec la limousine, et ils vont accrocher de grandes tentures noires avec des larmes d'argent sur la porte de la maison. Devant la porte, sur le trottoir, ils installent une petite table recouverte d'une nappe noire avec aussi des larmes d'argent. Sur la table, il y a une soucoupe pour que les gens puissent mettre un petit carton avec leur nom, quand ils vont rendre visite au mort.

Quand Monsieur Ceresola est mort, Lalla l'a su tout de suite, parce qu'elle a vu son fils dans le magasin, au rez-de-chaussée de l'hôtel. Le fils de Monsieur Ceresola est un petit bonhomme gras avec pas beaucoup de cheveux et une moustache en brosse, et il regarde toujours Lalla comme si elle était transparente. Mais Monsieur Ceresola, lui, était différent. C'est quelqu'un que Lalla aime bien. C'est un Italien, pas très grand, mais vieux et maigre, et qui marche difficilement à cause de ses rhumatismes. Il est toujours habillé d'un complet-veston noir, qui doit être bien vieux aussi, parce que l'étoffe est usée jusqu'à la trame, aux coudes, aux genoux. Avec ça, il a de vieilles chaussures de cuir noir, toujours bien cirées, et quand il fait froid, il met un foulard de laine et une casquette. Monsieur Ceresola a une figure toute sèche et ridée, mais bien tannée par le grand air, des cheveux blancs coupés court, et de drôles de lunettes en écaille de tortue, raccommodées avec du sparadrap et de la ficelle.

Les gens l'aiment bien, au Panier, parce qu'il est poli et aimable avec tout le monde, et qu'il a un air de dignité, avec son habit noir démodé et ses souliers cirés. Et puis, tout le monde sait qu'il a été charpentier autrefois, un vrai maître charpentier, et qu'il est venu d'Italie avant la guerre, parce qu'il n'aimait pas Mussolini. C'est ce qu'il raconte quelquefois, quand il rencontre Lalla dans la rue, en allant faire ses courses. Il dit qu'il est arrivé à Paris sans argent, avec juste de quoi payer deux ou trois nuits d'hôtel, et qu'il ne parlait pas un mot de français ; alors quand il a demandé du savon pour se laver, on lui a monté un pot d'eau chaude.

Quand Lalla le rencontre, elle l'aide à porter ses paquets, parce qu'il marche difficilement, surtout quand il faut monter les escaliers vers la rue du Panier. Alors, en marchant, il lui parle de l'Italie, de son village, et du temps où il était ouvrier en Tunisie, et des maisons qu'il construisait, partout, à Paris, à Lyon, en Corse. Il a une drôle de voix un peu forte, et Lalla a du mal à comprendre son accent, mais elle aime bien l'entendre parler.

Maintenant il est mort. Quand Lalla a compris cela, elle a eu l'air si triste que le fils de Monsieur Ceresola l'a regardée avec étonnement, comme s'il était surpris que quelqu'un puisse penser à son père. Lalla est repartie très vite, parce qu'elle n'aime pas beaucoup respirer l'air du magasin des pompes funèbres, ni voir toutes ces couronnes de celluloïd, ces cercueils, et surtout ces croque-morts qui ont des yeux méchants.

Alors Lalla a suivi les rues, lentement, la tête baissée, et elle est arrivée comme cela jusqu'à la porte de la maison de Monsieur Ceresola. Autour de la porte, il y avait les tentures, et la petite table avec sa nappe noire et sa soucoupe. Il y avait aussi un grand tableau noir au-dessus de la porte avec deux lettres en forme de croissants de lune, comme ceci :

Lalla entre dans la maison, elle monte l'escalier aux marches étroites, comme quand elle portait les paquets de Monsieur Ceresola, lentement, en s'arrêtant à chaque palier pour reprendre son souffle. Elle est si fatiguée, aujourd'hui, elle se sent si lourde, comme si elle allait s'endormir, comme si elle allait mourir en arrivant au dernier étage.

Elle s'arrête devant la porte, elle hésite un peu. Puis elle pousse la porte, et elle entre dans le petit appartement. D'abord, elle ne reconnaît pas l'endroit, parce que les volets sont fermés et qu'il fait sombre. Il n'y a personne dans l'appartement, et Lalla avance vers la grande pièce, là où il y a une table recouverte de toile cirée, avec une corbeille de fruits. Au fond de la pièce, il y a l'alcôve avec le lit. Quand elle s'approche, Lalla aperçoit Monsieur Ceresola qui est couché sur le dos, dans le lit, comme s'il dormait. Il a l'air si tranquille, dans la pénombre, avec les yeux fermés et les mains allongées le long de son corps, que Lalla croit un instant qu'il est seulement assoupi, qu'il va bientôt se réveiller. Elle dit, à voix chuchotée, pour ne pas le déranger :

« Monsieur Ceresola ? Monsieur Ceresola ? »

Mais Monsieur Ceresola ne dort pas. Cela se voit à ses habits, toujours le même complet veston noir, les mêmes souliers cirés ; mais le veston est un peu de travers, avec le col qui se soulève derrière la tête, et Lalla pense qu'il va être froissé. Il y a une ombre grise sur les joues et sur le menton du vieillard, et des cernes bleus autour de ses yeux, comme s'il avait été frappé. Lalla pense encore au vieux Naman, quand il était couché par terre dans sa maison et qu'il ne pouvait plus respirer. Elle pense à lui si fort, que pendant quelques secondes c'est lui qu'elle voit, couché sur le lit, le visage effacé par le sommeil, les mains étendues le long de son corps. La vie tremble encore dans la pénombre de la chambre, avec un murmure très bas, à peine perceptible. Lalla s'approche tout près du lit, elle regarde mieux le visage éteint, couleur de cire, les cheveux blancs qui tombent sur ses tempes en mèches raides, la bouche entrouverte, les joues creusées par le poids de la mâchoire qui pend. Ce qui rend le visage étrange, c'est qu'il ne porte plus les vieilles lunettes d'écaille ; il semble nu, faible, à cause de ces marques qui ne servent plus, sur le nez, autour des yeux, le long des tempes. Le corps de Monsieur Ceresola est devenu tout d'un coup trop petit, trop maigre pour ces habits noirs, et c'est comme s'il avait disparu, comme s'il ne restait plus que ce masque et ces mains de cire, et ces habits mal ajustés sur des cintres trop étriqués. Alors, soudain, la peur revient sur Lalla, la peur qui brûle la peau, qui trouble le regard. La pénombre est étouffante, elle est un poison qui paralyse. La pénombre vient du fond des cours, elle suit les rues étroites, à travers la vieille ville, elle noie tous ceux qu'elle trouve, prisonniers dans les chambres étroites : les petits enfants, les femmes, les vieillards. Elle entre dans les maisons, sous les toits humides, dans les caves, elle occupe les moindres fissures.

Lalla reste immobile devant le cadavre de Monsieur Ceresola. Elle sent le froid le gagner, et la drôle de couleur de cire recouvrir la peau de son visage et de ses mains. Elle se souvient encore du vent mauvais qui a soufflé cette nuit-là sur la Cité, quand le vieux Naman était en train de mourir ; et du froid qui semblait sortir de tous les trous de la terre pour anéantir les hommes.

Lentement, sans quitter des yeux le corps mort, Lalla recule vers la porte de l'appartement. La mort est dans l'ombre grise qui flotte entre les murs, dans l'escalier, sur la peinture écaillée des couloirs. Lalla descend aussi vite qu'elle peut, le cœur battant, les yeux pleins de larmes. Elle se jette dehors, et elle essaie de courir, vers le bas de la ville, vers la mer, entourée par le vent et par la lumière.

Mais une douleur dans son ventre l'oblige à s'asseoir par terre, pliée sur elle-même. Elle geint, tandis que les gens passent devant elle, la regarde furtivement, et s'éloignent. Ils ont peur, eux aussi, cela se voit à la façon qu'ils ont de marcher en rasant les murs, un peu déjetés, comme les chiens au poil hérissé.

La mort est partout, sur eux, pense Lalla, ils ne peuvent pas s'échapper. La mort est installée dans le magasin noir, au rez-de-chaussée de l'hôtel Sainte-Blanche, parmi les bouquets de violettes en plâtre et les dalles en marbre aggloméré. Elle habite là-bas, dans la vieille maison pourrie, dans les chambres des hommes, dans les couloirs. Ils ne le savent pas, ils ne s'en doutent même pas. La nuit, elle quitte le magasin des pompes funèbres, sous forme de cafards, de rats, de punaises, et elle se répand dans toutes les chambres humides, sur toutes les paillasses, elle rampe et grouille sur les planchers, dans les fissures, elle emplit tout comme une ombre empoisonnée.

Lalla se relève, elle marche en titubant, les mains pressées sur le bas de son ventre, là où il y a une douleur qui proémine. Elle ne regarde plus personne. Où pourrait-elle aller ? Eux, ils vivent, ils mangent, ils boivent, ils parlent, et pendant ce temps-là, le piège se referme sur eux. Ils ont tout perdu, exilés, frappés, humiliés, ils travaillent dans le vent glacé des routes, sous la pluie, ils creusent des trous dans la terre caillouteuse, ils brisent leurs mains et leur tête, rendus fous par les marteaux pneumatiques. Ils ont faim, ils ont peur, ils sont glacés par la solitude et par le vide. Et quand ils s'arrêtent, il y a la mort qui monte autour d'eux, là, sous leurs pieds, dans le magasin, au rez-de-chaussée de l'hôtel Sainte-Blanche. Là, les croque-morts aux yeux méchants les effacent, les éteignent, font disparaître leur corps, remplacent leur visage par un masque de cire, leurs mains par des gants qui sortent de leurs habits vides.

Où aller, où disparaître ? Lalla voudrait trouver une cachette, enfin, comme autrefois, dans la grotte du Hartani, en haut de la falaise, un endroit d'où on verrait seulement la mer et le ciel.

Elle arrive jusqu'à la placette, et elle s'assoit sur le banc de plastique, devant le mur de la maison abîmée, aux fenêtres vides comme les yeux d'un géant mort.

Ensuite, il y a eu une sorte de fièvre, un peu partout, dans la ville. Peut-être à cause du vent qui s'est mis à souffler, à la fin de l'hiver, non pas le vent de malheur et de maladie, comme lorsque le vieux Naman avait commencé à mourir ; mais un vent de violence et de froid, qui passait dans les grandes avenues de la ville en soulevant la poussière et les vieux journaux, un vent qui enivrait, qui faisait tituber. Lalla n'a jamais senti un vent pareil. Cela entre à l'intérieur de la tête et tourbillonne, traverse le corps comme un courant froid, en chassant de grands frissons. Alors, dès qu'elle est dehors, cet après-midi, elle part en courant, droit devant elle, sans même regarder la boutique des pompes funèbres où s'ennuie l'homme en noir.

Au-dehors, dans les grandes avenues, il y a beaucoup de lumière, parce que le vent l'a amenée avec lui. Elle bondit, elle étincelle sur les coques des autos, sur les vitres des maisons. Cela aussi entre à l'intérieur de la tête de Lalla, cela vibre sur sa peau, fait étinceler ses cheveux. Elle voit autour d'elle, aujourd'hui, pour la première fois depuis si longtemps, la blancheur éternelle des pierres et du sable, les éclats coupants comme le silex, les étoiles. Loin devant elle, au bout de la grande avenue, dans le brouillard de lumière apparaissent les mirages, les dômes, les tours, les minarets, et les caravanes qui se mêlent au grouillement des gens et des autos.

C'est le vent de la lumière, venu de l'ouest, et qui va dans la direction des ombres. Lalla entend, comme autrefois, le bruit de la lumière crépitant sur l'asphalte, le bruit long des reflets sur les vitres, tous les craquements de braise. Où est-elle ? Il y a tant de lumière qu'elle est comme isolée au centre d'un réseau d'aiguilles. Peut-être qu'elle marche maintenant sur l'immense étendue de pierres et de sable, là où attend le Hartani, au centre du désert ? Peut-être qu'elle rêve en marchant, à cause de la lumière et du vent, et que la grande ville va bientôt se dissoudre, s'évaporer dans la chaleur du soleil levant, après la terrible nuit ?

A l'angle d'une rue, près de l'escalier qui conduit à la gare, Radicz le mendiant est debout devant elle. Son visage est fatigué et anxieux, et Lalla a du mal à le reconnaître, parce que le jeune garçon est devenu semblable à un homme. Il porte des habits que Lalla ne connaît pas, un complet veston marron qui flotte sur son corps osseux, et de grandes chaussures de cuir noir qui doivent blesser ses pieds nus.

Lalla voudrait lui parler, lui dire que Monsieur Ceresola est mort, et qu'elle ne retournera plus jamais travailler à l'hôtel Sainte-Blanche, ni dans aucune de ces chambres où la mort peut venir à chaque instant, et vous transformer en masque de cire ; mais il y a trop de vent et trop de bruit pour parler, alors elle montre à Radicz la poignée de billets de banque tout froissés dans sa main

« Regarde ! »

Radicz ouvre de grands yeux, mais il ne pose pas de questions. Peut-être qu'il croit que Lalla a volé cet argent, ou pire encore.

Lalla remet les billets dans la poche de son manteau. C'est tout ce qui reste de ces jours passés dans la noirceur de l'hôtel, à frotter les linos avec la brosse en chiendent, et à balayer les chambres grises qui sentent la sueur et le tabac. Quand elle a dit au patron de l'hôtel qu'elle s'en allait, lui non plus n'a rien dit. Il est sorti de son vieux lit jamais fait, et il est allé jusqu'au coffre-fort, au fond de sa pièce. Il a pris l'argent, il l'a compté, et il a ajouté une semaine d'avance, et il a donné tout ça à Lalla, puis il est allé se recoucher sans rien dire de plus. Il a fait tout ça sans se presser, en pyjama, avec ses joues mal rasées et ses cheveux sales, et ensuite il a repris la lecture de son journal, comme si rien d'autre n'avait d'importance.

Alors, maintenant, Lalla est ivre de liberté. Elle regarde tout autour d'elle, les murs, les fenêtres, les autos, les gens, comme s'ils étaient des formes seulement, des images, des fantômes, que le vent et la lumière allaient balayer.

Radicz a l'air si malheureux que Lalla a pitié de lui.

« Viens ! » Elle entraîne le jeune garçon par la main, à travers les remous de la foule. Ensemble ils entrent dans un magasin très grand, où brille la lumière, pas la belle lumière du soleil, mais une lueur blanche et dure, que renvoient les quantités de miroirs. Mais cette lueur enivre aussi, elle étourdit et aveugle. Avec Radicz qui titube un peu derrière elle, Lalla traverse la région des parfums, des cosmétiques, des perruques, des savonnettes. Elle s'arrête un peu partout, elle achète plusieurs savons de toutes les couleurs, qu'elle fait sentir à Radicz. Puis des petits flacons de parfum, qu'elle respire un instant en marchant le long des allées, et cela fait tourner la tête, jusqu'à l'écœurement. Rouges à lèvres, verts à paupières, noirs, ocres, fonds de teint, brillantines, crèmes, faux cils, fausses mèches, Lalla se fait montrer tout cela, et elle le montre à Radicz, qui ne dit rien ; puis elle choisit longuement une petite bouteille carrée de vernis à ongle couleur de brique, et un tube de rouge à lèvres écarlate.

Elle est assise sur un haut tabouret, devant un miroir, et elle essaie les couleurs sur le dessus de sa main, tandis que la vendeuse aux cheveux de paille la regarde avec des yeux stupides.

A l'étage, Lalla se faufile entre les vêtements, toujours en tenant Radicz par la main. Elle choisit un tee-shirt, une salopette de travail en denim bleu, puis des sandales de tennis et des chaussettes rouges. Elle laisse derrière, dans le salon d'essayage, sa vieille robe-tablier grise et ses sandales de caoutchouc, mais. elle garde le manteau marron parce qu'elle l'aime bien. Maintenant, elle marche plus légèrement, en rebondissant sur ses semelles élastiques, une main dans la poche de sa salopette. Ses cheveux noirs tombent en lourdes boucles sur le col de son manteau, étincellent à la lumière de l'électricité blanche.

Radicz la regarde et la trouve belle, mais il n'ose pas le lui dire. Ses yeux sont brillants de joie. Il y a comme l'éclat du feu dans le noir des cheveux de Lalla, dans le cuivre rouge de son visage. Maintenant, c'est comme si la lumière de l'électricité avait ranimé la couleur du soleil du désert, comme si elle était venue là, dans le Prisunic, directement du chemin qui vient des plateaux de pierres.

Peut-être que tout a disparu, réellement, et que le grand magasin est seul au centre d'un désert sans fin, pareil à une forteresse de pierre et de boue. Mais c'est la ville entière que le sable entoure, que le sable enserre, et on entend craquer les superstructures des immeubles de béton, tandis que courent les fissures sur les murs, et que tombent les panneaux de verre miroir des gratte-ciel.

C'est le regard de Lalla qui porte la force brûlante du désert. La lumière est ardente sur ses cheveux noirs, sur la natte épaisse qu'elle tresse au creux de son épaule, en marchant. La lumière est ardente dans ses yeux couleur d'ambre, sur sa peau, sur ses pommettes saillantes, sur ses lèvres. Alors, dans le grand magasin plein de bruit et d'électricité blanche, les gens s'écartent, s'arrêtent sur le passage de Lalla et de Radicz le mendiant. Les femmes, les hommes s'arrêtent, étonnés, car ils n'ont jamais vu personne qui leur ressemble. Au centre de l'allée, Lalla avance, vêtue de sa salopette sombre, de son manteau brun qui s'ouvre sur son cou et sur son visage couleur de cuivre. Elle n'est pas grande, et pourtant elle semble immense quand elle avance au centre de l'allée, puis quand elle descend sur l'escalier roulant vers le rez-de-chaussée.

C'est à cause de toute la lumière qui jaillit de ses yeux, de sa peau, de ses cheveux, la lumière presque surnaturelle. Derrière elle vient l'étrange garçon maigre, dans ses habits d'homme, pieds nus dans ses chaussures de cuir noir. Ses cheveux noirs et longs entourent son visage triangulaire aux joues creuses, aux yeux enfoncés. Il va en arrière, sans bouger les bras, silencieux, un peu de travers comme les chiens peureux. Les gens aussi le regardent avec étonnement, comme s'il était une ombre détachée d'un corps. La peur se lit sur son visage, mais il essaie de la cacher avec un drôle de sourire dur qui ressemble plutôt à une grimace.

Parfois, Lalla se retourne, elle lui fait un petit signe, ou elle le prend par la main :

« Viens ! »

Mais le jeune garçon se laisse bien vite distancer.

Quand ils sont à nouveau dehors, dans la rue, dans le soleil et le vent, Lalla lui demande :

« Tu as faim ? »

Radicz la regarde avec des yeux brillants, fiévreux.

« On va manger », dit Lalla. Elle montre ce qui reste de la poignée de billets froissés dans la poche de sa salopette neuve.

Le long des grandes avenues rectilignes, les gens marchent, les uns vite, les autres lentement, en traînant les pieds. Les autos roulent toujours le long des trottoirs, comme si elles guettaient quelque chose, quelqu'un, une place pour se garer. Il y a des martinets dans le ciel sans nuages, ils descendent les vallées des rues en poussant des cris stridents. Lalla est contente de marcher, comme cela, en tenant la main de Radicz, sans rien dire, comme s'ils allaient vers l'autre bout du monde pour ne plus jamais revenir. Elle pense aux pays qu'il y a de l'autre côté de la mer, les terres rouges et jaunes, les noirs rochers debout dans le sable, comme des dents. Elle pense aux yeux de l'eau douce ouverts sur le ciel, et au goût du *chergui*, qui soulève la peau de la poussière et fait avancer les dunes. Elle pense encore à la grotte du Hartani, en haut de la falaise, là où elle a vu le ciel, rien que le ciel. Maintenant c'est comme si elle marchait vers ce pays, le long des avenues, comme si elle retournait. Les gens s'écartent sur leur passage, les yeux étrécis par la lumière, sans comprendre. Elle passe devant eux sans les voir, comme à travers un peuple d'ombres. Lalla ne parle pas. Elle serre très fort la main de Radicz, elle va droit devant elle, dans la direction du soleil.

Quand ils arrivent à la mer, le vent souffle plus fort, bouscule. Les autos klaxonnent avec violence, prises dans les embouteillages du port. De nouveau, la peur se lit sur le visage de Radicz, et Lalla tient sa main bien serrée, pour le rassurer. Il ne faut pas qu'elle hésite, sinon l'ivresse du vent et de la lumière va partir, les laisser à eux-mêmes, et ils n'auront plus le courage d'être libres.

Ils marchent le long des quais, sans regarder les bateaux dont les mâts résonnent. Les reflets de l'eau dansent sur la joue de Lalla, font briller sa peau de cuivre, ses cheveux. La lumière est rouge autour d'elle, d'un rouge de braise. Le jeune garçon la regarde, il laisse entrer en lui la chaleur qui sort de Lalla, qui l'enivre. Son cœur bat avec force, résonne dans ses tempes, dans son cou.

Maintenant apparaissent les hauts murs blancs, les

vitres larges du grand restaurant. C'est là qu'elle veut aller. Au-dessus de la porte, il y a des mâts avec des drapeaux de couleur qui claquent dans le vent. Lalla connaît bien cette maison, il y a longtemps qu'elle la voit de loin, très blanche, avec ses grandes vitres qui renvoient les éclairs du soleil couchant.

Elle entre sans hésiter, en poussant la porte de verre. La grande salle est sombre, mais sur les tables rondes, les nappes font des taches éblouissantes. En un instant, Lalla voit tout, distinctement : les bouquets de fleurs roses dans des vases de cristal, les couverts en argent, les verres à facettes, les serviettes immaculées, puis les chaises couvertes de velours bleu marine, et le parquet de bois ciré où passent les garçons vêtus de blanc. C'est irréel et lointain, et pourtant c'est ici qu'elle entre, en marchant lentement et sans bruit sur le parquet, et tenant très fort la main de Radicz le mendiant.

« Viens », dit Lalla. « On va s'asseoir là-bas. »

Elle montre une table, près d'une grande fenêtre. Ils traversent la salle du restaurant. Autour des tables rondes, les hommes, les femmes relèvent la tête au-dessus de leur assiette et s'arrêtent de mâcher, de parler. Les garçons restent en suspens, la cuiller plongée dans le plat de riz, ou la bouteille de vin blanc inclinée un peu, laissant couler dans le verre un filet très mince qui s'effiloche comme une flamme en train de s'éteindre. Puis Lalla et Radicz s'assoient devant la table ronde, chacun d'un côté de la belle nappe blanche, séparés par un bouquet de roses. Alors les gens recommencent à mâcher, à parler, mais plus bas, et le vin recommence à couler, la cuiller sert le riz, et les voix chuchotent un peu, couvertes par le brouhaha des autos qui passent devant les larges vitres comme de monstrueux poissons d'aquarium.

Radicz n'ose pas regarder autour de lui. Il regarde seulement le visage de Lalla, de toutes ses forces. Il n'a jamais vu de visage plus beau, plus clair. La lumière de la fenêtre illumine les lourds cheveux noirs, fait une flamme autour du visage de Lalla, sur son cou, sur ses épaules, jusque sur ses mains posées à plat sur la nappe blanche. Les yeux de Lalla sont pareils à deux silex, couleur de métal et de feu, et son visage est pareil à un masque de cuivre lisse.

Un homme de haute stature est debout devant leur table. Il est vêtu d'un complet noir, et sa chemise est aussi blanche que les nappes des tables. Il a une grosse figure ennuyée et molle, avec une bouche sans lèvres. Justement, il va ouvrir la bouche pour dire aux deux enfants de partir tout de suite, et sans faire d'histoires, quand son regard triste rencontre celui de Lalla, et d'un coup il oublie ce qu'il allait dire. Le regard de Lalla est dur comme le silex, plein d'une telle force que l'homme en noir doit détourner les yeux. Il fait un pas en arrière, comme s'il allait partir, puis il dit, d'une drôle de voix qui s'étrangle un peu :

« Vous... Vous voulez boire quelque chose ? »

Lalla le regarde toujours fixement, sans ciller.

« Nous avons faim », dit-elle seulement. « Apportez-nous à manger. »

L'homme en noir s'éloigne et revient avec la carte, qu'il dépose sur la table. Mais Lalla rend le carton, et ses yeux ne cessent pas de fixer ceux de l'homme. Peut-être que tout à l'heure, il se souviendra de sa haine, et qu'il aura honte de sa peur.

« Donnez-nous la même chose qu'à eux », commande Lalla. Elle montre le groupe à la table voisine, ceux qui les observent de temps à autre par-dessus leurs lunettes en se retournant à demi.

L'homme va parler à un des garçons qui vient en poussant un petit chariot chargé de plats de toutes les couleurs. Sur les assiettes, le garçon dépose des tomates, des feuilles de laitue, des filets d'anchois, des olives et des câpres, des pommes de terre froides, des œufs en poussière jaune, et beaucoup d'autres choses encore. Lalla regarde Radicz qui mange vite, penché sur son assiette comme un chien en train de ronger, et elle a envie de rire.

La lumière et le vent continuent à danser pour elle, même ici, au-dessus des verres et des assiettes, sur les miroirs des murs, sur les bouquets de fleurs. Les plats arrivent les uns après les autres sur la table, énormes, flamboyants, pleins de toutes sortes de mets que Lalla ne connaît pas : poissons nageant dans des sauces orange, monticules de légumes, assiettes de rouge, de vert, de brun couvertes d'un dôme d'argent que Radicz soulève pour humer les odeurs. Le maître d'hôtel cérémonieusement leur verse un vin couleur d'ambre, puis, dans un autre verre large et léger, un vin couleur de rubis, presque noir. Lalla trempe ses lèvres dans le breuvage, mais c'est la couleur qu'elle boit plutôt, en la regardant en transparence. C'est la lumière qui les enivre plus que le vin, et les couleurs et les odeurs de la nourriture. Radicz mange vite, de tout à la fois, et il boit l'un après l'autre les verres de vin. Mais Lalla ne mange presque pas ; elle regarde seulement le jeune garçon en train de manger, et les autres personnes, dans la salle, qui sont comme figées devant leurs assiettes. Le temps s'est ralenti, ou bien c'est son regard qui immobilise, avec la lumière. Dehors, les autos continuent de rouler devant les vitres, et on voit la couleur grise de la mer entre les bateaux.

Quand Radicz a fini de manger tout ce qu'il y a dans les plats, il s'essuie la bouche avec la serviette, et il s'appuie sur le dossier de sa chaise. Il est un peu rouge, et ses yeux brillent fort.

« C'était bon ? » demande Lalla.

« Oui », dit simplement Radicz. Il a un peu le hoquet, tellement il a mangé. Lalla lui fait boire un verre d'eau et lui dit de la regarder dans les yeux jusqu'à ce que son hoquet soit passé.

Le gros homme en noir s'approche de leur table.

« Café? »

Lalla secoue la tête. Quand le maître d'hôtel apporte l'addition sur un plateau, Lalla la lui tend.

« Lisez-la. »

Elle sort de la poche de son manteau la liasse de billets froissés, et elle les déplie l'un après l'autre, sur la nappe. Le maître d'hôtel prend l'argent. Il va s'en aller, puis il se ravise.

« Il y a un monsieur qui voudrait vous parler, à la table, là-bas, près de la porte. »

Radicz prend Lalla par le bras, la tire violemment.

« Viens, on s'en va d'ici ! »

Quand elle s'approche de la porte, Lalla voit à la table voisine un homme d'une trentaine d'années, l'air un peu triste. Il se lève et vient vers elle. Il bafouille.

« Je, excusez-moi, de vous aborder comme cela, mais je — »

Lalla le regarde bien en face, en souriant.

« Voilà, je suis photographe, et j'aimerais bien faire des photos de vous, quand vous voudrez. »

Comme Lalla ne répond pas, et continue à sourire, il s'embrouille de plus en plus.

« C'est parce que — je vous aie vue, là, tout à l'heure, quand vous êtes entrée dans le restaurant et c'était — c'était extraordinaire, vous êtes — C'était vraiment extraordinaire. »

Il sort un crayon à bille de la poche de son veston, et il écrit vite son adresse et son nom sur un bout de papier. Mais Lalla secoue la tête et ne prend pas le papier.

« Je ne sais pas lire », dit-elle.

« Alors dites-moi où vous habitez? » demande le photographe. Il a des yeux bleu-gris, très tristes et humides comme les yeux des chiens. Lalla le regarde avec ses yeux pleins de lumière, et l'homme cherche encore quelque chose à dire.

« J'habite à l'hôtel Sainte-Blanche », dit Lalla. Et elle s'en va très vite.

Dehors, Radicz le mendiant l'attend. Le vent rabat ses cheveux longs sur son visage maigre. Il n'a pas l'air content. Quand Lalla lui parle, il hausse les épaules. Ensemble, ils marchent jusqu'à la mer, sans savoir où ils vont. Ici, la mer n'est pas comme la plage de Naman le pêcheur. C'est un grand mur de ciment qui longe la côte, accroché aux rochers gris. Les vagues courtes cognent dans les creux des rochers en faisant des explosions ; l'écume monte comme un brouillard. Mais c'est bien, Lalla aime passer sa langue sur ses lèvres et sentir le goût du sel. Avec Radicz, elle descend au milieu des rochers, jusqu'à une anfractuosité à l'abri du vent. Le soleil brûle très fort à cet endroit, il brille sur la mer, au large, et sur les rochers salés. Après le bruit de la ville, et après toutes ces odeurs bizarres du restaurant, c'est bien d'être ici, avec rien d'autre devant soi que la mer et le ciel. Un peu à l'ouest, il y a des îlots, quelques rochers noirs qui sortent de la mer comme des baleines — c'est Radicz qui dit cela. Il y a aussi de petits bateaux avec une grande voile blanche, et on dirait des jouets d'enfant.

Quand le soleil commence à baisser dans le ciel, et que la lumière s'adoucit, sur les vagues, sur les rochers, et que le vent aussi souffle moins fort, cela donne envie de rêver, de parler. Lalla regarde les minuscules plantes grasses qui sentent le miel et le poivre ; elles tremblent à chaque rafale de vent, dans les creux des rochers gris, devant la mer. Elle pense qu'elle voudrait devenir si petite qu'elle pourrait vivre dans un bosquet de ces petites plantes ; alors elle habiterait dans un trou de rocher, et une seule goutte d'eau suffirait à lui donner à boire pour un jour, et une seule miette de pain suffirait à lui donner à manger pour deux jours.

Radicz sort de la poche de son vieux veston marron un paquet de cigarettes un peu abîmé, et il en donne une à Lalla. Il dit qu'il ne fume jamais devant les autres, mais seulement quand il est dans un endroit qu'il aime. Il dit qu'avec Lalla, c'est la première fois qu'il fume devant quelqu'un. Ce sont des cigarettes américaines avec un morceau de carton et de coton à un bout, et qui sentent une odeur de miel écœurante. Ils fument tous les deux lentement, en regardant devant eux la mer. Le vent chasse la fumée bleue.

« Tu veux que je te raconte l'endroit où j'habite, là-bas, du côté des réservoirs ? »

La voix de Radicz est toute changée, maintenant, un peu rauque, comme si l'émotion lui serrait la gorge. Il parle sans regarder Lalla, en fumant la cigarette jusqu'à ce qu'elle brûle ses lèvres et le bout de ses doigts.

« Avant, je n'habitais pas avec le patron, tu sais. J'habitais avec mon père et ma mère dans une caravane, on allait de foire en foire, on avait un stand de tir, enfin, pas avec des carabines, avec des boules et des boîtes de conserve. Et puis mon père est mort, et comme on était nombreux et qu'on n'avait pas assez d'argent, ma mère m'a vendu au patron et je suis venu habiter ici, à Marseille. Au début, je ne savais pas que ma mère m'avait vendu, mais un jour, j'ai voulu m'en aller, et le patron m'a rattrapé et il m'a battu, et il m'a dit que je ne pouvais plus retourner avec ma mère parce qu'elle m'avait vendu et que maintenant c'était lui qui était devenu comme mon père, alors après cela, je ne suis plus parti de chez lui, parce que je ne voulais plus voir ma mère. Au début, j'étais très triste, parce que je ne connaissais personne, et j'étais tout seul. Mais après je me suis habitué, parce que le patron est gentil, il nous donne tout ce qu'on veut à manger, et ça valait mieux pour moi que de rester avec ma mère puisqu'elle ne voulait plus s'occuper de moi. On était six garçons avec le patron, enfin sept au début, et il y en a un qui est mort, il a eu une pneumonie et il est mort tout de suite. Alors on allait s'asseoir aux endroits que le patron avait payés, et on mendiait, et on ramenait l'argent le soir, on en gardait un peu, et le reste c'était pour le patron, il achetait la nourriture avec. Le patron nous disait toujours de faire attention à ne pas se faire ramasser par la police, parce qu'autrement on irait à l'assistance publique, et que lui ne pourrait pas nous sortir de là. On ne restait jamais très longtemps au même endroit à cause de ça, et le patron nous emmenait ensuite ailleurs. On a habité d'abord dans un hangar, au nord, et puis on a eu une caravane comme celle de mon père, et on allait camper avec les gitans dans les terrains, à la sortie de la ville. Maintenant, on a une grande maison pour nous tous, juste avant les réservoirs, et il y a d'autres enfants, ils travaillent pour un patron qui s'appelle Marcel, et il y a Anita avec d'autres enfants aussi, deux garçons et trois filles, je crois que la plus grande est vraiment sa fille. On travaille du côté de la gare, mais pas tous les jours, pour ne pas se faire repérer, et on va aussi sur le port, et puis sur le cours Belsunce, ou sur la Canebière. Mais maintenant le patron dit que je suis trop vieux pour mendier, il dit que ça c'est bon pour les petits, et pour les filles, mais il veut que je travaille sérieusement, il m'apprend à piquer dans les poches, dans les magasins, dans les marchés. Tiens, tu vois, ce complet veston, cette chemise, ces chaussures, tout ça il l'a piqué pour moi dans un magasin, pendant que je faisais le guet. Tout à l'heure, si tu avais voulu, tu aurais pu partir avec tes nippes pour rien, c'est facile, tu n'avais qu'à choisir, et moi je te les faisais passer, je connais les trucs. Par exemple, pour les portefeuilles, il faut être deux, il y en a un qui prend et il passe tout de suite à l'autre, pour ne pas se faire prendre avec. Le patron dit que je suis doué pour ce métier, parce que j'ai les mains longues et souples. Il dit que c'est bien pour faire de la musique ou pour voler. Maintenant, on est trois à faire ça, avec la fille d'Anita, on visite les super, un peu partout. Quelquefois, le patron dit à Anita, allez, on va faire les courses au supermarché, alors il prend deux garçons, et quelquefois la fille d'Anita et un garçon, eh bien, le garçon c'est toujours moi. Tu sais, les super, c'est très grand, il y a tellement d'allées que tu peux te perdre, avec des choses à manger, des vêtements, des chaussures, des savons, des disques, tout. Alors, à deux, on travaille vite. On a un sac à double fond pour les choses les plus petites, pour les choses à manger, et le reste c'est Anita qui le met sur son ventre, elle a un truc rond qu'elle met sous sa robe comme si elle était enceinte, et le patron, lui, il a un imperméable avec des poches partout à l'intérieur, alors on ramasse tout ce qu'on veut et on s'en va ! Tu sais, au début, j'avais peur de me faire pincer, mais ce qu'il faut, c'est choisir le bon moment, et ne pas hésiter. Si tu hésites, tu te fais repérer par les surveillants. Maintenant, je reconnais très bien les surveillants, même de très loin, ils ont tous la même façon de marcher, de regarder du coin de l'œil, je pourrais les reconnaître à un kilomètre. Moi, ce que je préfère, c'est travailler dans la rue, avec les bagnoles. Le patron dit qu'il va m'apprendre à travailler sur les bagnoles, c'est sa spécialité. Quelquefois, il va en ville, et il ramène une auto pour que je puisse m'entraîner. Il m'a appris à ouvrir les serrures avec un fil de fer, ou bien avec une fausse clé. La plupart des bagnoles, tu peux les ouvrir avec une fausse clé. Après, il m'apprend à tirer les fils sous le tableau, et à débloquer l'antivol. Mais il dit que je suis trop jeune pour conduire. Alors je prends ce qu'il y a dans les autos, il y a souvent des tas de choses dans la boîte à gants, des carnets de chèques, des papiers, même de l'argent, et sous les sièges, des appareils de photo, des postes de radio. Moi j'aime bien travailler très tôt le matin, tout seul, quand il n'y a personne dans les rues, juste un chat de temps en temps, et j'aime bien voir le soleil se lever, et le ciel bien propre le matin. Le patron veut que j'apprenne aussi à faire les serrures des portes des maisons, les villas riches, par ici, près de la mer, il dit qu'à deux, on pourrait faire du bon boulot, parce qu'on est légers et qu'on sait bien grimper aux murs. Alors il nous apprend les trucs, pour ouvrir les serrures, et aussi les fenêtres. Lui, il ne veut plus le faire, il dit qu'il est trop vieux et qu'il ne pourrait plus courir s'il le fallait, mais ça n'est pas pour ça, c'est parce qu'il a déjà été pris une fois et que ça lui fait peur. Je suis allé déjà une fois, avec un type qui s'appelle Rito, il est plus vieux que moi, il a travaillé autrefois pour le patron et il m'a emmené avec lui. On est allé dans une rue, près du Prado, il avait repéré une maison, il savait qu'il n'y avait personne. Moi je ne suis pas entré, je suis resté dans le jardin pendant que Rito déménageait tout ce qu'il pouvait, ensuite on a tout transporté jusqu'à la voiture où le patron attendait. J'ai eu peur, parce que c'est moi qui suis resté dans le jardin à faire le guet, et je crois que j'aurais eu moins peur si j'étais entré dans la maison pour travailler. Mais il faut savoir tout avant de commencer, sinon on se fait prendre. Pour entrer, d'abord, il faut savoir trouver la bonne fenêtre, et puis grimper, sur un arbre, ou bien avec la gouttière. Il ne faut pas avoir le vertige. Et puis il ne faut pas s'affoler, si les flics arrivent, il faut rester immobile, ou se cacher sur le toit, parce que si tu pars en courant, on te rattrape en cinq sec. Alors le patron il nous montre tout ça, chez nous, à l'hôtel, il nous fait escalader la maison, il nous fait marcher sur le toit la nuit, il nous apprend même à sauter comme les parachutistes, ça s'appelle faire un roulé-boulé. Mais il dit qu'on ne va pas rester indéfiniment là, qu'on va acheter une caravane, et partir pour l'Espagne. Moi j'aimerais mieux aller vers Nice, mais je crois que le patron préfère l'Espagne. Tu ne veux pas venir avec nous ? Tu sais, je dirais au patron que tu es une amie, il ne te demandera rien, je lui dirais seulement que tu es mon amie, et que tu vas vivre avec nous dans la caravane, ça serait bien. Peut-être que tu pourrais apprendre aussi à travailler dans les magasins, ou bien on pourrait faire les bagnoles ensemble, chacun son tour, comme ça les gens ne se méfieraient pas ? Tu sais, Anita est très gentille, je suis sûr que tu l'aimerais bien, c'est une femme avec des cheveux blonds et des yeux bleus, personne ne veut croire que c'est une gitane. Si tu venais avec nous, ça me serait égal de ne pas aller à Nice, ça me serait égal d'aller en Espagne, n'importe où... »

Radicz s'arrête de parler. Il voudrait bien demander des choses à Lalla, au sujet de l'enfant qui est dans son ventre, mais il n'ose pas. Il a allumé une autre cigarette, et il fume, et de temps en temps, il donne la cigarette à Lalla pour qu'elle aspire une bouffée. Tous les deux, ils regardent la mer si belle, les îles noires comme des baleines, et les bateaux jouets qui avancent lentement sur la mer pleine de lumière. De temps en temps, le vent souffle si fort qu'on dirait que le ciel et la mer vont basculer.

Maintenant, Lalla regarde ses photos sur les feuilles des magazines, sur les couvertures des journaux. Elle regarde les liasses de photos, les planches de contact, les maquettes en couleurs où son visage apparaît, presque grandeur nature. Elle feuillette les magazines d'arrière en avant, en les tenant un peu de travers et en penchant la tête de côté.

« Elles te plaisent ? » demande le photographe, avec un peu d'inquiétude dans la voix, comme si cela avait de l'importance.

Elle, ça la fait bien rire, de son rire sans bruit qui fait étinceler ses dents très blanches. Elle rit de tout cela, de ces photos, de ces journaux, comme si c'était une plaisanterie, comme si ce n'était pas elle qu'on voyait sur ces feuilles de papier. D'abord, ce n'est pas elle. C'est Hawa, c'est le nom qu'elle s'est donné, qu'elle a donné au photographe, et c'est comme cela qu'il l'appelle ; c'est comme cela qu'il l'a appelée, la première fois qu'il l'a rencontrée, dans les escaliers du Panier, et qu'il l'a amenée chez lui, dans son grand appartement vide, au rez-de-chaussée de l'immeuble neuf.

Maintenant, Hawa est partout, sur les pages des magazines, sur les planches de contact, sur les murs de l'appartement. Hawa, vêtue de blanc, une ceinture noire autour de la taille, seule au centre d'une aire de rochers, sans ombre ; Hawa, en soie noire, un foulard apache autour du front ; Hawa debout dans le dédale des rues de la vieille ville, ocre, rouge, or ; Hawa debout au-dessus de la mer Méditerranée, Hawa au milieu de la foule du cours Belsunce, ou bien sur les marches de l'escalier de la gare ; Hawa vêtue d'indigo, pieds nus sur l'asphalte de l'esplanade grande comme un désert, avec les silhouettes des réservoirs et les cheminées qui brûlent ; Hawa, en train de marcher, en train de danser, Hawa en train de dormir, Hawa au beau visage couleur de cuivre, au corps long et lisse, qui brille dans la lumière, Hawa au regard d'aigle, aux lourds cheveux noirs qui cascadent sur ses épaules, ou bien lissés par l'eau de mer comme un casque de galalithe.

Mais qui est Hawa ? Chaque jour, quand elle se réveille, dans le grand living-room gris-blanc où elle dort sur un matelas pneumatique, à même le sol, elle va se laver dans la salle de bains sans bruit, puis elle sort par la fenêtre, et elle s'en va à travers les rues du quartier, au hasard, elle marche jusqu'à la mer. Le photographe se réveille, il ouvre les yeux, mais il ne bouge pas, il fait comme s'il n'avait rien entendu, pour ne pas déranger Hawa. Il sait qu'elle est comme cela, qu'il ne faut pas essayer de la retenir. Simplement, il laisse la fenêtre ouverte, pour qu'elle puisse entrer, comme un chat.

Quelquefois elle ne rentre qu'à la nuit. Elle se glisse à l'intérieur de l'appartement par la fenêtre. Le photographe l'entend ; il sort de son laboratoire et il va s'asseoir à côté d'elle dans le living-room, pour lui parler un peu. Il est toujours ému quand il la voit, parce que son visage est si plein de lumière et de vie, et il cligne un peu les yeux parce qu'en venant de l'ombre du laboratoire, il est ébloui. Il croit toujours qu'il a beaucoup de choses à lui dire, mais quand Hawa est devant lui, il ne sait plus ce qu'il voulait raconter. C'est elle qui parle, elle raconte ce qu'elle a vu, ce qu'elle a entendu, dans les rues, et elle mange un peu en parlant, du pain qu'elle a acheté, des fruits, des dattes qu'elle ramène chez le photographe par kilos.

Le plus extraordinaire de tout cela, ce sont les lettres : elles arrivent de tous les côtés, qui portent le nom de Hawa sur l'enveloppe. Ce sont les journaux de mode, les magazines qui les font suivre, en ajoutant le nom du photographe et son adresse. Lui, est à la fois heureux et inquiet de recevoir toutes ces lettres. Hawa lui demande de les lire, et elle écoute tout le temps avec la tête un peu penchée de côté, en buvant du thé à la menthe (maintenant la cuisinette du photographe est pleine de boîtes de gunpowder et de thé au jasmin, et de petits paquets de menthe). Les lettres disent quelquefois des choses extraor-dinaires, des choses très bêtes qu'écrivent des jeunes filles qui ont vu la photo de Hawa quelque part et qui lui parlent comme si elles la connaissaient depuis toujours. Ou bien des lettres de jeunes garçons qui sont tombés amoureux d'elle, et qui disent qu'elle est belle comme Nefertiti ou comme une princesse inca, et qu'ils aimeraient bien la rencontrer un jour.

Lalla se met à rire :

« Quels menteurs ! »

Quand le photographe lui montre les photos qu'il vient de faire, Hawa avec ses yeux en amande, brillants comme des gemmes, et sa peau couleur d'ambre, pleine d'étincel-les de lumière, et ses lèvres au sourire un peu ironique, et son profil aigu, Lalla Hawa se met à rire encore, elle répète :

« Quel menteur ! Quel menteur ! »

Parce qu'elle pense que ça ne lui ressemble pas.

Il y a aussi des lettres sérieuses, qui parlent de contrats, d'argent, de rendez-vous, de défilés de mode. C'est le photographe qui décide tout, qui s'occupe de tout. Il téléphone aux couturiers, il note les rendez-vous sur son agenda, il signe les contrats. C'est lui qui choisit les modèles, les couleurs, qui décide de l'endroit où on fera les photos. Puis il emmène Hawa dans sa camionnette Volkswagen rouge, et ils s'en vont très loin, là où il n'y a plus de maisons, rien que des collines grises couvertes de broussailles épineuses, ou bien dans le delta du grand fleuve, sur les plages lisses des marécages, là où le ciel et l'eau sont de la même couleur.

Lalla Hawa aime bien voyager dans la camionnette du photographe. Elle regarde le paysage glisser autour des vitres, la route noire qui sinue vers elle, les maisons, les jardins, les friches qui se défont sur le côté, qui s'en vont. Les gens sont debout au bord de la route, ils regardent d'un air vide, comme dans un rêve. C'est un rêve peut-être que vit Lalla Hawa, un rêve où il n'y a plus vraiment de jour ni de nuit, plus de faim ni de soif, mais le glissement des paysages de craie, de ronces, les carrefours des routes, les villes qui passent, avec leurs rues, leurs monuments, leurs hôtels.

Le photographe ne cesse pas de photographier Hawa. Il change d'appareil, il mesure la lumière, il appuie sur la détente. Le visage de Hawa est partout, partout. Il est dans la lumière du soleil, allumé comme une gloire dans le ciel d'hiver, ou bien au cœur de la nuit, il vibre dans les ondes des postes de radio, dans les messages téléphoniques. Le photographe s'enferme tout seul dans son laboratoire, sous la petite lampe orange, et il regarde indéfiniment le visage qui prend forme sur le papier dans le bain d'acide. D'abord les yeux, immenses, taches qui s'approfondissent, puis les cheveux noirs, la courbe des lèvres, la forme du nez, l'ombre sous le menton. Les yeux regardent ailleurs, comme fait toujours Lalla Hawa, ailleurs, de l'autre côté du monde, et le cœur du photographe se met à battre plus vite, chaque fois, comme la première fois qu'il a capté la lumière de son regard, au restaurant des Galères, ou bien quand il l'a retrouvée, plus tard, au hasard des escaliers de la vieille ville.

Elle lui donne sa forme, son image, rien d'autre. Parfois le contact de la paume de sa main, ou l'étincelle électrique quand ses cheveux frôlent son corps, et puis son odeur, un peu âcre, un peu piquante comme l'odeur des agrumes, et le son de sa voix, son rire clair. Mais qui est-elle ? Peut-être qu'elle n'est que le prétexte d'un rêve, qu'il poursuit dans son laboratoire obscur avec ses appareils à soufflet, et les lentilles qui agrandissent l'ombre de ses yeux, la forme de son sourire ? Un rêve qu'il fait avec les autres hommes, sur les pages des journaux et sur les photos glacées des magazines.

Il emmène Hawa en avion jusqu'à la ville de Paris, ils roulent en taxi sous le ciel gris, le long du fleuve Seine, vers les rendez-vous d'affaires. Il prend des photos sur les quais du fleuve boueux, sur les grandes places, sur les avenues sans fin. Il photographie sans se lasser le beau visage couleur de cuivre où la lumière glisse comme de l'eau. Hawa vêtue d'une combinaison de satin noir, Hawa vêtue d'un imperméable bleu de nuit, les cheveux tressés en une seule natte épaisse. Chaque fois que son regard rencontre celui de Hawa, cela lui fait un pincement au cœur, et c'est pour cela qu'il se hâte de prendre des photos, toujours davantage de photos. Il avance, il recule, il change d'appareil, il met un genou par terre. Lalla se moque de lui :

« On dirait que tu danses. »

Il voudrait se mettre en colère, mais c'est impossible. Il essuie son front mouillé de sueur, son arcade sourcilière qui glisse contre le viseur. Puis, tout d'un coup, Lalla sort du champ de lumière, parce qu'elle est fatiguée d'être photographiée. Elle s'en va. Lui, pour ne pas ressentir le vide, va continuer à la regarder encore pendant des heures, dans la nuit du laboratoire improvisé dans la salle de bains de sa chambre d'hôtel, attendant en comptant les coups de son cœur que le beau visage apparaisse dans le bac d'acide, surtout le regard, la lumière profonde qui jaillit des yeux obliques, la lumière couleur d'ombre. Du plus loin, comme si quelqu'un d'autre, de secret, regardait par ces pupilles, jugeait en silence. Et puis ce qui vient ensuite, lentement, pareil à un nuage qui se forme, le front, la ligne des pommettes hautes, le grain de la peau cuivrée, usée par le soleil et par le vent. Il y a quelque chose de secret en elle, qui se dévoile au hasard sur le papier, quelque chose qu'on peut voir, mais jamais posséder, même si on prenait des photographies à chaque seconde de son existence, jusqu'à la mort. Il y a le sourire aussi, très doux, un peu ironique, qui creuse les coins des lèvres, qui rétrécit les yeux obliques. C'est tout cela que le photographe voudrait prendre, avec ses appareils de photo, puis faire renaître dans l'obscurité de son laboratoire. Quelquefois, il a l'impression que cela va apparaître réellement, le sourire, la lumière des yeux, la beauté des traits. Mais cela ne dure qu'un très bref instant. Sur la feuille de papier plongée dans l'acide, le dessin bouge, se modifie, se trouble, se couvre d'ombre, et c'est comme si l'image effaçait la personne en train de vivre.

Peut-être que c'est ailleurs que dans l'image ? Peut-être que c'est dans la démarche, dans le mouvement ? Le photographe regarde les gestes de Lalla Hawa, sa façon de s'asseoir, de bouger les mains, avec la paume ouverte, formant une ligne courbe parfaite depuis la saignée du coude jusqu'au bout des doigts. Il regarde la ligne de la nuque, le dos souple, les mains et les pieds larges, les épaules, et la lourde chevelure noire aux reflets cendrés, qui tombe en boucles épaisses sur les épaules. Il regarde Lalla Hawa, et c'est comme si, par instants, il apercevait une autre figure, affleurant le visage de la jeune femme, un autre corps derrière son corps ; à peine perceptible, léger, passager, l'autre personne apparaît dans la profondeur, puis s'efface, laissant un souvenir qui tremble. Qui est-ce ? Celle qu'il appelle Hawa, qui est-elle, quel nom porte-t-elle vraiment ?

Quelquefois, Hawa le regarde, ou bien elle regarde les gens, dans les restaurants, dans les halls des aéroports, dans les bureaux, elle les regarde comme si ses yeux allaient simplement les effacer, les faire retourner au néant auquel ils doivent appartenir. Quand elle a ce regard étrange, le photographe ressent un frisson, comme un froid qui entre en lui. Il ne sait pas ce que c'est. C'est peut-être l'autre être qui vit en Lalla Hawa qui regarde et qui juge le monde, par ses yeux, comme si à cet instant tout cela, cette ville géante, ce fleuve, ces places, ces avenues, tout disparaissait et laissait voir l'étendue du désert, le sable, le ciel, le vent.

Alors le photographe emmène Hawa dans les endroits qui ressemblent au désert ; les grandes plaines caillouteuses, les marais, les esplanades, les terrains vagues. Pour lui, Hawa marche dans la lumière du soleil, et son regard balaie l'horizon comme celui des oiseaux de proie, à la recherche d'une ombre, d'une silhouette. Elle regarde un long moment, comme si elle cherchait vraiment quelqu'un ; puis elle reste immobile sur son ombre, tandis que le photographe commence à photographier.

Que cherche-t-elle ? Que veut-elle de la vie ? Le photographe regarde ses yeux, son visage, et il sent la profondeur de l'inquiétude derrière la force de sa lumière. Il y a aussi la méfiance, l'instinct de fuite, cette sorte de drôle de lueur qui traverse par instants les yeux des animaux sauvages. Elle le lui a dit, un jour, alors qu'il s'y attendait, elle lui a parlé doucement de l'enfant qu'elle porte en elle, qui arrondit son ventre et gonfle ses seins, et :

« Un jour, tu sais, je m'en irai, je partirai, et il ne

faudra pas essayer de me retenir, parce que je partirai pour toujours... »

Elle ne veut pas d'argent, cela ne l'intéresse pas. Chaque fois que le photographe lui donne de l'argent — le prix des heures de pose — Hawa prend les billets de banque, en choisit un ou deux, et elle lui rend le reste. Quelquefois, même, c'est elle qui lui donne de l'argent, des poignées de billets et de pièces qu'elle sort de la poche de sa salopette, comme si elle ne voulait rien garder pour elle.

Ou bien elle parcourt les rues de la ville, à la recherche des mendiants aux coins des murs, et elle leur donne l'argent, par poignées de pièces aussi, en appuyant bien sa main dans la leur pour qu'ils ne perdent rien. Elle donne de l'argent aux gitanes voilées qui errent pieds nus dans les grandes avenues, et aux vieilles femmes en noir accroupies à l'entrée des bureaux de poste ; aux clochards allongés sur les bancs, dans les squares, et aux vieux qui fouillent dans les poubelles des riches, à la nuit tombante. Tous, ils la connaissent bien, et quand ils la voient arriver, ils la regardent avec des yeux qui brillent. Les clochards croient qu'elle est une prostituée, parce qu'il n'y a que les prostituées qui leur donnent tant d'argent, et ils font des plaisanteries et ils rient très fort, mais ils ont l'air bien contents de la voir quand même.

Maintenant, partout on parle de Hawa. A Paris, les journalistes viennent la voir, et il y a une femme qui lui pose des questions, un soir, dans le hall de l'hôtel.

« On parle de vous, du mystère de Hawa. Qui est Hawa ?

— Je ne m'appelle pas Hawa, quand je suis née je n'avais pas de nom, alors je m'appelais Bla Esm, ça veut dire " Sans Nom ".

— Alors, pourquoi Hawa ?

— C'était le nom de ma mère, et je m'appelle Hawa, fille de Hawa, c'est tout.

— De quel pays êtes-vous venue ?

— Le pays d'où je viens n'a pas de nom, comme moi.

— Où est-ce ?

— C'est là où il n'y a plus rien, plus personne.

— Pourquoi êtes-vous ici ?

— J'aime voyager.

— Qu'est-ce que vous aimez dans la vie ?

— La vie.

— Manger ?

— Les fruits.

— Votre couleur préférée ?

— Le bleu.

— Votre pierre préférée ?

— Les cailloux du chemin.

— La musique ?

— Les berceuses.

— On dit que vous écrivez des poèmes ?

— Je ne sais pas écrire.

— Et le cinéma ? Avez-vous des projets ?

— Non.

— Qu'est-ce que l'amour pour vous ? »

Mais tout à coup, Lalla Hawa en a assez, et elle s'en va très vite, sans se retourner, elle pousse la porte de l'hôtel et elle disparaît dans la rue.

Il y a des gens maintenant qui la reconnaissent dans la rue, des jeunes filles qui lui donnent une de ses photos, pour qu'elle mette sa signature. Mais comme Hawa ne sait pas écrire, elle dessine seulement le signe de sa tribu, celui qu'on marque sur la peau des chameaux et des chèvres, et qui ressemble un peu à un cœur :

Il y a tant de monde partout, dans les avenues, dans les magasins, sur les routes. Tant de gens qui se bousculent, qui se regardent. Mais quand le regard de Lalla Hawa passe sur eux, c'est comme si tout s'effaçait, devenait muet et désert.

Lalla Hawa veut traverser ces endroits très vite, pour savoir ce qu'il y a après. Une nuit, le photographe l'emmène dans un dancing qui s'appelle le Palace, le Paris-Palace, un nom comme ça. Pour danser, elle a mis une robe noire décolletée dans le dos, parce que le photographe veut faire des photos.

Là aussi, c'est un endroit qui ressemble aux grandes places vides où il n'y a que les silhouettes des immeubles et les carrosseries des autos arrêtées au soleil. C'est un endroit terrible et vide, où les hommes et les femmes se pressent et grimacent dans l'ombre étouffante, avec les éclairs de la lumière électrique dans les nuages de la fumée des cigarettes, et le bruit du tonnerre qui cogne, qui fait vibrer le sol et les murs.

Lalla Hawa s'assoit dans un coin, sur une marche, et elle regarde ceux qui dansent, leurs visages luisants de sueur, leurs vêtements pleins d'étincelles. Au fond de la salle, dans une sorte de grotte, il y a les musiciens : ils bougent leurs guitares, ils frappent sur les tambours, mais le bruit de la musique semble venir d'ailleurs, pareil à des cris de géants.

Puis elle danse, à son tour, sur l'arène, au milieu des gens. Elle danse comme elle a appris autrefois, seule au milieu des gens, pour cacher sa peur, parce qu'il y a trop de bruit, trop de lumière. Le photographe reste assis sur la marche, sans bouger, sans même penser à la photographier. Au début, les gens ne font pas attention à Hawa, parce que la lumière les aveugle. Puis, c'est comme s'ils sentaient que quelque chose d'extraordinaire était arrivé, sans qu'ils s'en doutent. Ils s'écartent, ils s'arrêtent de danser, les uns après les autres, pour regarder Lalla Hawa. Elle est toute seule dans le cercle de lumière, elle ne voit personne. Elle danse sur le rythme lent de la musique électrique, et c'est comme si la musique était à l'intérieur de son corps. La lumière brille sur le tissu noir de sa robe, sur sa peau couleur de cuivre, sur ses cheveux. On ne voit pas ses yeux à cause de l'ombre, mais son regard passe sur les gens, emplit la salle, de toute sa force, de toute sa beauté. Hawa danse pieds nus sur le sol lisse, ses pieds longs et plats frappent au rythme des tambours, ou plutôt, c'est elle qui semble dicter avec la plante de ses pieds et ses talons le rythme de la musique. Son corps souple ondoie, ses hanches, ses épaules et ses bras sont légère- ment écartés comme des ailes. La lumière des projecteurs rebondit sur elle, l'enveloppe, crée des tourbillons autour de ses pas. Elle est absolument seule dans la grande salle, seule comme au milieu d'une esplanade, seule comme au milieu d'un plateau de pierres, et la musique électrique joue pour elle seule, de son rythme lent et lourd. Peut-être qu'ils ont tous disparu, enfin, ceux qui étaient là autour d'elle, hommes, femmes, reflets passagers des miroirs éblouis, dévorés? Elle ne les voit plus, à présent, elle ne les entend plus. Même le photographe a disparu, assis sur sa marche. Ils sont devenus pareils à des rochers, pareils à des blocs de calcaire. Mais elle, elle peut bouger, enfin, elle est libre, elle tourne sur elle-même, les bras écartés, et ses pieds frappent le sol, du bout des orteils, puis du talon, comme sur les rayons d'une grande roue dont l'axe monte jusqu'à la nuit.

Elle danse, pour partir, pour devenir invisible, pour monter comme un oiseau vers les nuages. Sous ses pieds nus, le sol de plastique devient brûlant, léger, couleur de sable, et l'air tourne autour de son corps à la vitesse du vent. Le vertige de la danse fait apparaître la lumière, maintenant, non pas la lumière dure et froide des spots, mais la belle lumière du soleil, quand la terre, les rochers et même le ciel sont blancs. C'est la musique lente et lourde de l'électricité, des guitares, de l'orgue et des tambours, elle entre en elle, mais peut-être qu'elle ne l'entend même plus. La musique est si lente et profonde qu'elle couvre sa peau de cuivre, ses cheveux, ses yeux. L'ivresse de la danse s'étend autour d'elle, et les hommes et les femmes, un instant arrêtés, reprennent les mouvements de la danse, mais en suivant le rythme du corps de Hawa, en frappant le sol avec leurs doigts de pieds et leurs talons. Personne ne dit rien, personne ne souffle. On attend, avec ivresse, que le mouvement de la danse vienne en soi, vous entraîne, pareil à ces trombes qui marchent sur la mer. La lourde chevelure de Hawa se soulève et frappe ses épaules en cadence, ses mains aux doigts écartés frémissent. Sur le sol vitrifié, les pieds nus des hommes et des femmes frappent de plus en plus vite, de plus en plus fort, tandis que le rythme de la musique électrique s'accélère. Dans la grande salle, il n'y a plus tous ces murs, ces miroirs, ces lueurs. Ils ont disparu, anéantis par le vertige de la danse, renversés. Il n'y a plus ces villes sans espoir, ces villes d'abîmes, ces villes de mendiants et de prostituées, où les rues sont des pièges, où les maisons sont des tombes. Il n'y a plus tout cela, le regard ivre des danseurs a effacé tous les obstacles, tous les mensonges anciens. Maintenant, autour de Lalla Hawa, il y a une étendue sans fin de poussière et de pierres blanches, une étendue vivante de sable et de sel, et les vagues des dunes. C'est comme autrefois, au bout du sentier à chèvres, là où tout semblait s'arrêter, comme si on était au bout de la terre, au pied du ciel, au seuil du vent. C'est comme quand elle a senti pour la première fois le regard d'Es Ser, celui qu'elle appelait le Secret. Alors, au centre de son vertige, tandis que ses pieds continuent à la faire tourner sur elle-même de plus en plus vite, elle sent à nouveau, pour la première fois depuis longtemps, le regard qui vient sur elle, qui l'examine. Au centre de l'aire immense et nue, loin des hommes qui dansent, loin des villes brumeuses, le regard du Secret entre en elle, touche son cœur. La lumière d'un seul coup se met à brûler avec une force insoutenable, une explosion blanche et chaude qui étend ses rayons à travers toute la salle, un éclair qui doit briser toutes les ampoules électriques, les tubes de néon, qui foudroie les musiciens leurs doigts sur les guitares, et qui fait éclater tous les haut-parleurs.

Lentement, sans cesser de tourner, Lalla s'écroule sur elle-même, glisse sur le sol vitrifié, pareille à un mannequin désarticulé. Elle reste un long moment, seule, étendue par terre, le visage caché par ses cheveux, avant que le photographe ne s'approche d'elle, tandis que les danseurs s'écartent, sans comprendre encore ce qui leur est arrivé.

La mort est venue. Elle a commencé par
les moutons et les chèvres, les chevaux
aussi, qui restaient sur le lit de la rivière,
le ventre ballonné, les pattes écartées.
Puis ce fut le tour des enfants et des
vieillards, qui déliraient, et ne pouvaient
plus se relever. Ils mouraient si nombreux
qu'on dut faire un cimetière pour eux, en
aval de la rivière, sur une colline de
poussière rouge. On les emportait à
l'aube, sans cérémonie, emmaillotés dans
de vieilles toiles, et on les enterrait dans
un simple trou creusé à la hâte, sur lequel
on posait ensuite quelques pierres pour
que les chiens sauvages ne les déterrent
pas. En même temps que la mort, c'était le
vent du Chergui qui était venu. Il soufflait
par rafales, enveloppant les hommes dans
ses plis brûlants, effaçant toute humidité
de la terre. Chaque jour, Nour errait sur le
lit du fleuve, avec d'autres enfants, à la
recherche des crevettes. Il plaçait aussi
des pièges faits avec des lacets d'herbe et
des brindilles, pour capturer les lièvres et

les gerboises, mais souvent les renards étaient passés avant lui.

C'était la faim qui rongeait les hommes et faisait mourir les enfants. Depuis des jours qu'ils étaient arrivés devant la ville rouge, les voyageurs n'avaient pas reçu de nourriture, et les provisions touchaient à leur fin. Chaque jour, le grand cheikh envoyait ses guerriers devant les murs de la ville, pour demander de la nourriture et des terres pour son peuple. Mais les notables promettaient toujours et ne donnaient rien. Ils étaient si pauvres eux-mêmes, disaient-ils. Les pluies avaient manqué, la sécheresse avait durci la terre, et les réserves de la moisson s'étaient épuisées. Quelquefois, le grand cheikh et ses fils allaient jusqu'aux remparts de la ville, pour demander des terres, des semences, une part des palmeraies. Mais il n'y avait pas assez de terres pour eux-mêmes, disaient les notables, de la tête du fleuve jusqu'à la mer les terres fertiles étaient prises, et les soldats des Chrétiens venaient souvent dans la ville d'Agadir, ils prenaient pour eux la plus grande part des récoltes.

Chaque fois, Ma el Aïnine écoutait la réponse des notables sans rien dire, puis il retournait sous sa tente, dans le lit du fleuve. Mais ce n'était plus la colère, ni l'impatience qui grandissaient maintenant dans son cœur. Avec la venue de la mort, chaque jour, et le vent brûlant du désert, c'était le désespoir qu'il partageait avec son peuple. C'était comme si les hommes errant le long des rivages vides du fleuve, ou bien accroupis dans l'ombre de leurs abris, avaient devant les yeux l'évidence de leur condamnation. Ces terres rouges, ces champs desséchés, ces maigres terrasses plantées d'oliviers et d'orangers, ces palmeraies sombres, tout cela leur était étranger, lointain, pareil aux mirages.

Malgré leur désespoir, Larhdaf et Saadbou voulaient attaquer la ville, mais le cheikh refusait cette violence. Les hommes bleus du désert étaient trop fatigués maintenant, il y avait trop longtemps qu'ils marchaient et jeûnaient. La plupart des guerriers étaient fiévreux, malades du scorbut, leurs jambes couvertes de plaies envenimées. Même leurs armes étaient hors d'usage.

Les gens de la ville se méfiaient des hommes du désert, et les portes restaient fermées tout le jour. Ceux qui avaient voulu s'aventurer du côté des remparts avaient reçu des coups de feu : c'était un avertissement.

Alors, quand il a compris qu'il n'y avait plus rien à espérer, qu'ils allaient mourir tous, les uns après les autres, sur le lit brûlant de la rivière, devant les remparts de la ville impitoyable, Ma el Aïnine a donné le signal du départ vers le nord. Cette fois, il n'y eut pas de prière, ni de chants ni de danse. Les uns après les autres, lentement, comme des animaux malades qui déplient leurs membres et se relèvent en titubant, les hommes bleus ont quitté le lit du fleuve, ils ont recommencé leur marche vers l'inconnu.

Maintenant la troupe des guerriers du cheikh n'avait plus la même apparence. Ils marchaient avec le convoi des hommes et des bêtes, harassés comme eux, leurs vêtements en lambeaux, le regard fiévreux et vide. Peut-être qu'ils avaient cessé de croire aux raisons de cette longue marche, qu'ils continuaient à avancer seulement par habitude, à la limite de leurs forces, prêts à tomber à chaque instant. Les femmes avançaient, penchées en avant, le visage caché par leurs voiles bleus, et beaucoup n'avaient plus leur enfant avec elle, parce qu'il était resté dans la terre rouge de la vallée du Souss. Puis, à la fin du convoi qui s'étirait dans toute la vallée, c'étaient les enfants, les vieillards, les guerriers blessés, tous ceux qui marchaient lentement. Nour était parmi eux, guidant le guerrier aveugle. Il ne savait même plus où était sa famille, perdue quelque part dans le nuage de poussière. Seuls, quelques guerriers avaient encore leur monture. Le grand cheikh allait parmi eux, sur son chameau blanc, enveloppé dans son manteau.

Personne ne parlait. On allait pour soi, le visage noirci, les yeux fiévreux regardant fixement la terre rouge des collines, vers l'ouest, pour trouver la piste qui franchit les montagnes jusqu'à la ville sainte de Marrakech. On marchait dans la lumière qui frappe le crâne, la nuque, qui fait vibrer la douleur dans les membres, qui brûle jusqu'au centre du corps. On n'entendait plus le vent, ni le bruit des pas des hommes raclant le désert. On n'entendait que le bruit de son cœur, le bruit de ses nerfs, la souffrance qui siffle et grince derrière les tympans.

Nour ne sentait plus la main du guerrier aveugle agrippée à son épaule. Il avançait seulement, sans savoir pourquoi, sans espoir de s'arrêter jamais. Peut-être que le jour où son père et sa mère avaient décidé d'abandonner les campements du Sud, ils avaient été condamnés à errer jusqu'à la fin de leur existence, dans cette marche sans fin, de puits en puits, le long des vallées desséchées ? Mais y avait-il au monde d'autres terres que celles-là, étendues infinies, mêlées au ciel par la poussière, montagnes sans ombre, pierres aiguës, rivières sans eau, buissons d'épines dont chacune peut, par une blessure minuscule, donner la mort ? Chaque jour, au loin, au flanc des collines, près des puits, les hommes voyaient de nouvelles maisons, des forteresses de boue rouge, entourées de champs et de palmiers. Mais ils les voyaient comme on voit des mirages, tremblantes dans l'air surchauffé, lointaines, inaccessibles. Les habitants des villages ne se montraient pas. Ils avaient fui dans les montagnes, ou bien ils se cachaient derrière leurs remparts, prêts à combattre les hommes bleus du désert.

En tête de la caravane, sur leurs chevaux, les fils de Ma el Aïnine montraient l'ouverture étroite de la vallée, au milieu du chaos des montagnes.

« La route ! La route du Nord ! »

Alors ils ont franchi les montagnes pendant des jours. Le vent brûlant soufflait dans les ravins. Le ciel bleu était immense au-dessus des rochers rouges. Il n'y avait personne ici, ni homme ni bête, seulement parfois la trace d'un serpent dans le sable, ou, très haut dans le ciel, l'ombre d'un vautour. On avançait sans chercher la vie, sans voir un signe d'espoir. Comme des aveugles, les hommes et les femmes cheminaient à la suite les uns des autres, plaçant leurs pieds sur les marques de pas qui les précédaient, mêlés aux bêtes du troupeau. Qui les guidait ? La piste de terre serpentait le long des ravins, franchissait les éboulis, se confondait avec les lits des torrents secs.

Enfin les voyageurs arrivèrent au bord de l'oued Issene, grossi par la fonte des neiges. L'eau était belle et pure, elle bondissait entre les rives arides. Mais les hommes la regardèrent sans émotion, parce que cette eau n'était pas à eux, qu'ils ne pouvaient pas la retenir. Ils restèrent plusieurs jours sur les bords de l'oued, tandis que les guerriers du grand cheikh, accompagnés de Larhdaf et de Saadbou, remontaient la piste de Chichaoua.

« Est-ce que nous sommes arrivés, est-ce ici, notre terre ? » demandait toujours le guerrier aveugle. L'eau froide du fleuve descendait en cascadant sur les rochers, et la route devenait plus difficile. Puis la caravane arriva devant un village chleuh, au fond de la vallée. Les guerriers du cheikh les attendaient là. Ils avaient dressé leur grande tente, et les cheikhs de la montagne avaient sacrifié des moutons pour recevoir Ma el Aïnine. C'était le village d'Aglagla, au pied de la haute montagne. Les gens du désert se sont installés près des murs du village, sans rien demander. Le soir, les enfants du village sont venus, apportant la viande grillée et le lait caillé, et chacun put se rassasier comme il ne l'avait pas fait depuis longtemps. Puis ils ont allumé de grands feux de cèdre, parce que la nuit était froide.

Nour a regardé longtemps la danse des flammes dans la nuit très noire. Il y a eu des chants aussi, une musique étrange comme il n'en avait jamais entendu, triste et lente, accompagnée du son de la flûte. Les hommes et les femmes du village ont demandé la bénédiction de Ma el Aïnine, pour qu'il les guérisse de leurs maladies.

Maintenant, les voyageurs allaient vers l'autre versant de la montagne, dans la direction de la ville sainte. C'était là peut-être que les gens du désert connaîtraient la fin de leur souffrance, selon ce que disaient les guerriers bleus de Ma el Aïnine, car c'était à Marrakech que Moulay Hafid, le Commandeur des Croyants, avait reçu l'acte d'allégeance de Ma el Aïnine, quatorze ans auparavant. C'était là que le roi avait donné au cheikh une terre, pour qu'il puisse y faire bâtir la maison de l'enseignement des Goudfia. Et puis, c'était dans la ville sainte que le fils aîné de Ma el Aïnine attendait son père pour se joindre à la guerre sainte ; et tous vénéraient Moulay Hiba, celui qu'on appelait Dehiba, la Parcelle d'Or, celui qu'on appelait Moulay Sebaa, le Lion, car il était celui qu'ils avaient choisi pour roi des terres du Sud.

Le soir, quand la caravane s'arrêtait, et que les feux s'allumaient, Nour conduisait le guerrier aveugle là où les soldats de Ma el Aïnine étaient assis, et ils écoutaient les récits de ce qui s'était passé autrefois, quand le grand cheikh et ses fils étaient venus avec les guerriers du désert, tous montés sur les chameaux rapides, et comment ils étaient entrés dans la ville sainte, ils avaient été reçus par le roi, avec les deux fils de Ma el Aïnine, Moulay Sebaa, le Lion, et Mohammed Ech Chems, celui qu'on appelait le Soleil ; ils racontaient aussi les offrandes que le roi avait faites pour que le cheikh puisse bâtir les remparts de la ville de Smara ; et le voyage qu'ils avaient fait, avec des troupeaux de chameaux si nombreux qu'ils recouvraient toute la plaine, tandis que les femmes et les enfants, et les provisions et les vivres étaient embarqués à bord du grand bateau à vapeur qu'on appelait Bachir, et avaient navigué plusieurs jours et plusieurs nuits de Mogador à Marsa Tarfaya.

Ils racontaient aussi la légende de Ma el Aïnine, avec leurs voix qui chantaient un peu, et c'était comme le récit d'un rêve qu'ils avaient fait autrefois. La voix des guerriers se mêlait au bruit des flammes, et Nour voyait par instants la silhouette légère du vieil homme, à travers les volutes de la fumée, pareil à une flamme, au centre du campement.

« Le grand cheikh est né loin, au sud, dans le pays qu'on appelle Hodh, et son père était fils de Moulay Idriss, et sa mère était de la lignée du Prophète. Quand le grand cheikh est né, son père l'a nommé Ahmed, mais sa mère l'a nommé Ma el Aïnine, l'Eau des Yeux, parce qu'elle avait pleuré de joie au moment de sa naissance... »

Nour écoutait dans la nuit, la tête appuyée contre une pierre, à côté du guerrier aveugle.

« Quand il a eu sept ans, il a récité le Coran sans faire une faute, alors son père, Mohammed el Fadel, l'a envoyé à la grande ville sainte de La Mecque, et sur le chemin, l'enfant faisait des miracles... Il savait guérir les malades, et à ceux qui lui demandaient de l'eau, il disait, le ciel te donnera l'eau, et aussitôt la grande pluie ruisselait sur la terre... »

Le guerrier aveugle balançait un peu la tête, comme s'il rythmait les paroles, et

Nour était lentement entraîné vers le sommeil.

« Alors les gens sont venus de tous les points du désert pour voir l'enfant qui savait faire des miracles, et l'enfant, le fils du grand Mohammed Fadel ben Maminna, mettait seulement un peu de salive sur les yeux du malade, il soufflait sur ses lèvres, et le malade se levait aussitôt et il embrassait la main de l'enfant, parce qu'il était guéri... »

Nour sentait le corps du guerrier aveugle qui tremblait contre lui, tandis qu'il balançait lentement la tête sur ses épaules. C'étaient la voix monotone du conteur et le balancement des flammes et de la fumée ; même la terre semblait bouger selon le rythme de la voix.

« Alors le grand cheikh s'est installé dans la ville sainte de Chinguetti, au puits de Nazaran, près d'Ed Dakhla, pour donner son enseignement, car il savait la science des astres et des nombres, et la parole de Dieu. Alors les hommes du désert sont devenus ses disciples, et on les appelait Berik Allah, ceux qui ont reçu la bénédiction de Dieu... »

La voix du guerrier bleu continuait à psalmodier dans la nuit, devant les flammes qui montaient, dansaient, avec la fumée qui enveloppait les hommes et les faisait tousser. Nour écoutait les récits des miracles, les sources jaillies du désert, les pluies qui recouvraient les champs arides, et les paroles du grand cheikh, sur la place de Chinguetti, ou devant sa demeure de Nazaran. Il écoutait le commencement de la longue marche de Ma el Aïnine à travers le désert, jusqu'à la *smara*, la terre des broussailles, où le grand cheikh avait fondé sa ville. Il écoutait la légende de ses combats contre les Espagnols, à El Aaiun, à Ifni, à Tiznit, avec ses fils, Rebbo, Taaleb, Larhdaf, Ech Chems, et celui qu'on appelait Moulay Sebaa, le Lion.

Ainsi, chaque soir, la même voix continuait la légende, comme cela, en chantonnant, et Nour oubliait où il était, comme si c'était sa propre histoire que l'homme bleu racontait.

De l'autre côté des montagnes, ils sont entrés sur la grande plaine rouge, et ils ont marché vers le nord, allant de village en village. A chaque village, des hommes au regard fiévreux, des femmes, des enfants venaient se joindre à la caravane, et prenaient la place de ceux qui étaient morts. Le grand cheikh allait au-devant, sur son chameau blanc, entouré de ses fils et de ses guerriers, et Nour voyait au loin le nuage de poussière qui semblait les guider.

Quand ils arrivèrent devant la grande ville de Marrakech, ils n'osèrent pas s'approcher et ils établirent leur camp près du fleuve desséché, au sud. Pendant deux jours, les hommes bleus attendirent, presque sans bouger, à l'abri de leurs tentes et dans les huttes de branches. Le vent chaud de l'été les couvrait de poussière, mais ils attendaient, toutes leurs forces étaient pour attendre.

Enfin, le troisième jour, les fils de Ma el Aïnine sont revenus. A côté d'eux, monté sur un cheval, il y avait un homme de haute stature, vêtu comme les guerriers du Nord, et son nom a couru sur toutes les lèvres : « Moulay Hiba, celui qu'on appelle Moulay Dehiba, la Parcelle d'Or, Moulay Sebaa, le Lion. »

Quand le guerrier aveugle a entendu son nom, il s'est mis à trembler, et des larmes coulaient de ses yeux brûlés. Il a couru droit devant lui, les bras écartés, en poussant un long cri, une sorte de gémissement aigu qui déchirait les oreilles.

Nour a essayé de le rattraper, mais l'aveugle courait de toutes ses forces, en butant sur les pierres, en titubant sur le sol poussiéreux. Les gens du désert s'écartaient devant lui, et quelques-uns même avaient peur et détournaient le regard, parce qu'ils pensaient que l'aveugle était possédé du démon. Le guerrier aveugle semblait dévoré par une joie et une souffrance surhumaines. Plusieurs fois il est tombé sur le sol, en butant sur une racine, ou sur une pierre, mais chaque fois il s'est relevé et il a continué à courir vers l'endroit où se trouvaient Ma el Aïnine et Moulay Hiba, sans les voir. Enfin, Nour l'a rejoint, l'a pris par le bras ; mais l'homme continuait à courir en criant, entraînant Nour avec lui. Il allait droit devant lui, comme s'il voyait Ma el Aïnine et son fils, il avançait vers eux sans se tromper. Alors les guerriers du cheikh ont eu peur, ils ont empoigné leurs fusils pour empêcher l'aveugle d'avancer. Mais le cheikh a dit simplement :

« Laissez-les venir. »

Puis il est descendu de son chameau et il s'est approché du guerrier aveugle.

« Que veux-tu ? »

Le guerrier aveugle s'est jeté sur le sol, les bras tendus en avant, et les sanglots secouaient son corps, l'étouffaient. Seul, le long gémissement aigu continuait à s'échapper de sa gorge, devenu faible et haletant comme une plainte. Alors c'est Nour qui a parlé :

« Donne-lui la vue, grand roi », a-t-il dit.

Ma el Aïnine a regardé un long moment l'homme allongé par terre, son corps secoué par les sanglots, ses habits en haillons, ses pieds et ses mains ensanglantés par le chemin. Sans rien dire, il s'est agenouillé à côté de l'aveugle, il a posé la main sur sa nuque. Les hommes bleus, et les fils du cheikh sont restés debout. Le silence était si grand à cet instant que Nour a ressenti un vertige. Une force étrange, inconnue, jaillissait de la terre poussiéreuse, enveloppait les hommes dans son tourbillon. C'était la lumière du couchant, peut-être, ou bien le pouvoir du regard qui s'était fixé sur ce lieu, qui cherchait à s'échapper comme une eau prisonnière. Lentement, le guerrier aveugle s'est redressé, son visage est apparu à la lumière, maculé par le sable et l'eau des larmes. Avec un coin de son haïk bleu ciel, Ma el Aïnine a essuyé le visage de l'homme. Puis il a passé la main sur son front, sur ses paupières brûlées, comme s'il voulait effacer quelque chose. Le bout de ses doigts mouillé de salive, il a frotté les paupières de l'aveugle, et il a soufflé doucement sur son visage, sans prononcer une parole. Le silence a duré si longtemps que Nour ne se souvenait plus de ce qu'il y avait eu avant, de ce qu'il avait dit. A genoux dans le sable à côté du cheikh, il regardait seulement le visage du guerrier aveugle où une lumière nouvelle semblait grandir. L'homme ne gémissait plus. Il restait immobile devant le cheikh, les bras un peu écartés, ses yeux blessés très grands ouverts, comme s'il s'enivrait lentement du regard du cheikh.

Ensuite les fils de Ma el Aïnine sont venus, et Moulay Hiba lui aussi s'est approché, et ils ont aidé le vieil homme à se relever. Très doucement, Nour a pris le guerrier par le bras, il l'a fait lever à son tour. L'homme s'est mis à marcher, appuyé sur l'épaule du jeune garçon, et la lumière du couchant brillait sur son visage comme une poussière d'or. Il ne parlait pas. Il avançait très lentement, comme un homme qui a traversé une longue maladie, en posant ses pieds bien à plat sur le sol caillouteux.

Il avançait en titubant un peu, mais ses

bras n'étaient plus écartés, et il n'y avait plus de souffrance dans son corps. Les gens du désert restaient immobiles et silencieux, en le regardant marcher vers l'autre bout de la plaine. Il n'y avait plus de souffrance, et maintenant, son visage était calme et doux, et son regard était plein de la lumière dorée du soleil qui touchait l'horizon. Et sur l'épaule de Nour, sa main était devenue légère, comme celle d'un homme qui sait où il va.

Oued Tadla, 18 juin 1910

Les soldats ont quitté Zettat et Ben Ahmed avant l'aube. C'est le général Moinier qui commandait la colonne partie de Ben Ahmed, deux mille fantassins armés de fusils Lebel. Le convoi avançait lentement sur la plaine brûlée, dans la direction de la vallée du fleuve Tadla. En tête de la colonne, il y avait le général Moinier, deux officiers français, et un observateur civil. Un guide maure les accompagnait, vêtu comme les guerriers du Sud, monté à cheval, comme les officiers.

Le même jour, l'autre colonne, comptant seulement cinq cents hommes, avait quitté la ville de Zettat, pour former l'autre branche de la tenaille qui devait pincer les rebelles de Ma el Aïnine sur leur route vers le Nord.

Devant les soldats, la terre nue s'étendait à perte de vue, ocre, rouge, grise, brillante sous le bleu du ciel. Le vent ardent de l'été passait sur la terre, soule-

vait la poussière, voilait la lumière comme
une brume.

Personne ne parlait. Les officiers à
l'avant poussaient leurs chevaux pour se
séparer du reste de la troupe, dans l'espoir
d'échapper un peu au nuage de poussière
suffocante. Leurs yeux guettaient l'horizon, pour voir ce qu'il y aurait : l'eau, les
villages de boue, ou l'ennemi.

Il y avait si longtemps que le général
Moinier attendait cet instant. Chaque fois
qu'on parlait du Sud, du désert, il pensait
à lui, Ma el Aïnine, l'irréductible, le
fanatique, l'homme qui avait juré de
chasser tous les Chrétiens du sol du
désert, lui, la tête de la rébellion, l'assas-
sin du gouverneur Coppolani.

« Rien de sérieux », disait l'état-major,
à Casa, à Fort-Trinquet, à Fort-Gouraud.
« Un fanatique. Une sorte de sorcier, un
faiseur de pluie, qui a entraîné derrière lui
tous les loqueteux du Draa, du Tindouf,
tous les nègres de Mauritanie. »

Mais le vieil homme du désert était
insaisissable. On le signalait dans le
Nord, près des premiers postes de contrôle
du désert. Quand on allait voir, il avait
disparu. Puis on parlait de lui encore,
cette fois sur la côte, au Rio de Oro, à
Ifni. Naturellement, avec les Espagnols, il
avait la partie belle ! Que faisait-on, là-
bas, à El Aaiun, à Tarfaya, à cap Juby ?
Son coup fait, le vieux cheikh, rusé
comme un renard, retournait avec ses
guerriers sur son « territoire », là-bas, au

sud du Draa, dans la Saguiet el Hamra, dans sa « forteresse » de Smara. Impossible de l'en déloger. Et puis il y avait le mystère, la superstition. Combien d'hommes avaient pu traverser cette région ? Tandis qu'il chevauchait aux côtés des officiers, l'observateur se souvenait du voyage de Camille Douls, en 1887. Le récit de sa rencontre avec Ma el Aïnine, devant son palais de Smara : vêtu de son grand haïk bleu ciel, coiffé de son haut turban blanc, le cheikh s'était approché jusqu'à lui, il l'avait regardé longuement. Douls était prisonnier des Maures, les vêtements en haillons, le visage meurtri par la fatigue et par le soleil, mais Ma el Aïnine l'avait regardé sans haine, sans mépris. C'était ce regard long, ce silence, qui duraient encore, qui avaient fait frissonner l'observateur, chaque fois qu'il avait pensé à Ma el Aïnine. Mais il était peut-être le seul à avoir senti cela, en lisant autrefois le récit de Douls. « Un fanatique », disaient les officiers, « un sauvage, qui ne pense qu'à piller et à tuer, à mettre à feu et à sang les provinces du Sud, comme en 1904, quand Coppolani avait été assassiné dans le Tagant, comme en août 1905, quand Mauchamp avait été assassiné à Oujda. »

Pourtant, chaque jour, tandis qu'il marchait avec les officiers, l'observateur sentait en lui cette inquiétude, cette appréhension qu'il ne pouvait comprendre. C'est comme s'il redoutait de rencontrer tout à coup, au détour d'une colline, dans la crevasse d'un ru sec, le regard du grand cheikh, seul au milieu du désert.

« Il est fini maintenant, il ne peut plus tenir, c'est une question de mois, de semaines peut-être, il est obligé de se rendre, ou alors il devra se jeter à la mer ou se perdre dans le désert, plus personne ne le soutient et il le sait bien... »

Il y a si longtemps que les officiers attendent ce moment, et l'état-major de l'armée, à Oran, à Rabat, à Dakar même. Le « fanatique » est acculé, d'un côté à la mer, de l'autre au désert. Le vieux renard va être obligé de capituler. N'a-t-il pas été abandonné de tous ? Au nord, Moulay Hafid a signé l'Acte d'Algésiras, qui met fin à la guerre sainte. Il accepte le protectorat de la France. Et puis, il y a eu la lettre d'octobre 1909, signée du propre fils de Ma el Aïnine, Ahmed Hiba, celui qu'ils appellent Moulay Sebaa, le Lion, par laquelle il offre la soumission du cheikh à la loi du Makhzen, et il implore du secours. « Le Lion ! Il est bien seul, maintenant, le Lion, et les autres fils du cheikh, Ech Chems, à Marrakech, et Larhdaf, le bandit, le pillard de la Hamada. Ils n'ont plus de ressources, plus d'armes, et la population du Souss les a abandonnés... Ils n'ont plus qu'une poignée de guerriers, des loqueteux, qui n'ont pour armes que leurs vieilles carabines à canon de bronze, leurs yatagans et leurs lances ! Le Moyen Age ! »

Tandis qu'il chevauche avec les officiers, l'observateur civil pense à tous ceux qui attendent la chute du vieux cheikh. Les Européens d'Afrique du nord, les « Chrétiens », comme les appellent les gens du désert — mais leur vraie religion n'est-elle pas celle de l'argent ? Les Espagnols de Tanger, d'Ifni, les Anglais de Tanger, de Rabat, les Allemands, les Hollandais, les Belges, et tous les banquiers, tous les hommes d'affaires qui guettent la chute de l'empire arabe, qui font déjà leurs plans d'occupation, qui se partagent les labours, les forêts de chêne-liège, les mines, les palmeraies. Les agents de la Banque de Paris et des Pays-Bas, qui relèvent le montant des droits de douane dans tous les ports. Les affairistes du député Etienne, qui ont créé la « Société des Emeraudes du Sahara », la « Société des Nitrates du Gourara-Touat », pour lesquelles la terre nue doit livrer passage aux chemins de fer imaginaires, aux voies transsaharienne, transmauritanienne, et c'est l'armée qui ouvre le passage à coups de fusil.

Que peut-il encore, le vieil homme de Smara, seul contre cette vague d'argent et de balles ? Que peut son regard farouche d'animal traqué contre ceux qui spéculent, qui convoitent les terres, les villes, contre ceux qui veulent la richesse que promet la misère de ce peuple ?

A côté de l'observateur civil, les officiers chevauchent, le visage impassible, sans prononcer une parole inutile. Leur regard est fixé sur l'horizon, au-delà des collines de pierres, là où s'étend la vallée brumeuse de l'oued Tadla.

Peut-être qu'ils ne pensent même pas à ce qu'ils font ? Ils chevauchent, sur la piste invisible qu'ouvre pour eux le guide targui sur son cheval fauve.

Derrière eux, les tirailleurs sénégalais, soudanais, vêtus de leurs uniformes gris de poussière, penchés en avant, marchent lourdement en levant très haut leurs jambes, comme s'ils franchissaient des sillons. Le bruit de leurs pas fait un raclement régulier sur la terre dure. Derrière eux, le nuage de poussière rouge et grise monte lentement, salit le ciel.

Il y a longtemps que cela a commencé. Maintenant, on ne peut plus rien, comme si cette armée allait à l'assaut de fantômes. « Mais il n'acceptera jamais de se rendre, surtout pas à des Français. Il préférera faire tuer tous ses hommes jusqu'au dernier, et se faire tuer lui aussi, à côté de ses fils, plutôt que d'être pris... Et ce sera mieux pour lui, parce que, croyez-moi, le gouvernement n'acceptera pas sa reddition, après l'assassinat de Coppolani, souvenez-vous. Non, c'est un fanatique, cruel, sauvage, il faut qu'il disparaisse, lui et toute sa tribu, les Berik Al-lah, les Bénis de Dieu comme ils s'appellent... Le Moyen Age, n'est-ce pas ? »

Le vieux renard a été trahi par les siens, abandonné. Les unes après les autres, les tribus se sont séparées de lui, parce que les chefs sentaient que la progression des Chrétiens était irrésistible, au nord, au sud, ils venaient même par la mer, ils traversaient le désert, ils étaient aux portes du désert, à Tindouf, à Tabelbala, à Ouadane, ils occupaient même la ville sainte de Chinguetti, là où Ma el Aïnine avait d'abord donné son enseignement.

A Bou Denib, c'est peut-être la dernière grande bataille qui a eu lieu, quand le général Vigny a écrasé les six mille hommes de Moulay Hiba. Alors le fils de Ma el Aïnine s'est enfui dans les montagnes, il a disparu pour cacher sa honte sans doute, parce qu'il était devenu un *lakhme*, une chair sans os, comme ils disent, un vaincu. Le vieux cheikh est resté seul, prisonnier de sa forteresse de Smara, sans comprendre que ce n'étaient pas les armes, mais l'argent qui l'avait vaincu ; l'argent des banquiers qui avait payé les soldats du sultan Moulay Hafid et leurs beaux uniformes ; l'argent que les soldats des Chrétiens venaient chercher dans les ports, en prélevant leur part sur les droits de douane ; l'argent des terres spoliées, des palmeraies usurpées, des forêts données à ceux qui savaient les prendre. Comment aurait-il compris cela ? Savait-il ce qu'était la Banque de Paris et des Pays-Bas, savait-il ce qu'était un emprunt pour la construction des chemins de fer, savait-il ce qu'était une Société pour l'exploitation des nitrates du Gourara-Touat ? Savait-il seulement que, pendant qu'il priait et donnait sa bénédiction aux hommes du désert, les gouvernements de la France et de la Grande-Bretagne signaient un accord qui donnait à l'un un pays, nommé Maroc, à l'autre un pays nommé Egypte ? Tandis qu'il donnait sa parole et son souffle aux derniers hommes libres, aux Izarguen, aux Aroussiyine, aux Tidrarin, aux Ouled Bou Sebaa, aux Taubalt, aux Reguibat Sahel, aux Ouled Delim, aux Imraguen, tandis qu'il donnait son pouvoir à sa propre tribu, aux Berik Al-lah, savait-il qu'un consortium bancaire, dont le principal membre était la Banque de Paris et des Pays-Bas, accordait au roi Moulay Hafid un prêt de 62 500 000 francs-or, dont l'intérêt de 5 % était garanti par le produit de tous les droits de douane des ports de la côte, et que les soldats étrangers étaient entrés dans le pays pour surveiller qu'au moins 60 % des recettes journalières des douanes soient versés à la Banque ? Savait-il qu'au moment de l'Acte d'Algésiras qui mettait fin à la guerre sainte dans le Nord, l'endettement du roi Moulay Hafid était de 206 000 000 francs-or, et qu'il était alors évident qu'il ne pourrait jamais rembourser ses créanciers ? Mais le vieux cheikh ne savait pas cela, parce que ses guerriers ne combattaient pas pour de l'or, mais seulement pour une bénédiction, et que la terre qu'ils défendaient ne leur appartenait pas, ni à personne, parce qu'elle était seulement l'espace libre de leur regard, un don de Dieu.

« ... Un sauvage, un fanatique, qui dit à ses guerriers avant le combat qu'il va les rendre invincibles et immortels, qui les envoie à l'assaut des fusils et des mitrailleuses simplement armés de leurs lances et de leurs sabres... »

Maintenant, la troupe des tirailleurs noirs occupe toute la vallée du fleuve Tadla, devant le gué, tandis que les notables de Kasbah Tadla sont venus apporter leur soumission aux officiers français. Les fumées des feux de camp montent dans l'air du soir, et l'observateur civil regarde, comme à chaque étape, le beau ciel nocturne qui se dévoile lentement. Il pense encore au regard de Ma el Aïnine, mystérieux et profond, ce regard qui s'est posé sur Camille Douls déguisé en marchand turc, et qui l'a scruté jusqu'au fond de son âme. Peut-être qu'alors il a deviné ce qu'apportait cet homme étranger vêtu de haillons, ce premier voleur d'images, qui écrivait son journal chaque soir sur les pages de son Coran ? Mais maintenant il est trop tard, et plus rien ne peut empêcher le destin de s'accomplir. D'un côté la mer, de l'autre le désert. Les horizons se referment sur le peuple de Smara, ils enserrent les derniers nomades. La faim, la soif les encerclent, ils connaissent la peur, la maladie, la défaite.

« Il y a bien longtemps qu'on aurait pu

n'en faire qu'une bouchée, de votre cheikh et de ses loqueteux, si on avait voulu. Un canon de 75 devant son palais de torchis, quelques mitrailleuses, et il était balayé. Peut-être qu'on a cru qu'il n'en valait pas la peine. On s'est dit qu'il valait mieux attendre qu'il tombe tout seul, comme un fruit véreux... Mais maintenant, après l'assassinat de Coppolani, ce n'est plus de la guerre : c'est une opération de police contre une bande de brigands, voilà tout. »

Le vieil homme a été trahi par ceux-là mêmes qu'il voulait défendre. Ce sont les hommes du Souss, de Taroudant, d'Agadir qui ont donné la nouvelle : « Le grand cheikh Moulay Ahmed ben Mohammed el Fadel, celui qu'on appelle Ma el Aïnine, l'Eau des Yeux, est en marche vers le Nord avec ses guerriers du désert, ceux du Draa, ceux de la Saguiet el Hamra, et même les hommes bleus de Oualata, de Chinguetti. Ils sont si nombreux qu'ils couvrent une plaine entière. Ils marchent vers le Nord, vers la ville sainte de Fez, pour renverser le sultan, et faire nommer à sa place Moulay Hiba, celui qu'on appelle Sebaa, le Lion, le fils aîné de Ma el Aïnine. »

Mais l'état-major n'a pas cru à la nouvelle. Cela a bien fait rire les officiers.

« Le vieil homme de Smara est devenu fou. Comme s'il pouvait, avec sa troupe de loqueteux, renverser le sultan et chasser l'armée française ! » C'est ce qui semblait : le vieux renard est acculé à la mer et au désert, et il a choisi de se suicider ; c'est la seule issue qui lui reste, se faire tuer avec toute sa tribu.

Alors, aujourd'hui, 21 juin 1910, la troupe des tirailleurs noirs est en route, avec les trois officiers français et l'observateur civil en tête. Elle a obliqué vers le sud, pour rencontrer l'autre troupe qui est partie de Zettat. Les mâchoires de la tenaille se referment, pour pincer le vieux cheikh et ses loqueteux.

Le soleil brûle les yeux des soldats, de sa lumière mêlée de poussière. Au loin, sur la colline qui domine la plaine caillouteuse, un village ocre surgit, à peine distinct du désert. « Kasbah Zidaniya », dit seulement le guide. Mais aussitôt il arrête son cheval. Au loin, un groupe de guerriers à cheval galope le long des collines. Les tirailleurs noirs prennent position, tandis que les officiers poussent leurs chevaux à l'écart. Des coups de feu claquent, disséminés, sans qu'aucune balle siffle ou frappe. L'observateur civil pense que cela ressemble davantage au bruit que font les chasseurs, à la campagne. Un homme blessé est fait prisonnier, un Arabe de la tribu des Beni Amir. Le cheikh Ma el Aïnine n'est pas loin, ses guerriers marchent sur la route d'El Borouj, au sud. La troupe repart, mais maintenant les officiers restent près des soldats. Chacun scrute les broussailles. Le soleil est encore haut dans le ciel quand a lieu la deuxième escarmouche, sur la piste d'El Borouj. Les coups de feu résonnent à nouveau dans le silence torride. Le général Moinier donne l'ordre de charger vers le creux de la vallée. Les Sénégalais tirent genou en terre, puis ils courent, baïonnette en avant. La tribu des Beni Moussa a tué douze soldats noirs avant de s'enfuir à travers les broussailles, en laissant sur le terrain des dizaines de morts. Alors la troupe des Sénégalais continue sa charge, vers le bas de la vallée. Les soldats débusquent des hommes bleus partout, mais ce ne sont pas les guerriers invincibles qu'on attendait. Ce sont des hommes en haillons, hirsutes, sans armes, qui courent en boitant, qui tombent sur le sol caillouteux. Des mendiants, plutôt, maigres, brûlés par le soleil, rongés par la fièvre, qui se heurtent les uns aux autres et poussent des cris de détresse, tandis que les Sénégalais, en proie à une vengeance meurtrière, déchargent sur eux leurs fusils, les clouent à coups de baïonnette dans la terre rouge. En vain le général Moinier fait sonner le rappel. Devant les soldats noirs, les hommes et les femmes fuient en désordre, tombent sur le sol. Les enfants courent au milieu des buissons, muets de peur, et les troupeaux de moutons et de chèvres se bousculent en criant. Partout les corps des hommes bleus jonchent le sol. Les derniers coups de feu résonnent, puis l'on n'entend plus rien, à nouveau, le silence torride pèse sur le paysage.

Immobiles en haut d'une colline, sur leurs chevaux qui bronchent d'inquiétude, les officiers regardent la grande étendue de broussailles où les hommes bleus ont déjà disparu, comme s'ils avaient été avalés par la terre. Les tirailleurs sénégalais reviennent, portant leurs compagnons morts, sans un regard pour les centaines d'hommes et de femmes en haillons qui sont couchés par terre. Quelque part, sur la pente de la vallée, au milieu des buissons d'épines, un jeune garçon est assis à côté du corps d'un guerrier mort, et il regarde de toutes ses forces le visage ensanglanté où les yeux se sont éteints.

Dans la rue éclairée par le soleil levant, le jeune garçon avance sans hâte le long des voitures arrêtées. Son corps mince glisse le long des carrosseries, son reflet court sur les glaces, sur les ailes vernies, sur les phares, mais ce n'est pas cela qu'il regarde. Il se penche un peu sur chaque auto, et son regard scrute l'intérieur de la coque, les sièges, le plancher sous les sièges, la lunette arrière, la boîte à gants.

Il avance en silence, tout seul dans la grande rue vide où le soleil allume sa première lumière du matin, pure et nette. Le ciel est déjà très bleu, limpide, sans un nuage. Le vent de l'été souffle de la mer, s'engouffre dans les rues, le long des avenues rectilignes, tourbillonne dans les petits jardins en secouant les palmiers et les grands araucarias.

Radicz aime bien le vent de l'été ; ce n'est pas un vent mauvais, comme celui qui arrache la poussière, ou comme celui qui pénètre à l'intérieur du corps et glace jusqu'aux os. C'est un vent léger, chargé d'odeurs douces, un vent qui sent la mer et l'herbe, qui donne envie de dormir. Radicz est heureux, parce qu'il a dormi à la belle étoile, dans un jardin abandonné, la tête entre les racines d'un grand pin parasol, pas loin de la mer.

Avant le lever du soleil, il s'est réveillé et il a senti tout de suite que le vent de l'été avait commencé. Alors il s'est un peu roulé dans l'herbe comme font les chiens, et puis ensuite, il a couru sans s'arrêter jusqu'au bord de la mer. Il l'a regardée un long moment, du haut de la route, si belle et si calme, encore grise de la nuit, mais déjà tachée par endroits du bleu et du rose de l'aurore. Même, un instant, il a eu envie de descendre par les rochers encore froids, d'ôter tous ses habits, et de plonger dans l'eau. C'est le vent de l'été qui l'a appelé jusqu'à la mer, qui lui a montré l'eau. Mais il s'est souvenu qu'il n'avait plus beaucoup de temps devant lui, qu'il fallait se dépêcher parce que les gens allaient bientôt se réveiller. Alors il est remonté vers les rues, à la recherche des voitures.

Maintenant, il arrive devant un grand ensemble d'immeubles et de jardins. Il marche le long des allées du parc, là où sont garées les voitures. Il n'y a personne dans les jardins, aussi loin qu'on puisse voir. Les stores des immeubles sont encore baissés, les balcons sont vides. Le vent de l'été souffle sur la façade des immeubles et fait claquer les stores. Il y a aussi le bruit doux dans les branches des mimosas et des lauriers, et les grandes palmes qui se balancent en crissant.

La lumière arrive lentement, dans le ciel d'abord, puis sur le haut des immeubles, et les réverbères deviennent pâles. Radicz aime beaucoup cette heure, parce que les rues sont encore silencieuses, les maisons fermées, sans personne, et c'est comme s'il était seul au monde. Il marche lentement le long des allées de l'immeuble, et il pense que toute la ville est à lui, qu'il ne reste personne d'autre. Peut-être, comme après une catastrophe, pendant qu'il dormait dans le jardin abandonné, les hommes et les femmes ont fui, ils sont déjà partis en courant vers les montagnes, en abandonnant leurs maisons et leurs autos. Radicz avance le long des carrosseries immobiles, en regardant l'intérieur, les sièges vides, les volants immobiles, et il a l'impression étrange d'un regard qui l'observe, qui le menace. Il s'arrête, il lève la tête vers les hauts murs des immeubles. La lumière de l'aurore éclaire déjà le haut des façaces avec sa teinte rose. Mais les stores et les fenêtres restent fermés, et les grands balcons sont vides. Le bruit du vent qui passe est un bruit très doux, très lent, un bruit qui n'est pas pour les hommes, et Radicz sent encore le vide qui s'est creusé sur la ville, qui a remplacé le bruit et le mouvement des hommes.

Peut-être que, pendant qu'il dormait, la tête entre les racines du vieux pin parasol, mystérieusement, comme venu d'un autre monde, le vent de l'été a endormi tous les habitants et toutes les habitantes, et qu'ils sont allongés dans leurs lits, dans leurs appartements aux volets clos, plongés dans un sommeil magique qui ne finira jamais. Alors la ville peut enfin se reposer, respirer, les grandes rues vides aux voitures immobiles, les magasins fermés, les réverbères et les feux rouges éteints ; alors l'herbe va pouvoir pousser tranquillement dans les fissures de la chaussée, les jardins vont redevenir comme des forêts, et les rats et les oiseaux vont pouvoir aller partout sans crainte, comme avant qu'il n'y eût des hommes.

Radicz s'arrête un peu pour écouter. Justement les oiseaux se réveillent dans les arbres, les étourneaux, les moineaux, les merles. Les merles surtout crient très fort, et ils volent lourdement d'un palmier à l'autre, ou bien ils avancent en sautillant sur le goudron mouillé des grands parkings. Le jeune garçon aime bien les merles. Ils ont une belle robe noire et un bec très jaune, et ils ont cette façon particulière de sautiller, la tête un peu tournée de côté, pour surveiller les dangers. Ils ressemblent à des voleurs, et c'est pour ça que Radicz les aime. Ils sont comme lui, un peu étourdis, un peu filous, et ils savent pousser des sifflements stridents pour prévenir quand il y a un danger ; ils savent rire, avec des sortes de roulements de la gorge qui le font bien rire, lui aussi. Radicz avance lentement sur les parkings, et de temps en temps, il siffle pour répondre aux merles. Peut-être que, pendant que le jeune garçon dormait dans le jardin abandonné, la tête entre les racines du grand pin parasol, les hommes et les femmes ont quitté la grande ville, comme ça, sans faire de bruit, et que ce sont les merles qui ont pris leur place. Cette idée fait beaucoup plaisir à Radicz, et il siffle plus fort, en s'aidant de ses doigts, pour dire aux merles qu'il est d'accord avec eux, que tout est à eux, tout, les maisons, les rues, les autos, et même les magasins et ce qu'il y a dedans.

La lumière grandit vite dans le parc, autour des immeubles. Les gouttes de rosée brillent sur les toits des voitures, sur les feuilles des arbustes. Radicz doit faire de grands efforts pour ne pas s'arrêter pour regarder toutes ces gouttes de lumière. Dans le vide du grand parking, avec ces hauts murs blancs, ces stores baissés, ces balcons vides, elles brillent avec une intensité accrue, comme si elles étaient les seules choses vraies et vivantes. Elles tremblent un peu dans le vent qui souffle de la mer, elles semblent des milliers d'yeux fixes en train de regarder le monde.

Alors, à nouveau, confusément, Radicz sent la menace qui pèse sur tout cela, ici, dans le parking des immeubles, le danger qui rôde. C'est un regard, ou bien une lumière, que le jeune garçon ne voit pas, ne peut pas comprendre. La menace est cachée sous les roues des autos arrêtées, dans le reflet des glaces, dans la lueur blême des réverbères qui continuent à brûler malgré le jour. Cela fait un frisson sur sa peau, et le jeune garçon sent son cœur ralentir, puis battre plus vite, et les paumes de ses mains se mouillent d'eau froide.

Les oiseaux ont disparu, maintenant, sauf des vols de martinets qui passent à toute vitesse en criant. Les merles se sont enfuis de l'autre côté des grands blocs de béton, et l'air est devenu silencieux. Même le vent cesse peu à peu. L'aube ne dure pas longtemps au-dessus de la grande ville, elle montre son miracle un moment, puis elle s'efface. Maintenant c'est le jour qui arrive. Le ciel n'est plus gris et rose, la couleur terne l'envahit. Il y a une sorte de brume, du côté de l'ouest, là où les grandes cheminées des réservoirs ont sans doute commencé à cracher leurs fumées empoisonnées.

Radicz voit tout cela, tout ce qui arrive, et son cœur se serre. Bientôt, les hommes et les femmes vont ouvrir leurs volets et leurs portes, ils vont soulever les stores et sortir sur les balcons, ils vont marcher dans les rues de la ville, et mettre en marche les moteurs de leurs autos et de leurs camions, et rouler en regardant tout avec leurs yeux méchants. C'est pour cela qu'il y a ce regard, cette menace. Radicz n'aime pas le jour. Il n'aime que la nuit, et l'aurore, quand tout est silencieux, inhabité, quand il n'y a plus que les chauves-souris et les chats errants.

Alors, il continue à remonter les allées du grand parking, en scrutant avec plus d'attention l'intérieur des autos arrêtées. De temps en temps, il voit quelque chose qui pourrait être intéressant, et il tâte la poignée des portières, comme cela, rapidement, en passant, pour le cas où elles seraient ouvertes. Il a repéré trois autos dont les portières ne sont pas verrouillées, mais il les laisse pour l'instant, parce qu'il n'est pas sûr que ça vaille la peine. Il se dit qu'il reviendra tout à l'heure, quand il aura fait le tour du bloc, parce que les voitures ouvertes, ça se fait vite.

La lueur du soleil grandit dans le ciel, au-dessus des arbres, mais on ne le voit pas encore. On voit seulement la belle lumière chaude qui s'ouvre, qui se répand dans le ciel. Radicz n'aime pas la journée, mais il aime bien le soleil, et il est content à l'idée de le voir apparaître. Il vient enfin, un disque incandescent qui jette un éclair au fond de ses yeux, et Radicz s'arrête de marcher un instant, ébloui.

Il attend, en écoutant les coups de son cœur dans ses artères. La menace l'environne, sans qu'il puisse savoir d'où elle vient. Le jour augmente, et avec lui le poids de la peur, du haut des grands murs blancs aux centaines de stores bleus, du haut des toits plats hérissés d'antennes, du haut des pylônes de ciment, du haut des grands palmiers aux troncs lisses. C'est le silence surtout qui fait peur, le silence du jour, et les lumières électriques des réverbères qui continuent à brûler en faisant un bourdonnement aigu. C'est comme si les bruits habituels des hommes et de leurs moteurs ne pourraient plus reparaître, comme si le sommeil les avait arrêtés, dans une gangue, moteurs grippés, gorges serrées, visages aux yeux fermés.

« Bon, on y va. »

C'est Radicz qui a parlé tout haut, pour se donner du courage. Sa main tâte à nouveau les poignées des portières, ses yeux scrutent l'intérieur froid des carrosseries. La lumière du soleil étincelle sur les gouttes de rosée accrochées aux coques et aux pare-brise.

« Rien... rien. »

La hâte maintenant efface un peu l'angoisse. Le jour est tendu, blanc, le soleil a bientôt dépassé les toits des grands immeubles. Il brille déjà sûrement sur la mer, en allumant des reflets étincelants sur les crêtes des vagues. Radicz avance sans regarder autour de lui.

« Ça va, merci. »

Une portière s'est ouverte. Sans bruit, le jeune garçon coule son corps à l'intérieur de la voiture ; ses mains tâtent partout, sous les sièges, dans les recoins, dans les poches des portières, ouvrent la boîte à gants. Ses mains tâtent vite, avec habileté, comme des mains d'aveugle.

« Rien ! »

Rien; l'intérieur de l'auto est vide, froid et humide comme une cave.

« Salauds ! »

A l'inquiétude succède la colère, et le jeune garçon remonte l'allée, le long de l'immeuble, en scrutant l'intérieur de chaque voiture. Soudain un bruit le fait sursauter, un grondement de moteur et un bruit de tôles. Caché derrière une station-wagon verte, Radicz regarde passer le camion des éboueurs qui vident les poubelles. Le camion tourne autour des immeubles, sans entrer sur le parking. Il s'en va, à demi caché par les haies de lauriers et par les troncs des palmiers, et Radicz trouve qu'il ressemble à un drôle d'insecte de métal, un bousier peut-être, avec son dos rond et sa démarche cahotante.

Quand tout est de nouveau silencieux, Radicz voit sur la plate-forme de la station-wagon des formes qui pourraient être intéressantes. Il s'approche de la vitre arrière et il distingue des vêtements, beaucoup de vêtements empilés à l'arrière, dans des housses de plastique orange. Il y a aussi des vêtements à l'avant, des cartons de chaussures et, sur le sol, tout près du siège, difficile à apercevoir pour quelqu'un qui ne s'y connaît pas, l'angle d'un poste de radio à transistors. Les portières de la station-wagon sont verrouillées, mais la vitre avant est entrouverte ; Radicz tire de toutes ses forces, se suspend au rebord de la glace, pour agrandir l'ouverture. Millimètre par millimètre, la glace cède, et bientôt Radicz peut passer son long bras maigre jusqu'à ce que le bout de ses doigts touche le bouton de sécurité, et le tire. Il ouvre la portière et il se glisse à l'avant de la voiture.

La station-wagon est très grande, avec des sièges profonds en skaï vert sombre. Radicz est content d'être à l'intérieur de l'auto. Il reste un instant assis sur le siège froid, les mains posées sur le volant, et il regarde le parking et les arbres à travers le grand pare-brise. Le haut du pare-brise est teinté de vert émeraude, et ça fait une drôle de lueur dans le ciel blanc, quand on bouge la tête. A droite du volant, il y a un poste de radio. Radicz tourne les boutons, mais le poste ne s'allume pas. Sa main appuie sur le bouton de la boîte à gants, et le couvercle s'ouvre. Dans la boîte, il y a des papiers, un crayon à bille et une paire de lunettes noires.

Radicz se glisse par-dessus le dossier du siège avant, jusqu'à la plate-forme arrière. Il examine rapidement les vêtements. Ce sont des habits neufs, des complets, des chemises, des tailleurs et des pantalons de femme, des chandails, tous pliés dans leur housse de plastique. Radicz fait à côté de lui une pile de vêtements, puis de cartons à chaussures, de cravates, de foulards. Il bourre les vêtements dans les pantalons, dont il noue les jambes pour faire des paquets. Tout d'un coup, il se souvient du poste de radio à transistors. Il se glisse sur le siège avant, la tête sur le plancher, et ses mains tâtent l'objet, le soulèvent un peu. Il tourne un bouton, et cette fois, la musique jaillit, des notes de guitare qui glissent et coulent comme le chant des oiseaux à l'aurore.

C'est alors qu'il entend le bruit des policiers qui arrivent. Il ne les a pas vus venir, peut-être même qu'il ne les a pas entendus vraiment, le bruit doux des pneus sur le gravier goudronné de l'allée circulaire, le froissement du store qui se soulève, quelque part sur la façade immense et silencieuse du building blanc de lumière ; peut-être que c'est quelque chose d'autre qui l'a alerté, tandis qu'il était la tête en bas en train d'écouter la musique d'oiseaux du poste à transistors. A l'intérieur de son corps, derrière ses yeux, ou bien dans ses entrailles, quelque chose se nouait, se serrait, et le vide emplissait la coque de la station-wagon comme un froid. Alors il s'est relevé et il l'a vue.

L'auto noire des policiers arrive vite sur l'allée du parking. Ses pneus font un bruit d'eau sur le goudron et sur les gravillons, et Radicz voit avec netteté les visages des policiers, leurs uniformes noirs. Au même moment, il sent le regard dur et meurtrier qui l'observe du haut d'un des balcons de l'immeuble, là où le store vient de se lever rapidement.

Faut-il rester caché dans la grande voiture, terré comme un animal ? Mais c'est vers lui que viennent les policiers, il le sait, il n'en doute pas. Alors son corps se détend d'un bond, jaillit par la portière avant de la station-wagon, et il commence à courir sur le trottoir, dans la direction du mur d'enceinte du parking.

La voiture noire accélère d'un coup, parce que les policiers l'ont vu. Il y a des bruits de voix, des cris brefs qui résonnent dans le parc, qui se répercutent contre les grands murs blancs. Radicz entend les coups de sifflet stridents, et il rentre la tête entre ses épaules, comme si c'étaient des balles. Son cœur cogne si fort qu'il n'entend presque plus rien d'autre, comme si toute la surface du parking, les immeubles, les arbres du parc et les allées goudronnées se mettaient à palpiter avec lui, à tressauter et à avoir mal.

Ses jambes courent, courent, cognent le sol de goudron, cognent la terre meuble des plates-bandes. Ses jambes bondissent par-dessus les massifs de fleurs, par-dessus les murettes des pelouses. Elles détalent de toutes leurs forces, éperdues et secouées de panique, sans savoir où elles vont, sans savoir où elles s'arrêteront. Maintenant il y a le haut mur de séparation du parking, et les jambes ne peuvent pas s'envoler. Elles courent le long du mur, elles zigzaguent entre les voitures immobiles. Le jeune garçon n'a pas besoin de se retourner pour savoir que l'auto noire des policiers est toujours là, qu'elle est toute proche, qu'elle prend les virages à toute vitesse en faisant crisser ses pneus et ronfler son moteur. Puis elle est derrière, sur une longue ligne droite, au bout de laquelle il y a l'avenue ouverte, et le corps minuscule de Radicz qui galope comme un lapin débusqué. L'auto noire des policiers grandit, s'approche, ses roues dévorent l'allée de goudron et de gravillons. Tandis qu'il court, Radicz entend le bruit des stores qui se soulèvent, un peu partout, sur la façade de l'immeuble, et il pense que maintenant tous les gens sont sur les balcons pour le regarder courir. Et tout à coup, il y a une ouverture dans le mur, une porte peut-être et le corps de Radicz bondit à travers l'ouverture. Maintenant, il est de l'autre côté du mur, tout seul sur la grande avenue qui conduit à la mer, avec trois, quatre minutes d'avance, le temps que l'auto noire des policiers atteigne la sortie du parking, fasse demi-tour sur l'avenue. Cela aussi, le jeune garçon le sait sans y penser, comme si c'étaient son cœur éperdu et ses jambes qui pensaient pour lui. Mais où aller ? Au bout de l'avenue, à moins de cent mètres, il y a la mer, les rochers. C'est vers là que le jeune homme continue instinctivement, si vite que l'air chaud du jour fait pleurer ses yeux. Ses oreilles n'entendent pas le bruit du vent, et il ne peut plus rien voir d'autre que le ruban noir de la route où brille avec force la lumière du soleil, et, tout au bout, au-dessus du mur de la corniche, la couleur laiteuse de la mer et du ciel mélangés. Il court si vite qu'il ne peut plus entendre à présent les pneus de l'auto noire des policiers sur la chaussée, ni les deux tons terribles du klaxon en train de remplir tout l'espace entre les immeubles.

Encore quelques bonds, encore, jambes, encore quelques battements, cœur, encore, car la mer n'est plus très loin, la mer et le ciel mélangés, où il n'y a plus ni maisons, ni hommes, ni voitures. Alors, à l'instant même où le corps du jeune homme bondit sur la chaussée de la route de corniche, droit vers la mer et le ciel mélangés, comme un chevreuil que la meute va rejoindre, à cet instant-là arrive un grand autobus bleu, aux phares encore allumés, et le soleil levant percute comme un éclair son pare-brise recourbé, quand le corps de Radicz se brise sur le capot et sur les phares, dans un grand bruit de tôle et de freins qui crient. Pas très loin de là, à la lisière du parc des palmiers, il y a une jeune femme très sombre, immobile, comme une ombre, qui regarde de toutes ses forces. Elle ne bouge pas, elle regarde seulement, tandis que les gens viennent de tous les côtés, s'assemblent sur la route autour de l'autobus, de la voiture noire, et de la couverture qui cache le corps brisé du voleur.

Tiznit, 23 octobre 1910

A l'endroit où la ville se confond avec la terre rouge du désert, vieux murs de pierre sèche, ruines de maisons en pisé, au milieu des acacias dont certains ont brûlé, là où passe librement le vent de poussière, loin des puits, loin de l'ombre des palmiers, c'est là que le vieux cheikh est en train de mourir.

Il est arrivé ici, à la ville de Tiznit, au bout de sa longue marche inutile. Au nord, dans le pays du roi vaincu, les soldats étrangers progressent, de ville en ville, détruisant tout ce qui leur résiste. Au sud, les soldats des Chrétiens sont entrés dans la vallée sainte de la Saguiet el Hamra, ils ont même occupé la ville de Smara, le palais vide de Ma el Aïnine. Le vent de malheur a commencé à souffler sur les murs de pierre, par les meurtrières étroites, le vent qui use tout, qui vide tout.

Ici il souffle maintenant, le vent mauvais, le vent tiède qui vient du nord, qui apporte la brume de la mer. Autour de Tiznit, disséminés comme des bêtes perdues, les hommes bleus attendent, à l'abri de leurs huttes de branches.

Sur tout le camp, on n'entend pas d'autre bruit que celui du vent qui fait cliqueter les branches des acacias, et de temps à autre l'appel d'une bête entravée. Il y a un grand silence, un silence terrible qui n'a pas cessé depuis l'attaque des soldats sénégalais, dans la vallée de l'oued Tadla. Maintenant les voix des guerriers se sont tues, les chants se sont éteints. Plus personne ne parle de ce qui va venir, peut-être parce que plus rien ne doit venir.

C'est le vent de la mort qui souffle sur la terre desséchée, le vent mauvais qui vient des terres occupées par les étrangers, à Mogador, à Rabat, à Fez, à Tanger. Le vent tiède qui porte la rumeur de la mer, et au-delà même, le bourdonnement des grandes villes blanches où règnent les banquiers, les marchands.

Dans la maison de boue au toit à demi effondré, le vieux cheikh est couché, allongé sur son manteau à même la terre battue. La chaleur est suffocante, l'air est plein du bruit des mouches et des guêpes. Sait-il à présent que tout est perdu, tout est fini ? Hier, avant-hier, les messagers du Sud sont venus lui donner des nouvelles, mais il n'a pas voulu les entendre. Les messagers ont gardé les nouvelles du Sud, l'abandon de Smara, la fuite de Hassena et de Larhdaf, les fils cadets de Ma el Aïnine, vers le plateau de Tagant, la fuite de Moulay Hiba vers les montagnes de l'Atlas. Mais ils emportent maintenant avec eux la nouvelle qu'ils vont donner là-bas, à ceux qui les attendent : « Le grand cheikh Ma el Aïnine va mourir bientôt. Déjà ses yeux ne voient plus, et ses lèvres ne peuvent plus parler. » Ils diront que le grand cheikh est en train de mourir dans la maison la plus pauvre de Tiznit, comme un mendiant, loin de ses fils, loin de son peuple.

Autour de la maison en ruine, quelques hommes sont assis. Ce sont les derniers guerriers bleus de la tribu des Berik Allah. Ils ont fui à travers la plaine du fleuve Tadla, sans se retourner, sans chercher à comprendre. Les autres sont retournés vers le Sud, vers leurs pistes, parce qu'ils ont compris qu'il n'y avait plus rien à espérer, que les terres promises ne leur seraient jamais données. Mais eux, ce n'était pas de la terre qu'ils voulaient. Ils aimaient le grand cheikh, ils le vénéraient à l'égal d'un saint. Il leur avait donné sa bénédiction divine, et cela les avait liés à lui comme les paroles d'un serment.

Nour est avec eux, aujourd'hui. Assis sur la terre poussiéreuse, à l'abri d'un toit de branches, il regarde fixement la maison de boue au toit à demi effondré où le grand cheikh est enfermé. Il ne sait pas encore que Ma el Aïnine est en train de mourir. Cela fait plusieurs jours qu'il ne l'a pas vu sortir, vêtu de son manteau blanc sali, appuyé sur l'épaule de son serviteur, suivi de Meymuna Laliyi, sa première femme, la mère de Moulay Sebaa, le Lion. Au début, quand il est arrivé à Tiznit, Ma el Aïnine a envoyé des messagers pour que ses fils viennent le chercher. Mais les messagers ne sont pas revenus. Chaque soir, avant la prière, Ma el Aïnine sortait de la maison pour regarder vers le nord, la piste où Moulay Hiba aurait dû venir. Maintenant il est tard, et il est clair que ses fils ne viendront plus.

Depuis deux jours il a perdu la vue, comme si la mort avait d'abord pris ses yeux. Déjà, quand il sortait pour se tourner vers le nord, ce n'étaient plus ses yeux qui cherchaient son fils, c'était son visage tout entier, ses mains, son corps qui désiraient la présence de Moulay Hiba. Nour le regardait, silhouette légère, presque fantomatique, entourée de ses serviteurs, suivie par l'ombre noire de Lalla Meymuna. Et il sentait le froid de la mort qui obscurcissait le paysage, comme si un nuage avait caché le soleil.

Nour pensait au guerrier aveugle, couché dans le ravin, sur le lit du fleuve Tadla. Il pensait au visage éteint de son ami, que maintenant les chacals avaient peut-être mangé, et il pensait aussi à tous ceux qui étaient morts sur le chemin, abandonnés au soleil et à la nuit.

Plus tard, il avait rejoint les restes de la caravane qui avaient échappé au massacre, et ils avaient marché pendant des jours, mourants de faim et de fatigue. Ils avaient fui comme des proscrits le long des chemins les plus durs, évitant les villes, osant à peine goûter à l'eau des puits. Alors le grand cheikh était tombé malade, et il avait fallu s'arrêter ici, aux portes de Tiznit, sur cette terre poussiéreuse où soufflait le vent mauvais.

La plupart des hommes bleus avaient continué leur route, sans but, sans fin, vers les plateaux du Draa, pour retrouver les pistes qu'ils avaient laissées. Le père et la mère de Nour étaient retournés vers le désert. Mais lui n'avait pas pu les suivre. Peut-être espérait-il encore un miracle, cette terre que le cheikh leur avait promise, où il y aurait la paix et l'abondance, où les soldats étrangers ne pourraient jamais entrer ? Les hommes bleus étaient partis, les uns après les autres, emportant leurs hardes. Mais il y avait tant de morts, sur leur route ! Jamais ils ne retrouveraient la paix d'autrefois, jamais le vent de malheur ne les laisserait en paix.

Parfois, venait la rumeur : « Moulay Hiba arrive, Moulay Sebaa, le Lion, notre roi ! » Mais ce n'était qu'un mirage, qui se dissolvait dans le silence torride.

Maintenant, il est bien tard, parce que le cheikh Ma el Aïnine est en train de mourir. Le vent ne souffle plus tout à coup, le poids de l'air fait lever les hommes. Tous se haussent sur leurs jambes, regardent vers l'ouest, du côté où le soleil descend vers l'horizon bas. La terre poussiéreuse, aux pierres aiguës comme des lames, se couvre d'une teinte qui brille comme le métal en fusion. Le ciel se voile d'une fine brume à travers laquelle le soleil apparaît comme un disque rouge, énormément dilaté.

Personne ne comprend pourquoi le vent a cessé soudain, ni pourquoi il y a sur l'horizon cette couleur étrange et brûlée. Mais Nour sent à nouveau le froid qui entre en lui, comme la fièvre, et il se met à trembler. Il se tourne vers la vieille maison en ruine, là où est Ma el Aïnine. Il marche lentement vers la maison, attiré malgré lui, le regard fixé sur la porte noire.

Les guerriers de Ma el Aïnine, les Berik Al-lah au visage sombre regardent le jeune garçon qui avance vers la maison, mais aucun d'eux ne s'interpose pour lui barrer le chemin. Leur regard est vide et fatigué, comme s'ils vivaient un rêve. Peut-être qu'eux aussi ont perdu la vue au long de la marche inutile, leurs yeux brûlés par le soleil et le sable du désert ?

Lentement Nour avance sur la terre caillouteuse, vers la maison aux murs de boue. Le soleil couchant fait briller les vieux murs, creuse l'ombre de la porte.

C'est par cette porte que Nour entre maintenant, comme autrefois, avec son père, dans le tombeau du saint. Un instant, il reste immobile, aveuglé par l'ombre, sentant la fraîcheur humide de la maison. Quand ses yeux se sont accoutumés, il voit la grande pièce nue, le sol de terre battue. Au bout de la pièce, le vieux cheikh est couché sur son manteau, la tête posée sur une pierre. Lalla Meymuna est assise à côté de lui, enveloppée dans son manteau noir, le visage voilé.

Nour ne fait aucun bruit, retient son souffle. Au bout d'un long temps, Lalla Meymuna tourne son visage vers le jeune garçon, parce qu'elle a senti son regard. Le voile noir s'écarte, découvre son beau visage couleur de cuivre. Ses yeux brillent dans la pénombre, des larmes coulent sur ses joues. Le cœur de Nour se met à battre très fort, et il sent une douleur poignante au centre de son corps. Il va reculer vers la porte, s'en aller, quand la vieille femme lui dit d'entrer. Il marche lentement vers le centre de la pièce, un peu courbé à cause de la douleur au milieu de son corps. Quand il est devant le cheikh, les jambes lui manquent, et il tombe sur le sol lourdement, les bras étendus en avant. Ses mains touchent le manteau blanc de Ma el Aïnine, et il reste étendu, le visage contre la terre humide. Il ne pleure pas, il ne dit rien, il ne pense à rien, mais ses mains sont accrochées au manteau de laine et le serrent si fort qu'elles en ont mal. A côté de lui, Lalla Meymuna est immobile, assise près de l'homme qu'elle aime, enveloppée dans son manteau noir, et elle ne voit plus rien, elle n'entend plus rien.

Ma el Aïnine respire lentement, douloureusement. Son souffle soulève avec peine sa poitrine, avec un bruit rauque qui emplit toute la maison. Dans la pénombre, son visage émacié paraît encore plus blanc, presque transparent.

Nour regarde le vieil homme, de toutes ses forces, comme si son regard pouvait ralentir la marche de la mort. Les lèvres entrouvertes de Ma el Aïnine prononcent des bribes de paroles, aussitôt étouffées par les râles. Peut-être qu'il chantonne encore les noms de ses fils, Mohammed Rebbo, Mohammed Larhdaf, Taaleb, Hassena, Saadbou, Ahmed Ech Chems, celui qu'on appelle le Soleil, et surtout le nom de celui qu'il a guetté chaque soir sur la piste du nord, celui qu'il attend encore, Ahmed Dehiba, celui qu'on appelle Moulay Sebaa, le Lion.

Lalla Meymuna essuie avec un pan de son manteau noir la sueur qui perle sur le visage de Ma el Aïnine, mais il ne sent même pas le contact de l'étoffe sur son front et sur ses joues.

Par moments, ses bras se raidissent, et son buste fait un effort, parce qu'il veut s'asseoir. Ses lèvres tremblent, ses yeux roulent dans ses orbites. Nour s'approche davantage, et il aide Meymuna à soulever Ma el Aïnine, ils le tiennent assis. Pendant quelques secondes, avec une énergie incroyable dans son corps si léger, le vieux cheikh reste assis, les bras tendus en avant, comme s'il allait se mettre debout. Son visage maigre exprime une angoisse intense, et Nour se sent plein de frayeur à cause de ce regard vide, de ces iris pâles. Nour se souvient du guerrier aveugle, de la main de Ma el Aïnine qui a touché ses yeux, de son souffle sur la face de l'homme blessé. Maintenant, Ma el Aïnine connaît la même solitude, celle dont on ne s'échappe pas, et personne ne peut apaiser le vide de son regard.

La souffrance que ressent Nour est si grande qu'il voudrait s'en aller, quitter cette maison d'ombre et de mort, s'enfuir en courant sur la plaine poussiéreuse, vers la lumière dorée du couchant.

Mais soudain, c'est dans ses mains qu'il ressent la puissance, dans son souffle. Lentement, comme s'il cherchait à se souvenir de gestes anciens, Nour passe la paume de sa main sur le front de Ma el Aïnine, sans prononcer une parole. Il mouille le bout de ses doigts avec sa salive, et il touche les paupières qui tremblent d'inquiétude. Il souffle douce-ment sur le visage, sur les lèvres, sur les yeux du vieil homme. Il entoure le buste de son bras et longuement le corps léger s'abandonne, se couche en arrière.

Maintenant, le visage de Ma el Aïnine semble apaisé, libéré de sa souffrance. Les yeux fermés, le vieil homme respire tout doucement, sans bruit, comme s'il allait s'endormir. Nour aussi sent la paix en lui, sa douleur s'est déliée à l'intérieur de son corps. Il se recule un peu, sans cesser de regarder le cheikh. Puis il sort de la maison, tandis que l'ombre noire de

Lalla Meymuna s'étend sur le sol pour dormir.

Dehors, la nuit tombe lentement. On entend les cris des oiseaux qui survolent le lit de l'oued, vers la palmeraie. Le vent tiède de la mer recommence à souffler par intermittence, en froissant les feuilles du toit en ruine. Meymuna allume la lampe à huile, elle donne à boire au cheikh. Devant la porte de la maison, Nour sent sa gorge serrée et brûlante, il ne peut pas dormir. Plusieurs fois dans la nuit, sur un signe de Meymuna, il s'approche du vieillard, il passe sa main sur son front, il souffle sur ses lèvres et sur ses paupières. Mais la fatigue et la détresse ont détruit son pouvoir, et il ne parvient plus à effacer l'inquiétude qui fait trembler les lèvres de Ma el Aïnine. C'est peut-être la douleur à l'intérieur de son propre corps qui brise son souffle.

Juste avant la première aube, quand au-dehors l'air est silencieux et immobile, qu'il n'y a pas un bruit, pas un cri d'insecte, Ma el Aïnine meurt. Meymuna qui tient sa main s'en rend compte, et elle se couche par terre à côté de celui qu'elle aime, et elle commence à pleurer sans plus étouffer ses sanglots. Alors Nour, debout près de la porte, regarde une dernière fois la silhouette fragile du grand cheikh, couché dans son manteau blanc, si léger qu'il semble flotter au-dessus de la terre. Puis, à reculons, il s'éloigne, il se retrouve seul dans la nuit, sur la plaine couleur de cendre éclairée par la pleine lune. La peine et la fatigue l'empêchent de marcher loin. Il tombe sur le sol, près des buissons d'épines, et il s'endort tout de suite, sans entendre la voix de Lalla Meymuna qui pleure, comme une chanson.

C'est comme cela qu'elle est partie, un jour, sans prévenir. Elle s'est levée, un matin, juste avant l'aurore, comme elle avait l'habitude de le faire, là-bas, dans son pays, pour aller jusqu'à la mer, ou jusqu'aux portes du désert. Elle a écouté le souffle du photographe qui dormait dans son grand lit, accablé par la chaleur de l'été. Dehors, il y avait déjà les cris aigus des martinets, et dans le lointain, peut-être, le bruit doux du jet d'eau de l'arroseur public. Lalla a hésité, parce qu'elle voulait laisser quelque chose au photographe, un signe, un message, pour lui dire adieu. Comme elle n'avait rien, elle a pris un morceau de savon, et elle a dessiné le fameux signe de sa tribu, avec lequel elle signait ses photos dans la rue, à Paris :

parce que c'est le plus vieux dessin qu'elle connaisse, et qu'il ressemble à un cœur.

Ensuite elle est partie à travers les rues de la ville, pour ne plus jamais revenir.

Elle a voyagé en train pendant des jours et des nuits, de ville en ville, de pays en pays. Elle a attendu des trains dans des gares, si longtemps que ses jambes devenaient raides et que son dos et ses fesses étaient meurtris.

Les gens allaient et venaient, parlaient, regardaient. Mais ils ne faisaient pas attention à la silhouette de cette jeune femme au visage fatigué, qui était enveloppée malgré la chaleur dans un drôle de vieux manteau marron qui descendait jusqu'à ses pieds. Peut-être qu'ils pensaient qu'elle était pauvre, ou malade. Quelquefois les gens lui parlaient, dans les wagons, mais elle ne comprenait pas leur langue, et elle se contentait de sourire.

Ensuite, le bateau avance lentement sur la mer d'huile, il s'éloigne d'Algésiras, il va vers Tanger. Sur le pont brûlent le soleil et le sel, et les gens sont massés à l'ombre, hommes, femmes, enfants, assis à côté de leurs cartons et de leurs valises. Certains chantent, de temps en temps, pour chasser l'angoisse, une chanson nasillarde et triste, puis le chant s'éteint, et on n'entend plus que les trépidations de la machine.

Par-dessus le bastingage, Lalla regarde la mer bleu sombre, lisse, où les rouleaux de la houle avancent lentement. Dans le sillage blanc du bateau, les dauphins bondissent, se poursuivent, se séparent. Lalla pense à l'oiseau blanc, celui qui était un vrai prince de la mer, qui volait au-dessus de la plage, au temps du vieux Naman. Son cœur bat plus vite, et elle regarde avec ivresse, comme si elle allait réellement l'apercevoir, ses bras étendus au-dessus de la mer. Sur sa peau elle sent la brûlure du soleil, la brûlure ancienne, et elle voit la lumière si belle et si cruelle du ciel.

La voix des hommes qui chantent leur chanson nasillarde la trouble soudain, et elle sent les larmes qui coulent de ses yeux, sans bien comprendre pourquoi. Il y a si longtemps qu'elle a entendu cette chanson, comme dans un rêve ancien, à demi effacé. Ce sont des hommes à la peau noire, vêtus seulement d'une chemise léopard et d'un pantalon de toile trop court, pieds nus dans des sandales japonaises. L'un après l'autre, ils chantent la chanson nasillarde et triste, que personne d'autre ne peut comprendre, comme cela, en se balançant et les yeux à moitié fermés.

Et quand elle entend leur chanson, Lalla sent au fond d'elle, très secret, le désir de revoir la terre blanche, les hauts palmiers dans les vallées rouges, les étendues de pierres et de sable, les grandes plages solitaires, et même les villages de boue et de planches, aux toits de tôle et de papier goudronné. Elle ferme un peu les yeux, et elle voit cela, devant elle, comme si elle n'était pas partie, comme si elle avait seulement dormi une heure ou deux.

Au fond d'elle, à l'intérieur de son ventre gonflé, il y a ce mouvement aussi, ces secousses qui font mal, qui frappent l'intérieur de la peau. Maintenant, elle pense à l'enfant qui veut naître, qui vit déjà, qui rêve déjà. Elle frissonne un peu, et elle serre entre ses mains son ventre dilaté, elle laisse aller son corps au balancement lourd du bateau, le dos appuyé contre la paroi de fer qui tremble. Même, elle chante un peu pour elle-même, entre ses dents, un peu pour l'enfant qui cesse de la battre et l'écoute, la chanson ancienne, celle que chantait Aamma, et qui venait de sa mère :

« Un jour, le corbeau sera blanc, la mer s'asséchera, on trouvera le miel dans la fleur de cactus, on fera un lit avec les branches de l'acacia, un jour, oh, un jour, il n'y aura plus de venin dans la bouche du serpent, et les balles de fusil ne porteront plus la mort, car ce jour-là, je quitterai mon amour... »

Les trépidations des machines couvrent le son de sa voix, mais à l'intérieur de son ventre, l'enfant inconnu écoute bien les paroles, et il s'endort. Alors, pour faire plus de bruit, et pour se donner courage, Lalla chante plus fort les mots de la chanson qu'elle préférait :

« Médi-ter-ra-né-é-e... »

Le bateau glisse lentement sur la mer huileuse, sous le ciel lourd. Maintenant, il y a une vilaine tache grise à l'horizon, comme un nuage accroché à la mer : Tanger. Tous les visages sont tournés vers la tache, et les gens ont cessé de parler ; même les Noirs ne chantent plus. L'Afrique arrive lentement devant l'étrave du bateau, indécise, déserte. L'eau de la mer devient grise, moins profonde. Dans le ciel volent les premières mouettes, grises elles aussi, maigres et peureuses.

Tout a donc changé ? Lalla pense au premier voyage, vers Marseille, quand tout était encore neuf, les rues, les maisons, les hommes. Elle pense à l'appartement d'Aamma, à l'hôtel Sainte-Blanche, aux terrains vagues près des réservoirs, à tout ce qui est resté derrière elle dans la grande ville meurtrière. Elle pense à Radicz le mendiant, au photographe, aux journalistes, à tous ceux qui sont devenus comme des ombres. Maintenant, elle n'a plus rien que ses vêtements, et le manteau marron qu'Aamma lui a donné quand elle est arrivée. L'argent aussi, la liasse de billets de banque neufs, retenus par une épingle, qu'elle a prise dans la poche de la veste du photographe, avant de s'en aller. Mais c'est comme si rien ne s'était passé, comme si elle n'avait jamais quitté la Cité des planches et du papier goudronné, ni le plateau de pierres et les collines où vit le Hartani. Comme si elle avait dormi simplement une heure ou deux.

Elle regarde l'horizon vide, à la poupe du navire, puis la tache de terre grise et la montagne où s'agrandissent les espèces de macules des maisons de la ville arabe. Elle tressaille, parce que dans son ventre, l'enfant s'est mis à bouger très fort.

Dans l'autocar qui roule sur la route de poussière, qui s'arrête pour charger des paysans, des femmes, des enfants, Lalla sent encore l'ivresse étrange. La lumière l'enveloppe, et la poussière fine qui monte comme un brouillard de chaque côté de l'autocar, qui entre à l'intérieur de la carlingue, qui s'accroche à sa gorge et crisse sous ses doigts, la lumière, la sécheresse, la poussière : Lalla sent leur présence, et c'est comme une nouvelle peau sur elle, comme un nouveau souffle.

Est-il possible que quelque chose d'autre ait existé ? Y a-t-il un autre monde, d'autres visages, d'autre lumière ? Le mensonge des souvenirs ne peut pas survivre au bruit de l'autocar poussif, ni à la chaleur, ni à la poussière. La lumière nettoie tout, abrase tout, comme autrefois, sur le plateau de pierres. Lalla sent à nouveau le poids du regard secret sur elle, autour d'elle ; non plus le regard des hommes, plein de désir et d'envie, mais le regard de mystère de celui qui connaît Lalla et qui règne sur elle comme un dieu.

L'autocar roule sur la piste de poussière, monte en haut des collines. Partout, il n'y a que la terre sèche, brûlée, pareille à une vieille peau de serpent. Au-dessus du toit du car, le ciel et la lumière brûlent fort, et la chaleur augmente dans la carlingue comme à l'intérieur d'un four. Lalla sent les gouttes de sueur qui coulent sur son front, le long de son cou, dans son dos. Dans l'autocar, les gens sont immobiles, impassibles. Les hommes sont enveloppés dans leurs manteaux de laine, les femmes sont accroupies par terre, entre les sièges, couvertes de leurs voiles bleu-noir. Seul le chauffeur bouge, grimace, regarde dans le rétroviseur. Plusieurs fois son regard rencontre celui de Lalla, et elle détourne la tête. Le gros homme au visage plat règle le rétroviseur pour pouvoir mieux la regarder, puis, d'un geste coléreux, le remet en place. La radio, le bouton tourné à fond, siffle et crache, et laisse entendre, quand on passe près d'un pylône électrique, une longue traînée de musique nasillarde.

Tout le jour, l'autocar roule sur les routes de goudron et sur les pistes de poussière, traverse les fleuves desséchés, s'arrête devant des villages de boue où les enfants nus attendent. Les chiens maigres courent à côté de l'autocar, essaient de mordre ses roues. Quelquefois, l'autocar s'arrête au milieu d'une plaine désertique, parce que le moteur a des faiblesses. Pendant que le chauffeur au nez plat se penche dans le capot ouvert, pour nettoyer le gicleur, les hommes et les femmes descendent, s'assoient à l'ombre de l'autocar, ou bien vont uriner, accroupis au milieu des buissons d'euphorbe. Certains sortent de leur poche de petits citrons qu'ils sucent longuement, en faisant claquer la langue.

Puis l'autocar repart, cahote sur les routes, monte les collines, comme cela, interminablement, dans la direction du soleil couchant. La nuit vient vite sur l'étendue des plaines désertiques, elle recouvre les pierres et transforme la poussière en cendres. Alors, soudain, dans la nuit, l'autocar s'arrête, et Lalla aperçoit au loin les lumières, de l'autre côté de la rivière. Dehors, la nuit est chaude, pleine du bruissement des insectes, des cris des crapauds. Mais cela ressemble au silence après ces heures passées dans l'autocar.

Lalla descend, elle marche lentement le long de la rivière. Elle reconnaît la bâtisse des bains publics, puis le gué. La rivière est noire, la marée a repoussé le courant de l'eau douce. Lalla traverse le gué, avec l'eau jusqu'à mi-cuisse, mais la fraîcheur de la rivière lui fait du bien. Dans la pénombre, Lalla voit la silhouette d'une femme qui porte un paquet sur sa tête, sa longue robe retroussée jusqu'au ventre.

Un peu plus loin, sur l'autre rive, commence le sentier qui va jusqu'à la Cité. Puis les maisons de boue et de planches, une, encore une. Lalla ne reconnaît plus les maisons. Il y en a de nouvelles partout, même près de la rive du fleuve, là où passe l'eau quand il y a une crue. La lumière électrique éclaire mal les ruelles de terre battue, et les maisons de planches et de tôles ont l'air abandonnées. Quand elle marche le long des rues, Lalla entend des bruits de voix qui chuchotent, des pleurs de bébés. Quelque part, au-delà de la ville, irréel, le jappement d'un chien sauvage. Les pas de Lalla se posent sur des traces anciennes, et elle ôte ses sandales de tennis pour mieux sentir la fraîcheur et le grain de la terre.

C'est toujours le même regard qui guide, ici, dans les rues de la Cité ; c'est un regard très long et très doux, qui vient de tous les côtés à la fois, du fond du ciel, qui bouge avec le vent. Lalla marche devant les maisons qu'elle connaît, elle sent l'odeur du feu de braise qui est en train de s'éteindre, elle reconnaît le bruit du vent dans les feuilles de papier goudronné, sur les tôles. Tout cela revient en elle d'un coup, comme si elle n'était jamais partie, comme si elle avait seulement dormi une heure ou deux.

Alors, au lieu d'aller vers la maison d'Ikiker, là-bas, près de la fontaine, Lalla prend le chemin des dunes. La fatigue alourdit son corps, met une douleur dans ses reins, mais c'est le regard inconnu qui la guide, et elle sait qu'elle doit sortir du village. Pieds nus, elle marche le plus vite qu'elle peut, entre les broussailles épineuses et les palmiers nains, jusqu'aux dunes.

Là, rien n'a changé. Elle marche le long des dunes grises, comme autrefois. De temps en temps, elle s'arrête, elle regarde autour d'elle, elle cueille une tige de plante grasse pour l'écraser entre ses doigts et sentir l'odeur poivrée qu'elle aimait. Elle reconnaît tous les creux, tous les sentiers, ceux qui mènent aux collines caillouteuses, ceux qui vont au marais salant, ceux qui ne vont nulle part. La nuit est profonde et douce, et au-dessus d'elle les étoiles sont brillantes. Combien de temps a passé pour elles ? Elles n'ont pas changé de place, leur flamme ne s'est pas consumée, comme celle des lampes magiques. Peut-être que les dunes ont bougé, mais comment savoir ? La vieille carcasse qui sortait ses griffes et ses cornes, et qui lui faisait si peur, a disparu maintenant. Il n'y a plus les boîtes de conserve abandonnées, et certains arbustes ont brûlé ; leurs branches ont été cassées en morceaux pour le feu des braseros.

Lalla ne retrouve plus sa place, en haut des dunes. Le passage qui conduisait à la plage a été ensablé. Avec peine, Lalla escalade les dunes de sable froid, jusqu'à la crête. Son souffle siffle dans sa gorge, et la douleur de ses reins est si poignante qu'elle gémit, malgré elle. En serrant les dents, elle transforme son gémissement en chanson. Elle pense à la chanson qu'elle aimait chanter, autrefois, quand elle avait peur :

« Méditer-ra-né-é-e !... »

Elle essaie de chanter, mais sa voix n'a pas assez de force.

Elle marche maintenant sur le sable dur de la plage, tout près de l'écume de la mer. Le vent ne souffle pas très fort, et le bruit des vagues est doux dans la nuit, et Lalla sent à nouveau l'ivresse, comme sur le bateau et dans l'autocar, comme si tout cela l'attendait, l'espérait. C'est peut-être le regard d'Es Ser, celui qu'elle appelle le Secret, qui est sur la plage, mêlé à la lumière des étoiles, au bruit de la mer, à la blancheur de l'écume. C'est une nuit sans peur, une nuit lointaine, comme Lalla n'en a jamais connu.

Elle arrive maintenant près de l'endroit où le vieux Naman aimait tirer sa barque, pour faire chauffer la poix ou pour raccommoder les filets. Mais la place est vide, la plage s'étend dans la nuit, déserte. Il n'y a que le vieux figuier, debout contre la dune, avec ses larges branches rejetées en arrière par l'habitude du vent. Lalla reconnaît avec délices son odeur puissante et fade, elle regarde le mouvement de ses feuilles. Elle s'assoit au pied de la dune, non loin de l'arbre, et elle le regarde longuement, comme si à chaque instant le vieux pêcheur allait reparaître.

La fatigue pèse sur le corps de Lalla, la douleur a engourdi ses jambes et ses bras. Elle se laisse glisser en arrière dans le sable froid, et elle s'endort tout de suite, rassurée par le bruit de la mer et par l'odeur du figuier.

La lune se lève, à l'est, monte dans la nuit au-dessus des collines de pierres. Sa lumière pâle éclaire la mer et les dunes, baigne le visage de Lalla. Plus tard dans la nuit, le vent vient aussi, le vent tiède qui souffle de la mer. Il passe sur le visage de Lalla, sur ses cheveux, il saupoudre son corps de sable. C'est le ciel qui est si grand, et la terre absente. Au-dessous des constellations, les choses ont changé, ont bougé. Les cités ont agrandi leur cercle, espèces de moisissures au creux des vallées, à l'abri des baies et des estuaires. Des hommes sont morts, des maisons se sont écroulées, dans un nuage de poussière et de cafards. Et pourtant, sur la plage, près du figuier, là où venait le vieux Naman, c'est comme si rien ne s'était passé. C'est comme si la jeune femme n'avait pas cessé de dormir.

La lune avance lentement, jusqu'au zénith. Puis elle descend vers l'ouest, du côté de la haute mer. Le ciel est pur, sans nuage. Dans le désert, au-delà des plaines et des collines de pierres, le froid sourd du sable, se répand comme une eau. C'est comme si toute la terre, ici, et même le ciel, la lune et les étoiles, avaient retenu leur souffle, avaient suspendu leur temps.

Tous, ils sont maintenant arrêtés, tandis que vient le *fijar*, la première aube.

Dans le désert ne courent plus le renard, le chacal, après la gerboise ou le lièvre. La vipère cornue, le scorpion, la scolopendre sont arrêtés sur la terre froide,

416

sous le ciel noir. Le *fijar* les a saisis, les a transformés en pierres, en poudre de pierre, en vapeur, parce que c'est l'heure où le temps du ciel se répand sur la terre, glace les corps, et parfois interrompt la vie et le souffle. Dans le creux de la dune, Lalla ne bouge pas. Sa peau frissonne, en de longs frissons qui secouent ses membres et font claquer ses dents, mais elle reste dans le sommeil.

Alors vient la deuxième aube, le *blanc*. La lumière commence à se mêler à la noirceur de l'air. Tout de suite elle étincelle dans l'écume de la mer, sur les croûtes de sel des rochers, sur les pierres coupantes au pied du vieux figuier. La lueur grise et pâle éclaire le sommet des collines de pierres, elle efface peu à peu les étoiles : la Chèvre, le Chien, le Serpent, le Scorpion, et les trois étoiles sœurs, Mintaka, Alnilam, Alnitak. Puis le ciel semble basculer, une grande taie blanchâtre le recouvre, éteint les derniers astres. Dans le creux des dunes, les petites herbes épineuses tremblent un peu, tandis que les gouttes de rosée font des perles dans leurs poils.

Sur les joues de Lalla, les gouttes roulent un peu, comme des larmes. La jeune femme se réveille et gémit tout bas. Elle n'ouvre pas encore les yeux, mais sa plainte monte, se mêle au bruit ininterrompu de la mer, qui vient à nouveau dans ses oreilles. La douleur va et vient dans son ventre, lance des appels de plus en plus proches, rythmés comme le bruit des vagues.

Lalla se redresse un peu sur le lit de sable, mais la douleur est si forte qu'elle lui coupe le souffle. Alors, tout d'un coup, elle comprend que le moment de la naissance de l'enfant est arrivé, maintenant, ici, sur cette plage, et la peur l'envahit, la traverse de son onde, parce qu'elle sait qu'elle est seule, que personne ne viendra l'aider, personne. Elle veut se lever, elle fait quelques pas dans le sable froid, en titubant, mais elle retombe et sa plainte se transforme en cri. Ici, il n'y a que la plage grise, et les dunes qui sont encore dans la nuit, et devant elle, la mer, lourde, grise et verte, sombre, mêlée encore à la noirceur.

Couchée sur le côté dans le sable, les genoux repliés, Lalla gémit à nouveau selon le rythme lent de la mer. La douleur vient par vagues, par longues lames espacées, dont la crête plus haute avance à la surface obscure de l'eau, accrochant par instants un peu de lumière pâle, jusqu'au déferlement. Lalla suit la marche de sa douleur sur la mer, chaque frisson venu du fond de l'horizon, de la zone obscure où la nuit reste épaisse, et s'irradiant lentement, jusqu'aux confins de la plage, à l'est, et s'étalant un peu de biais, en jetant des nappes d'écume, tandis que le crissement de l'eau sur le sable dur avance vers elle, la recouvre. Parfois, la douleur est trop forte, comme si son ventre se vidait, en se déchirant, et le gémissement augmente dans sa gorge, couvre le fracas de l'écrasement de la vague sur le sable.

Lalla se lève sur les genoux, elle essaie de marcher à quatre pattes le long de la dune, jusqu'au chemin. L'effort est si intense que, malgré le froid de l'aube, la sueur inonde son visage et son corps. Elle attend encore, les yeux fixés sur la mer. Elle se tourne vers le chemin, de l'autre côté des dunes, et elle crie, elle appelle : « Harta-a-ni ! Harta-a-ni ! » comme autrefois, quand elle allait sur le plateau de pierres, et qu'il se cachait dans un creux de rocher. Elle essaie de siffler aussi, comme les bergers, mais ses lèvres sont gercées et tremblantes.

Dans peu de temps, les gens vont se réveiller, dans les maisons de la Cité, ils vont rejeter leurs draps, et les femmes vont marcher jusqu'à la fontaine pour puiser leur première eau. Peut-être que les filles vont errer dans les broussailles, à la recherche de brindilles de bois mort pour le feu, et les femmes vont allumer le brasero, pour faire griller un peu de viande, pour faire chauffer la bouillie d'avoine, l'eau pour le thé. Mais tout cela est loin, dans un autre monde. C'est comme un rêve qui continue de se jouer, là-bas, sur la plaine boueuse où vivent les hommes, à l'embouchure du grand fleuve. Ou bien, plus loin encore, de l'autre côté de la mer, dans la grande ville des mendiants et des voleurs, la ville meurtrière aux immeubles blancs et aux voitures piégées. La *fijar* a répandu partout sa lueur blanche, froide, à l'instant où les vieillards rencontrent la mort, dans le silence, dans la peur.

Lalla sent qu'elle se vide, et son cœur se met à battre très lentement, très douloureusement. Les vagues de souffrance sont tellement rapprochées, maintenant, qu'il n'y a plus qu'une seule douleur continue qui ondoie et bat à l'intérieur de son ventre. Lentement, avec des peines infinies, Lalla traîne son corps, sur les avant-bras, le long de la dune. Devant elle, à quelques brasses, la silhouette de l'arbre se dresse sur le tas de pierres, très noire contre le ciel blanc. Jamais le figuier ne lui avait paru si grand, si fort. Son tronc large est tordu vers l'arrière, ses grosses branches rejetées, et les belles feuilles dentelées bougent un peu dans le vent frais, en brillant à la lumière du jour. Mais c'est l'odeur surtout qui est belle et puissante. Elle enveloppe Lalla, elle semble l'attirer, elle l'enivre et l'écœure à la fois, elle ondoie avec les vagues de la douleur. En respirant à peine, Lalla hisse son corps très lentement, le long du sable qui freine. Derrière elle, ses jambes écartées laissent un sillage sur le sable, comme un bateau qu'on hale au sec.

Lentement, avec peine, elle tire le fardeau trop lourd, en geignant quand la douleur devient trop forte. Elle ne quitte pas des yeux la silhouette de l'arbre, le grand figuier au tronc noir, aux feuilles claires qui luisent à la lueur du jour. A mesure qu'elle s'en approche, le figuier grandit encore, devient immense, semble occuper le ciel tout entier. Son ombre s'étend autour de lui comme un lac sombre où s'accrochent encore les dernières couleurs de la nuit. Lentement, en traînant son corps, Lalla entre à l'intérieur de cette ombre, sous les hautes branches puissantes comme des bras de géant. C'est cela qu'elle veut, elle sait qu'il n'y a que lui qui puisse l'aider, à présent. L'odeur puissante de l'arbre la pénètre, l'environne, et cela apaise son corps meurtri, se mêle à l'odeur de la mer et des algues. Au pied du grand arbre, le sable laisse à nu les rochers rouillés par l'air marin, polis, usés par le vent et par la pluie. Entre les rochers, il y a les racines puissantes, pareilles à des bras de métal.

En serrant les dents pour ne pas se plaindre, Lalla entoure le tronc du figuier de ses bras, et lentement elle se hisse, elle se met debout sur ses genoux tremblants. La douleur à l'intérieur de son corps est maintenant comme une blessure, qui s'ouvre peu à peu et se déchire. Lalla ne peut plus penser à rien d'autre qu'à ce qu'elle voit, ce qu'elle entend, ce qu'elle sent. Le vieux Naman, le Hartani, Aamma, et même le photographe, qui sont-ils, que sont-ils devenus ? La douleur qui jaillit du ventre de la jeune femme se répand sur toute l'étendue de la mer, sur toute l'étendue des dunes, jusque dans le ciel pâle, est plus forte que tout, elle efface tout, elle vide tout. La douleur emplit son corps, comme un bruit puissant, elle fait son corps grand comme une montagne, qui repose couchée sur la terre.

Le temps s'est ralenti à cause de la douleur, il bat au rythme du cœur, au rythme des poumons qui respirent, au rythme des contractions de l'utérus. Lentement, comme si elle soulevait un poids immense, Lalla dresse son corps contre le tronc du figuier. Elle sait qu'il n'y a que lui qui puisse l'aider, comme l'arbre qui a aidé autrefois sa mère, le jour de sa naissance. Instinctivement, elle retrouve les gestes ancestraux, les gestes dont la signification va au-delà d'elle-même, sans que personne n'ait eu à les lui apprendre. Accroupie au pied du grand arbre sombre, elle défait la ceinture de sa robe. Son manteau marron est étendu par terre, sur le sol caillouteux. Elle accroche la ceinture à la première maîtresse branche du figuier, après avoir torsadé le tissu pour le rendre plus résistant. Quand elle s'accroche des deux mains à la ceinture de toile, l'arbre oscille un peu, en faisant tomber une pluie de gouttes de rosée. L'eau vierge coule sur le visage de Lalla, et elle la boit avec délices en passant sa langue sur ses lèvres.

Dans le ciel, c'est l'heure *rouge* qui commence, maintenant. Les dernières taches de la nuit disparaissent, et la blancheur laiteuse laisse place à l'embrasement de la dernière aube, à l'est, au-dessus des collines de pierres. La mer devient plus sombre, presque violacée, tandis que, au sommet des vagues, s'allument les étincelles de pourpre, et que l'écume resplendit, encore plus blanche. Jamais Lalla n'a regardé avec autant de force l'arrivée du jour, les yeux dilatés, douloureux, le visage brûlé pas la splendeur de la lumière.

C'est le moment où les spasmes deviennent d'un seul coup violents, terribles, et la douleur est semblable à la grande lumière rouge qui aveugle. Pour ne pas crier, Lalla mord dans le tissu de sa robe, sur son épaule, et ses deux bras levés au-dessus de sa tête tirent sur la ceinture de toile, si fort que l'arbre bouge et que le corps se soulève. A chaque extrême douleur, en rythme, Lalla se suspend à la branche de l'arbre. La sueur coule maintenant sur son visage et l'aveugle, la couleur sanglante de la douleur est devant elle, sur la mer, dans le ciel, dans l'écume de chaque vague qui déferle. Parfois, entre ses dents serrées, un cri s'échappe malgré elle, étouffé par le bruit de la mer. C'est un cri de douleur et de détresse à la fois, à cause de toute cette lumière, de toute cette solitude. L'arbre se plie un peu à chaque secousse, fait miroiter ses larges feuilles.

A petites goulées, Lalla respire son odeur, l'odeur du sucre et de la sève, et c'est comme une odeur familière qui la rassure et l'apaise. Elle tire sur la maîtresse branche, ses reins cognent le tronc du figuier, les gouttes de rosée continuent à pleuvoir sur ses mains, sur son visage, sur son corps. Il y a même des fourmis noires très petites qui courent le long de ses bras agrippés à la ceinture, et qui descendent le long de son corps, pour s'échapper.

Cela dure très longtemps, si longtemps que Lalla sent les tendons de ses bras durcis comme des cordes, mais ses doigts sont serrés si fort sur la ceinture de toile que rien ne pourrait les détacher. Puis, tout d'un coup, elle sent que son corps se vide, incroyablement, tandis que ses bras tirent avec violence sur la ceinture. Très lentement, avec des gestes d'aveugle, Lalla se laisse glisser en arrière le long de la ceinture de toile, ses reins et son dos touchent les racines du figuier. L'air entre enfin dans ses poumons, et au même instant, elle entend le cri aigu de l'enfant qui commence à pleurer.

Sur la plage, la lumière rouge est devenue orange, puis couleur d'or. Le soleil doit déjà toucher les collines de pierres, à l'est, au pays des bergers. Lalla tient l'enfant dans ses bras, elle coupe le cordon avec ses dents, et elle le noue comme une ceinture autour du ventre minuscule secoué de pleurs. Très lentement, elle rampe sur le sable dur vers la mer, elle s'agenouille dans l'écume légère, et elle plonge l'enfant qui hurle dans l'eau salée, elle le baigne et le lave avec soin. Puis elle retourne vers l'arbre, elle pose le bébé dans le grand manteau marron. Avec les mêmes gestes instinctifs qu'elle ne comprend pas, elle creuse avec ses mains dans le sable, près des racines du figuier, et elle enterre le placenta.

Puis elle s'allonge enfin au pied de l'arbre, la tête tout près du tronc si fort ; elle ouvre le manteau, elle prend le bébé dans ses bras et elle l'approche de ses seins gonflés.

Quand l'enfant commence à téter, son visage minuscule aux yeux fermés appuyé sur son sein, Lalla cesse de résister à la fatigue. Elle regarde un instant la belle lumière du jour qui commence, et la mer si bleue, aux vagues obliques pareilles à des animaux qui courent. Ses yeux se ferment. Elle ne dort pas, mais c'est comme si elle flottait à la surface des eaux, longuement. Elle sent contre elle le petit être chaud qui se presse contre sa poitrine, qui veut vivre, qui suce goulûment son lait. « Hawa, fille de Hawa », pense Lalla, une seule fois, parce que cela est drôle, et lui fait du bien, comme un sourire, après tant de souffrance. Puis elle attend, sans impatience, que vienne quelqu'un de la Cité des planches et du papier goudronné, un jeune garçon pêcheur de crabes, une vieille à la chasse au bois mort, ou bien une petite fille qui aime simplement se promener sur les dunes pour regarder les oiseaux de mer. Ici, il finit toujours par venir quelqu'un, et l'ombre du figuier est bien douce et fraîche.

Agadir, 30 mars 1912

Alors ils sont venus pour la dernière fois, ils sont apparus sur la grande plaine, près de la mer, à l'embouchure du fleuve. Ils venaient de toutes les directions, ceux du Nord, les Ida ou Trouma, les Ida ou Tamane, les Aït Daoud, les Meskala, les Aït Hadi, les Ida ou Zemzen, les Sidi Amil, ceux de Bigoudine, d'Amizmiz, d'Ichemraren. Ceux de l'Orient, au-delà de Taroudant, ceux de Tazenakht, d'Ouarzazate, les Aït Kalla, les Assarag, les Aït Kedif, les Amtazguine, les Aït Toumert, les Aït Youss, Aït Zarhal, Aït Oudinar, Aït Moudzit, ceux des monts Sarhro, des monts Bani ; ceux des rivages de la mer, d'Essaouira jusqu'à Agadir la fortifiée, ceux de Tiznit, d'Ifni, d'Aoreora, de Tan-Tan, de Goulimine, les Aït Melloul, les Lahoussine, les Aït Bella, Aït Boukha, les Sidi Ahmed ou Moussa, les Ida Gougmar, les Aït Baha ; et ceux du grand Sud surtout, les hommes libres du désert, les Imraguen, les Arib, les Oulad Yahia, Oulad Delim, les Aroussiyine, les

Khalifiya, les Reguibat Sahel, les Sebaa, les peuples de langue chleuh, les Ida ou Belal, Ida ou Meribat, les Aït ba Amrane.

Ils se sont réunis sur le lit du fleuve, si nombreux qu'ils recouvraient toute la vallée. Mais ce n'étaient pas des guerriers, pour la plupart. C'étaient des femmes et des enfants, des hommes blessés, des vieillards, tous ceux qui avaient fui sans cesse sur les routes de poussière, chassés par l'arrivée des soldats étrangers, et qui ne savaient plus où aller. La mer les avait arrêtés ici, devant la grande ville d'Agadir.

Pour la plupart, ils ne savaient pas pourquoi ils étaient venus ici, sur le lit du fleuve Souss. Peut-être que c'étaient seulement la faim, la fatigue, le désespoir qui les avaient conduits là, à l'embouchure du fleuve, devant la mer. Où pouvaient-ils aller ? Depuis des mois, des années, ils erraient à la recherche d'une terre, d'une rivière, d'un puits où ils pourraient installer leurs tentes et faire leurs corrals pour leurs moutons. Beaucoup étaient morts, perdus sur les pistes qui ne vont nulle part, dans le désert, autour de la grande ville de Marrakech, ou dans les ravins de l'oued Tadla. Ceux qui avaient pu s'enfuir étaient retournés vers le Sud, mais les anciens puits étaient taris, et les soldats étrangers étaient partout. Dans la ville de Smara, là où s'élevait le palais de pierres rouges de Ma el Aïnine, maintenant soufflait le vent du désert, qui abrase tout. Les soldats des Chrétiens avaient lentement refermé leur mur sur les hommes libres du désert, ils occupaient les puits de la vallée sainte de la Saguiet el Hamra. Que voulaient-ils, ces étrangers ? Ils voulaient la terre tout entière, ils n'auraient de cesse qu'ils ne l'aient dévorée toute, cela était sûr.

Depuis des jours, les gens du désert étaient ici, au sud de la ville fortifiée, et ils attendaient quelque chose. Aux tribus des montagnes s'étaient mêlés les derniers guerriers de Ma el Aïnine, les Berik Allah ; ceux-là portaient sur leur visage les marques de la détresse, de l'abandon, à cause de la mort de Ma el Aïnine. Dans leur regard brillaient la fièvre, la faim, étrangement. Chaque jour, les hommes du désert regardaient vers la citadelle, là où devait apparaître Moulay Sebaa, le Lion, avec ses guerriers à cheval. Mais, au loin, les murs rouges de la ville restaient silencieux, les portes étaient fermées. Et ce silence qui durait depuis des jours avait quelque chose de menaçant. De grands oiseaux noirs tournaient dans le ciel bleu, et la nuit, on entendait les glapissements des chacals.

Nour était là aussi, seul dans la foule des hommes vaincus. Depuis longtemps il s'était habitué à cette solitude. Son père, sa mère et ses sœurs étaient retournés vers le Sud, vers les pistes sans fin. Mais lui n'avait pas pu retourner, même après la mort du cheikh.

Chaque soir, allongé sur la terre froide, il pensait à la route que Ma el Aïnine avait ouverte vers le Nord, vers les terres nouvelles, et que le Lion allait suivre maintenant, pour devenir le vrai roi. Depuis deux ans, son corps s'était aguerri à la faim et à la fatigue, et il n'y avait rien d'autre dans son esprit que le désir de cette route qui allait s'ouvrir, bientôt.

Alors, le matin, la rumeur s'est propagée à travers le campement : « Moulay Hiba, Moulay Sebaa, le Lion ! Notre roi ! Notre roi ! » Des coups de feu ont claqué, et les enfants et les femmes ont crié en faisant grelotter leur voix. La foule s'est tournée vers la plaine poussiéreuse, et Nour a vu les cavaliers du cheikh, enveloppés dans un nuage rouge.

Les cris et les coups de fusil couvraient le bruit des sabots des chevaux. Le brouillard rouge s'élevait haut dans le ciel du matin, tournoyait au-dessus de la vallée du fleuve. La foule des guerriers a couru au-devant des cavaliers, en déchargeant vers le ciel leurs carabines à longs canons. C'étaient, pour la plupart, des hommes des montagnes, des Chleuhs vêtus de leurs manteaux de bure, des hommes sauvages, hirsutes, aux yeux flamboyants. Nour ne reconnaissait pas les guerriers du désert, les hommes bleus qui avaient suivi Ma el Aïnine jusqu'à sa mort. Ceux-ci n'avaient pas été marqués par la faim et la soif, n'avaient pas été brûlés par le désert pendant des jours et des mois ; ils venaient de leurs champs, de leurs villages, sans savoir pour quoi et contre qui ils allaient se battre.

Tout le jour, les guerriers ont couru à travers la vallée, jusqu'aux remparts d'Agadir, tandis que les chevaux de Moulay Sebaa, le Lion, galopaient en soulevant le grand nuage rouge. Que voulaient-ils ? Ils couraient et ils criaient, seulement, et les voix des enfants et des femmes grelottaient sur le lit du fleuve. Par moments, Nour voyait passer les cavaliers, dans leur nuage rouge, entourés d'éclairs de lumière, les cavaliers du Lion qui brandissaient leurs lances.

« Moulay Hiba ! Moulay Sebaa, le Lion ! » Les voix des enfants criaient autour de lui. Puis les cavaliers disparaissaient vers l'autre bout de la plaine, vers les remparts d'Agadir.

C'est l'ivresse qui a régné sur la vallée, durant tout ce jour, avec le feu du soleil qui brûlait les lèvres. Le vent du désert s'est mis à souffler vers le soir, recouvrant les campements sous un brouillard d'or, cachant les murs de la ville. Nour s'est mis à l'abri d'un arbre, enveloppé dans son manteau.

Peu à peu, l'ivresse est tombée, avec la nuit. La fraîcheur de l'ombre est venue sur la terre desséchée, à l'heure de la prière, quand les bêtes se sont agenouillées pour se protéger de l'humidité de la nuit.

Nour pensait encore à l'été qui allait venir, à la sécheresse, aux puits, aux lents troupeaux que son père allait mener jusqu'aux salines, de l'autre côté du désert, à Oualata, à Ouadane, à Chinchan. Il pensait à la solitude de ces terres sans limites, si lointaines qu'on ne sait plus rien de la mer ni des montagnes. Il y avait si longtemps qu'il n'avait pas connu de repos. C'était comme s'il n'y avait plus que cela, de toutes parts : les étendues de poussière et de cailloux, les ravins, les fleuves secs, les rochers hérissés comme des couteaux, et la peur surtout, comme une ombre sur tout ce qu'on voit.

A l'heure du repas, quand il allait partager le pain et la bouillie de mil des hommes bleus, Nour regardait la nuit constellée qui recouvrait la terre. La fatigue brûlait sa peau, la fièvre aussi, qui jette ses grands frissons le long du corps.

Dans leur campement précaire, sous les abris de branchages et de feuilles, les hommes bleus ne parlaient plus. Ils ne racontaient plus la légende de Ma el Aïnine, ils ne chantaient plus. Enveloppés dans leurs manteaux troués, ils regardaient le feu de braise, en clignant des paupières quand le vent rabattait la fumée. Peut-être qu'ils n'attendaient plus rien maintenant, les yeux troubles, le cœur battant au ralenti.

Les uns après les autres, les feux s'éteignaient, et l'obscurité envahissait toute la vallée. Au loin, avancée dans la mer noire, la ville d'Agadir clignotait faiblement. Alors, Nour se couchait sur la terre, la tête tournée vers les lumières, et comme chaque soir, il pensait au grand cheikh Ma el Aïnine qui avait été enterré devant la maison en ruine, à Tiznit. On l'avait couché dans la fosse, le visage tourné vers l'Orient ; dans ses mains on avait mis ses seules richesses, son livre saint, son calame, son chapelet d'ébène. La terre meuble avait coulé sur son corps, la poudre rouge du désert, puis on avait placé de larges cailloux, pour que les chacals ne déterrent pas le corps ; et les hommes avaient frappé la terre avec leurs pieds nus, jusqu'à ce qu'elle soit lisse et dure comme une dalle. Près de la tombe, il y avait un jeune acacia à épines blanches, comme celui qui était devant la maison de la prière, à Smara.

Alors, les uns après les autres, les hommes bleus du désert, les Berik Al-lah, les derniers compagnons de la Goudfia s'étaient agenouillés sur la tombe, et ils avaient passé lentement leurs mains sur la terre lisse, puis sur leur visage, comme pour recevoir l'ultime bénédiction du grand cheikh.

Nour pensait à cette nuit-là, quand tous les hommes avaient quitté la plaine de Tiznit, et qu'il était resté seul avec Lalla Meymuna auprès du tombeau. Dans la nuit froide, il avait écouté la voix de la vieille femme qui pleurait interminablement, à l'intérieur de la maison en ruine, comme une chanson. Il s'était endormi par terre, couché à côté du tombeau, et son corps était resté sans bouger, sans rêver, comme s'il était mort aussi. Le lendemain, et les jours suivants, il n'avait presque pas quitté le tombeau, assis sur la terre brûlante, enveloppé dans son manteau de laine, les yeux et la gorge brûlants de fièvre. Déjà le vent apportait la poussière sur la terre du tombeau, l'effaçait doucement. Ensuite, la fièvre avait envahi son corps, et il avait perdu conscience. Des femmes de Tiznit l'avaient emmené chez elles et l'avaient soigné, tandis qu'il délirait, au bord de la mort. Quand il avait été guéri, après plusieurs semaines, il avait marché à nouveau vers la maison en ruine où Ma el Aïnine était mort. Mais il n'y avait plus personne ; Lalla Meymuna était repartie vers sa tribu, et le vent qui avait soufflé avait tellement apporté de sable qu'il n'avait pas pu retrouver l'emplacement du tombeau.

Peut-être que c'était ainsi que les choses devaient se passer, pensait Nour ; peut-être que le grand cheikh était retourné vers son vrai domaine, perdu dans le sable du désert, emporté par le vent. Maintenant, Nour regardait la grande étendue du fleuve Souss, dans la nuit, à peine éclairée par le brouillard de la galaxie, la grande lueur qui est la trace du sang de l'agneau de l'ange Gabriel, selon ce qu'on dit. C'était la même terre silencieuse, comme auprès de Tiznit, et Nour avait par instants l'impression d'entendre encore la longue plainte chantée de

Lalla Meymuna, mais c'était probablement la voix d'un chacal qui glapissait dans la nuit. Ici, l'esprit de Ma el Aïnine vivait encore, il couvrait la terre entière, mêlé au sable et à la poussière, caché dans les crevasses, ou bien luisant vaguement sur chaque pierre aiguë.

Nour sentait son regard, là, dans le ciel, dans les taches d'ombre de la terre. Il sentait le regard sur lui, comme autrefois, sur la place de Smara, et un frisson passait sur son corps. Le regard entrait en lui, creusait son vertige. Que voulait-il dire ? Peut-être qu'il demandait quelque chose, comme cela, muettement, sur la plaine, environnant les hommes de sa lumière. Peut-être qu'il demandait aux hommes de le rejoindre, là où il était, mêlé à la terre grise, dispersé dans le vent, devenu poussière... Nour s'endormait, emporté par le regard immortel, sans bouger, sans rêver.

Quand ils ont entendu le bruit des canons pour la première fois, les hommes bleus et les guerriers se sont mis à courir vers les collines, pour regarder la mer. Le bruit ébranlait le ciel comme le tonnerre. Seul, au large d'Agadir, un grand bateau cuirassé, pareil à un animal monstrueux et lent, jetait ses éclairs. Le bruit arrivait un long moment après, un roulement suivi du bruit déchirant des obus qui explosaient à l'intérieur de la ville. En quelques instants, les hauts murs de pierre rouge n'étaient plus qu'un monceau de ruines d'où s'élevait la fumée noire des incendies. Puis, des murs brisés est sortie la population, hommes, femmes, enfants, ensanglantés et criant. Ils ont empli la vallée du fleuve, s'éloignant de la mer le plus vite qu'ils pouvaient, en proie à la panique.

La flamme courte a brillé plusieurs fois au bout des canons du croiseur *Cosmao*, et le bruit déchirant des obus qui éclataient dans la Kasbah d'Agadir a retenti sur toute la vallée du fleuve Souss. La fumée noire des incendies est montée haut dans le ciel bleu, couvrant de son ombre le campement des nomades.

Alors les guerriers à cheval de Moulay Sebaa, le Lion, sont apparus. Ils ont traversé le lit du fleuve, se repliant vers les collines, devant les habitants de la ville. Au loin, le croiseur *Cosmao* était immobile sur la mer couleur de métal, et ses canons se sont tournés lentement vers la vallée où fuyaient les gens du désert. Mais la flamme n'a plus brillé au bout des canons. Il y a eu un long silence, avec seulement le bruit des gens qui couraient et les cris des bêtes, tandis que la fumée noire continuait à monter dans le ciel.

Quand les soldats des Chrétiens sont apparus devant les remparts brisés de la ville, personne n'a compris tout de suite qui ils étaient. Peut-être même que Moulay Sebaa et ses hommes ont cru un instant que c'étaient les guerriers du Nord que Moulay Hafid, le Commandeur des

Croyants, avait envoyés pour la guerre sainte.

Mais c'étaient les quatre bataillons du colonel Mangin, venus par marche forcée jusqu'à la ville rebelle d'Agadir — quatre mille hommes vêtus des uniformes des tirailleurs africains, sénégalais, soudanais, sahariens, armés de fusils Lebel et d'une dizaine de mitrailleuses Nordenfeldt. Les soldats se sont avancés lentement vers la rive du fleuve, se déployant en demi-cercle, tandis que, de l'autre côté du fleuve, au pied des collines caillouteuses, l'armée de trois mille cavaliers de Moulay Sebaa a commencé à tourner sur elle-même en formant un grand tourbillon qui soulevait la poussière rouge dans le ciel. A l'écart du tourbillon, Moulay Sebaa, vêtu de son manteau blanc, regardait avec inquiétude la longue ligne des soldats des Chrétiens, pareille à une colonne d'insectes en marche sur la terre desséchée. Il savait que la bataille était perdue d'avance, comme autrefois à Bou Denib, quand les balles des tirailleurs noirs avaient fauché plus d'un millier de ses cavaliers venus du Sud. Immobile sur son cheval qui tressaillait d'impatience, il regardait les hommes étranges qui avançaient lentement vers le fleuve, comme à l'exercice. Plusieurs fois, Moulay Sebaa a essayé de donner l'ordre de la retraite, mais les guerriers des montagnes n'écoutaient pas ses ordres. Ils poussaient leurs chevaux au galop dans cette ronde frénétique, ivres de poussière et de l'odeur de la poudre, poussant des cris dans leur langue sauvage, invoquant les noms de leurs saints. Quand la ronde s'achèvera, ils bondiront vers le piège qui leur est tendu, ils mourront tous.

Moulay Sebaa ne pouvait plus rien, à présent, et des larmes de douleur emplissaient déjà ses yeux. De l'autre côté du lit du fleuve desséché, le colonel Mangin a fait disposer les mitrailleuses à chaque aile de son armée, en haut des collines de pierres. Quand les cavaliers maures chargeront vers le centre, au moment où ils traverseront le lit du fleuve, le tir croisé des mitrailleuses les balaiera, et il n'y aura plus qu'à donner le coup de grâce, à la baïonnette.

Il y a eu encore un silence lourd, tandis que les cavaliers s'étaient arrêtés de tourner sur la plaine. Le colonel Mangin regardait avec ses jumelles, essayait de comprendre : est-ce qu'ils n'allaient pas battre en retraite, à présent ? Alors, il faudrait marcher à nouveau pendant des jours, sur cette terre désertique, au-devant de cet horizon qui fuit et désespère. Mais Moulay Sebaa restait immobile sur son cheval, parce qu'il savait que la fin était proche. Les guerriers des montagnes, les fils des chefs de tribu étaient venus ici pour combattre, non pour fuir. Ils s'étaient arrêtés de tourner pour prier, avant l'assaut.

Ensuite, tout s'est passé très vite, sous

le soleil cruel de midi. Les trois mille
cavaliers ont chargé en formation serrée,
comme pour une parade, brandissant leurs
fusils à pierre et leurs longues lances.
Quand ils sont arrivés sur le lit du fleuve,
les sous-officiers commandant les mitrailleuses ont regardé le colonel Mangin qui
avait levé son bras. Il a laissé passer les
premiers cavaliers, puis, tout à coup, il a
baissé son bras, et les canons d'acier ont
commencé à tirer leur flot de balles, six
cents à la minute, avec un bruit sinistre
qui hachait l'air et résonnait dans toute la
vallée, jusqu'aux montagnes. Est-ce que
le temps existe, quand quelques minutes
suffisent pour tuer mille hommes, mille
chevaux ? Quand les cavaliers ont compris
qu'ils étaient dans un piège, qu'ils ne
franchiraient pas ce mur de balles, ils ont
voulu rebrousser chemin, mais c'était trop
tard. Les rafales des mitrailleuses
balayaient le lit du fleuve, et les corps des
hommes et des chevaux ne cessaient de
tomber, comme si une grande lame invisible les fauchait. Sur les galets, des ruisseaux de sang coulaient, se mêlant aux
minces filets d'eau. Puis le silence est
revenu, tandis que les derniers cavaliers
s'échappaient vers les collines, éclabous-
sés de sang, sur leurs chevaux au poil
hérissé par la peur.

Sans hâte, l'armée des soldats noirs
s'est mise en marche le long du lit du
fleuve, compagnie après compagnie, avec,
à sa tête, les officiers et le colonel

Mangin. Ils sont partis sur la piste de l'est, vers Taroudant, vers Marrakech, à la poursuite de Moulay Sebaa, le Lion. Ils sont partis sans se retourner sur le lieu du massacre, sans regarder les corps brisés des hommes étendus sur les galets, ni les chevaux renversés, ni les vautours qui étaient déjà arrivés sur les rives. Ils n'ont pas regardé non plus les ruines d'Agadir, la fumée noire qui montait encore dans le ciel bleu. Au loin, le croiseur *Cosmao* glissait lentement sur la mer couleur de métal, prenait le cap vers le nord.

Alors le silence a cessé, et on a entendu tous les cris des vivants, les hommes et les animaux blessés, les femmes, les enfants, comme un seul gémissement interminable, comme une chanson. C'était un bruit plein d'horreur et de souffrance qui montait de tous les côtés à la fois, sur la plaine et sur le lit du fleuve.

Maintenant, Nour marchait sur les galets, au milieu des corps étendus. Déjà les mouches voraces et les guêpes vrombissaient en nuages noirs au-dessus des cadavres, et Nour sentait la nausée dans sa gorge serrée.

Avec des gestes très lents, comme s'ils sortaient d'un rêve, les femmes, les hommes, les enfants écartaient les broussailles et marchaient sur le lit du fleuve, sans parler. Tout le jour, jusqu'à la tombée de la nuit, ils ont porté les corps des hommes sur la rive du fleuve pour les enterrer. Quand la nuit est venue, ils ont allumé des feux sur chaque rive, pour éloigner les chacals et les chiens sauvages. Les femmes des villages sont venues, apportant du pain et du lait caillé, et Nour a mangé et bu avec délices. Il a dormi ensuite, couché par terre, sans même penser à la mort.

Le lendemain, dès l'aube, les hommes et les femmes ont creusé d'autres tombes pour les guerriers, puis ils ont enterré aussi leurs chevaux. Sur les tombes, ils ont placé de gros cailloux du fleuve.

Quand tout fut fini, les derniers hommes bleus ont recommencé à marcher, sur la piste du sud, celle qui est si longue qu'elle semble n'avoir pas de fin. Nour marchait avec eux, pieds nus, sans rien d'autre que son manteau de laine, et un peu de pain serré dans un linge humide. Ils étaient les derniers Imazighen, les derniers hommes libres, les Taubalt, les Tekna, les Tidrarin, les Aroussiyine, les Sebaa, les Reguibat Sahel, les derniers survivants des Berik Al-lah, les Bénis de Dieu. Ils n'avaient rien d'autre que ce que voyaient leurs yeux, que ce que touchaient leurs pieds nus. Devant eux, la terre très plate s'étendait comme la mer, scintillante de sel. Elle ondoyait, elle créait ses cités blanches aux murs magnifiques, aux coupoles qui éclataient comme des bulles. Le soleil brûlait leurs visages et leurs mains, la lumière creusait son vertige, quand les ombres des hommes sont pareilles à des puits sans fond.

Chaque soir, leurs lèvres saignantes cherchaient la fraîcheur des puits, la boue saumâtre des rivières alcalines. Puis, la nuit froide les enserrait, brisait leurs membres et leur souffle, mettait un poids sur leur nuque. Il n'y avait pas de fin à la liberté, elle était vaste comme l'étendue de la terre, belle et cruelle comme la lumière, douce comme les yeux de l'eau. Chaque jour, à la première aube, les hommes libres retournaient vers leur demeure, vers le sud, là où personne d'autre ne savait vivre. Chaque jour, avec les mêmes gestes, ils effaçaient les traces de leurs feux, ils enterraient leurs excréments. Tournés vers le désert, ils faisaient leur prière sans paroles. Ils s'en allaient, comme dans un rêve, ils disparaissaient.

DU MÊME AUTEUR

Aux Éditions Gallimard

LE PROCÈS-VERBAL (Folio).

LA FIÈVRE (L'Imaginaire).

LE DÉLUGE (L'Imaginaire).

L'EXTASE MATÉRIELLE (Folio Essais).

TERRA AMATA.

LA GUERRE (L'Imaginaire).

LES GÉANTS.

VOYAGES DE L'AUTRE CÔTÉ (L'Imaginaire).

LES PROPHÉTIES DU CHILAM BALAM.

MONDO ET AUTRES HISTOIRES (Folio et Folio Plus).

L'INCONNU SUR LA TERRE.

DÉSERT (Folio).

TROIS VILLES SAINTES.

LA RONDE ET AUTRES FAITS DIVERS (Folio).

RELATION DE MICHOACAN.

LE CHERCHEUR D'OR (Folio)

VOYAGE À RODRIGUES, *journal.*

LE RÊVE MEXICAIN OU LA PENSÉE INTERROMPUE (Folio Essais).

PRINTEMPS ET AUTRES SAISONS, *nouvelles* (Folio).

ONITSHA (Folio).

ÉTOILE ERRANTE (Folio).

PAWANA.

LA QUARANTAINE.

LE LIVRE DES FUITES (L'Imaginaire).

Dans la collection Folio Junior

LULLABY. *Illustrations de Georges Lemoine (n° 140).*

CELUI QUI N'AVAIT JAMAIS VU LA MER *suivi de* LA MONTAGNE DU DIEU VIVANT. *Illustrations de Georges Lemoine (n° 232).*

VILLA AURORE *suivi de* ORLAMONDE. *Illustrations de Georges Lemoine (n° 302).*

LA GRANDE VIE *suivi de* PEUPLE DU CIEL. *Illustrations de Georges Lemoine (n° 554).*

Dans la collection Enfantimages

VOYAGE AU PAYS DES ARBRES. *Illustrations d'Henri Galeron (repris en Folio Cadet, n° 49 et Folio Cadet Rouge, n° 187).*

Dans la collection Albums Jeunesse

BALAABILOU. *Illustrations de Georges Lemoine.*

PEUPLE DU CIEL. *Illustrations de Georges Lemoine.*

Aux Éditions Stock

DIEGO ET FRIDA *(repris en Folio/Gallimard, n° 2746).*

Impression Maury-Eurolivres S.A.
45300 Manchecourt
le 26 mars 1997.
Dépôt légal : mars 1997.
1er dépôt légal : septembre 1985.
Numéro d'imprimeur : 97/04/58093.
ISBN 2-07-037670-7./Imprimé en France

81774

25ans folio

Joyeux folio d'anniversaire !

anniversaire folio
25 ans
1972 - 1997

Avec ce Folio,
vous avez gagné
l'un de ces 626 000 cadeaux* !

6 voyages Club Med,
100 Tam-Tam, 500 CD-Rom,
350 stylos plume Cross, 500 CD, des milliers de Folio,
et des centaines de milliers de portfolios de 6 photos d'écrivains...
d'une valeur globale de 3 449 198 francs.

Libération   Club Med·   TAM TAM   CROSS

LE MESSAGER DE POCHE

Pour découvrir le cadeau que vous avez gagné,
appelez vite le **(33) 01 49 58 48 48** jusqu'au 12 mai 1997 **
en indiquant ce numéro de code personnel :

658471

*** Pour recevoir votre cadeau**, voir modalités de participation au dos
** Appel remboursé sur simple demande (voir extrait du règlement)*

COMMENT SAVOIR CE QUE VOUS AVEZ GAGNÉ ET RECEVOIR VOTRE CADEAU ?

Si vous souhaitez connaître immédiatement le cadeau que vous avez gagné, il vous suffit de téléphoner au **(33) 01 49 58 48 48** jusqu'au 12 mai 1997 et de composer votre numéro de code personnel (voir au dos de cette page).
Pour recevoir votre cadeau, découpez cette page et renvoyez-la, complétée de vos coordonnées, jusqu'au 12 septembre 1997 à l'adresse suivante : « 25 ans Folio », B.P. 24, 77791 Nemours, France.

JEU 25 ANS FOLIO (à compléter pour recevoir votre cadeau)

Nom (M., Mme, Mlle) : .... **Prénom** : ....

Adresse : ....

Code postal : .... **Ville** : ....

Pays : .... **Tél** : ....

Les informations demandées seront utilisées conformément à la loi Informatique et Liberté du 06/01/78, elles sont destinées au seul traitement de l'opération « 25 ans Folio ». Vous disposez d'un droit d'accès et de rectification auprès des Éditions Gallimard.

39 AUTRES FAÇONS DE GAGNER DES CADEAUX 25 ANS FOLIO !

Pour célébrer son anniversaire, **du 12 mars jusqu'au 12 septembre 1997**, Folio transforme en cadeaux 40 de ses titres : vous les reconnaîtrez facilement à la petite bande rouge sur la couverture et le dos des volumes ! Tous ces Folio-Anniversaire comportent un code cadeau : **tous ces numéros sont différents et tous ces Folio sont gagnants !**

Pour participer gratuitement, vous pouvez aussi demander un bulletin de jeu en écrivant à : « 25 ans Folio » - B.P. 24 - 77791 Nemours - France, avant le 12 septembre 1997 (une demande par foyer, même nom, même adresse). Timbre (tarif lent) remboursé sur simple demande, accompagnée d'un RIB, à l'adresse du jeu.

Extrait du règlement :
Jeu gratuit sans obligation d'achat, organisé du 12 mai au 12 septembre 1997 inclus, par la société Gallimard S.A., réservé aux personnes résidant en France, Corse et D.O.M.- T.O.M. compris, et dans tous les pays où sont distribués les Folio porteurs de l'offre, à l'exclusion du personnel Gallimard et des sociétés organisatrices ainsi que leur famille. Ce jeu permet d'attribuer 626 000 lots (6 voyages pour 2 personnes offerts par le Club Med d'une valeur de 13 000 F, 100 Tam-Tam d'une valeur de 690 F, 500 CD-Rom *L'anatomie* d'une valeur de 390 F, 350 stylos plume Solo Classic de Cross d'une valeur de 200 F, 500 abonnements de 6 mois au magazine *L'Acheteur Vacances* d'une valeur de 84 F, 500 CD d'une valeur de 69 F, 5 000 Folio d'une valeur de 35 F et 619 044 portfolios de 6 cartes postales photos d'écrivains d'une valeur de 4,5 F). Remboursement de l'appel téléphonique (sur la base d'1 minute 30 en tarif plein du pays d'origine, soit 2,56 F par la France) limité à un appel pour toute la durée du jeu, sur simple demande écrite accompagnée d'un RIB et de vos date et heure d'appel, avant le 12 septembre 1997 à l'adresse du jeu : « 25 ans Folio » - B.P. 24 - 77791 Nemours - France. Remboursement des frais d'affranchissement au tarif lent en vigueur pour la demande du bulletin de jeu, du règlement complet et du remboursement d'appel téléphonique, sur simple demande écrite, accompagnée d'un RIB, à l'adresse du jeu avant le 12 septembre 1997.